변두리 로켓

KB102513

변두리 로켓

이케이도 준

김은모 옮김

INFLUENTIAL
인 플 루 엔 셜

한국의 독자 여러분에게

드디어 《변두리 로켓》을 한국 독자 여러분들에게 선보이는 날이 왔습니다.

일본의 변두리 동네에 있는 작은 회사가 독자적인 하이테크 기술을 무기 삼아 대기업에 도전하는 이야기가 여기서부터 시작됩니다.

국가와 민족, 지역은 다를지언정 '조금이라도 좋은 제품을 만들자'라는 장인 정신은 다를 바 없지 않을까요.

일찍이 로켓 연구자로서 좌절을 맛본 주인공이 직원들과 함께 다시 한 번 꿈에 도진하는 모습에 한국 독자 여러분들도 많이 공감하시리라 믿습니다.

동시에 이 소설은 엔터테인먼트이기도 합니다.

궁지에 몰린 주인공의 활약상을, 쓰쿠다제작소의 직원이 된 마음으로 뜨겁게 응원해주십시오.

길고 고된 싸움이 끝나면 밝은 미래가 찾아오는 소설을 저는 좋아합니다. 그리고 그런 세상이 되기를 절실히 바랍니다.

2020년 11월

이케이도 준

프롤로그

"이제 시작이로군. 아아, 두근두근하는걸."

긴박감 넘치는 발사통제소에서 동료 미카미 다카시가 들뜬 목소리로 말했다.

쓰쿠다 고헤이는 모니터에 비치는 발사대를 힐끗 보고 화면 오른쪽 가장자리에 떠 있는 풍속을 확인했다. 여전히 초속 15미터의 강풍이 불고 있었다.

"발사 8분 전입니다. 카운트다운을 시작하겠습니다. 현 시각부로 자동 카운트다운 과정으로 이행합니다."

다네가시마 우주센터 안팎에 전달되는 스피커 시스템에서 방송이 흘러나온 후, "480, 479, 478……" 하고 카운트다운이 시작됐다. 발사통제소 제일 뒷줄에는 우주과학개발기구 주임 모토키 겐스케가 앉아 있었다. 모토키는 도쿄대 우주항공연구소 교수를 겸임하는 로켓 과학자로, 이번 시험위성 발사 프로젝트의 관리책임자를 맡았다.

모두 마른침을 삼키며 모니터를 지켜보았다. 발사대와 하늘을 가리키는 시험 로켓이 너무 아기자기해서 괴수영화에 나오는 세트처럼 보였다. 그걸 바라보고 있자니 긴장돼서, 쓰쿠다는 당장이라도 가슴이 터져버릴 것 같았다.

카운트다운이 계속됐다.

408, 407……. "발사장 준비 완료." 자동 카운트다운에 모토키의 목소리가 겹쳤다. "1번 액체산소 준비 완료…… 2번 액체산소 준비 완료."

"마침내 평가의 시간이 왔구나, 쓰쿠다."

미카미는 발사대 영상을 뚫어져라 들여다보며 잔뜩 흥분한 목소리로 말했다. "간 떨리게 하지 말고 잘 날아가렴, 세이렌."

'세이렌'은 이번 시험위성 발사 로켓에 탑재된 신형 엔진의 코드네임이다. 그리스 신화에 등장하는 바다의 요정 이름을 딴 이 엔진은 새로이 개발한 시스템을 탑재한 대형 수소엔진으로, 쓰쿠다가 심혈을 기울여온 연구 주제의 결정체라 해도 과언이 아니다.

이 엔진을 개발하기 위해 쓰쿠다는 대학에서 7년, 우주과학개발기구 연구원으로서 2년의 세월을 쏟아부었다. 갖은 시행착오 끝에 개발된 세이렌은 이번 발사를 통해 상업용 로켓 실용화로 가는 길을 활짝 열어젖히는 중요한 시금석이 될 것이다.

하지만 이번 로켓에 세이렌을 탑재한다는 중압감은 엄청났다. 시험용이라고는 하나 대형 로켓을 쏘아 올리는 데는 돈이 백억 엔도 넘게 든다. 그걸 전부 국가예산으로 충당하는 이상, 실패했다가는 어마어마한 비난 여론에 시달릴 각오를 해야 한다.

지금까지 여덟 번의 엔진 연소 시험을 진행하면서 진동수가 초

과되는 현상이 두 번 발생한 게 걱정이었다. 시험이란 늘 그런 법이고, 그런 게 로켓엔진이라고 하면 달리 할 말은 없다. 하지만 어떤 이유로든 실전에서 실패하면 그러한 시험 결과를 보고받았음에도 신형 엔진을 탑재하기로 결정한 총책임자 오바 가즈요시의 책임 문제로 발전할 우려가 있었다.

오바는 이 수소엔진에 담긴 쓰쿠다의 열정, 그리고 무엇보다 기술을 높이 평가해주었다.

그 신뢰에 보답하기 위해서라도 절대로 실패할 수 없다. 무슨 일이 있어도 이번 발사 시험을 성공시켜야 한다.

가슴속에 소용돌이치는 온갖 잡념들을 떨쳐버리자 카운트다운 소리가 다시 귀에 들어왔다.

45, 44……

발사까지 채 1분도 안 남았다. 촬영 각도를 바꾼 모니터를 보자 로켓 밑부분에서 휘발되는 액체수소가 하얀 천처럼 나부꼈다.

32, 31……

카운트다운을 하는 소리가 마치 머릿속에서 울려 퍼지는 것 같았다.

"냉각수 분사.●"

방송 소리와 함께 물이 분사되는 것이 모니터로 보였다.

눈을 꼭 감은 쓰쿠다의 귀에 "비행 모드 시작"이라는 음성이 꽂혔을 때 카운트다운이 10을 돌파했다.

● 로켓을 발사할 때 발생하는 충격과 소음을 완화하기 위해 화염유도로에 다량의 물을 분사하는 것.

9, 8 —.

"온보드 전원[•]으로 전환."

7, 6, 5, 4, 3, 2 —.

"모든 시스템 준비 완료."

그 순간 쓰쿠다는 눈을 떴다.

"주엔진 가동. 고체 로켓 부스터[•] 점화. ……발사!"

지금까지 억양이 없었던 목소리에 흥분이 섞인 순간, 로켓 1단에 있는 주엔진에서 굉음과 화염이 분출됐다.

부탁한다, 세이렌!

쓰쿠다는 속으로 빌었다. 날아가라! 제발!

세이렌은 뭉게뭉게 피어오르는 하얀 연기와 함께 오렌지색 화염을 분사하며 총중량 30톤의 로켓을 발사대에서 띄워 올렸다.

"좋아! 가라!"

미카미가 주먹을 움켜쥐고 소리쳤다.

쓰쿠다가 보는 앞에서 발사대를 떠난 로켓은 뒤쫓는 카메라 영상 속에서 순식간에 커다란 불덩어리처럼 변하더니, 계획대로 다네가시마 남동쪽 상공으로 점점 멀어졌다.

"세이렌, 초기 비행 방위각 99도, 태평양 남동쪽 방향으로 15킬로미터, 고도 17킬로미터."

쓰쿠다는 육안으로 좇기를 바로 포기하고 추적 레이더가 전송하는 비행경로 모니터로 시선을 옮겼다.

- 로켓 내 전자 장비.
- 고체 연료를 사용해 로켓을 발사하는 발사체를 말하며, SRB라고도 한다.

"그렇지, 이거야!"

미카미가 잔뜩 들뜬 목소리로 말했다. 쓰쿠다도 비행경로 모니터를 기도하는 마음으로 바라보았다.

모니터에 표시되던 카운트다운이 발사 후 시간으로 전환됐다. 170초, 171초, 172초—.

그때 쓰쿠다는 이변이 생겼음을 알아차렸다. 주출력장치에서 출력되던 세이렌이 예정 경로에서 어긋나기 시작했다.

"젠장!"

미카미가 새파랗게 질린 얼굴로 다른 출력장치로 달려갔다. 발사통제소가 소란스러워진 가운데, 쓰쿠다는 점점 어긋나는 세이렌의 궤도에 시선을 빼앗겨 입도 벙긋하지 못 했다.

"비행에 이상 발생!"

연구원들이 허둥지둥 담당 구역으로 달려갔다.

"2단 엔진 점화!"

소란스러운 와중에도 비행 계획을 준수하는 목소리가 스피커에서 튀어나왔다.

머릿속이 새하얘진 쓰쿠다는 인터폰을 덥석 움켜잡았다. 상대는 몇 킬로미터 떨어진 발사관제센터에 있는 오바다.

"이상이 발생했습니다!"

쓰쿠다는 인터폰에 대고 소리를 질렀다. "예상 최대 고도는 약 70킬로미터. 보안상 문제가 발생해 3단 엔진은 점화가 곤란한 상황입니다!"

세이렌의 경로에 이상이 생겼다는 건 쓰쿠다가 굳이 보고하지 않아도 발사관제센터의 오바도 모니터로 이미 확인했을 것이다.

눈앞의 모니터 화면 오른쪽 위에서 발사 후 카운터가 계속 바뀌었다.

187초, 188초, 189초……. 이러는 동안에도 고도에 미치지 못한 상태로 통제력을 상실해 거의 수평으로 기울어진 로켓은 태평양 상공을 음속에 가까운 속력으로 날아가고 있을 것이다.

아주 잠깐 무거운 침묵이 흘렀지만 오바는 즉시 냉정한 목소리로 명령했다.

"현 시각부로 비행을 긴급 중지한다. 보안 커맨드 발동……."

그게 무슨 의미인지 생각할 여유도, 하물며 감상에 젖을 틈도 없었다. 폭파 지령이다.

오바의 지령이 인터폰과 동시에 스피커 시스템으로도 전달되자 보안감시팀이 관리하는 통신 시스템에서 즉시 커맨드를 송신했다.

발사통제소가 정적에 감싸이고 모니터 화면의 숫자가 멈췄다.

발사 후 212초, 세이렌은—바다로 떨어졌다.

1장
카운트다운

1

"바쁠 텐데 불러서 미안해. 그게, 긴히 할 말이 있어서 말이야."

도쿠다는 트레이드마크인 매부리코를 손가락으로 문지르며 쓰쿠다에게 소파를 권했다. 4월 셋째 주, 새 회계연도가 시작된 지 얼마 되지 않은 시기다.

시나가와에 본사를 둔 게이힌기계공업의 응접실. 파란 파티션으로 구분된 소박한 공간에는 4인용 테이블과 전화 한 대밖에 없었다. 도쿄증권거래소 1부 상장기업이기도 한 게이힌기계공업은 일본을 대표하는 기계 제조회사로, 쓰쿠다 고헤이가 사장으로 있는 쓰쿠다제작소의 주거래처다. 게이힌기계공업의 하청업무가 쓰쿠다제작소 매출액의 10퍼센트 가까이 차지한다.

"실은 우리 쪽 구매관리 방침이 변경된 걸 알리려고 사장님한테 직접 좀 오시라고 한 거야."

"방침이 변경됐다고요?"

쓰쿠다는 마음을 단단히 먹었다.

게이힌기계공업은 하청업체 죽이기라고 할 만큼 지독하게 비용을 절감하는 걸로 유명하다. 세금은 우리가 대신 납부해줄 테니 걱정 말라는 듯 쥐꼬리만 한 이익까지 뜯어간다. 조금의 빈틈이나 실수도 없기로 악평이 자자한 데다, 구매관리부장 도쿠다가 직접 면담을 요청했으니 예삿일이 아니었다.

"지금까지 그쪽에 엔진 부품 제조를 맡겼잖아. 그런데 우리 사장님께서 이제부터 핵심부품은 자체 생산하라는 지침을 내리셨거든. 거기에 엔진도 포함돼."

도쿠다가 본론을 꺼냈다. "그래서 말인데, 다음 달 말을 끝으로 거래를 끝냈으면 해서."

"잠깐만요."

쓰쿠다는 당황했다. "다음 달 말이라니…… 이번 달도 벌써 20일이나 지나갔어요. 앞으로 40일밖에 안 남았잖습니까. 제조라인이며 인력 문제도 있는데 느닷없이 거래를 중단하시겠다니요. 저희 사정 좀 봐주십시오."

"사장님 심정이야 나도 알지."

도쿠다가 딱딱한 목소리로 말했다. "하지만 제조라인이니 인력 문제니, 전부 그쪽 사정이잖아. 그렇게 따지면 우리한테도 사정이 있어, 피차일반이라고."

"말씀은 알겠지만, 너무 갑작스럽지 않습니까."

상대가 상대인 만큼 버럭버럭 고함을 칠 수는 없다. 말투는 부드러웠지만 쓰쿠다는 속이 뒤집어졌다. 이건 대기업의 횡포다.

"그쪽뿐만 아니라 전체 납품업체에 똑같은 조치를 취하는 중이야."

그래서 뭐 어쩌라고. 쓰쿠다는 그 말을 꿀꺽 삼켰다.

"도쿠다 부장님, 저희는 연간 10억 엔쯤 되는 정밀부품을 귀사에 납품하고 있습니다. 공장 제조라인에 수십 명이 붙어 있다고요. 앞으로 발주량을 늘릴 예정이라고 하셨잖아요. 늘어날 생산량에 대비해 한 대에 2천만 엔이나 하는 공작기계를 석 대나 추가했는데, 갑자기 거래를 중단하겠다니 완전히 뒤통수를 때리는 꼴 아닙니까."

"뭐, 그렇다고 할 수도 있겠지. 미안하네."

항변하면 논쟁이라도 벌이겠건만, 굳은 얼굴로 머리를 꾸벅 숙이는 통에 쓰쿠다도 맥이 탁 풀렸다. 도쿠다와는 친밀하게 지내온 만큼 서로 속이 훤히 보였다. 회사 사정 운운했지만 순 억지라는 걸 도쿠다 본인도 알고 있다.

"미안하다고 하신들……."

"뭐, 우리랑 엔진 부품만 거래하는 건 아니잖아."

도쿠다가 달래듯이 말했다.

"그럼, 엔진 부품 이외의 거래를 늘려주시는 겁니까?"

"이번 조치와 동시에 그럴 수는 없겠지만, 뭐 조만간에."

도쿠다는 애매하게 말을 흐렸다.

"저희 형편 잘 아시잖아요, 부장님."

쓰쿠다는 애원조로 말했다. "아버지 때부터 줄곧 성심성의껏 일해드리지 않았습니까."

"어휴, 내가 왜 모르겠어. 하지만 사상님 방침이라 다들 나 죽었소 하고 따르는 거지. 알잖아, 우리 회사가 그런 곳인 거."

"엔진 부품 쪽은 전부 사내로 회수하는 겁니까?"

쓰쿠다는 조금 마음에 걸려서 물어보았다.

"뭐, 대부분 그럴 거야."

도쿠다가 시선을 돌렸다.

"대부분? 지금까지처럼 계속 하청을 받는 업체도 있다는 말씀이세요?"

쓰쿠다는 도쿠다를 빤히 쳐다보았다.

"그야 자체 생산에 시간이 걸리는 부품도 있고……."

"전부 한꺼번에 거래를 중단하는 게 아니라면, 시간을 조금만 더 주십시오. 저희도 준비를 해야죠. 느닷없이 이러시면 정말 곤란합니다."

"미안하지만 아우님이 이해 좀 해줘."

할 말이 없을 때 꺼내는 '아우님'이 나왔다. 도쿠다가 사정할 때 쓰는 상투적인 말이다.

쓰쿠다가 한숨을 내쉬자 도쿠다가 말을 이었다.

"이미 결정된 사항이야. 어쩔 수 없다고."

쓰쿠다는 입술을 깨물었다. 게이힌기계공업과는 아버지 때부터 거래해왔다. 아버지도 이렇게 거친 파도를 수없이 넘어왔던 걸까.

우주과학개발기구의 연구원으로 있던 쓰쿠다는 7년 전 아버지가 돌아가신 후 가업인 쓰쿠다제작소를 이어받았다.

쓰쿠다제작소의 업종은 정밀기계 제조업이다. 아버지가 사장이었던 시절은 전자부품이 주력이었지만, 대학과 연구소에서 주로 엔진을 연구한 쓰쿠다가 사장으로 취임한 후로는 좀 더 정밀도가 요구되는 엔진과 그 주변기기에 손을 뻗쳤다.

연구자를 그만두고 경영자가 됐다는 경력도 이색적이지만, 쓰쿠다가 사장이 된 후로 매출액이 세 배로 뛰어올라 주변을 경악시켰다. 아직 매출액이 1백억 엔에 못 미치는 중소기업이지만, 특히 엔진 관련 기술과 노하우만큼은 대기업도 능가한다는 평판을 얻은 것은 로켓엔진 설계와 제조에 관여해온 쓰쿠다의 능력에 힘입은 바가 크다.

연구자로서는 좌절을 맛보았지만 새로운 세계에서 결실을 맺었으니 생각해보면 인생은 참 얄궂다. 그렇지만 중소기업 사장으로서 거래처 때문에 애먹고 재정이 늘 궁핍해 고민하는 것은 쓰쿠다도 어쩔 수 없는 일이었다. 물려받을 생각이 없었던 가업을 물려받은 자기 책임이니 어쩌겠느냐마는, 그래도 10억 엔 상당의 매출이 날아가다니 속이 너무 쓰렸다.

"사장님네도 성장했으니 우리랑 거래가 없다고 어떻게 되지는 않겠지. 그럼 이만."

도쿠다는 남의 일처럼 말하고 자리에서 일어섰다.

"적자가 나겠는데요."

전자계산기를 두드리던 경리부장 도노무라 나오히로가 고개를 들고 말했다.

"역시 그런가."

쓰쿠다가 게이힌기계공업 본사에서 돌아오는 길에 운전하며 대강 계산해본 결과도 그랬다. 10억 엔의 매출액이 감소하면 그만큼 잉여 노동력이 생긴다.

우쓰노미야의 공장에서 게이힌기계공업에 납품을 담당하는 조립라인에는 약 25명이 있다. 그중 10명은 파견직원이니까 그나마 낫다 치더라도, 문제는 나머지 정직원 15명이다.

"요즘 고정지출 비용도 늘었는데 매출액이 10퍼센트 가까이 감소하면 당연히 적자가 나겠죠."

원래 은행원이라는 인상이 머리 한쪽에 남아 있는 탓인지 도노무라가 말하면 묘하게 차갑게 들린다. 얼굴형이 네모나게 각진 말상에 5 대 5 가르마를 탄 도노무라의 별명은 도노다. 직원이 몰래 알려줬는데, 풀무치를 뜻하는 '도노사마밧타'의 '도노'를 따왔다고 한다. 듣고 보니 똑 닮았다. 가만히 보고 있으면 은테 안경을 쓴 거대한 풀무치와 이야기하는 것 같은 기분이 든다.

도노무라는 전임 경리부장이 정년퇴직한 빈자리에, 반년 전 주거래은행인 시로미즈은행에서 파견된 남자였다.*성격은 아주 성실하다. 하지만 입사한 지 얼마 안 돼서 그런지 아직 조금 서먹했다.

"뭐, 그야 그렇겠지. 쓰노 씨, 무슨 방법 없을까?"

이야기의 중간에 낀 영업 1부장 쓰노 가오루에게 묻자 "글쎄요" 하고 떨떠름한 표정을 지었다. 그동안 쓰노가 내내 게이힌기계공업을 담당해왔는데, 이렇게 중요한 일에 찬밥 취급을 당했으

• 일본 은행은 거래 기업에 자사 직원을 파견하는 제도가 있다. 은행 소속으로 은행이 임금의 일부 혹은 전액을 부담한다.

니 기분이 좋을 리 없다.

쓰노는 고등학교를 졸업하자마자 쓰쿠다 아버지 지인의 소개로 쓰쿠다제작소에 들어온 이른바 박힌 돌이다. 나이는 쓰쿠다보다 다섯 살 어린 서른여덟 살. 연구소에서 돌아와 가업을 맡았지만 회사가 어떻게 돌아가는지 쥐뿔도 몰랐던 쓰쿠다에게 쓰노가 회사 일을 차근차근 소상하게 가르쳐주었다. 붙임성 없이 생겼고 입도 험하지만 남을 잘 챙기는 남자다.

"2억 엔 정도는 다른 회사에서 발주량을 늘려서 메울 수 있을지도 모르지만, 전액은 힘들겠죠. 10억은 큽니다."

쓰쿠다가 눈을 감고 미간에 손가락을 짚자 "저어……" 하고 도노무라가 조심스레 입을 열었다.

"이런 상황에 죄송하지만, 사장님. 운영자금도 슬슬 준비해두셔야 할 텐데요."

쓰쿠다는 어깨에 무거운 짐이 하나 더 얹힌 기분이었다.

"오늘이라도 은행에 다녀올까 하는데, 어떻게 할까요?"

"부탁할게. 그런데 얼마나 필요할까?"

벌써 7년이나 굴러먹었으니 경영의 가나다는 몸에 익었지만, 자금 융통만큼은 아무래도 골치가 아팠다. 애당초 은행과 어떻게 관계를 유지해야 하는지도 잘 모르겠다.

도노무라가 고지식한 얼굴로 다시 전자계산기를 두드리더니 "역시 3억 엔쯤" 하고 말했다.

"그렇게나?"

이제 약 1백억 엔의 매출액을 올리는 회사가 됐는데도 3억 엔이라는 큰돈을 빌린다고 생각하자 쓰쿠다는 덜컥 겁이 났다. 덩치가 큰 편이라 겉보기는 투박하고 괄괄한 중소기업 사장님처럼 보이지만 내면은 여전히 섬세한 연구자다.

"현재 영업 실적으로는 모자랄지도 모르겠는데요."

도노무라가 말을 이었다. "아무튼 수익 상황이 좀 그러니까요."

수익 상황이 그다지 좋지 못하다는 말을 조심스레 돌려 말한다. 소심한 면도 은행원이다.

"미안해."

은행 파견직원이다 보니 부하직원이 아니라 은행원에게 한 소리 듣는 것 같아 쓰쿠다는 사과했다. 파견직원을 받은 건 처음인데, 마치 은행 출장소가 사내로 자리를 옮긴 듯한 느낌이었다.

"그런데 빌려줄까?"

"역시 줄다리기를 좀 해야겠죠."

도노무라의 답변은 마치 현금자동입출금기에서 튀어나오는 명세서처럼 무뚝뚝했다.

"그렇군……."

"안 그래도 대출금이 좀 많으니까요."

말투는 정중했지만 가슴에 푹 꽂히는 말이었다.

"이러저러해서 지금 대출금이 20억 엔 가까이 됩니다. 이대로 가면 이번 분기는 적자가 날 테고……. 이 상황에서 3억 엔은 쉽지는 않겠죠. 연구개발비도 꽤 많이 불어난 것 같으니……."

도노무라는 쓰쿠다제작소가 안고 있는 문제점을 넌지시 지적했다.

"연구에는 여러모로 돈이 드는 법이야."

쓰쿠다의 변명에 도노무라는 "그렇겠죠" 하고 대답했지만 수긍하지 못한 낌새가 슬며시 전해져왔다.

"하지만 연구 덕분에 엔진 관련 특허도 땄으니 상용화하면 매출에 공헌하겠지. 이런 식으로 은행을 설득할 수는 없을까?"

도노무라는 잠자코 생각에 잠겼다.

"은행은 거액의 개발비를 들여 취득한 특허가 소위 '장롱 특허'가 되지는 않을까 걱정일 겁니다. 그 부분을 어떻게 잘 설명하면 될 것도 같은데요."

"그건 좀 어려울지도 모르겠어. 아직 제품에 도입해보지 않았으니."

"게다가 엔진 관련이라고 해도 수소엔진이지 않습니까?"

도노무라가 쓰쿠다의 안색을 살피며 완곡하게 말했다.

"수소엔진 밸브 시스템은 실용성이 전혀 없다는 뜻이야?"

쓰쿠다는 약간 울컥했다. 특허 자체는 밸브 시스템으로 받았지만, 거기서 배양된 기술과 노하우가 본업인 엔진을 비롯한 다양한 기술로 파급돼 효과를 얻고 있었다. 쓰쿠다는 이런 연구개발이 쓰쿠다제작소의 기술 수준을 향상시킨다고 믿었다.

"아니요, 그러니까 저 말고 은행이 어떻게 생각하느냐가 문제죠."

도노무라가 급히 변명했다. "분명 연구개발비에 대해 말이 나올 거라……."

대화를 듣고 있던 쓰노의 입에서 무거운 한숨이 새어 나왔다.

"도노무라 부장, 우리는 연구개발형 기업이야. 기술력과 노하우는 연구개발로 축적된다고. 기술력과 노하우가 없으면 우리 같은 회사는 당장 경쟁력과 우위성을 잃고 말걸."

"그런가요……."

도노무라가 반론다운 반론을 하지 않아 더 이상 부딪치지 않고 논의는 마무리됐다. "말귀를 알아먹어야지" 하는 쓰노의 혼잣말에 짜증이 묻어 있었다.

"바로 대출 신청에 필요한 자료를 준비하겠습니다."

도노무라는 달아나듯 자리를 떴다.

"뭡니까, 저게."

자기 자리로 돌아가는 도노무라의 뒷모습을 문 너머로 바라보며 쓰노가 혀를 찼다. "하고 싶은 말이 있으면 똑똑히 하면 되잖아요."

쓰쿠다는 내 말이 그 말이라고 생각했지만 "아직 거리낌을 느껴서 그렇겠지"라는 표현으로 바꾸었다.

"도노무라 씨도 우리랑 잘 해나가고 싶은 마음과 은행 관계자라는 입장 사이에서 갈등하고 있지 않을까?"

"모르는 바는 아닌데요."

쓰노는 불만인 듯했다. "저 사람, 정말 우리 회사의 장래에 대해 진지하게 생각하는 걸까요? 암만 봐도 돈 문제만 걱정하는 것 같습니다. 철두철미하게 은행원 마인드랄까요."

쓰쿠다도 동감이었지만 잠자코 있었다. 사장이 그런 소릴 했다가는 수습이 안 된다.

쓰노가 말을 이었다. "경리와 자금 융통이 전문인 사람이 기술의 중요성을 어떻게 다 알겠어요. 하지만 이해가 안 되면 가르쳐 달라고 하는 게 도리잖아요. 그런데 개발비가 많으니 적으니만 따지다니, 어휴."

"진정해, 쓰노 씨."

쓰쿠다는 화가 난 쓰노를 달랬다.

"아직 적응이 덜 된 거야. 좀 더 길게 보자고."

"뭐, 사장님이 그렇게 말씀하신다면야……."

입속으로 그런 말을 웅얼거리며 쓰노는 사장실을 나섰다.

사장실에 혼자 남은 쓰쿠다는 팔걸이의자에 앉은 채 눈을 감았다. 거래처의 뒤통수 치기, 정리해고의 필요성, 자금난, 사내 갈등—간단히 해결될 만한 문제는 하나도 없다.

회사 경영은 이러한 문제들과의 싸움이다.

대체 난 뭘 하고 있는 걸까…….

비록 아버지의 죽음이 계기였다고는 하나, 쓰쿠다제작소라는 변두리 공장을 이어받은 것은 쓰쿠다에게 일종의 좌절이었다. 시험위성 발사 실패로 쓰쿠다는 연구자로서 설 곳을 잃었다.

어릴 적 쓰쿠다의 꿈은 우주비행사였다. 어린 쓰쿠다는 도서관에서 읽은 아폴로 계획 이야기에 그때까지 읽은 어떤 책보다도 설레는 마음으로 푹 빠져들었다. 그럴 만도 하다. 거기 적힌 모험담은 공상이 아니라 틀림없는 사실이었으니까.

1969년 7월 20일, 달의 북위 0.8도, 동경 23.5도에 위치한 거대한 크레이터 '고요의 바다'에 착륙한 우주선 이야기 속에서 어린 쓰쿠다는 닐 암스트롱 선장이 통솔하는 아폴로 11호의 승무원 중 한 명이었다. 당시 쓰쿠다는 단순히 그 위대한 업적에만 눈길을 사로잡혔을 뿐, 아폴로 계획이 '돈이 너무 많이 든다'는 이유로 비판받은 줄은 꿈에도 몰랐다.

우주비행사가 되겠다는 꿈은 이루지 못했지만, 우주에 대한 흥미는 로켓공학으로 옮겨갔고 이내 그 방향성에 쐐기를 박는 말을 접했다. 어떤 강의에서 로켓공학 전공인 조교수가 학생들에게 이런 이야기를 들려준 것이다.

"너희 중에 분명 로켓공학에 흥미를 품은 사람도 있을 거야. 로켓공학이라는 드넓은 미지의 분야에 도전하겠다는 열의는 그 무엇과도 바꿀 수 없이 소중해. 그 열정을 평생 잊지 말기 바란다. 나를 포함해 로켓공학에 뜻을 둔 사람에게 로켓엔진은 지력과 상상력을 훌쩍 뛰어넘은 제조품, 이를테면 성역이지. 그야말로 신의 영역이야."

신의 영역.

그 말에 쓰쿠다는 한없는 매력을 느꼈다.

그 잊을 수 없는 강의를 해준 조교수가 바로 훗날 은사가 되는 오바 가즈요시였다. 오바는 최첨단 기술을 보유한 연구자이자, 실제로 로켓엔진을 개발하는 뛰어난 기술자이기도 했다. 그 후 오바의 연구실에 들어간 쓰쿠다의 꿈은 우주비행사에서 자신이 설계한 엔진으로 로켓을 쏘아 올리는 것으로 바뀌었다. 하지만—.

그 꿈은 깨졌다.

쓰쿠다는 아버지 때부터 사용해온 팔걸이의자에 앉아 그때 오바가 던진 말을 떠올렸다.

―현 시각부로 비행을 긴급 중지한다. 보안 커맨드 발동.

보안 커맨드가 발동되는 순간 쓰쿠다의 꿈도 로켓과 함께 바다에 가라앉아 사라졌다.

2

"이야기는 도노무라 씨한테 들었지만, 3억 엔을 한꺼번에 대출해드리기는 솔직히 어려운 부분이 있습니다."

야나이 데쓰지는 고지식하고 엄격한 표정으로 쓰쿠다를 바라보았다. 야나이는 시로미즈은행 이케가미 지점의 대출담당자로, 직함은 과장대리다. 평사원이 많은 기업대출과에서 실질적으로 서열 2위인 야나이의 발언에는 무게가 실린다.

달력이 5월로 바뀐 화창한 날 아침, 도노무라가 "은행에 가서서 이야기를 한번 해보시죠" 하고 말했다.

"금액을 줄이는 편이 좋을까?"

쓰쿠다는 물어보았다.

"만약 줄일 수 있다면, 그게 최선의 방책이겠죠."

야나이는 평소 뜸 들이는 구석이 있다. 쓰쿠다가 흐음, 하고 모호하게 답하자 딱딱한 시선을 흘끗 던지더니 "문제는 쓰쿠다제작소의 펀더멘탈입니다" 하고 거드름을 부렸다.

그게 뭔데? 쓰쿠다는 옆에 앉아 있는 도노무라에게 눈빛으로 물었다.

"요컨대 저희의 영업환경과 경영체질이 문제라고 하시는 것 같습니다."

도노무라가 설명했다. 야나이가 말을 이어받았다.

"일단 대출금이 너무 많아요. 게다가 그걸 어디에 어떤 형태로 썼는지 모르겠습니다. 그래서는 저희 입장에서도 곤란하죠."

"지금 연구개발비를 말씀하시는 겁니까, 야나이 씨?"

쓰쿠다는 진절머리를 내며 물었다.

"사장님도 여러모로 생각이 있으시겠지만, 연구가 매출로 이어졌다고 할 수는 없잖아요?"

"이어졌습니다."

쓰쿠다는 따지듯이 말했다. "저희가 연구개발에 힘쓰는 걸 거래처에서도 높이 평가하고 있어요. 그러니까 지금까지 영업실적이 성장한 것 아니겠습니까?"

"과연 그럴까요?" 야나이는 의문을 제기했다.

"그런데 지금까지 많은 자금을 투입해서 뭘 개발하셨습니까? 예를 들어 엔진 부품이라 해봤자 수소엔진 쪽이잖아요. 그걸 어떻게 제품화하실 건데요? 자동차엔진에 도입하는 연구가 진행 중이라는 이야기는 들었지만, 실용화하려면 아직 멀었다던데요. 현재 수소엔진으로 움직이는 건 기껏해야 로켓 정도입니다. 로켓 엔진을 수주할 수 있을까요? 어림도 없죠."

"그야 모를 일이죠."

쓰쿠다의 반론에 야나이는 어처구니없다는 표정을 지었다.

"로켓은 말이죠, 국가연구개발기관이 주도해서 제작합니다. 로켓 본체의 제작과 운영을 민간에 위탁하기는 합니다만, 파트너로 지명되는 건 데이코쿠중공업을 비롯한 대기업뿐이에요. 실례지만 동네 중소기업이 낄 곳이 아니라고요. 쓰쿠다제작소는 쓸모가 거의 없는 장롱 특허에 십수억 엔을 쏟아부은 겁니다. 그걸 회수할 전망이 있으면 말씀 좀 해주시죠."

이야기 중간부터 눈을 감고 팔짱을 낀 채 듣고 있던 쓰쿠다는 그제야 눈을 떴다.

"구체적인 방안은 검토 중이오."

쓰쿠다는 말을 이었다. "하지만 한 가지 말해두겠는데, 우리가 출원한 밸브 시스템 특허는 현재 세계적으로 봐도 최고 수준이오. 그건 틀림없소. 범용성이 높은 기술이라 로켓뿐만 아니라 다양한 제품에 응용할 수도 있단 말이오. 그뿐만 아니라 개발 과정에서 얻은 기술과 노하우도 다양한 형태로 신형 엔진 개발에 도움이 되고. 그래서 이런 연구를 계속해야 하는 거요."

"원래 우주과학개발기구에 계셨다면서요, 사장님."

야나이가 말했다. "그때 로켓엔진 개발에 몸담으셨다고 들었습니다. 뭐, 국가연구기관에서야 돈을 마음대로 쓸 수 있을지도 모르지만, 지금은 사정이 다르실 텐데요."

야나이가 쓰쿠다의 마음속 오래된 상처를 건드렸다. 쓰쿠다는 기분이 상해 상대의 눈을 똑바로 쳐다보았다.

"로켓 개발의 역사에는 부족한 예산을 가지고 필사적으로 애쓴 사람들의 피와 땀이 묻어 있소. 우리 기술에 대해 아무것도 모르면서."

쓰쿠다가 내뱉듯이 말하자 "당연하죠"라는 반론이 돌아왔다.

"알 게 뭡니까. 잘 들으세요. 세상에는 세계 최초의 최첨단 기술이랍시고 투자와 대출을 받으려는 사람들이 쌔고 쌨습니다. 지난달만 해도 물로 가동되는 컴퓨터니 영구 가동 모터니 별 희한한 이야기를 다 들었어요. 하나같이 이미 특허를 취득했거나 출원할 예정이라더군요. 하지만 전부 거절했습니다. 그게 그렇게 대단한 기술이라면 내버려둬도 대기업이 덤벼들 테니까요. 분명 귀사의 기술을 정식으로 평가해보지는 않았습니다. 하지만 평가하려면 수백만 엔을 주고 전문기관에 의뢰해야 해요. 평가에만 그만한 돈이 들어간다고요. 그런데 역시 가치가 없다는 결론이 나오면 어떻게 합니까? 특허에 관련된 사안에는 거품이 많아요."

"그만 됐소."

쓰쿠다는 다 귀찮아져서 물었다. "우리 대출 건은 어떻게 되는 거요? 그것만 확실히 말해주시오."

"저희 은행에서 쓰쿠다제작소의 기술 개발력을 높이 평가하는 사람은 아무도 없습니다."

야나이는 딱 잘라 대답했다. "지점장님도 부정적이시고요."

베테랑 지점장 네기 세쓰오의 융통성 없는 얼굴이 떠올랐다. 몇 번 이야기해봤는데 토지, 건물, 숫자로 나타낸 실적 등 한눈에 들어오는 것에는 이해심을 발휘하지만, 최신 기술에는 무지하고 무관심한 양반이다.

"그럼, 어떻게 하면 될지 말해봐요."

야나이는 뺨을 잔뜩 부풀렸다가 입술을 오므리고 숨을 길게 내쉬었다.

"어떻게 하면 된다는 구체적인 방안이 있는 건 아니지만, 연구개발에 더 이상 돈을 들이는 건 찬성하기 힘들군요."

"연구개발을 그만두라는 거요?"

"그런 말씀은 안 드렸습니다."

야나이는 약삭빠르게 빠져나갔다. "도노무라 씨가 든든한 참모로 계시니, 올바른 방향을 한번 찾아보시죠."

든든한 참모? 쓰쿠다는 옆에 있는 고지식한 남자를 힐끗 보고 한숨을 내쉬었다.

"연구개발을 멈추지 않는 한 대출은 없다니, 그게 연구를 그만두라는 뜻이지 뭐야."

돌아오는 차 안에서 쓰쿠다가 투덜댔지만 도노무라는 "아, 네", "그렇군요", "어쩔 수 없죠" 하는 둔감한 반응을 보였다. 쓰쿠다는 '참모'의 태도에 화가 났다. 도노무라가 야나이에게 그렇게 말하라고 시킨 것은 아닐까 되잖은 의혹까지 고개를 쳐들었다. 부하직원을 진심으로 믿지 못하는 자신에게 실망해 쓰쿠다는 입을 다물었다.

은행을 나선 차가 오타구 가미이케다이의 조용한 주택가에 들어섰을 때였다.

"꿈은 좀 보류하시는 게 어떨까요?"

조수석에서 중얼거린 말이 쓰쿠다의 귀에 들어왔다. 신호등이 없는 교차로에서 쓰쿠다는 무심코 브레이크를 밟고 도노무라를 바라보았다. 도노무라는 골똘히 생각하는 표정이었다.

"사장님, 회사에서는 아무도 말을 안 하니까 제가 말씀드리는 수밖에 없겠네요. 사장님은 아직 연구자였던 시절의 꿈을 못 버리셨어요. 하지만 사장님은 이제 연구자가 아닙니다. 경영자예요. 사장님은 연구를 못마땅하게 여기는 게 저뿐이라고 생각하실지도 모르지만, 회사에는 저 같은 사람이 적지 않습니다. 기껏 거둔 이익이 연구비로 소진된다고 생각한다고요. 사장님 말씀처럼 연구개발 성과가 현재 매출로 이어졌다고 받아들이는 사람은 오히려 소수입니다. 이대로 가다가는 직원들의 마음이 뿔뿔이 흩어질 겁니다. 그러니 연구개발을 그만두지는 않더라도 운영자금을 다른 곳으로 돌려보는 건 어떨까요? 수소엔진 말고 좀 더 실용적인 엔진에 집중하면 직원들의 마음도 단결될 테고, 진짜 실익으로 이어질 겁니다. 그렇게 하시죠, 사장님."

쓰쿠다는 할 말을 잃고 그저 도노무라를 쳐다봤다. 신기하게도 화는 나지 않았다. 도노무라의 진정 어린 마음이 전해졌기 때문이다. 어느 틈엔가 뒤에 서 있던 차가 울린 경적 소리를 듣고서야 새하얘진 머릿속에 현실의 풍경과 소리가 되돌아왔다.

다시 가속 페달을 밟았다.

오타에는 언덕길이 많다. 올라가고 구부러지고 다시 내려간다. 쓰쿠다는 어쩐지 자기 인생 같다고 생각했다. 그렇다면 지금은 내리막길인가.

"생각해볼게."

소규모 공장들이 밀집한 가미이케다이에 있는 회사에 도착하자 쓰쿠다는 그렇게 중얼거렸다. 조수석에서 내내 침묵을 지키고 있던 도노무라가 안도한 표정을 지었다.

도노무라도 이렇게까지 거침없이 말하기 위해 큰 용기를 냈을 것이다. 어쩌면 쓰쿠다가 화를 펄펄 내며 파견을 취소하고 돌려보낼지도 모르는데. 그래도 도노무라는 의견을 말했다. 아니, 충언했다고 해야 옳을지도 모르겠다.

도노무라가 요령 있는 사람은 아니다. 그렇지만 회사를 진심으로 걱정해줘서 기뻤다.

"고마워, 도노무라 씨."

쓰쿠다는 차에서 먼저 내려 현관 계단을 풀쩍풀쩍 올라가는 도노무라의 여윈 뒷모습을 향해 중얼거렸다.

그런데—.

사옥으로 들어간 도노무라가 다시 허둥지둥 뛰어 내려왔다.

"사장님, 큰일 났습니다. 이런 게……."

도노무라가 내민 봉투를 보고 쓰쿠다는 말문이 막혔다.

도쿄지방법원에서 보낸 소송장이었다.

3

쓰쿠다는 사장실에서 머리를 감싸 안았다.

"뭐가 어떻게 된 거야. 스텔라 기술에 소송을 걸다니."

경쟁사 나카시마공업이 특허 침해로 쓰쿠다제작소를 고소했다.

문제는 손해배상액이다.

90억 엔.

말도 안 되는 액수였다.

5년 전에 출시한 스텔라는 소형 엔진과 관련 부품을 제조하는 쓰쿠다제작소의 라인업 가운데 최고의 효자 상품이다. 이 고성능 소형 엔진의 제조 판매가 쓰쿠다제작소 매출의 30퍼센트를 차지한다. 매년 개량을 거듭한 끝에 사양을 대폭 변경한 최신형을 작년 봄에 출시했다. 독자적으로 개발한 연료 시스템을 탑재했건만, 나카시마공업이 자사에서 개발한 엔진을 베꼈다고 단정하고 특허를 침해했다는 이유로 판매 중지를 요구하는 내용의 소송을 건 것이다.

"망할!"

벌컥 화가 나서 쓰쿠다는 욕설을 내뱉었다. 소형 엔진 분야에서 라이벌 관계다 보니 나카시마공업과는 사사건건 다툴 때가 많다. 분명 출시하고 몇 달 지났을 무렵, 나카시마공업이 스텔라 엔진의 사양에 문제가 있는 것 아니냐고 클레임을 제기하기는 했다. 하지만 사내에서 검토한 후 양사의 협의를 거쳐 나카시마공업이 주장하는 내용에 오해가 있으며 스텔라에는 아무 문제도 없다는 결론에 도달했다.

"따라쟁이 주제에 뭔 헛소리야! 불만을 제기하고 싶은 건 우리라고. 애당초 우리 엔진 사양을 흉내 내서 경쟁품을 만든 게 누군데 그래."

소식을 듣고 달려온 쓰노가 길길이 뛰었다.

돈이 될 것 같으면 재빨리 그 분야에 끼어드는 전략 때문에 나카시마공업은 업계에서 '따라쟁이 공업'이라고 야유받는다.

"그런데 자기네 엔진이랑 조금 닮았다고 특허 침해라니."

"그게 나카시마공업의 전략이니까요."

도노무라가 상기된 얼굴로 말했다. "일단 베낀다. 그리고 상대방 기술에 트집을 잡아 풍파를 일으킨다. 상대가 작은 회사면 더 거침없죠."

"그게 1부 상장회사가 할 짓이야?" 화가 가라앉지 않는지 쓰노는 도노무라에게 따지고 들었다.

"거기는 그런 회사입니다."

도노무라는 달래듯이 말했다. "일단 소송을 당한 이상 내버려 둘 수는 없죠. 사장님도 아시겠지만 소송장을 무시하면 재판에 지니까요. 저희도 대항해야 할 텐데, 아무래도 기술과 지식재산 쪽에 정통한 변호사를 선임해야 할 것 같습니다. 전에 언뜻 들었는데, 따라쟁이 공업에서는 특이하게도 기술 분야 경력자를 고문 변호사로 영입하고 있다고 합니다. 왜인지 아시겠습니까?"

"재판을 유리하게 끌고 가려고?"

쓰쿠다의 말에 도노무라는 각진 얼굴을 위아래로 끄덕였다.

"쉬운 재판은 아닐 겁니다, 사장님. 재판에는 사람과 시간이 들어가요. 사전에 변호사와 협의해 승산이 있다고 판단했으니까 이런 걸 보낸 겁니다."

도노무라는 소송장을 노려보았다.

"환장하겠군. 염치는 어디 팔아먹은 거야."

화를 풀 곳이 없어 쓰쿠다는 천장을 올려다보았다.

"이건 상대 쪽 전략입니다."

도노무라가 말을 이었다. "그리고 나카시마공업에 소송을 당했으니 대외적인 신용에도 영향을 받겠죠. 은행도 예외는 아니고요."

"뭐라고?"

쓰쿠다는 어이가 없어서 도노무라를 쳐다보았다. "은행이 이런 터무니없는 이야기를 곧이듣는다고? 말도 안 돼."

"일반인들은 나카시마공업이 나름대로 근거가 있어서 소송을 걸었다고 받아들일 겁니다. 물론 우리가 옳은지 그른지와는 상관없이요."

너무나 부조리한 이야기다.

"생각해보십시오. 만약 소송에 져서 스텔라를 판매 중지하면 매출에 약 30퍼센트의 손실이 생깁니다. 게이힌기계공업과 거래가 중지된 것까지 합치면 매출액이 40퍼센트 가까이 감소하는 셈이죠. 그러면 적자고 뭐고 회사 자체가 위태로워집니다. 은행은 언제나 최악의 상황을 고려하니까 더더욱 대출해주기를 망설이겠죠."

"잠깐만, 재판에 진다고?"

쓰쿠다는 언성을 높였다. "그럴 리가 있나. 이건 완전히 생트집이잖아. 도노무라 씨도 알 텐데."

"물론입니다."

도노무라는 차근차근 설명하는 투로 말했다. "하지만 시로미즈은행 사람들도 그걸 알까요? 아직 판결도 안 나왔는데 이 재판에서 우리가 이길 거라고 어떻게 증명하겠습니까?"

분통이 터졌지만 도노무라의 말에도 일리가 있다. 쓰쿠다는 입을 꾹 다물었다.

"일단 이렇게 까다로운 일을 맡아줄 변호사부터 찾아보도록 하죠. 혹시 아시는 분 있으십니까?"

도노무라가 물었다.

"대학 동기 중에 변호사가 몇 명 있기는 한데, 다들 졸업하고는 얼굴 한 번 안 본 사이야. 다나베 변호사님으로는 안 될까?"

오피스 빌딩이 즐비한 고탄다에 사무실을 둔 다나베 아쓰시는 거래처와 계약서를 쓰거나 할 때 도움을 받는 변호사다. 매달 수만 엔의 고문료를 지불하고, 소송까지 가본 적은 없지만 납품 대금이 연체되는 등의 문제가 발생하면 힘이 되어준다.

"다나베 변호사님이 기술 분야도 잘 아십니까?"

"글쎄……."

쓰쿠다는 고개를 갸웃했다. "계약 위반이나 손해 배상이야 잘 알겠지만, 특허 운운하는 복잡한 이야기는 안 해봤어. 하지만 그밖에 달리 생각나는 변호사는 없군."

"그러면 일단 상담해볼까요?"

가만히 생각에 잠겼던 도노무라는 그렇게 말하고 전화를 걸러 나갔다.

도노무라의 뒷모습을 바라보던 쓰쿠다가 피곤한 한숨을 내쉬었다. 그때, 문을 두드리는 소리가 나더니 어벙하고 촌스러운 인상의 남자가 고개를 들이밀었다. 야마사키 미쓰히코였다.

올해 38세의 야마사키는 쓰쿠다제작소의 기술개발부를 이끌고 있다. 직책은 기술개발부장. 쓰쿠다와 같은 대학교 후배로 성실한 연구자였지만, 교수와 뜻이 맞지 않아 5년 전에 연구실을 뛰쳐나온 특이한 경력을 가지고 있다.

부스스한 머리와 삐죽삐죽 자란 수염에 검은 뿔테 안경을 쓰고 때 묻은 흰색 가운을 입은 야마사키는 어떻게 봐도 오타쿠처럼 보인다. 실제로 세 끼 밥보다 연구를 더 좋아한다. 그런 탓인지 마흔 살이 코앞으로 다가온 지금도 싱글이다.

"나카시마가 소송을 걸었다면서요? 뭐가 어떻게 된 건가요, 사장님?"

야마사키는 숫기 없는 성격 그대로 더듬더듬 물었다. 약간 숙인 얼굴에 긴 머리카락이 몇 가닥 드리워졌다. 남과 이야기할 때 버릇인지 가운뎃손가락으로 자꾸 안경을 밀어 올렸다.

"모르겠어."

쓰쿠다는 그렇게 대답하고 물어보았다. "야마, 요전번에 나카시마에서 시비 걸었을 때 왔던 담당자 있잖아. 기획부 매니저랬나. 그 사람 명함 가지고 있어?"

"잠깐만요."

야마사키는 가운 가슴 쪽과 엉덩이 쪽을 손으로 탁탁 두드리다가 바지 호주머니에서 휴대전화를 꺼냈다.

"이름을 등록해놨을 거예요. 안 지웠을 텐데……. 아, 찾았다."

야마사키가 휴대전화를 돌려 등록된 이름을 쓰쿠다에게 보여주었다. "직책은 사업기획부 법무팀 매니저였을 겁니다."

미타 기미야스.

"그래, 이 녀석이야."

몇 달 전 저쪽에서 클레임을 제기했을 때 몇 번 만난 남자다.

쓰쿠다와는 동년배다. 대기업 관리직답게 멀끔하게 차려입었지만 건방진 인상이 머릿속에 똑똑히 남아 있었다.

책상에 놓인 전화로 그 번호를 눌렀다. 대표번호가 아니라 부서 직통이다. 전화를 받은 젊은 남자에게 이름을 말하자 "잠깐만 기다리세요" 하더니 〈카논〉이 오르골 음색으로 흘러나왔다.

꼴같잖은 짓을 한다고 생각하며 한참을 기다린 끝에야 "무슨 용건이십니까?" 하고 딱딱한 목소리가 들렸다. 미타가 아니라 아까 전화를 받은 남자였다.

"소송 때문에 연락드렸는데요."

"그럼 딱히 드릴 말씀이 없다고 하시는데요."

남자가 성질을 돋우는 대답을 내놓았다.

"그쪽에는 없어도 이쪽에는 있다고 전해요!"

쓰쿠다가 단호하게 대꾸하자 다시 보류음이 흐르다가 "네, 여보세요" 하고 다른 목소리가 들렸다. 이름도 밝히지 않았지만 아무래도 미타 본인인 듯했다.

"쓰쿠다제작소의 쓰쿠다입니다. 실은 오늘 나카시마공업에서 접수한 소송장이 와서요."

상대는 묵묵부답이었다. 화가 나서 "여보세요?" 하고 짜증 섞인 목소리로 부르자 "네" 하고 귀찮은 듯 대답했다.

쓰쿠다는 말을 이었다.

"엔진 사양에 대한 저희 입장은 지난번과 동일합니다. 그쪽에서도 딱히 문제는 없다고 인정한 걸로 아는데 어떻게 된 겁니까? 설명 해주시죠."

"인정했다고요? 그런 적 없는데요. 뭔가 착각하시는 거 아닙니까?"

목소리에서 적의가 묻어났다.

"잠깐만요, 미타 씨. 그때 저희 회답에 아무 반론도 못 했잖습니까. 당신뿐만 아니라 그쪽 기술 부문 직원들도 인정할 수밖에 없었으니 그랬겠죠."

쓰쿠다의 머릿속에 반쯤 잊었던 그간의 경위가 되살아났다.

2월경, 나카시마공업이 위협적인 문체로 "귀사가 개발해 판매 중인 엔진 '스텔라'는 당사가 소유한 특허를 침해했다"는 취지의 내용증명 우편을 보냈다.

쓰쿠다와 야마사키가 중심이 돼 사내에서 검토한 결과, 비슷한 점이 없지는 않으나 따지자면 나카시마공업에서 모방을 한 셈이므로 우리에게는 잘못이 없다는 결론에 도달했고, 그러한 취지를 통지했다. 미타와는 두어 번 만나서 이야기를 나누었던가.

그 후, 나카시마공업의 제안을 받아들여 도내 호텔에서 정식으로 검토회를 열었다. 지금까지의 주장을 고수한 쓰쿠다에게 나카시마공업이 몇몇 반론을 내놓았지만, 쓰쿠다는 꼼꼼하고 성의 있는 답변으로 상대방을 납득시켰다. 결국 검토회는 쓰쿠다제작소의 주장이 받아들여지는 형태로 마무리됐다.

"그런데 인정한 적 없다니, 이제 와서 그게 무슨 소리입니까? 뭘 어떻게 인정할 수 없는지 말씀 좀 해보십시오."

"그야 소송장을 보면 아실 텐데요."

미타는 딱딱한 말투로 대꾸했다. 쓰쿠다제작소에서는 쓰쿠다와 야마사키 두 명만 검토회에 참석한 반면, 나카시마공업에서는 기술 부문을 중심으로 10명이 넘는 직원들이 참석했다. 기술적인 부분에 대한 논쟁은 그때 입이 닳도록 했건만.

"소송장을 봐도 모르겠으니까 묻는 겁니다. 재판이 웬 말입니까? 반론이 있었으면 검토회 때 내놨으면 되는 거 아닙니까? 아니, 그 후라도요. 그런데 뜬금없이 소송이라니, 너무한 거 아닙니까!"

"확실히 말씀드려야겠네요."

미타가 입을 열었다. "그쪽의 일방적인 주장에 반론해봤자 한도 끝도 없을 것 같아서 잠자코 있었을 뿐입니다. 눈치가 그렇게 없습니까?"

쓰쿠다는 뱃속에서 뜨거운 분노가 부글부글 끓어올랐다.

"그럼 검토회는 왜 연 겁니까?"

"뭐, 아무튼요."

미타는 제대로 대답하지 않고 완전히 얕잡아보는 투로 말했다. "사장님 생각이야 어떻든 이번 일은 법원에서 결판을 내줄 겁니다. 그러니 저는 더 이상 드릴 말씀이 없어요."

"미타 씨, 그건 사회적인 상식에 어긋나는 짓 아닙니까?"

쓰쿠다의 말에 미타는 "사회적인 상식?" 하고 얼빠진 목소리로 말했다. 핫, 하는 짧은 웃음소리가 뒤를 이었다. 그러고는 비웃으며 물었다.

"실례했습니다. 사장님이 말씀하시는 사회적인 상식은 뭡니까? 그 말의 정의가 도대체 뭐예요?"

너무 화가 나서 쓰쿠다는 눈앞이 노래졌다.

젊은 시절 대학 연구실에서 토론했던 기억이 문득 떠올랐다. 학자랍시고 걸핏하면 "그 말의 정의는 뭐야?" 하고 따지고 드는 친구가 있었는데, 쓰쿠다는 그 녀석이 정말 싫었다.

"정의고 나발이고, 괜히 말 돌리지 마!"

쓰쿠다는 피가 거꾸로 솟아서 말을 거칠게 내뱉었다.

"지금 녹음 중이라는 것만 알아두십시오." 미타가 말했다.

"그래서 뭐 어쩌라고."

쓰쿠다는 기죽지 않고 받아쳤다. "아무 잘못 없는 상대한테 소송을 걸어서 부진을 만회해보려는 수작인지는 모르겠지만, 대기업이 재판을 돈벌이 도구로 써도 되나?"

"아무 잘못이 없다는 건 당신의 일방적인 견해죠, 쓰쿠다 사장님."

미타는 능글맞게 말했다. "제 생각은 다릅니다. 당신들은 우리 회사의 특허를 침해해서 부당한 이득을 취했어요. 그걸 바로잡는 게 정의겠죠. 여기서 이렇게 다퉈봤자 아무 의미도 없으니, 법원에서 흑백을 가리도록 하죠."

미타는 자신만만했다. "자, 그렇게 아시고 이만 전화 끊겠습니다. 앞으로 이 일에 관해서는 저 말고 대리인인 변호사에게 연락

주시기 바랍니다. 그때는 협박조로 말씀 안 하시는 편이 좋을 겁니다. 그럼 이만."

그 말과 함께 전화가 끊겼다.

"이런 썩을!"

쓰쿠다는 벌컥 화를 내며 수화기를 내팽개치듯 내려놓고 팔짱을 꼈다.

"뭐라고 하던가요?" 야마사키의 시선이 불안하게 흔들렸다.

"인정한 적 없대. 아무 잘못도 없다는 건 우리의 일방적인 견해라는군. 그게 검토회 때 박살난 인간이 할 소리야?"

발끈하면 겉으로 그대로 드러나는 쓰쿠다와 달리 야마사키는 속에 담아두는 타입이다. 그래서 화가 나면 조용해진다. 창백한 얼굴로 관자놀이를 움찔거린다. 지금이 바로 그랬다.

"당사자 간의 논쟁으로는 이길 수 없을 것 같으니 법률을 끌어들여 진실을 왜곡하려는 거겠지. 일류 법률사무소의 우수한 변호사를 워낙 많이 거느리고 계시니까 말이야."

쓰쿠다는 잔뜩 비아냥거리는 투로 말했다.

"소송을 걸어서 우리 엔진을 못 팔게 하면 저쪽에 이득이 된다는 건가요?" 야마사키가 물었다.

"그런 셈이지. 더러운 수작이야."

같은 분야에서 경쟁을 벌이는 상대에게 소송을 걸어 발목을 잡는다. 용서할 수 없는 폭거다.

"정의는 우리 편이야."

쓰쿠다가 스스로를 격려하듯 중얼거렸을 때 통화를 마친 도노무라가 돌아왔다.

"다나베 변호사님은 오늘 오후 6시 이후에나 시간이 난다는데 어떻게 할까요?"

수첩을 펼쳤다. 저녁에 업계 사람들과 친목회를 잡아놓았다.

"가겠다고 말씀드려."

쓰쿠다는 '친목회'라는 글자에 두 줄을 북북 그었다.

4

"나카시마공업이 소송을요?"

고탄다의 사무실을 방문해 사정을 설명하자 예순 살의 노련한 고문 변호사는 눈썹을 찡그렸다. "특허를 침해했다니 어떤 점이?"

"연료를 엔진 내부로 효율적으로 공급하는 제어 장치에 문제를 제기했어요."

"제가 설명하겠습니다" 하고 쓰쿠다의 말을 이어받은 야마사키가 가지고 온 엔진 모형을 꺼내 상세하게 설명했다. 특허 침해 소송이므로 기술적인 부분은 반드시 이해하고 넘어가야 한다. 다나베는 처음에는 열심히 귀를 기울였지만 점차 반응이 둔해지더니, 5분쯤 지나자 말없이 팔짱만 끼고 있었다.

"그만 됐습니다. 들어도 잘 모르겠네요."

다나베는 결국 야마사키의 설명을 만류했다.

야마사키가 당혹스러운 시선을 쓰쿠다에게 던졌다. 괜찮겠느냐고 묻는 것처럼 보였다. 무슨 심정인지 이해하고도 남았다.

다나베가 말을 이었다.

"일단 사실인정*을 해야 하니, 그 같은 사실은 없다고 일축하는 서면을 제출한다 치고…… 요컨대 주안점은 기술의 독창성이겠죠."

그러더니 쓰쿠다가 대답하기 전에 다시 말을 꺼냈다. "하지만 나카시마공업을 상대로 제대로 증명할 수 있느냐가 문제인데. 판사의 심증도요. 대기업에 약한 판사가 제법 많거든요."

"그게 말이 됩니까, 변호사님."

쓰쿠다는 당황해서 말했다. "애당초 심증이 뭡니까? 사실에 입각한 판단이잖아요. 진실은 하나지 않습니까?"

"아니, 그러니까."

노련한 변호사는 약간 울컥한 듯, "특허를 침해하지 않았다는 그쪽 주장은 알겠는데, 상대방도 해볼 만하니까 덤빈 거예요. 그렇게 간단한 문제가 아닙니다"라고 말했다.

"논점을 정확하게 정리하면 저희 주장이 옳다는 걸 알아줄 겁니다."

쓰쿠다의 말에 다나베는 잠시 생각에 잠겼다가 대답했다.

"이런 기술 논쟁은 오래 끌면 끌수록 버거워져요."

"그래서요?"

쓰쿠다는 물었다. "90억 엔을 손해배상금으로 내주라고요? 그

---

* 법원이 사실의 존재 여부를 판단하는 일로, 재판의 기초가 된다.

런 적반하장이 어디 있습니까, 변호사님. 그건 말도 안 되죠."

화를 내는 쓰쿠다 옆에서 도노무라가 냉정하게 물었다.

"다나베 변호사님, 이번과 같은 지식재산에 관련된 재판을 맡으신 적 있으세요?"

지식재산이란 발명과 소프트웨어 등의 무형재산을 뜻한다.

"이건 그렇게 흔한 사례가 아닙니다."

다나베는 그래서 뭐 어쩌라는 거냐는 듯한 표정으로 도노무라를 쏘아보았다. "다만 변호사로서 경험상 보건대, 이런 사안은 단기간에 누가 이기고 진다고 딱 잘라 결판을 내기가 어렵다는 거죠. 고깝게 들리겠지만 나카시마공업도 그걸 염두에 두고 있을 겁니다. 그래서 이런 수단을 택한 걸 테고요. 아무튼 이쪽에서는 특허를 침해한 사실이 없다는 거죠? 그럼 그러한 취지로 답변서●를 쓰겠습니다. 그리고 아까 저한테 해준 설명 말인데, 알기 쉽게 정리해서 보내주시겠습니까? 메일로요."

야마사키가 뭔가 말하려다 입을 다물었다. 일부러 모형까지 가져와서 설명했는데 제대로 듣지도 않고 이런 식이라니. 글로 보면 이해가 되겠느냐고 따지고 싶은 듯한 표정이었다.

"알겠습니다, 변호사님."

속에서 불신감이 피어올라 말문을 닫은 쓰쿠다와 야마사키 대신 도노무라가 대답했다. "회사에서 검토해보겠습니다. 감사합니다."

● 소송을 제기한 사람의 의견에 대응하기 위해 작성하는 문서.

"도노무라 씨, 어떻게 하려고?"

쓰쿠다는 변호사 사무실 근처 주차장에 세워둔 차에 올라타며 물었다.

"일단 부탁받은 자료를 보내야죠."

도노무라가 대답했다. "좀 불안하다고 해서 다른 변호사를 찾아갈 수도 없는 노릇이니까요."

쓰쿠다도 마지못해 고개를 끄덕였다. 아버지가 사장으로 있던 시절부터 계약서 작성, 채권 회수, 직원 노무상담 등 여러모로 다나베에게 도움을 받아왔다. 이번 일에 대한 대응이 불만스럽다는 이유만으로 갈아치우는 건 사람의 도리가 아니다. 다나베도 자기가 감당할 수 있을 것 같으니까 자료를 요청했으리라.

"아까 그 이야기 정말일까? 대기업이 유리하다는 거."

해가 뉘엿뉘엿 저물어가는 나카하라 간선도로에서 오타 방향으로 달리며 쓰쿠다는 내내 마음에 걸렸던 일을 꺼냈다. 뒷좌석에 오도카니 앉은 도노무라가 룸미러 속에서 떨떠름한 표정을 지었다.

"솔직히 말씀드리면 은행에 있을 때도 그런 이야기를 듣긴 했습니다. 하기야 은행은 그런 혜택을 입는 쪽이지만요."

"마음에 안 들어. 판사가 그렇게 한쪽 편을 들어도 되는 거야?"

"그게 현실이죠. 그래도 요즘은 그나마 나아진 편입니다. 은행도 재판에서 지곤 하니까요. 뭐, 바꿔 말하면 그만큼 악랄한 짓을 했다는 거겠죠."

"열 받는군."

쓰쿠다는 불쾌해져서 잠시 입을 다물었다.

"도노무라 씨, 소송을 당했다고 은행에다 이야기했어?"

회사 근처까지 왔을 때 쓰쿠다는 다시 입을 열었다.

"그게요……."

도노무라는 말을 끊고 잠깐 생각에 잠겼다. "역시 말은 해야겠죠. 상호 신뢰가 기본이니까요."

잠자코 있으면 모르지 않겠느냐는 생각이 없는 건 아니었다. 불리한 일은 숨기고 싶은 것이 인지상정이다. 하지만 은행원의 습성 때문인지 도노무라는 자기 얼굴처럼 네모반듯한 의견을 내놓았다.

"그리고 은행과 거래할 때 맺는 계약에도 실적에 영향을 미칠 만한 일이 발생하면 고지하도록 되어 있고요. 스텔라의 연간 판매액은 30억 엔이나 되니까 이번 소송에 관해서는 역시 보고해야 하지 않을까 싶습니다."

"하는 수 없군. 당장 내일이라도 다녀올까."

쓰쿠다가 한숨을 내쉬었을 때 앞 유리창으로 쓰쿠다제작소의 5층짜리 사옥이 보였다.

그런데―.

주차장에 차를 대고 사무실로 올라간 쓰쿠다가 웃옷을 벗기도 전에 휴대전화가 울렸다. 시로미즈은행의 야나이였다. 마침 잘됐다 싶어 쓰쿠다는 내일 만날 약속을 잡으려 했다.

"이러시면 안 되는 거 아닙니까?"

야나이가 딱딱한 목소리로 퉁명스럽게 말했다.

"안 되다니 뭐가요?"

쓰쿠다의 물음에 야나이는 뜻밖의 대답을 내놓았다.

"나카시마공업이 소송을 걸었다면서요."

"그걸 어떻게 알았습니까?"

"언론에 공식 발표됐어요."

"공식 발표?"

쓰쿠다는 무심코 따라하며 고개를 돌렸다. 조금 떨어진 책상에서 놀란 표정으로 이쪽을 쳐다보는 도노무라와 눈이 마주쳤다.

"나카시마공업이 방금, 자사의 특허를 침해한 쓰쿠다제작소에 소송을 걸었다고 언론에 공식 발표했답니다. 본점 담당부서에서 연락을 줬어요. 그렇게 중대한 정보를 숨기고 대출을 신청하다니요. 신의성실의 원칙 위반이지 않습니까."

"딱히 숨기려던 건 아닙니다. 오해하지 말아요."

쓰쿠다는 야나이의 냉랭한 목소리에 적지 않게 동요해 허둥대며 말했다. "오후에 소송장을 받고 고문 변호사한테 다녀온 길이오. 당장 내일이라도 알려야겠다고 도노무라와 이야기한 참이었어요."

"그렇게 중요한 일은 당장 말씀하셔야죠, 내일까지 미루긴 왜 미룹니까."

야나이가 가차 없이 다그쳤다. "쓰쿠다제작소는 괜찮으냐고 지점장님이 몹시 걱정하셨어요. 이러시면 진짜 곤란합니다."

전화에서 쓰쿠다를 불신하는 낌새가 노골적으로 전해졌나.

"그럼 지금 바로 가겠습니다. 연락이 늦어서 미안합니다."

쓰쿠다는 사과했다.

"그러실래요? 그럼 지점장님과 함께 기다리겠습니다."

야나이는 '지점장'을 강조해 말하고 전화를 끊었다.

"야나이 씨가 뭐라고 하나요?"

도노무라가 걱정스럽게 물었다.

"나카시마가 언론에 뿌렸대. 바로 보고하러 오라는군."

쓰쿠다는 대기화면이 표시된 휴대전화를 집어넣으며 말했다. "저쪽에서 먼저 알고 연락을 주다니 골치 아프게 됐어. 다녀올게."

"저도 가겠습니다. 데려가주세요."

곧바로 도노무라가 말했다.

5

지점장 네기는 부루퉁한 얼굴로 입 한 번 벙긋하지 않았다.

은행 응접실. 테이블에는 도쿄 지방법원에서 보낸 소송장과 스텔라의 카탈로그를 펼쳐놓았다. 그 옆에는 엔진 모형이 덩그러니 놓여 있었다.

다나베 변호사의 사무실에서 아마사키가 그랬던 것처럼, 쓰쿠다는 엔진 구조와 이번에 문제가 된 부분을 한 시간 가까이 직접 설명했다. 그리고 어떤 식으로 나카시마공업의 항의에 반박했고, 이번 소송이 얼마나 불합리한지 호소했다.

이야기를 끝내자 잠시 침묵이 흘렀다.

"사장님 말씀은 잘 알겠지만."

말과는 딴판으로 네기의 표정은 언짢아 보였다. "그건 어디까지나 이쪽 주장이고, 저쪽은 저쪽대로 대항할 만한 증거를 들고 나오겠죠."

"어떤 증거를 들고 나오든 저희는 특허를 침해하지 않았습니다. 완전히 사실무근이에요. 재판에 질 리 없습니다."

네기는 쓰쿠다의 주장에 아무런 대꾸도 하지 않았다. 여전히 부루퉁한 얼굴로 잠자코 있다가 "대출을 신청했다고?" 하고 곁에 있는 담당자 야나이에게 물었다.

"운영자금으로 3억 엔을." 야나이가 대답했다.

"3억……."

네기는 어떻게 할지 고민에 잠긴 얼굴로 엄지손가락과 집게손가락을 벌려 턱을 쓰다듬었다. 그러다 야나이에게 쓰쿠다제작소의 파일을 받아 숫자가 줄지어 있는 분석자료를 가만히 들여다보았다.

"개발비에 제법 많이 쏟아부었군요. 그토록 애써 개발한 엔진이 소송에 걸리다니……."

네기는 벌레를 씹은 듯한 표정으로 중얼거렸다. "재판에 지면 엔진은 판매를 중단해야겠죠. 그 이전에 손해배상금이 90억 엔이면 회사가 존속할 수 있을지조차……."

"그렇게 된다면 이 세상에 정의는 없는 거겠죠."

쓰쿠다는 울컥해서 말했다.

"정의라. 그런데 사장님, 정의와 법률은 다른 개념 아닙니까?"

네기는 세상 돌아가는 이치에 통달한 듯한 눈으로 쓰쿠다를 쳐다보았다. "은행은 최악의 사태를 상정하는 법이거든요. 아니, 그렇다고 귀사가 진다는 건 아니고요."

아니긴 뭐가 아니야—.

네기의 말본새 때문에 분노가 소용돌이쳤다.

"무슨 말씀을 하고 싶으신지는 잘 알겠습니다만, 저희도 죽을 맛입니다."

그때 도노무라가 냉정한 목소리로 말했다. "소송에는 철저히 대응할 겁니다. 경과도 수시로 보고드릴 거고요. 그거랑 별개로 대출은 잘 부탁드립니다. 대출을 못 받으면 소송이고 뭐고 자금이 마릅니다. 한 번만 살려주십시오, 지점장님."

도노무라가 머리를 조아렸다. 성미 급한 쓰쿠다 혼자왔다면 냉정하게 대응하지 못했을 텐데 도노무라를 데려오길 잘했다.

"상황이 영 안 좋네요."

하지만 네기의 반응은 차가웠다. "게이힌기계공업하고는 거래가 끊겼죠. 그것만으로도 분명 적자가 날 텐데 소송까지 걸렸어요. 이래서는 3억 엔이나 되는 큰돈을 빌려드리기가 솔직히 난감하달까……. 당신도 은행원이니까 알 텐데, 도노무라 씨."

"잠깐만요, 지점장님."

쓰쿠다가 끼어들었다. "소송을 당했다고 최악의 사태를 상정해 대출을 하지 않겠다니, 너무하십니다."

"질 게 뻔하면 누가 재판을 하겠습니까?"

네기는 쓰쿠다의 말을 정면으로 반박했다. "승산이 있으니까 나카시마공업도 소송에 나선 겁니다. 나카시마공업이라고요, 그 나카시마.”

옆에서 도노무라가 입을 꾹 다물었다. 지점장의 말이 마음에 안 들지만 저렇게 반응하는 것도 어느 정도는 이해한다는 표정처럼 보이기도 했다.

쓰쿠다는 말을 꿀꺽 삼켰다. 대답이 궁했기 때문이 아니다. 나카시마공업이라는 대기업이 소송에 나섰다는 사실이 사람들 눈에 어떻게 비치는지 뼈저리게 실감했기 때문이다.

유명한 상장기업은 그 지명도만으로도 절대적인 신용을 얻는다. 중소기업이 아무리 기를 써봤자, 특히 사회적 신용도라는 관점에서는 대항하기 힘들다.

법정에서 판사의 심증이 대기업에 유리하게 작용한다는 이야기도 충격이었지만, 법정은 그나마 나은 편이다. 정말로 불공평한 곳은 사회다. 사회에서는 대기업이 압도적으로 유리하다.

대기업이 재판을 하면 다들 ‘그 회사가 소송을 걸었을 정도니 저 회사가 정말 잘못했나 보다’라고 여긴다. 아무리 ‘우리는 아무 잘못도 없다’ 하고 주장한들 믿어주지 않는다.

하지만 세상 사람들의 오해는 어느 정도 감수한다 처도 은행까지 성급하게 결론을 내리는 건 승복하기 힘들다.

자금을 공급하는 은행은 중소기업의 버팀목이다.

은행 지점장이 편을 들어주지는 못할망정 다짜고짜 부정적으로 반응하니 화가 치밀었다.

“지점장님, 저희가 거래한 지 한 20년은 됐을 겁니다.”

쓰쿠다는 솟구치는 분노를 억누르며 말했다. "그동안 은행이 해달라는 대로 했습니다. 서로 믿고 의지하며 거래해오지 않았습니까. 솔직히 지금 정말 어려운 상황이에요. 게이힌기계공업의 거래 변경에도 빨리 대응해야 하고, 나카시마공업의 부조리한 처사에도 맞서야 하죠. 그러려면 자금 문제부터 해결하는 게 급선무입니다. 저희를 좀 더 믿어주시면 안 되겠습니까?"

"은행이 기술적인 부분을 판단하기는 불가능하죠. 그리고 대출이란 그런 게 아니에요."

네기는 야속하게 대답했다.

"그럼 뭡니까?"

쓰쿠다가 무심코 되묻자 네기는 쓰쿠다의 눈을 똑바로 쳐다보며 말했다.

"비즈니스입니다."

"젠장! 뭐야, 지들이 아쉬울 때는 굽실굽실하면서."

은행 건물 주차장에 세워둔 차 운전석에 앉은 쓰쿠다는 분한 나머지 한 손으로 운전대를 내리쳤다.

욕설을 한 바가지 퍼붓고 싶은 마음이 굴뚝같았지만, 도노무라 앞이라 꾹 참았다.

"죄송합니다."

도노무라는 마치 자기 책임인 것처럼 풀이 죽었다.

"저 지점장이 원래 벽창호야."

"제가 좀 더 잘 구슬렸으면 어떻게 잘됐을지도 모르는데……."

확실히 도노무라는 빈말로도 말주변이 좋은 편은 아니다.

"아니야. 아무리 어르고 달래본들 제 한 몸 지키기에 급급한 인간의 마음을 바꾸기는 어렵지."

이런 경험은 사실 이번이 처음은 아니었다.

예전에 로켓 발사에 실패했을 때 쓰쿠다는 엔진 개발 주임으로서 책임의 총대를 멨고, 연구소에서 설 곳을 잃었다.

로켓 발사는 예산이 1백억 엔 넘게 들어가는 초대형 프로젝트다. 모든 비용이 세금으로 충당되므로 실패하면 비난 여론이 빗발친다. 책임론이 대두되는 건 당연하다면 당연하지만, 그때까지 쓰쿠다를 높이 평가해온 총책임자 오바마저 여차한 상황이 닥치자 몸을 사린 것은 충격이었다. 엔진 설계에 미흡한 점이 있었다며 시험 실패를 쓰쿠다 탓으로 돌리고 자기는 '발뺌'한 것이다.

인간의 본성은 궁지에 몰렸을 때 드러나는 법이다.

'검증'이라는 명목 아래 서로 책임을 전가하는 사이에 쓰쿠다를 둘러싸고 있던 인간관계는 우르르 무너져 내렸다. 협력해온 동료들은 본성을 고스란히 드러내며 상대를 비판하고 자신의 정당함을 주장하기에 바빴다.

일단 제 한 몸을 지키기로 작정하면 인간이 얼마나 완강하고 뻔뻔해지는지 쓰쿠다는 그때 뼈저리게 알았다. 쓰쿠다가 연구소를 떠나기로 결심한 건 아버지의 죽음과 시험 실패로 인한 인책 때문만은 아니다. 실은 인간관계에 대한 불신이 가장 큰 이유였다. 일단 금이 가면 다시는 원래대로 돌아오지 못하는 건 인간관계나 도자기나 마찬가지다.

"시로미즈은행과는 이제 가망이 없군."

답답한 마음을 삭이며 차를 출발시켜 주택가를 달렸다. 회사로 돌아오자 도노무라가 바로 자금운용계획표를 들고 왔다. 앞으로 반년간 회사에 출납될 돈의 흐름을 예측한 표다.

"7월이면 돈이 모자란다는 건가."

자금운용계획표를 훑어본 쓰쿠다는 사장실 응접세트에 앉아 뒤통수에 깍지를 꼈다.

도노무라의 계산에 따르면 쓰쿠다제작소의 결제자금은 이번 달과 다음 달 두 달 만에 거의 바닥을 치며, 입금될 매출액을 고려해도 7월 하순에 예정된 결제를 하기에는 자금이 모자란다. 쓰쿠다제작소는 어음을 발행하지 않았으니 소위 '부도'가 나지는 않겠지만, 매입대금을 지불하지 못하면 회사 영업은 실질적으로 중단된다. 그 앞에 기다리고 있는 건 도산이다.

"다른 은행에서 빌릴 수는 없을까?" 쓰쿠다가 물었다.

"일단 내일 은행을 돌아다녀보겠지만, 너무 기대는 마세요."

도노무라의 대답은 이랬다. "은행 업계에는 회사의 위기는 주거래은행이 구제한다는 불문율이 있거든요. 우리의 주거래은행은 시로미즈은행인데, 거기에서 대출을 거절했으니 다른 은행에서 대출 받기가 쉽지는 않을 겁니다."

"업계 규칙을 준수하겠다는건가. 다들 모범생들이시로군."

쓰쿠다가 비아냥거리듯 말하자 "죄송합니다" 하고 도노무라는 또 사과했다.

"밀접하게 지내는 만큼 주거래은행이 회사 경영에 관한 핵심적인 정보를 쥐고 있을 거라 믿는 경향이 있어요. 다시 말해 주거래은행이 손을 뗀 이상, 나름대로 이유가 있으리라 보는 거죠. 그런데도 그 회사에 대출을 해주면 내부에서 잡음이 생기고, 까딱 잘못하면 책임 소재로 발전합니다."

보신주의다.

"은행의 속사정은 잘 모르겠어."

내부 사정을 설명하는 도노무라에게 쓰쿠다는 말했다. "하지만 우리 사정을 이해하고 믿어줄 은행도 있지 않을까? 도노무라 씨, 예전에 은행에는 사람과 종이밖에 없다고 했었지? 그럼 우리를 도와주겠다는 괴짜가 있을 법도 하잖아."

은행의 상거래 관행을 잘 아는 도노무라는 눈을 내리깔고 아무 대답도 하지 않았다. 문외한인 쓰쿠다가 모르는 어려움이 있는 것이리라.

"저어, 사장님……."

도노무라가 고개를 들고 물었다. "상의드릴 게 있는데, 혹시 은행에서 돈을 조달할 수 없으면 정기예금을 깨도 될까요? 따로 매각할 만한 여유 자산은 없으니……."

"정기예금을?"

웃기게도 도노무라가 말할 때까지 쓰쿠다한테는 정기예금을 깬다는 발상 자체가 없었다. 정기예금은 은행 대출의 담보 같은 것이라 일단 넣으면 끝, 깨서 사용할 수 없다는 생각에 사로잡혀 있었기 때문이다. 그걸 도노무라는 해약하겠다는 것이다.

"그럼 은행에서 불평하지 않을까. 뭐였더라, 그…… 어쩌구 예금이라고 있잖아."

"구속성예금이요?"

"응, 그거."

채무담보는 아니지만 만일의 경우에 대비해 은행이 강제로 가입시킨 후 해약시켜주지 않으려는 예금을 가리킨다.

"이제 그런 시대가 아니니까요."

도노무라가 말했다. "금융청에서도 금지했고요."

"해약하겠다고 하면 그걸 담보로 잡자고 할지도 몰라. 시로미즈은행은 우리가 도산할 것까지 고려하고 있을 테니."

"담보 요청은 거절하겠습니다."

도노무라는 딱 잘라 말했다.

하지만 도노무라는 은행에서 파견 나온 입장이다. 예금 해약은 은행에 반기를 드는 행위 아닐까. 어지간히 굳게 마음먹지 않고서는 쓰쿠다제작소를 위해 그렇게까지 못 할 것이다.

"도노무라 씨…… 정말 기쁘지만 그랬다가는 입장이 난처해지지 않겠어?"

쓰쿠다는 걱정이 돼서 물었다.

"여기서 일을 시켜주실 거죠, 사장님?"

도노무라가 갑자기 그렇게 물었다.

쓰쿠다의 입이 떡 벌어지자 도노무라는 "믿고 있습니다" 하며 진지한 눈으로 바라보았다. "저는 은행원이었지만 지금은 쓰쿠다제작소 직원이에요. 당연히 회사를 위해 일해야죠."

너무 뜻밖이라 쓰쿠다가 아무 대답도 못 하자 도노무라는 말을 이었다.

"저는 말주변이 없어서 오해를 잘 받는 타입이에요. 그래서 은행에서도 손해를 많이 봤죠. 여기서도 오해받는다 싶을 때가 있지만 그래도 전 이 회사가 좋습니다. 사장님, 다른 직원들과 함께 일하고 싶어요. 이제 와서 은행이 어떻게 생각하든 상관없습니다. 쓰쿠다제작소를 위한 일이라면 얼마든지 하겠습니다."

도노무라는 그렇게 말하고 머리를 깊이 숙였다.

"고마워, 도노무라 씨."

가슴이 찡했다. 고맙다고 말하는 게 고작이었다.

도노무라가 테이블에 정기예금명세표를 펼쳤다. 쓰쿠다는 같이 들여다보다가 팔짱을 꼈다.

"정기예금을 해약하면 얼마나 버틸 수 있을까?"

"잘하면 1년쯤일까요."

"1년……."

그게 짧은지 긴지 현재로서는 알 수 없다.

"비행기는 연료가 떨어져도 관성으로 잠깐은 날 수 있다더군요."

도노무라가 말했다. "지금 쓰쿠다제작소가 딱 그렇습니다. 대출이라는 연료가 떨어져 관성으로 날아간다. 그게 1년이죠."

"그 사이에 급유할 곳을 찾지 못하면 야단나는 거로군."

"그렇습니다."

도노무라가 진지한 표정으로 고개를 끄덕였다. "그러기 위해선 일단 소송부터 해결하시죠. 만약 재판에서 지기라도 하면, 아니, 지지 않더라도 1년 안에 결판이 나지 않으면 그때는……."

"추락인가."

세이렌. 문득 예전에 자기가 개발한 엔진의 이름이 떠올랐다. 그때 궤도를 벗어난 세이렌처럼 쓰쿠다제작소도 서서히 궤도를 벗어나고 있다.

세이렌처럼 바다에 빠져 사라질 것인가, 아니면 다시 정상 궤도에 올라탈 것인가.

이제부터 승부다.

6

"왔구나. 밥은 먹었니?"

쓰쿠다가 집에 가자 어머니 가즈에가 맞이했다. 쓰쿠다는 어머니 그리고 딸과 함께 셋이 산다.

"아직이요. 내내 회사에 있느라."

"어휴, 고생 많았네."

어머니가 말할 때까지 배가 고픈 줄도 모르고 있었다.

"오늘 저녁은 고등어조림이야."

어머니는 그렇게 말하며 냄비를 가스레인지 위에 올리고 불을 켰다.

"데워놓을 테니 천천히 목욕하고 와."

"알았어요. ……아빠 왔다."

쓰쿠다는 부엌과 이어져 있는 거실을 향해 말했다. 딸 리나가 소파에 앉아 텔레비전을 보고 있다가 응, 하고 귀찮은 듯 대답했다. 올해 중학교 2학년인 딸과 반년쯤 전부터 대화가 뜸해졌다. 이유는 모른다. 어쩌면 쓰쿠다한테 마음에 안 드는 점이 생겼을 수도 있다. 클 때는 다 그렇다지만 어느 날부터 갑자기 그래서 쓰쿠다도 놀랐다.

"학교는 어땠어? 뭐 재미있는 일 없었어?"

리나는 사립 중고일관교*에 다니며 배드민턴부 소속이다. 문무겸비가 학교의 교육이념이라 동아리 활동도 활발하다. 매주 월, 수, 금에는 아침 연습이 있다.

"그냥저냥."

리나는 리모컨을 들어 학원에 가기 전에 녹화한 듯한 가요 프로그램의 볼륨을 높였다.

요즘 유행하는 노래가 거실 가득 울려 퍼졌다.

"시끄럽잖아."

무심결에 짜증스럽게 말하자 "아빠가 더 시끄러우면서!" 하고 따지고 들었다.

"그런 식으로 말하면 텔레비전 끌 거다."

"알았어. 조용히 하면 되잖아."

리나는 불만스럽게 말하고 텔레비전 아래 서랍장을 열어 헤드폰을 꺼냈다. 요란하던 노래가 속닥이는 소리로 바뀌자, 쓰쿠다의 한숨 소리가 들릴 만큼 조용해졌다.

"너무 속상해하지 마."

---

* 중학교와 고등학교를 통합하여 6년제로 운영하는 교육제도.

어머니가 부엌에서 달랬다. "그럴 나이잖니. 뭐든지 아빠한테 반항할 시기야. 이럴 때는 무슨 말을 해봤자 소용없어. 나도 옛날에는 그랬어."

"대체 언제적 이야기예요?"

쓰쿠다는 넥타이를 풀며 부엌과 연결된 거실을 나섰다. 욕실로 가려는데 "아, 참" 하며 어머니가 복도로 고개를 내밀고 작게 말했다.

"아까 사야한테 전화 왔었어."

쓰쿠다는 걸음을 멈추고 부루퉁한 표정을 지었다. 사야는 헤어진 아내다.

"그래요? 뭐랬는데요?"

"다시 걸겠대."

사야는 쓰쿠다가 가업을 물려받은 다음 해에 집을 떠났다.

원래 쓰쿠다와 같은 대학에 있던 연구자로, 학창 시절에 같은 테니스 동아리에서 활동하다가 사귀게 됐다.

이지적인 외모에 야무진 성격의 사야는 동아리에서 회의를 할 때 주도적으로 의견을 내놓았고, 논쟁에서 진 역사가 없었다.

쓰쿠다가 대학원에 진학하자, 전공은 다르지만 사야도 뒤따라왔고 박사 과정을 밟았다. 그리고 쓰쿠다가 조교가 되어 대학에 남기로 결정했을 때 아직 대학원생이었던 사야와 결혼해 리나를 얻었다.

같은 연구자로서, 또 아내로서 사야는 언제나 자극을 주었고 매력적이었다.

행복한 결혼과 연구자 생활. 하지만 로켓 발사 실패를 기점으로 행복한 인생은 꼬이기 시작했다.

"와, 그딴 일로 그만두겠다고?"

쓰쿠다가 연구소를 그만두고 싶다는 마음을 밝혔을 때 사야는 모멸에 찬 말투로 말했다. 당시나 지금이나 연구자로서 정도를 걸으며 수많은 논문으로 성공을 거둔 아내 입장에서는 쓰쿠다의 좌절을 용납할 수 없었는지도 모른다.

"당신이 뭘 안다고 그래."

나름대로 몹시 고민하고 숙고한 끝에 내놓은 결론을 비웃자 쓰쿠다는 발끈해서 대꾸했다. 순조로웠던 두 사람의 관계에 찬바람이 불기 시작한 순간이었다.

세상 물정 모르고 실물 경제와는 완전히 동떨어진 곳에 있었던 연구자 쓰쿠다는 경영자로서 익숙지 않은 회사 일에 악전고투했다.

쓰쿠다가 연구자를 그만두며 확 달라진 환경은 다양한 곳에 영향을 미쳤다. 일단 사장의 일도 의외로 많다 보니 그동안 분담하던 집안일에 소홀해졌다. 사야 역시 사장 아내로서 역할을 맡아야 할 때가 생겨서 부담이 늘었다.

의견 충돌이 잦아지고 싸움이 끊이지 않았다. 일치했던 가치관이 어긋나 회복이 불가능한 지경에 이르렀다.

그 무렵 사야는 주요 연구기관이 밀집해 있는 쓰쿠바시의 연구시설에 객원교수로 오지 않겠느냐는 제안을 받아들였다.

별거를 선택한 것이다. 당시 리나는 겨우 초등학교 2학년이었다. 사야는 가정보다 경력을 우선했다.

한 달에 한 번 볼까 말까 한 별거 생활이 시작되고, 당초 1년이었던 계약기간이 2년 더 연장됐을 때 사야가 먼저 헤어지자는 이야기를 꺼냈다.

"지금 당신에게는 꿈도 희망도 없어."

사야는 그렇게 말했다. "늘 돈 생각뿐이지. 남은 인생을 그런 사람과 함께 보내고 싶지 않아. 스스로를 속이면서 사는 데도 이제 질렸어. 이제 그만 나 자신에게 솔직해지고 싶어. 인생을 후회 없이 살고 싶으니까."

자기중심적인 생각이었다. 하지만 그게 사야의 본심이었다. 우수한 사람이고, 완벽주의자였다. 성공에 대한 의지가 강하고 타협을 용납하지 않는 성격.

그런 사야에게 연구자의 길을 버리고 중소기업 경영자가 된 파트너는 로맨티스트에서 현실주의자로 전락한 낙오자로 보였으리라.

"당신 사정으로 헤어지는 거니까 리나는 못 줘. 그래도 되겠어?"

대화 끝에 쓰쿠다가 내놓은 조건을 사야는 받아들였다.

마지막 밤에 사야는 부모가 무슨 결단을 내렸는지 전혀 모른 채 쿨쿨 잠든 딸 옆에서 같이 잤고, 다음 날 아침 일찍 일이라도 나가는 것처럼 집을 떠났다. 쓰쿠다가 도장을 찍은 이혼 서류를 가방에 넣고서.

쓰쿠다는 거실에 걸어둔 양복 호주머니에서 휴대전화를 꺼내 2층 자기 방으로 올라갔다.

휴대전화의 대기화면에 '부재중 전화' 표시가 떴다.

사야다. 아무래도 쓰쿠다가 전화를 받지 않아 집으로 건 모양이다. 쓰쿠다는 사야에게 전화를 걸었다.

"아아, 바쁠 텐데 미안해. 좀 찜찜한 소식이 들려서. 당신, 나카시마공업에 소송당했다며."

오랜만에 들은 사야의 목소리는 업무 상대하고 이야기를 나누는 것처럼 또랑또랑했다. 머리를 쓸어 올리는 모습이 눈앞에 선했다.

쓰쿠다는 일어서서 무의식적으로 커튼을 걷었다. 지친 얼굴로 휴대전화를 움켜쥔 중년 남자가 창문에 비쳤다.

"괜찮아? 나도 업무상 좀 아는데, 나카시마공업은 법정 전략이라고 하나? 그런 게 대단하다나 봐. 전문 변호사 부대도 빵빵하고. 당신 회사는 변호사를 어떻게 하려나 싶어서."

"당신이 걱정할 일 아니야."

쓰쿠다는 싸늘하게 대답했다.

"그래? 그럼 됐고."

사야는 천연덕스럽게 말했다.

"또 할 말은?"

"없는데."

그럼, 하고 전화를 끊으려는데 "저기……"하고 사야가 말을 꺼냈다.

"혹시 변호사 필요하면 소개해줄 수도 있는데. 지식재산 분야가 전문인 수완가야. 다무라앤오카와 법률사무소 출신이고."

"다무라앤오카와는 또 뭐야?"

"몰라? 나카시마공업이 계약을 맺은 법률사무소야. 거기서 제일 잘나가던 사람이 몇 년 전에 독립했거든. 나카시마공업의 배금주의에 가담하는 사무소의 방침에 대립하다가. 관심 있어?"

"공교롭게도 우리한테도 변호사는 있어."

쓰쿠다는 다나베 변호사의 얼굴을 떠올리며 대답했다.

"그래, 알았어. 잘 지내는 것 같아서 안심이네. 리나한테도 안부 전해줘. 이번 토요일에 같이 쇼핑하러 가기로 약속했으니까 그렇게 알고 있고."

당신은 요즘 어떻게 지내—그렇게 묻기도 전에 전화가 뚝 끊겼다.

"예나 지금이나 제멋대로인 건 똑같군."

쓰쿠다는 휴대전화를 침대에 내던지고 투덜거렸다.

7

"그나저나 쓰쿠다제작소라는 회사의 사장, 아무것도 모르는군요. 소송을 건 상대에게 전화를 하다니 초짜 티가 팍팍 납니다."

2차로 롯폰기 번화가에서 조금 떨어진 이쿠라카타마치에 있는 단골 바에 갔을 때 부하직원 니시모리가 말했다. 거래처 접대에서 해방된 후였다. 바래다주겠다는 상대편의 제안을 정중하게 거절하고 택시 티켓*만 받아 헤어졌다.

이날 오후 쓰쿠다에게 걸려온 전화를 니시모리가 받았다. 쓰쿠다제작소에 소송을 건 나카시마공업 사업기획부의 계장이다.

깔보는 듯한 부하직원의 말투에 미타도 흥, 하고 코웃음을 쳤다. 술을 주는 대로 받아 마시고 거하게 취한 니시모리는 여느 때보다 입이 가벼웠다.

"한때 연구자였는지 나발이었는지는 모르겠지만, 결국 중소기업은 중소기업이죠. 리스크 대책이라고는 없으니, 참 기가 찬다니까요."

미타는 당연하다고 생각했다. 중소기업 중에 소송 대책까지 세우는 곳이 어디 있겠는가. 그런 건 없는 게 당연하고, 그래서 해먹기 편한 것이다.

"저희가 이겼네요."

니시모리는 아직 시작되지도 않은 재판의 결과를 술에 취해 게슴츠레한 눈으로 단정했다.

올해 서른두 살 먹은 니시모리는 석 달 전에 부서 안에서 보직이 변경되어 미타 밑으로 들어왔다. 업무 능력은 좋지도 나쁘지도 않은 평범한 수준이다. 싱글인 데다 잘 꾸미고 다녀서 젊은 직원들 사이에서는 인기가 있는 모양이지만, 부하직원으로서는 조금 모자란다.

"까놓고 말해 재판에 이기고 말고는 문제가 아니야. 승리야 기정사실이고."

미타는 까불거리는 부하직원에게 묵직하게 말했다. 그러고는

• 선불 혹은 후불식으로 택시 요금을 지불할 수 있는 티켓.

바의 어스름한 허공을 바라보며 교활한 웃음을 지었다.

"특허를 침해한 쓰쿠다제작소에 소송을 걸었다고 언론에 공식 발표했지. 자, 사람들은 어떻게 생각할까? 지금까지 쓰쿠다제작소의 엔진을 구입한 회사들은 어떻게 할까. 거래를 하던 은행은? 드디어 재판이 시작돼. 돈과 수고가 어마어마하게 들어갈 거야. 재판이 길어지면 어떻게 될까. 쓰쿠다는 과연 얼마나 견딜 수 있을까. 볼 만하지 않겠어?"

"과연, 피를 말려 죽이는 거로군요."

니시모리는 얼굴 반쪽을 일그러뜨리며 웃었다. "그러다 자멸하면 재판이야 어찌 되든 우리가 이기는 거네요."

"이제야 알아들었나."

미타는 두 팔을 위로 쭉 뻗어 접대로 뭉친 등을 풀고 평소처럼 설교조로 말을 이었다. "잘 들어. 이 세상에는 두 가지 규율이 있어. 바로 윤리와 법률이지. 사람이 여간해서 살인을 저지르지 않는 건 법률로 금지됐기 때문이 아니야. 그런 짓을 해서는 안 된다는 윤리에 지배를 받고 있기 때문이지. 하지만 회사는 달라. 회사에 윤리는 필요 없어. 회사는 법률만 준수하면 무슨 짓을 하든 벌을 받지 않아. 다른 기업의 숨통을 끊어도 상관없어. 놀랍지 않아?"

그러기 위해 소송이라는 도구를 사용한다. 이것이 나카시마공업의 주특기다. 게다가 상대가 중소기업이면 이 주특기는 제일 잘 통한다.

"쓰쿠다가 빨리 망하면 좋겠네요!"

니시모리가 취객 특유의 쾌활한 목소리로 떠들었다. "그 회사만 없으면 소형 엔진 분야는 우리 독무대니까요."

"그렇지."

미타는 거드름을 피우며 잔을 입으로 가져갔다. "그런데 니시모리, 사실 여기에는 '꼼수'가 숨어 있어."

"꼼수요?"

니시모리가 병한 표정을 지었다.

"쓰쿠다를 완전히 뭉개는 건 최선이 아니야. 반생반사 정도가 딱 좋지."

"반생반사?"

사자성어가 떠오르지 않는지 니시모리가 눈을 데굴 굴렸다. "어째서요? 그딴 썩을 회사는 콱 뭉개버려야 속이 시원하지 않겠습니까?"

쓰쿠다제작소를 제대로 알지도 못하면서 니시모리는 마치 원수를 대하듯 말했다.

"그럼 이렇게 말하면 이해하려나."

미타는 거만하게 집게손가락을 세웠다. "네가 영국 함대 지휘관이라고 치자. 나폴레옹군 함대를 발견했는데, 배에는 보물이 그득해. 자, 배를 침몰시키는 게 과연 최선책일까?"

"침몰시키기 전에 보물을 빼앗아야죠!"

술기운이 한껏 올랐는지 니시모리는 경례까지 곁들였다.

"그렇지? 그거랑 똑같아."

미타는 뼈 있는 눈빛을 허공에 던졌다. "쓰쿠다가 강력한 라이

벌인 이유는 바로 기술력 때문이야. 침몰시키기에는 아까운 보물이지. 그래서 포격을 가하다 죽기 직전에 손을 내미는 거야."

"화해안이로군요."

말귀를 알아들었는지 니시모리는 대뜸 답했다.

"그래. 배상금 대신 보유 주식의 절반 이상을 내놓도록 하는 거야. 그럼 쓰쿠다제작소는 나카시마공업 아래로 들어와. 어때, 이 계획?"

"하지만 사장이 그런 조건을 받아들이겠습니까?"

니시모리가 갑자기 의문을 제기했다. "전화를 받아보니 아주 세게 나오던걸요."

"돈은 사람을 바꾸는 법이지."

미타는 자신의 신념을 입에 담았다. "내일 먹을 양식을 사고 종업원들에게 월급도 줘야 하는데 돈이 간당간당해. 매입대금 지급일은 점점 닥쳐오고 금융기관에서도 빚을 갚으라고 독촉하지. 이대로 가다가는 가족과 종업원들이 길바닥에 나앉을 지경이야. 그럴 때 우리가 화해안을 내밀면 지옥에서 부처님이 내려준 동아줄을 본 기분일걸. 거기 매달리지 않는 경영자가 있다면 멍청한 놈이지."

"역시 매니저님은 대단하시다니까요."

니시모리는 엄지손가락을 세우며 아부했다.

"이게 나카시마공업의 전략이야. 잘 기억해둬."

미타는 자랑스럽게 말한 후, 빈 잔을 바텐더에게 들어 올려 술을 한잔 더 시켰다.

8

"각오는 했습니다만, 예상 이상으로 감이 안 좋네요."

도노무라는 피곤에 찌든 표정이었다. 시로미즈은행이 거절한 3억 엔의 대출을 받아들여줄 곳을 찾아 연일 은행을 돌아다니는 중이다.

오후 5시부터 시작된 경영회의 석상이었다.

"도쿄중앙은행과 조난은행에 각각 1억 5천만 엔씩 신청했는데, 역시 소송 문제와 주거래은행인 시로미즈가 대출을 거절했다는 사실이 발목을 잡네요. 도쿄중앙은 어제 정식으로 보류하겠다고 연락을 줬습니다. 조난 쪽은 현재 품의 중이라는데 담당자 말로는 아무래도 가망성이 희박하답니다."

"주거래은행이 거절하면 다른 곳도 거절하다니, 그럼 주거래은행에 외면당한 회사는 어디서 돈을 빌리라는 거야!"

쓰쿠다는 분통이 터져 혀를 차며 말했다.

"은행도 사정이 있겠죠. 대출을 해줬다가 문제가 생기면 인사고과에 감점을 먹겠지만, 대출을 해주지 않으면 본전은 건질 테니까요. 요즘 같은 세상에 경력에 흠집이 생길지도 모르는 모험을 하려는 지점장은 찾기 힘들 겁니다."

도노무라의 말투 속에는 꽉 막힌 상황에 대한 고뇌가 배어 있었다.

"금융공고*는 어때? 거기는 조금 다르지 않을까?"

* 국책 금융기관인 일본정책금융공고로, 주로 중소기업을 지원한다.

쓰쿠다의 말에 도노무라는 고개를 저었다.

"이미 문의해봤는데, 대출지원 범위에 해당하지 않는다고……."

쓰쿠다는 깊은 한숨을 내쉰 후 "역시 예금을 깨는 수밖에 없나" 하고 체념한 투로 말했다.

"정기예금 해약에 대해서는 이미 시로미즈은행에 가서 담판을 지었습니다." 도노무라가 말했다.

시로미즈은행은 도노무라의 옛 보금자리다. 아니, 정확하게는 아직도 은행에 한 다리 걸친 신분이므로 급여의 일부는 시로미즈은행에서 나온다. 도노무라는 아무 말도 하지 않지만, 지금까지 쌓아둔 7억 엔의 정기예금을 사용하게 해달라는 교섭은 분명 쉽지 않았을 것이다.

그걸로 연명할 수 있는 기간은 1년.

그 사이에 소송을 해결하고, 게이힌기계공업이 거래를 중단해 줄어든 매출액을 메워야 한다.

1년이라는 시간은 너무나 짧다.

나카시마공업이 소송을 건 지 2주가 지나 어느덧 5월 하순이다. 영업 전반에 걸쳐 소송의 여파가 미치기 시작했다. 어쩌면 여파가 가라앉기 전에 자금 조달이 막막해지는 사태가 발생할지도 모른다.

불안으로 쓰쿠다의 표정이 흐려졌을 때 영업 1부장 쓰노가 손을 들었다.

"저어, 한 말씀 드려도 될까요?"

전에 없이 딱딱한 표정이다. "실은 게이요헤이와엔지니어링에서 스텔라 발주를 취소하고 싶답니다."

회의실에 동요가 감돌았다.

"왜? 벌써 제조라인에 올렸잖아."

쓰쿠다가 당황해서 묻자 "그렇습니다만……" 하고 쓰노도 입술을 깨물었다.

"그쪽 말로는 유지보수가 문제랍니다. 혹시 소송에 져서 판매 정지 처분을 먹으면 부품 교환 등에 지장이 생길 거라나요. 그럴 일은 없을 거라고 설득했지만 한 발짝도 물러서지 않더군요."

저도 모르게 입을 다문 쓰쿠다에게 쓰노가 비통하게 물었다.

"소송을 해결하지 못하면 내일은 없습니다. 재판 쪽은 어떻게 되고 있습니까?"

"답변서는 보냈어."

쓰쿠다가 대답했다. "다음 주에 첫 번째 구두변론이 열려."

"가망은 좀 있어 보입니까?"

쓰노가 조심스럽게 물었다. "그…… 우리가 질 이유는 하나도 없지만, 법률을 가지고 따지면 어떻게 될까 싶어서요."

쓰쿠다는 대답이 궁했다. 다나베에게 일임하기는 했지만 솔직히 불안했다.

"다나베 변호사님의 실력을 의심하는 건 아니지만, 특허소송은 특수한 분야니까요."

기술개발부장 야마사키가 옆에서 말했다.

야마사키는 다나베가 부탁한 문서를 작성해서 보냈고, 그 후로도 두세 번 다나베의 요청에 응해 직접 가서 설명했다.

오타쿠 같은 느낌의 긴 머리를 가다듬으며 힐끗 쓰쿠다를 보는 얼굴에는 변호사를 바꾸는 편이 좋지 않겠냐고 쓰여 있었다.

"나카시마공업의 변호사는 전문가입니다."

쓰노가 불안을 가중시켰다. "그런 작자들을 상대로 정말 괜찮을까요?"

"기술을 이해하는 게 전부는 아니지. 다나베 변호사님도 백전노장의 베테랑이니까 잘해주실 거야."

쓰쿠다가 기원하듯이 꺼낸 말은 반쯤은 스스로를 향한 것이었다. 테이블을 둘러싼 사람들은 복잡한 표정으로 입을 다물거나, 입술을 깨물거나, 팔짱을 낀 채 천장을 올려다보거나 했다. 저마다 의견이 있겠지만 입 밖에 꺼내는 사람은 없었다. 사장 쓰쿠다가 그렇다니 일단 따르는 수밖에 없다—모두 그렇게 생각하고 있다는 게 쓰쿠다에게도 전해져왔다. 하지만—.

첫 번째 구두변론 당일, 원고인석에 앉은 나카시마공업 측 변호인을 앞두고 다나베의 표정은 딱딱하게 굳어버렸다.

"피고 측은 저희 주장을 모조리 부인했습니다만, 논조가 너무 엉뚱해서 제대로 검증을 한 게 맞는지 심히 의심스럽습니다."

원고 측 변호사가 느닷없이 그렇게 주장했기 때문이다.

방청석에서 보고 있던 쓰쿠다는 "어디가 엉뚱하다는 거야" 하고 끼어들고 싶은 심정이었다.

그런 쓰쿠다의 심정을 알아차리기라도 한 것처럼 나카시마공업의 변호사는 전문용어를 유창하게 구사해가며 기술적인 부분을 지적했다.

"첫 번째 구두변론이기는 합니다만, 피고 측 변호인, 지금 지적에 대해 반론하겠습니까?"

판사가 묻자 다나베의 표정은 더 굳어졌다.

"큰일인데요, 사장님."

조용한 소법정 방청석에 나란히 앉아 지켜보던 도노무라가 귓속말을 했다.

"그 점에 대해서는 다음번에 반론하도록 하겠습니다."

다나베는 일단 한발 물러났다. 하지만—.

"이의 있습니다."

나카시마 쪽 변호사는 사정을 봐주지 않았다. "피고 측 답변서는 근거가 제대로 정리되어 있지 않습니다. 이래서는 본 사건의 구두변론 및 준비절차에 지장이 생길 것으로 사료됩니다."

나카시마공업의 변호사는 자신만만한 태도였다. "저희는 본 사건의 특허 침해 사실에 관해 기본적인 사항을 지적했을 뿐입니다. 피고 측 변호인은 인부(認否)절차 때 저희 주장을 모조리 부인했는데, 지금 지적한 사항은 부인한다는 결론을 얻기 위해서는 반드시 검토해야 하는 부분입니다. 현시점에서 이에 대해 적확하게 답변할 수 없다니, 어떻게 답변서를 작성했는지 이해하기 어렵습니다."

나카시마공업의 변호사는 적의라기보다 여유작작한 표정을 띠고 자리에 앉았다.

뭐랬더라……. 쓰쿠다는 전처와 통화한 내용을 떠올리려 했다. 나카시마공업과 고문계약을 맺은 법률사무소 이름이다.

발언을 마치고 자리에 앉은 은테 안경을 낀 변호사는 똑똑해 보이는 40대 남자다. 그 옆에는 아직 20대로 보이는 젊은 변호사가 앉아 있었다. 둘 다 한창때로, 에너지가 넘치는 인상이었다.

그에 비해 다나베 변호사는 예순 살이라는 나이 탓인지 쇠약하고 초라해 보였다. 피고인석에 놓아둔 후줄근한 가방도 그러한 인상을 한층 부각시켰다.

언젠가 쓰쿠다제작소가 휘말린 손해배상청구소송에서 보여준 자신만만하고 당당한 모습과는 너무나도 동떨어진 모습이었다. 같은 변호 업무라도 분야가 맞지 않으면 이렇게까지 달라지는구나 싶어 쓰쿠다는 놀라움을 금할 수 없었다.

사전에 다나베에게 듣기로 첫 번째 구두변론은 기껏해야 서류 확인과 쟁점 인부절차 정도로 끝난다고 했다. 예상외의 흐름이었다.

반대로 이게 나카시마공업의 법정 전략이라면 쓰쿠다제작소는 지금 완전히 그 계략에 걸려든 건지도 모른다.

"피고 측 변호인, 어떻습니까? 가능하면 이후에 계획심리* 절차에 들어갔으면 하는데, 준비서면의 작성 기일을 구체적으로 설정할 수 있겠습니까?"

카랑카랑한 판사의 목소리에 비난 비슷한 감정이 묻어났다.

"현재 부인을 뒷받침할 증거를 확보하고 있는 참입니다."

• 특허무효심판 등에서 판사가 재판 당사자와 함께 심리 일정을 정하고, 그 일정에 맞추어 계획적으로 심리를 진행하는 것.

땀으로 얼굴이 번들번들한 다나베의 목소리가 법정에 울렸다. "그렇지만 현재로서는 준비서면을 언제 준비할 수 있을지 확실치 않습니다. 다음 변론준비기일* 때 일정을 일괄해서 확정했으면 하는데요."

"그런가요."

판사는 다나베를 몇 초 응시하다가 중얼거렸다. "그럼 오늘은 여기까지 하는 걸로 하고…… 다음 변론준비기일 말인데……."

양측 변호사끼리 협의한 결과 약 40일 후로 결정됐다. 쓰쿠다는 한껏 긴장한 상태로 앉아 있었지만, 30분도 지나지 않아 싱겁게 끝났다. 그러나 그 짧은 시간에 나카시마 쪽 변호사는 판사의 마음을 사로잡아 착실하게 점수를 딴 것 같았다.

"이래서야 언제 결판이 날지 모르겠군."

쓰쿠다는 낙담했다.

"그러게 말입니다."

도노무라가 진지한 얼굴로 고개를 끄덕였을 때 다나베가 입을 일자로 꾹 다문 채 법정에서 나왔다.

"고생 많으셨습니다."

말을 걸자 다나베는 "잠깐 이야기 좀 할까요?" 하고 걸음을 옮겨 옆 건물의 카페로 들어갔다.

"뭐, 약간 예상외였지만 오늘은 이 정도로 끝났네요."

다나베는 아무렇지도 않은 척 커피를 한 모금 마셨다. "다음 변론준비기일에는 쟁점을 확실하게 정리할 테니 그때까지 관련 증

---

* 소송 당사자를 불러 쟁점을 정리하고 변론 계획을 물어 재판 방향을 정하는 것.

거를 단단히 준비해야겠어요. 듣던 대로 상대방 변호사는 기술 분야에 빠삭한 모양이니까."

쓰쿠다는 어떻게 대답해야 할지 난감했다.

솔직히 오늘 재판은 납득하기 어려웠다.

재판 시작에 앞서 소송장을 빈틈없이 검토했고, 쟁점에 대해서도 다나베에게 주장의 근거를 꼼꼼히 설명했다. 그 내용을 제대로 이해했다면 방금 전 나카시마공업 쪽의 공격을 어렵지 않게 피할 수 있었을 테고, 반격도 가능했을지 모른다. 그런데 다나베는 그러지 않았다. 아니, 못했다.

"회사의 주장을 좀 더 자세하게 문서로 정리해서 보내주시죠."

다나베의 말에 "저, 변호사님" 하고 쓰쿠다는 무심코 입을 열었다.

"이 사건, 조금 버거우신 것 아닙니까?"

재판 내내 목이 탔는지 커피와 물을 번갈아 마시던 다나베가 손을 멈췄다.

쓰쿠다가 말을 이었다.

"아까 상대방 변호사가 지적한 부분은 아주 기본적인 사항입니다. 지금까지 변호사님께 말씀드린 내용을 이해하셨다면 간단히 반론할 수 있었어요."

"쓰쿠다 씨는 기술자니까 그렇죠."

다나베는 황당한 소리를 들은 듯한 얼굴로 반박했다. "문외한이 전문지식을 이해하고 느닷없이 날아든 지적에 대응하는 게 그렇게 쉽겠어요?"

"확실히 그렇기야 하죠."

쓰쿠다는 최대한 부드럽게 말했다. "바로 그래서 이번 소송이 까다로울 것 같다는 겁니다. 게다가 상대방 변호사는 아무래도 기술 분야에 지식이 상당한 모양이고요. 앞으로 재판을 진행하면서 모르는 걸 지적당할 때마다 다음에 답변하겠다고 회피하면 시간만 들고……."

"그건 회피가 아닙니다."

자존심에 상처를 입었는지 다나베의 말투가 날카로워졌다.

"재판은 그런 법입니다. 그 자리에서 준비도 안 된 반론을 하다가 말꼬리라도 잡히면 어떻게 합니까. 그야말로 상대가 바라는 바겠지요."

다나베 말이 정론일지도 모른다. 하지만 그래서는 언제 판결이 나서 쓰쿠다제작소의 무고함이 증명될지 기약이 없다.

쓰쿠다제작소가 자금을 융통할 수 있는 기한은 1년밖에 안 된다. 하지만 이래서야 1년이 눈 깜짝할 사이에 지나갈 것이다.

그때 쓰쿠다제작소는 벼랑 끝에 선다. 하지만 어떻게 하면 그 위기를 극복할 수 있을지 쓰쿠다는 감이 잡히지 않았다.

신물이 올라올 때처럼 씁쓸한 맛이 입 안에 번졌다.

"1년밖에 없습니다, 변호사님."

그때 곁에 있던 도노무라가 끼어들었다.

양손을 무릎에 얹고 등을 쭉 편 도노무라는 절박한 표정으로 다나베를 쳐다보았다. "아니, 실제 자금 운용을 고려하면 열 달 정도가 끝이라고 봐야 해요. 그 전에 어떻게든 재판에서 이겨야 한단 말입니다."

"재판을 그렇게 입맛대로 할 수 있으면 얼마나 좋겠습니까."

다나베의 입에서 부정적인 말이 나왔다. "애당초 침해론을 마무리 짓는 데만도 그 정도는 걸릴 텐데요."

침해론이란 알기 쉽게 말해 쓰쿠다제작소가 나카시마공업의 특허를 침해했다는 주장에 대해 심리하는 거라고 다나베는 설명을 덧붙였다. 여기서 만약 특허를 침해했다는 주장이 인정되면 손해배상청구에 대한 심리로 넘어간다. 특허재판은 항상 이 두 단계로 구성된다고 한다.

"특허를 침해한 적 없다고 하지 않았습니까, 변호사님."

쓰쿠다는 약간 울컥해서 말했다. "그럼 침해론만으로 재판을 끝낼 수 있을 겁니다."

"완벽하게 증명할 수 있다면요. 하지만 실제로는 상대방도 이런저런 증거를 들며 반론하겠죠. 그런 가운데 백 퍼센트 우리가 옳다는 결론을 얻을 수 있느냐 없느냐가 문제입니다."

"결론에 따라서는 우리가 나카시마에게 손해배상을 해야 한다는 말씀입니까? 말도 안 됩니다. 단 한 푼이라도 나카시마에게 돈을 주라는 판결이 나오면 우리가 진 거나 마찬가지예요."

쓰쿠다가 분을 삭이지 못하고 말하자 "판사의 심증도 있으니까요" 하고 다나베는 약한 소리를 했다. 본인이 제대로 반론하지 못해 심증을 나쁘게 만들어놓고 그 얘기는 쏙 뺐다.

"쓰쿠다 씨가 아무리 옳다고 주장한들 판사가 인정하지 않으면 아무 소용없습니다."

"그야 그렇지만, 그래도……."

억울하고 화가 나서 쓰쿠다가 입술을 깨물었을 때였다.

"변호사님, 죄송하지만 이 재판, 변호사를 새로 선임하면 안 되겠습니까?"

뜻밖의 말이 끼어들었다. 도노무라였다.

"뭐라고요?"

베테랑 변호사는 분노가 어른거리는 눈으로 평소보다 각져 보이는 도노무라의 얼굴을 빤히 쳐다보았다.

"그쪽에서 의뢰했잖아요. 그런데 물러나라고요? 고작 첫 번째 구두변론이 끝났을 뿐인데?"

"저희는 시간이 없어요."

도노무라는 의연한 표정으로 다나베의 시선을 받아냈다. "오늘 같은 식으로는 제한시간 안에 못 끝낼 게 불 보듯 뻔합니다. 아까 구두변론도 그래요. 잘하면 계획심리까지 조정할 수 있었을 겁니다. 그랬으면 어떻게 재판이 진행될지 대강 감이 잡혔을지도 모르는데."

"거참, 말하지 않았습니까. 어설픈 소리를 했다간 그야말로 상대가 바라는 바라고요."

다나베가 화를 내며 말했다.

"어설픈 소리를 안 하면 되지 않습니까?"

도노무라가 반박했다. 어쩐지 어린애 투정같이 들렸지만, 본인은 아주 진지한 얼굴로 베테랑 변호사에게 대들었다.

"그게 되면 고생을 안 하죠. 재판이 뭔지 전혀 모르는군."

다나베는 불쾌한 표정으로 쓰쿠다를 쏘아보았다. "변호인을 변경하고 싶다면 그러시든가요. 맘대로 하십시오. 검토해서 연락 주세요. 그때까지 저도 이 사안은 보류해둘 테니까."

다나베는 쓰쿠다와 도노무라를 내버려두고 냉큼 가버렸다.

9

"죄송합니다, 사장님. 제가 너무 주제넘게 나섰네요."

회사로 돌아와 어떻게 대응할지 논의하기 위해 사장실에 들어서자 도노무라가 사과했다.

"괜찮아. 좀 놀랐지만 원래는 내가 해야 할 말이었어."

도노무라는 약간 놀란 표정으로 고개를 들더니 다시 "죄송합니다" 하고 말했다.

소송장이 왔을 때 도노무라가 염려한 건 그야말로 오늘 재판 같은 광경이었을지도 모른다.

도노무라가 지식재산 분야를 잘 아는 변호사에게 의뢰하는 게 어떻겠느냐고 했을 때, 고문 변호사라는 이유로 다나베에게 의뢰한 건 쓰쿠다.

하지만 아무래도 잘못된 선택이었던 듯하다.

"이번 재판은 법률적인 논박보다 기술적인 논박이 중심입니다."

도노무라가 말했다. "그러니 법대만 나온 문과 변호사로는 이길 수 없어요. 역시 기술 분야를 잘 아는 변호사가 필요합니다."

"나카시마공업이 선임한 변호사처럼?"

"네. 그런 변호사를 찾죠, 사장님. 시급합니다."

"그런 변호사가 있을까……."

쓰쿠다는 중얼거리다 말고 사야의 이야기가 떠올라 고개를 들었다.

"누구 아시는 분이라도?"

—혹시 변호사 필요하면 소개해줄 수도 있는데. 지식재산 분야가 전문인 수완가야.

"어떤 변호사인데요?" 도노무라가 물었다.

"나카시마공업과 계약한 법률사무소에 있었던 사람이래."

"나카시마와?"

놀랐는지 도노무라가 재차 물었다. "거기 있었던 변호사가 왜……?"

"독립했대. 유능한 변호사인가 봐."

"사장님."

도노무라가 몸을 내밀었다. "그 변호사를 만나보죠. 혹시 일을 맡아준다면 무조건 그쪽이 낫습니다. 얼른 연락해보시죠."

전처에게 부탁하려니 별로 내키지 않았지만 도노무라의 애원에 못 이겨 쓰쿠다는 휴대전화를 꺼냈다.

"어, 당신이구나. 웬일이야?"

사야의 피곤한 목소리가 흐릿하게 들렸다.

"바쁠 텐데 미안해. 무슨 일 있어?"

몸이 안 좋아서 누워 있나 싶어 물어보았다.

"아니."

사야가 말했다. "학회 때문에 런던에 와 있어. 여기 지금 아침 6시야."

학회니 런던이니, 지금 쓰쿠다의 처지와는 너무나 동떨어진 말이었다.

"요전에 말했던 변호사 좀 소개시켜줘."

대답이 있기까지 잠깐 시간이 걸렸다.

"재판, 좀 어때?"

"오늘 첫 번째 구두변론이 있었는데, 솔직히 별로 좋은 상황은 아니야. 우리 변호사를 못 믿겠다는 건 아니지만 지지 않더라도 이대로는 시간이 너무 많이 걸려서 돈줄이 마를 거야."

"중소기업의 체력에는 한계가 있으니까."

"맞아."

쓰쿠다는 인정하고 말했다. "그래서 요전에 당신이 말했던 변호사를 소개받고 싶어."

"알았어. 이름은 가미야……."

"잠깐만."

쓰쿠다가 메모지를 찾아 책상을 뒤지고 있자니 "메일로 보낼게" 하고 마치 이쪽이 훤히 보이는 것처럼 사야가 말했다.

"니시신바시의, 변호사 사무실만 입주해 있는 빌딩에 사무실이 있어. 가미야 변호사한테는 내가 일단 연락해둘게."

전화를 끊고 몇 분 후, 사야가 메일로 가미야의 연락처를 알려주었다.

지금이면 사무실에 계실 것 같으니 연락해봐. 빠른 편이 낫겠지. 귀중한 시간 아껴 쓰길.

변호사 가미야 슈이치. 가미야앤사카이 법률사무소 대표. 주소는 도라노몬이다.

책상의 전화로 번호를 누르며 쓰쿠다는 메일의 마지막 문장을 몇 번이고 곱씹었다.

지식재산 분야에서는 국내 최고의 수완가.

10

초여름 햇살이 눈부신 6월의 첫 번째 월요일. 쓰쿠다는 도노무라, 야마사키와 함께 셋이서 오피스 빌딩이 운집한 도라노몬에 있는 가미야의 사무실을 방문했다.

엘리베이터로 7층에 올라가 휑하니 아무 장식도 없어 살풍경하게 느껴지는 복도를 걸어가자 전화기만 달랑 한 대 놓인 안내 데스크가 나왔다.

내선전화 일람표에 등록된 변호사들의 이름이 나열돼 있었다. 제일 위에 있는 가미야 변호사의 내선번호로 걸자 비서인 듯한 여자가 나와서 커다란 테이블과 가죽의자가 있는 회의실 같은 방으로 안내해주었다.

기다리기를 몇 분. 뜻밖에도 쓰쿠다와 동년배로 보이는 서글서글한 분위기의 남자가 들어왔다.

이 분야에서 국내 최고의 변호사라기에 얼마나 대단한 사람일지 궁금했는데, 일단 젊어서 놀랐다.

"기다리게 해서 죄송합니다. 찾아오시기는 괜찮던가요?"

그런 걸 물으며 품에 안은 자료 다발을 테이블에 내려놓았다.

그저께 쓰쿠다제작소에서 보낸 자료였다. 소송장, 쓰쿠다제작소와 나카시마공업에서 각각 제조 중인 엔진의 카탈로그와 사양설명서. 그리고 쓰쿠다제작소에서 작성한 양쪽의 비교검토 자료, 거기에 쟁점이 되는 특허 자료도 포함되어 있다. 작은 박스가 가득 찰 만큼 많은 양이지만, 자료에는 포스트잇이 잔뜩 붙어 있었다. 아무래도 이틀 동안 자료를 훑어본 모양이다. 고된 작업이었을 텐데도 가미야는 전혀 그런 티를 내지 않았다.

가미야는 비서가 가져온 커피를 권하며 "그나저나 애 좀 먹으셨겠네요" 하고 말했다. "보통 변호사는 나카시마를 상대로 대등하게 겨루기가 쉽지 않거든요."

첫 번째 구두변론의 내용은 말하지 않았지만, 이렇게 자기를 찾아온 걸로 보아 상황이 어땠는지 대충 짐작한 것이리라.

"실례지만 쓰쿠다 씨, 이즈미 선생님과는 어떤 관계이십니까?"

"전처입니다만……."

쓰쿠다는 약간 거북한 기분으로 대답했다. 사야도 참, 이왕 소개할 거면 미리 설명 좀 해두지. 세심하지 못한 건 여전하다.

"아, 이거 실례했습니다."

가미야는 쓴웃음을 지으며 머리를 긁적였다. "이즈미 선생님이 아무 말씀도 안 해주셔서 연구소랑 무슨 관계가 있나 했거든요. 하지만 쓰쿠다 씨도 예전에는 연구직에 계셨었죠. 홈페이지 봤습니다."

"맞습니다." 쓰쿠다는 대답하고 데려온 두 사람을 소개했다. "이쪽은 기술개발부장 야마사키라고 합니다. 제 대학 후배기도 하죠. 그리고 이쪽은 경리부장 도노무라입니다."

도노무라는 황공한 표정으로 "잘 부탁드립니다" 하고 공손하게 머리를 숙였다.

바로 본론으로 들어갔다.

"일단 자료 감사드립니다. 크게 참고가 됐어요. 하지만 몇 가지 이해가 안 되는 부분이 있으니 재판 이야기를 하기 전에 질문을 좀 드리겠습니다. 그래서 시간을 좀 넉넉히 내주십사 한 거예요."

면담 시간을 두 시간쯤 내달라는 이야기는 사전에 들었다.

기다렸다는 듯이 야마사키가 들고 온 엔진 모형을 테이블에 내려놓았다.

"제일 먼저 쓰쿠다제작소에서 제조한 엔진의 구조에 대해 여쭙고 싶은데요……."

가미야는 자료를 펼친 후 제일 위에 놓인 메모지를 보며 야마사키에게 전문적인 질문을 던졌다.

그로부터 약 한 시간 가까이 재판 협의라기보다 가미야의 흥미와 관심, 그리고 무엇보다 의문을 해소하기 위한 강좌가 열렸다.

가미야가 생각보다 수준 높은 전문지식을 갖추고 있어서 놀랐다. 변호사라기보다 연구자를 상대하고 있는 게 아닌지 몇 번이나 착각할 정도였다. 아니, 변호사 일을 하고 있지만 기술자로서도 전문가가 분명하다.

여기 오기 전에 보았던 홈페이지의 프로필이 그 증거다. 이공계 대학을 졸업하고 잠시 회사에 다니면서 변리사 자격증을 딴 후, 법률을 공부해 사법시험에 합격한 가미야는 그야말로 지금 쓰쿠다제작소에 꼭 필요한 인재였다. 가미야가 품고 있는 탐구심은 변호사라기보다 쓰쿠다에게 익숙한 연구자의 그것이었다.

질문 하나에도 가미야의 높은 수준이 배어났다. 쓸모없는 질문은 하나도 없고, 내용도 겹치지 않는다.

"덕분에 궁금증이 많이 풀렸습니다."

긴 대화 끝에 가미야가 웃으며 그렇게 말하자, "아니요, 무슨 말씀을요" 하고 쓰쿠다는 진심으로 답했다.

은행도 그렇고 다나베 변호사도 그렇고, 전문가가 아닌 타인에게 기술적인 부분을 설명하기가 얼마나 어려운지 뼈저리게 느낀 후다. 툭하면 기술에 관한 쟁점을 뒤로 미루려는 경향이 있었던 다나베와 달리 가미야는 일단 쟁점이 되는 기술 자체를 이해하려는 노력을 보였다.

"백 점짜리 질문이었다고 저희가 감사를 드리고 싶은 정도인걸요."

과장되게 들렸을지도 모르지만 진심이었다.

가미야는 나카시마공업이 접수한 소송장과 나카시마공업이 취득한 특허의 내용을 다시 대강 훑어보고 팔짱을 꼈다.

"그렇군……."

가미야의 얼굴에서 웃음이 사라졌다. "쓰쿠다 씨의 주장은 잘 알겠습니다만, 본건의 경우 법정에서 그 주장을 완벽하게 인정받기는 힘들지도 모르겠어요."

"그런가요……." 쓰쿠다는 낙담했다.

다나베처럼 기술을 이해하지 못하는 변호사라면 모를까 가미야가 그렇게 말하자 충격이 더 컸다. 높아졌던 기대감이 확 시들었다.

"하지만 솔직히 전혀 이해가 안 됩니다. 저희 기술이 특허를 침해했다니 생트집도 이만저만이 아니라고요."

쓰쿠다는 언짢은 기분으로 말했다. "그뿐인 줄 아십니까? 나카시마공업의 이 특허는 저희가 이전에 취득한 특허와 아주 유사해요. 그게 특허 침해 아니냐고 따지고 싶은 정도인데."

"맞습니다."

가미야는 들고 있던 볼펜을 테이블에 내려놓고 쓰쿠다에게 물었다. "왜 이런 일이 벌어졌는지 아시겠습니까?"

"왜냐니……."

쓰쿠다는 대답이 궁했다.

"이렇게 말씀드리려니 죄송합니다만, 쓰쿠다 씨가 예전에 취득하신 특허가 좋지 않았기 때문입니다."

무슨 소리인가 싶어 쓰쿠다는 그저 가미야를 멀뚱멀뚱 쳐다보았다. 특허가 좋지 않다는 게 무슨 뜻인지 이해가 가지 않았다.

"저희 기술이 별로였다는 말씀이십니까, 변호사님."

쓰쿠다가 무심코 딱딱한 목소리로 말하자 가미야는 고개를 저었다.

"아닙니다. 특허를 따낸 연구개발 능력과 기술 자체는 훌륭해요. 하지만 그거랑 특허의 좋고 나쁨은 다른 문제입니다."

예상도 못 했던 이야기였다.

"알기 쉽게 설명 드리죠. 가령 제가 컵을 발명했다고 칩시다."

가미야는 커피가 든 플라스틱 컵을 집어서 앞에 놓았다. "자, 이걸 어떻게 표현할까요? 특허란 지금까지 없었던 발명품에 부여하는 거니까 그 발명품을 어떻게 설명하고 정의하느냐가 중요합니다. '속이 텅 빈 원기둥 모양 물체로, 바닥이 있고 플라스틱으로 만들었다'라고 써서 특허를 출원했다고 칩시다. 자, 그러면 될까요?"

"올바른 설명 같은데, 그럼 안 되는 겁니까?"

"결론부터 말씀드리자면 좋은 특허라고 하기는 힘들죠." 가미야가 말했다. "그 특허가 승인된 후에, 예를 들어 플라스틱 말고 유리로 된 컵을 만든 사람이 나오면 어떨까요? 혹은 원기둥 모양이 아니라 각진 컵을 만든 사람이 나오면요? 이 두 가지는 특허 침해일까요?"

가미야는 세 사람의 얼굴을 차례대로 둘러보았다. "결론을 말씀드리자면 제일 먼저 취득한 특허에서는 컵을 원기둥 모양이고 플라스틱으로 만들었다고 정의했으므로, 그걸 근거로 특허 침해를 주장하기는 어렵습니다."

"그렇군요."

쓰쿠다는 고개를 끄덕였다. "즉, 저희 특허에도 그거랑 비슷한 측면이 있다는 말씀입니까?"

"맞습니다. 물론 쓰쿠다제작소에서 신선한 발상으로 멋진 기술을 개발해 특허를 취득했다고 생각합니다. 하지만 그 특허에는 구멍이 있어요. 나카시마공업이 취득한 특허는 말하자면 그 구멍을 파고든 거죠. 더군다나 주변을 잘 다져서 빈틈이 없게 만들었어요."

가미야는 펼쳐놓은 소송장을 손끝으로 탁탁 두드리면서 열띤 어조로 말했다. "컵이라는 발명품이 아무리 멋지더라도, 쓰쿠다 씨의 특허는 그걸 충분히 살리지 못한 셈입니다. 원기둥 모양에 플라스틱으로 만들었다고 정의함으로써 범위를 좁혀버린 거죠. 나카시마공업은 그 빈틈을 노려 다양한 형태와 재질까지 포함해 포괄적으로 특허를 신청한 거고요. 즉, 쓰쿠다 씨가 다음에 각진 컵을 제작하면 특허 침해에 해당하겠죠. 현재 진행 중인 특허소송은 그러한 구도입니다."

그게 쓰쿠다제작소의 특허가 좋지 않은 이유라고 가미야는 말했다.

"그럼 어떻게 하면 될까요, 변호사님?"

쓰쿠다가 물었지만 가미야는 대답이 없었다. "시간을 좀 주시겠습니까? 일주일 정도면 되는데요."

"그럼 수임해주시는 겁니까?"

도노무라가 묻자 "쓰쿠다 씨만 괜찮으시다면요"라는 대답이 돌아왔다.

"특히 상대가 나카시마공업이라면 제 입장에서도 그냥 내버려 둘 수가 없어서요."

가미야는 예전에 나카시마공업과 고문계약을 맺은 법률사무소에 있었다. 운영방침을 두고 대립하다 결별한 만큼 가미야에게 이 소송은 단순한 특허소송 이상의 의미가 있는 것이리라.

"꼭 부탁드립니다."

쓰쿠다의 말에 가미야는 오른손을 내밀었다.

"저야말로 잘 부탁드립니다."

쓰쿠다는 그 손을 힘주어 잡았다. 계약 성립이다.

"대리인을 변경했다고 상대방에게 통지하는 편이 좋을까요?"

도노무라가 물었다.

"네. 하지만 그건 저희 쪽에서 해두겠습니다. 다나베 변호사님께는 직접 말씀해주시고요. 그리고 지금 제가 제일 걱정되는 건 법정 싸움이 길어질 경우 회사가 버틸 만한 체력이 있느냐 하는 것입니다. 운영자금이 제일 마음에 걸리는군요."

가장 중요한 이야기를 가미야가 먼저 꺼냈다.

도노무라가 자금을 조달한 경위를 설명하자 가미야의 표정이 흐려졌다.

"신규 거래를 터줄 은행이 없는지 찾고 있지만, 그렇게 쉽지는 않은 상황입니다."

시로미즈은행을 비롯해 기존에 거래하던 은행에서 대출을 거절당한 뒤로 쓰쿠다제작소는 다른 은행들에게 외면받고 있었다. 재판이 마무리될 때까지는 무리다 싶어 쓰쿠다도 반쯤 포기했다.

"사정은 잘 알겠습니다."

가미야는 이 일을 하다 보면 비슷한 사례가 많다고 말했다. "그나저나 아깝네요. 기술력이 이렇게나 좋은데. 그래서 나카시마공업이 소송을 제기했는지도 모르겠습니다만."

가미야가 찜찜한 소리를 했다.

"그게 무슨 말씀입니까?" 쓰쿠다가 물었다.

"나카시마공업이 소송을 제기한 목적이 뭐겠느냐는 겁니다."

"목적? 그야 저희 회사의 스텔라가 거슬리니까 뭉개버리려는 거겠죠."

"뭐, 그것도 목적이라면 목적이겠지만, 그뿐만이 아닐 것 같아서요."

"그 밖에 또 무슨 목적이 있다는 말씀이신지?"

쓰쿠다의 물음에 가미야는 "매수입니다" 하고 예상외의 답을 꺼냈다. 쓰쿠다뿐만 아니라 야마사키와 금융 쪽에 정통한 도노무라까지 말문이 막혔다.

"매수? 저희를요?"

"그런 짓을 하는 회사입니다, 나카시마공업은. 그렇게 생각하면 이번 소송의 목적은 이기는 게 아니라 쓰쿠다제작소를 궁지에 모는 거라고 볼 수도 있겠죠. 소송이 길어지면 귀사는 자금이 달릴 겁니다. 그때를 기다렸다가 화해안을 제시할 생각인지도 모릅니다. 주식의 절반 이상을 양도하면 손해배상청구소송을 취하하겠다는 식으로요."

발행된 주식의 절반 이상을 양도하면 그 시점에서 회사 소유권은 나카시마공업에 넘어간다.

"너무 심하지 않습니까!"

쓰쿠다는 감정이 격해져 침을 튀기며 말했다. "나카시마공업이 무슨 경제계의 조폭이라도 됩니까?"

"하는 짓만 보면 비슷하게 받아들여도 무방하죠. 변호사도 한통속이 돼 그딴 짓을 사업이랍시고 기획하니까요."

나카시마공업과 고문계약을 맺은 법률사무소에 있었던 가미야의 말인 만큼 믿음이 갔다. 가미야가 왜 법률사무소를 그만뒀는지 알 것 같았다.

이렇게 부조리한 일이 있어서 되겠는가.

쓰쿠다는 속이 부글부글 끓어 어금니를 꽉 깨물고 팔짱을 긴채 가미야의 머리 위 허공을 노려보았다. 쓰쿠다의 귀에 다시 가미야의 목소리가 들렸다.

"그들은 합법이면 무슨 짓을 해도 상관없다고 생각합니다. 그런 식으로 중소기업이 개발한 기술을 차지해왔죠. 법률을 역이용해 약자에게서 소중한 것을 빼앗는다. 그게 그들의 전략이에요. 이번에는 쓰쿠다 씨가 표적인 겁니다."

옆에서 도노무라가 생침을 꿀꺽 삼켰다.

가미야의 말은 그야말로 사형선고처럼 위협적으로 들렸다.

그렇게 악착같이 노리는데 과연 무사히 빠져나갈 수 있을까.

게다가 쓰쿠다는 기술은 잘 알지만 특허와 법정 전략은 전혀 모른다. 지금 의지할 수 있는 사람은 가미야뿐이다. 하지만 가미야도 한때 동료였던 변호인단과 맞서 싸우기가 쉽지는 않을 것이다. 그

법률사무소에는 가미야 수준의 변호사가 득실득실할 테니까.

"이건 단순히 기술적인 논쟁으로 끝낼 수 있는 문제가 아닙니다. 더 포괄적인 전략이 필요할 거예요."

"포괄적인 전략?" 쓰쿠다가 물었다.

"이 재판을 유리하게 끌고 가기 위해서는 기술적인 방증만 긁어모으는 게 능사가 아니라는 뜻입니다. 과연 뭘 할 수 있을지 이제부터 찾아봐야죠."

가미야는 추가로 필요한 자료를 야마사키와 도노무라에게 말한 후 쓰쿠다에게 당부했다.

"일단 법정 전략은 저한테 맡겨주십시오. 하지만 자금 쪽은 제가 어떻게 할 수 없겠네요. 바라시는 대로 열 달 안에 판결이 나도록 노력은 해보겠지만, 그렇다고 바로 자금 조달이 가능해지는 건 아니겠죠. 그러니 그 이전에 대책을 세워야 할 겁니다. 자금을 조달할 곳을 찾아보십시오, 쓰쿠다 씨."

가미야는 힘주어 말했다. "이만한 기술을 보유하고 있지 않습니까. 쓰쿠다제작소를 지원해주겠다는 금융기관이 어딘가 있을 겁니다."

자금 조달은 현재 쓰쿠다제작소에게 가장 어려운 과제다.

도노무라는 비장한 표정으로 입을 꾹 다물었다.

진짜 싸움은 이제부터다.

11

"금융기관을 찾으라 한들……."

도노무라가 맥주잔을 오른손에 든 채 탄식했다.

가끔은 스트레스를 풀자는 뜻에서 지유가오카의 술집에 왔다.

도노무라와 야마사키, 그리고 쓰노도 함께였다.

"원래 알고 지내던 은행은 물론이고, 영업하러 와서 명함을 두고 간 은행도 거의 다 돌아다녔으니."

대출을 해줄 가능성이 있는 금융기관은 더 이상 없다.

"미안해, 도노무라 씨."

쓰노가 면목 없다는 듯 도노무라의 잔에 맥주를 따랐다.

"숫자가 좀 더 나왔으면 결과도 달랐을 텐데."

쓰쿠다제작소의 영업부서는 둘로 나뉜다. 주력 제품인 소형 엔진 판매를 담당하는 영업 1부와 그 외의 제품을 담당하는 영업 2부다. 게이힌기계공업은 쓰노가 부장으로 있는 영업 1부 담당이었기 때문에 요즘 쓰노는 책임감을 느끼고 신규 거래처를 뚫기 위해 기를 쓰고 있었다.

"어떻게든 반년 안에 게이힌기계공업의 손실분을 메울게."

"잘 부탁드립니다. 그때까지는 예금으로 어떻게든 버텨볼 테니까요."

도노무라는 은테 안경의 코다리를 가운뎃손가락으로 누르며 머리를 숙였다.

참으로 침울한 술자리였다.

"그런 쪽으로는 가미야 변호사도 좀 물렁한가 보네요."

야마사키가 말했다. "우리를 지원할 금융기관이 어딘가 있을 거라니, 듣기에는 좋지만 그런 곳이 어디 있다는 거야."

"그냥 격려한 거겠지."

쓰노는 그렇게 말하고 "그렇죠, 사장님?" 하고 쓰쿠다에게 동의를 구했다.

"뭐, 그럴지도 모르지."

가미야 변호사의 전문 분야는 어디까지나 특허와 관련된 법무지 자금 융통이 아니다. 은행 차입에 대해서는 도노무라가 그보다 훨씬 전문가다.

"어폐가 있는 말씀이셨죠."

도노무라가 지적했다. "가미야 변호사는 기술력이 있으니까 금융기관이 지원해줄 거라는 식으로 말씀하셨지만, 기술력을 제대로 평가할 수 있는 은행 자체가 거의 없는걸요."

"시로미즈은행도 마찬가지고."

쓰쿠다는 반쯤 남은 맥주를 단숨에 들이켰다. "우리 기술이 아무리 뛰어나도 믿어주지 않겠지."

"도노무라 씨. 궁금한 게 있는데, 세상에는 벤처기업이 참 많잖아요. 그런 곳은 어떻게 은행에서 대출을 받는 거예요?"

야마사키가 의문을 꺼냈다. "기술력을 평가할 수 없다면 새로운 아이디어나 장비의 가치가 얼마나 되는지 모를 거 아니에요?"

"벤처기업에 대출해주는 은행은 거의 없습니다."

의외의 발언이었다.

"정말이야, 도노무라 씨? 그럼 그 사람들은 어디서 자금을 조달해?"

쓰쿠다는 저도 모르게 되물었다.

"예를 들면 엔젤이라든가……."

"천사?" 야마사키가 궁금증을 표출했다.

"사업자금을 출자해주는 자본가를 가리키는 말이에요."

도노무라가 대답했다. "재미있는 사업으로 보이면 천만 엔 정도는 내주겠다는 엔젤은 제법 많습니다."

"몰랐어."

쓰쿠다는 놀라서 중얼거렸다. "3억 엔을 내주겠다는 엔젤은 어디 없을까?"

"아무래도 그건 힘들겠죠."

야마사키가 말했을 때 문득 도노무라가 생각에 잠겼다.

"왜 그래, 도노무라 씨?"

쓰노가 묻자 "있을지도 모릅니다"라는 답변이 돌아와 세 사람은 깜짝 놀랐다.

"무슨 소리야, 자세히 말해봐."

쓰쿠다가 재촉했다.

"저는 지금까지 은행에서 돈을 빌려야 한다는 생각밖에 없었습니다." 도노무라가 말했다.

"하지만 생각해보니 은행만 금융기관인 건 아니죠. 자금을 꼭 은행에서 빌려서 조달해야 한다는 법은 없어요. 사장님, 몇 달 전에 내셔널인베스트먼트라는 회사가 찾아왔었잖아요. 사장님도 명함을 교환하셨을 텐데 기억나십니까?"

"내셔널인베스트먼트……"

쓰쿠다는 기억을 더듬었지만 생각나지 않았다.

"벤처캐피털입니다."

"뭐야, 그게?" 쓰노가 물었다.

"장래가 유망한 비상장회사에 전문으로 투자하는 회사예요."

도노무라가 설명했다. "그들이라면 저희를 제대로 평가해줄지도 모릅니다."

"하지만 그건 출자잖아요?"

야마사키가 이의를 제기했다. "회사를 빼앗기기라도 하면 어떻게 해요?"

"하지만 한번 상담해볼 가치는 있다고 생각합니다. 가능성이 있다면 도전해보고 싶습니다."

"알았어."

도노무라의 열의에 찬 모습을 보고 쓰쿠다가 말했다. "그런데 도노무라 씨, 내셔널인베스트먼트는 정말로 기술력을 평가할 수 있을까?"

"은행보다는 나을 겁니다."

도노무라의 대답에 실망감이 가슴을 쿡 찔렀다.

"그래서야 결과는 똑같지 않을까요?"

야마사키가 기대감 없는 말투로 묻자 "그들의 투자 기준에 기대하는 수밖에요" 하고 도노무라가 대답했다.

"투자 기준이라니, 대체 그게 뭔데?"

고지식한 각진 얼굴이 쓰쿠다를 쳐다보았다.

"경영자의 실적입니다."

쓰쿠다는 말문이 막혔다. 자신에게 그런 게 있는지 의심스러웠기 때문이다.

"자신 없는데……."

"믿져야 본전이죠. 사장님, 허락해주십시오."

결국 쓰쿠다는 마지못해 승낙했다.

며칠 후 내셔널인베스트먼트의 하마자키 다쓰히코가 쓰쿠다제작소를 찾아왔다.

대형 투자회사인 내셔널인베스트먼트의 벤처 캐피털리스트라지만 30대 중반으로 아직 젊다.

첫인상은 천둥벌거숭이. 날라리 대학생이 그대로 사회인이 된 것처럼 경박한 분위기였다. 건방지고 아무 거리낌도 없다. 하지만 쓰쿠다 생각에 본심을 감추고 듣기 좋은 거짓말을 늘어놓는 녀석들보다는 이런 사람이 나은 것 같았다.

"소송이요……."

이야기를 다 들은 후 하마자키는 "흐음" 하고 생각에 잠긴 표정을 지었다.

"그래서, 은행은 뭐랍니까?"

하마자키의 질문에 테이블 맞은편에 공손하게 앉아 있던 도노무라의 몸이 살짝 움찔했다.

"주거래은행인 시로미즈은행은 소송을 이유로 대출을 거절했습니다."

도노무라의 대답에 하마자키는 고개를 갸웃했다.

"왜 그런 결론을 내린 걸까요?"

"소송에 져서 손해배상을 할 게 뻔하다는 거죠. 나카시마공업
이 승산도 없이 소송에 나설 리 있겠느냐고 생각하는 것 같았습
니다."

도노무라가 말했다.

"그렇군요."

하마자키는 중얼거리더니 "그래서, 얼마나 필요합니까?" 하고
단도직입적으로 물었다.

"운영자금은 3억. 거기에 소송비용이 수천만 엔은 들 거요."

쓰쿠다가 대답했다. 숫자를 노트에 적은 하마자키는 앞에 놓인
재무제표를 들고 기재된 숫자를 묵묵히 읽어나갔다.

잠시 후―.

"일단 1억 5천만 엔. 전환사채*로 어떻습니까?"

하마자키가 불쑥 말했다. 얼떨떨해진 건 쓰쿠다만이 아니었다.
도노무라도 마찬가지였다.

"검토해주시는 겁니까?"

쓰쿠다가 몸을 내밀자 "당연하죠" 하고 하마자키는 아무렇지
도 않게 답했다.

"일단 그걸로 반년 끌고 가보십시오. 그 후의 일은 그때 생각하
고요."

• 일정한 조건에 따라 채권을 발행한 회사의 주식으로 전환할 수 있는 채권.

"심사는 얼마나 걸릴까요?" 도노무라가 흥분을 억누른 말투로 물었다.

"3주."

하마자키가 대답했다. "그사이에 사장님이 우리 임원들과 면담을 한 번 해야 합니다. 회사 경영이념과 기술 내용, 앞으로의 방침에 대해 말씀하시면 충분해요. 귀사의 기술력에 대해서는 예전에 뵀을 때 조사했으니까요. 괜찮으시죠?"

"물론이죠. 다만 소송 문제가 어떻게 평가될지 좀 걱정인데."

쓰쿠다가 불안을 드러내자 "평가 요소에 들어가기는 하겠지만, 지금 설명해주신 대로라면 은행만큼 예민하게 반응하지는 않을 거예요" 하고 하마자키는 말했다.

"전환사채일지 직접투자로 변경할지는 실제로 품의서를 올려봐야 알겠지만, 귀사 같은 회사에 투자를 안 하면 어디다 하겠습니까. 다만 지금까지 이야기를 들어보니 짚고 넘어가야 할 게 하나 있네요."

하마자키가 갑자기 진지한 눈빛을 쓰쿠다에게 던졌다. "사장님, 제일 중요한 일을 잊고 계신 거 아닙니까?"

"제일 중요한 일?"

하마자키는 진지한 표정을 유지한 채 고개를 끄덕였다. 하지만 그게 대체 뭔지 쓰쿠다는 짐작이 가지 않았다.

"특허 재검토입니다."

도노무라가 고개를 번쩍 들었다. 하마자키가 말을 이었다.

"나카시마공업이 소송을 건 신형 엔진 관련 특허 말고도 특허를 보유하고 있지 않습니까? 개발 자금이 더 들어간 특허도 있을 테고요. 예를 들면 최근에 취득한 수소엔진 관련 특허도 그렇죠. 나카시마가 기술 면에서 특허에 등록된 정보의 빈틈을 파고들었다면, 앞으로 다른 특허에도 똑같은 일이 일어나지 않는다는 보장이 어디 있습니까? 아닌가요?"

소송으로 머릿속이 가득했던 쓰쿠다는 허를 찔린 기분이었다.

"이번 소송과 병행해서 특허를 전면적으로 재검토하세요. 빈틈이 없도록 철저하게. 그게 쓰쿠다제작소를 지키는 길입니다."

할 말을 다했는지 하마자키는 테이블에 펼쳐놓은 자료를 가방에 넣고 서둘러 돌아갔다.

"싹퉁머리가 좀 없긴 하지만 나름 쓸 만한 친구로군."

쓰쿠다는 하마자키의 뒷모습을 바라보며 말했다.

"아주 죽으라는 법은 없나 봅니다."

도노무라가 중얼거렸다.

"도노무라 씨, 가미야 변호사한테 연락 좀 넣어줘."

쓰쿠다가 말했다. "우리 회사 특허 전략을 점검할 좋은 기회야."

12

"변호사를 교체했다?"

일본 금융경제의 중심지 오테마치에 위치한 빌딩 8층, 다무라 앤오카와 법률사무소의 회의실에서 나카시마공업의 미타는 목소리를 높였다.

놀라움이 가득한 그 표정에 서서히 간사한 웃음이 번졌다.

"고작 첫 번째 구두변론 후에 변호사를 갈아치우다니 패배를 인정한 셈이나 마찬가지로군요, 나카가와 변호사님."

서류가 높이 쌓인 테이블 맞은편에는 다무라앤오카와 법률사무소 소속의 변호사가 두 명 앉아 있었다.

한 명은 지금 이름을 불린 나카가와 교이치. 미타와 동년배인 베테랑 변호사 나카가와는 기술 관련 기업법무 쪽에서는 제법 유명한 남자다. 그 옆에 앉아 웃음기 하나 없이 날카로운 눈빛을 던지는 청년은 아오야마 겐고. 변호사 3년차의 신출내기다.

"애당초 기술에 무지한 변호사를 대리인으로 삼은 시점에서 승부는 났다고 봐야겠죠. 계획심리 일정조차 제대로 못 세우다니, 확실히 말해 끝났습니다."

"그게, 문제가 좀 생겼습니다." 나카가와가 나지막하게 말하자 미타의 웃음소리가 어중간하게 잦아들었다.

"문제? 제발 한 번만 봐달라고 애원이라도 하던가요?"

"아니요, 그런 게 아니라……."

나카가와는 미타의 농담을 떨떠름하게 흘려 넘기고 "쓰쿠다제작소가 새로 선임한 변호사가 좀……" 하며 말끝을 흐렸다.

"새 변호사? 에이, 나카가와 변호사님도 참. 국내에서 특허 재판은 다무라앤오카와가 최고지 않습니까. 여기를 당해낼 변호사가……."

"가미야 슈이치."

미타는 입을 다물고 나카가와의 웃음기 없이 진지한 얼굴을 빤히 바라보았다.

"가미야······? 그, 전에 여기 계셨던 가미야 변호사님이요?"

"맞습니다."

나카가와는 미간을 모으며 복잡한 표정을 지었다. "뭐, 아무리 가미야라도 이 상황에서 할 수 있는 일은 별로 없겠지만요."

"그럼요."

나카가와가 뜻밖에 경계심을 드러냈지만 미타는 웃어넘겼다. "무엇보다 쓰쿠다제작소에는 이번 재판을 끝까지 버틸 체력이 없어요. 가미야 변호사가 붙어봤자 돈이 바닥을 치기 전에 재판을 끝내기는 어렵겠죠. 오래 끄는 건 얼마든지 가능하니까요. 저희가 슬쩍 알아봤는데, 현재 쓰쿠다제작소는 운영자금도 마련하기 힘들어서 허덕이고 있답니다. 무슨 수를 써봤자 쓰쿠다제작소는 살아남을 가망이 없어요. 그리고 말이죠······."

힘주어 말하던 미타는 기세를 몰아 가미야에 대해 언급했다.

"가미야 변호사는 여기서 잘 안 돼서 뛰쳐나갔다고 들었습니다. 그런 사람은 어디에 가든 잘 안 되는 법이에요. 정말로 실력자라면 어떻게 해서라도 다무라 변호사님이 붙잡으셨겠죠."

"뭐, 그 말씀이 맞는지도 모르죠."

나카가와는 모호하게 대답하고 뭔가를 떨쳐내듯 후, 하고 짧게 숨을 내쉬었다. "현 단계에서 상대방 대리인에 대해 이러쿵저러쿵해봤자 아무런 소용없으니, 이만 본론으로 들어가시죠. 진행 중인 소송에 대해 아오야마가 경과를 보고 드리겠습니다."

그날 쓰쿠다와 도노무라, 그리고 기술개발부장 야마사키는 다시 가미야의 사무실을 방문했다.

"저도 조만간 특허를 재검토하자고 제안할 생각이었습니다. 조속히 진행하도록 하죠. 그리고 의뢰하신 소송 말씀인데요."

가미야가 화제를 바꾸었다. "이번 소송의 쟁점과 나카시마공업의 특허에 대해 면밀히 검토해봤는데, 결론부터 말씀드리자면 특허를 침해했다는 사실을 부인해 상대방 주장을 물리치기는 그리 어렵지 않을 것 같습니다."

생각지도 못한 낭보였다. 옆에서 도노무라가 눈을 깜박이는 것조차 잊고 가미야를 바라보았다.

"다만 문제가 하나 있어요. 시간입니다. 과연 귀사가 희망하는 기간 안에 판결이 날지……."

"그거 말씀인데요."

도노무라가 내셔널인베스트먼트의 제안에 대해 전했다. 하지만 가미야의 딱딱한 표정에는 변화가 없었다.

"설령 전환사채나 직접투자를 받더라도 여유가 생기는 건 반년 정도겠죠. 하지만 나카시마공업은 온갖 수단을 다 동원해 시간 끌기에 나설 겁니다. 예를 들면 방대한 자료를 제출해 검토에 시간을 잡아먹게 만드는 식으로요. 그러면 1, 2년은 순식간입니다."

"그런 망나니짓이 어디 있답니까!"

야마사키가 화를 내자 "나카시마공업은 그런 상대입니다" 하고 가미야는 말했다. "아니, 그런 전략을 취하는 게 나카시마뿐만은 아닙니다. 어디라고 공공연하게 떠들 수는 없지만요."

"즉, 우리가 쓰러질 때까지 온갖 방법으로 공격을 가하겠군요."

"안타깝지만 그렇습니다."

가미야는 말을 멈추고 세 사람의 반응을 기다렸다.

"어떻게 하면 좋겠습니까, 변호사님."

잠시 후 쓰쿠다가 물었다.

"일주일쯤 제 나름대로 고민해봤는데요."

가미야가 대답했다. "어떻게 하면 재판을 잘 버틸 수 있을까, 어떻게 하면 단시간에 완벽한 승소를 얻어낼 수 있을까. 이 재판뿐만 아니라, 앞으로 나카시마공업이 허튼 수작을 부리지 못하게 봉쇄할 방법은 없을까…… . 모든 방향으로 검토해본 결과, 긴히 드리고 싶은 제안이 있습니다."

가미야는 의자 등받이에 기댔던 몸을 일으키며 진지한 눈으로 쓰쿠다를 빤히 쳐다보았다.

"제안?"

쓰쿠다는 어마어마한 뭔가가 나올 거라는 예감에 사로잡혔다.

"화해안을 제시하자는 말씀인가요?" 도노무라가 물었다.

"아닙니다."

가미야는 단호하게 부정했다. "이번 재판은 나카시마공업에 본때를 보여줄 기회입니다. 지금부터 드리는 이야기는 바로 그걸 위한 전략이에요."

쓰쿠다는 자기도 모르게 몸을 내밀었다.

13

"다무라앤오카와 법률사무소에 쓰쿠다제작소가 고문 변호사를 교체했다는 연락이 왔다고 합니다. 쓰쿠다 쪽 법정 전략은 이미 와해된 게 틀림없습니다."

회의실에 늘어앉은 임원들 앞에서 미타는 자랑스럽게 가슴을 폈다.

소형 엔진 분야의 라이벌인 쓰쿠다제작소에게 소송을 걸자고 임원회의에서 제안한 사람은 다름 아닌 미타였다. 미타는 쓰쿠다제작소의 신용도와 재무 상태를 상세히 조사한 결과 승소가 확실하다는 내용의 품의서를 올렸다.

불같은 성격으로 유명한 사장 오토모는 라이벌 기업이 특허를 침해했다는 사실에 분기탱천해 그런 회사는 철저하게 뭉개버리라고 지시했다.

오토모는 미타의 경과보고를 받고 만족스러운 듯 고개를 끄덕였다.

"머지않아 저쪽에서 화해를 바라고 행동에 나설지도 모르겠습니다. 현재 쓰쿠다제작소는 거래 은행에서 자금을 조달하기가 어려운 상황이라 이대로 가면 1년 안에 자금이 바닥날 게 확실하기 때문입니다. 변호사를 새로 선임해 파국이 닥치기 전에 구제책을 찾으려 할 가능성이 있습니다."

"화해는 없다."

오토모는 딱 잘라 말했다. "철저하게 박살내버려. 그럼 앞으로의 법정 싸움에도 유리하게 작용하겠지."

"지당하신 말씀입니다."

미타는 그렇게 말하고 속으로 웃었다.

법률사무소와 협의해 쓰쿠다제작소가 보유한 특허를 샅샅이 조사한 보람이 있었다. 소형 엔진 분야에서 쓰쿠다제작소는 나카시마공업에 그야말로 눈엣가시였다. 그런 상대를 침몰시킨 공적은 이루 다 헤아릴 수 없을 만큼 크다.

나카시마공업의 법정 전략에 미타 기미야스가 한몫했다—그렇게 알리기에 충분했다.

"아무튼 쓰쿠다제작소가 특허를 침해한 걸 알아내고 대응하다니 판단력이 대단하군. 미타, 앞으로도 잘 부탁하네."

"여부가 있겠습니까."

오토모의 말에 미타는 머리를 깊이 숙였다. 몸속 깊은 곳에서 환희가 솟아올랐다.

이대로 가면 가만히 있어도 임원 자리가 굴러들어 오리라. 이로써 내 앞에는 탄탄대로가 열렸다.

"매니저님."

임원회의를 마치고 자기 자리로 돌아왔을 때 부르는 소리가 들렸다.

돌아보자 니시모리가 여느 때와 달리 굳은 표정으로 자기 자리에서 일어나 다가왔다.

"방금 이런 게……."

니시모리가 봉투 한 통을 내밀었다.

발신자는 도쿄지방법원. 내용물은 꺼내서 클립으로 집어놓았다.

미타는 안색이 바뀌었다. 소송장이었다.

"저희 엘마Ⅱ를 특허 침해로 고소했습니다."

엘마Ⅱ는 나카시마공업이 만든 소형 엔진이다. 5년 전에 출시된 후로 판매량이 점점 늘어 현재는 동력제조 부문의 주 수입원으로 성장했다.

"이거, 다무라앤오카와에는 팩스로 보냈어?"

"아까요. 지금 나카가와 변호사가 보고 있을 겁니다."

"이런 같잖은 짓을 하다니, 대체 어디야?"

소송장에서 원고 이름을 찾던 미타는 쓰쿠다제작소라는 이름을 확인하고 두 눈을 의심했다.

"우리를 역고소했다고? 그것도 특허 침해로?"

믿기지가 않았다. 도대체 무슨 생각이지?

미타의 휴대전화가 진동했다. 나카가와 변호사였다.

"아아, 변호사님. 바쁘실 텐데 죄송합니다. 안 그래도 전화 드리려던 참이었어요. 아까 니시모리가 보낸 소송장 말인데요……."

"확인했습니다."

나카가와가 대뜸 끼어들어 말을 끊었다. "미타 씨, 결론부터 말하자면 이거 상당히 골치 아픕니다……."

2장

위기의 스타더스트 프로젝트

1

도쿄 오테마치. 일본을 대표하는 거대자본 데이코쿠그룹의 계열사들이 밀집해 데이코쿠거리라고도 불리는 그곳의 중심부에 데이코쿠중공업 본사가 있다.

가을 햇살이 비쳐드는 10층 접견실. 은테 안경을 끼고 밀랍처럼 안색이 창백한 남자가 초점 없는 눈으로 허공을 바라보고 있었다.

이름은 도미야마 게이지. 데이코쿠중공업의 우주항공본부 우주개발부 주임이다.

국내 최대 규모를 자랑하는 데이코쿠중공업 우주항공본부는 정부에서 민간에 위탁하는 대형 로켓의 제조 개발을 도맡으며 우주항공 분야에서 확고부동한 위치를 유지하고 있다.

올해 서른일곱 살인 도미야마는 데이코쿠중공업에서 거액의 자금을 투입한 신형 수소엔진 개발의 책임자다. 그 옆에는 체격이 다부진 40대 중반의 남자가 미간을 찌푸린 채 앉아 있었다.

작은 테이블 맞은편에는 뚱뚱한 남자가 늦더위에도 불구하고 단정한 갈색 양복 차림으로 앉아 있었다.

"미시마 선생님, 정말 틀림없습니까?"

도미야마가 흔들리는 목소리로 매달리듯 말했다.

"안타깝지만 틀림없어요."

뚱뚱한 남자가 대답했다. "이미 같은 내용의 특허가 있어서, 이번에 귀사가 개발한 신기술은 특허 승인을 받지 못했습니다."

미시마라고 불린 남자의 시선을 받으며 도미야마는 입술을 바르르 떨었다.

"언제요……?"

허공을 향했던 도미야마의 시선이 미시마를 향했다. "언제 그런 특허가 승인을 받았습니까?"

"석 달쯤 전에요. 간발의 차였습니다."

"이런 빌어먹을!"

미시마는 열을 내는 도미야마의 얼굴을 딱하다는 듯이 바라보았다. 데이코쿠중공업 같은 거대한 기업이 거액의 자금을 투입했는데 완성해보니 어느새 추월당했더라는 평계는 통하지 않는다.

"사전에 알아본 범위에서는 문제없다고 하지 않았습니까? 어떻게 된 겁니까?"

"반년 전에는 분명 그랬거든요."

미시마가 곤혹스러운 기색을 담아 약간 변명조로 대답했다. "그런데 그 후에 우선권주장출원을 하는 바람에……."

"그건 또 뭡니까?"

지금까지 잠자코 있던 남자가 물었다.

"뭐, 요컨대 이미 출원해서 승인받은 특허에 기술정보를 추가해 보완하는 제도라고 보면 됩니다. 이례적인 조치지만 가끔 그럴 때가 있어요. 그것만 아니었다면 귀사가 개발한 신기술은 아무 문제 없이 특허를 승인받았을 텐데, 아쉽게 됐습니다."

"아쉽게 됐으면 다입니까, 선생님!"

도미야마는 따지고 들었다. "혹시 그럴 가능성이 있다면 제대로 보고를 해주셨어야죠!"

"보고라고요?"

발끈했는지 미시마는 싸늘하게 대꾸했다. "이런 일은 기술개발에 으레 따르기 마련입니다. 그런 위험에서 벗어나려면 다른 회사보다 기술을 빨리 개발하는 수밖에요. 그런 의미에서 데이코쿠가 한발 늦은 건 부정할 수 없는 사실 아닙니까?"

미시마가 지적한 순간 도미야마는 보이지 않는 화살에 맞은 것처럼 몸을 뒤로 젖혔다. 시선을 이리저리 돌리다 반쯤 벌어진 입으로 격해진 감정을 토해냈다.

"이런 망할!"

소리를 질러도 눈앞에 닥친 현실은 바뀌지 않는다.

"뭐, 아무튼. 이번에는 안타깝게도 2등에 만족하는 수밖에 없다는 거죠."

미시마는 테이블에 펼쳐놓은 자료를 정리하기 시작했다.

"이의신청은요? 이의를 신청해 우리 권리를 인정받을 수는 없겠습니까?"

도미야마는 떨리는 목소리로 물었다.

미시마는 안쓰럽게 바라보며 고개를 천천히 저었다.

"안 될 겁니다. 말씀드리기 전에 저도 해당 특허를 자세히 살펴 봤어요. 결론부터 말하자면 아주 꼼꼼하더군요. 파고들 틈이 없어요. 이게 그 특허를 취득한 회사의 자료입니다. 참고하시죠."

미시마는 서류가방에서 자료 한 장을 꺼내 테이블 위로 죽 밀어주고 "이만 실례하겠습니다" 하며 접견실을 나섰다.

접견실에는 얼이 빠져 빈껍데기가 된 도미야마와 불쾌한 표정으로 팔짱을 낀 남자, 자이젠 미치오가 남겨졌다.

"부장님……."

도미야마는 일어서서 머리를 푹 숙였다. "죄송합니다."

자이젠은 아무 대꾸 없이 팔짱을 풀고 엄지손가락과 가운뎃손가락으로 양쪽 관자놀이를 꾹꾹 눌렀다. 생각에 잠길 때 나오는 버릇이다.

대형 수소엔진 개발에 돈을 퍼부어놓고 핵심기술의 특허를 취득하지 못했다면 도미야마는 물론이고 자이젠도 책임을 면할 수 없다.

"설마 이런 일이 생길 줄이야……."

자이젠은 미시마가 두고 간 서류에 적힌 회사명을 뚫어져라 들여다보았다.

주식회사 쓰쿠다제작소, 대표이사 쓰쿠다 고헤이라는 이름과 함께 오타구에 있는 회사 주소가 적혀 있었다. 미시마가 신경을 좀 썼는지 서류에는 신용정보회사를 통해 조사했을 쓰쿠다제작소의 자료가 실려 있었다.

자본금 3천만 엔. 직원 200명. 엔진 부품을 제조 개발하는 중소기업이라고 되어 있었다.

데이코쿠중공업 입장에서는 불면 날아갈 듯 작은 규모다.

한편 데이코쿠중공업은 우주항공 분야 활성화의 기치를 내건 사장의 주도 아래 '스타더스트 프로젝트'라는 프로젝트를 추진해왔다. 이번 신형 엔진 개발은 이 프로젝트의 핵심으로, 대형 로켓 분야에서 국제경쟁에 앞서나가기 위해 반드시 갖춰야 할 조건이다. 그런데―.

"이 회사는 대체 뭐야?"

자이젠은 솟아오른 의문을 그대로 입에 담았다.

데이코쿠중공업의 기술력은 말할 것도 없이 일본, 아니 세계 최고 수준이다. 대학 연구실이나 다른 대기업의 연구소라면 또 모를까, 설마 이런 중소기업에게 추월당할 줄이야.

"일단 좀 알아볼까. 이야기는 그다음부터야."

자이젠은 그렇게 말하고 자리에서 일어나 미팅을 끝냈다.

2

"신용조사과에서 쓰쿠다제작소 관련 자료를 보내왔습니다."

일주일이 지난 오후, 도미야마가 자료를 끌어안고 자이젠에게 보고하러 왔다.

10월 하순, 부서를 재정비하느라 정신없는 한 주였다.

특허 취득에 실패했다는 사실에 변명의 여지는 없었다. 사내에서 순조롭게 엘리트 코스를 밟아온 자이젠으로서는 예상치 못한 시련이었다.

핵심기술은 자체 개발한다는 사장 도마의 방침에 따른다면 추월당한 기술은 버리고 대체기술을 새로 개발해야겠지만, 그러려면 돈과 시간이 너무 많이 든다.

"프로젝트 일정은 절대로 변경해주지 않을 거야."

우주사업부장 안노 다케히코의 말이다. "혹시 엔진 개발에서 중소기업한테 뒤처졌다는 사실이 외부에 새어 나가기라도 해봐. 사장님 얼굴에 먹칠을 하는 꼴이라고. 그러다 까딱 잘못하면 고객이 다음 발사 때는 아리안을 쓰겠다고 할지도 몰라."

아리안은 유럽 로켓이다. 현재 우주사업은 국제경쟁의 시대에 돌입해 발주처가 국내기업이더라도 가격이 저렴하면서 안전성이 높은 외국 로켓을 선호하는 경향이 적지 않다.

안노와의 대화를 곱씹으며 보고서를 읽던 자이젠은 문득 고개를 들어 도미야마에게 물었다.

"우주과학개발기구에 연구자로 있던 사람이 사장이라는 건가?"

쓰쿠다 고헤이의 약력에 그렇게 적혀 있었다. "하지만 이 회사는 설립된 지 30년에 가까운데. 그럼 2대 사장?"

"그렇습니다."

보고서에는 쓰쿠다 고헤이라는 경영자가 우주과학개발기구를 퇴직하고 가업을 물려받은 경위가 자세하게 기록돼 있었다.

"세이렌이라. 분명 그런 엔진이 있었지."

자이젠은 팔걸이의자 등받이에 몸을 맡기며 말했다. "10년은 안 됐을 텐데, 발사에 실패한 로켓에 사용된 엔진이었어. 그 엔진을 개발한 사람이었군…….'

자이젠은 중얼거리듯이 말했다. "사양만 따지면 참신함 그 자체였지. 만약 성공했다면 일본의 로켓 기술은 틀림없이 그때 세계 최고가 됐을 거야.'

그런 사람이니 그럴 만도 하다는 생각과 아무리 그래도 이만한 기술을 잘도 독자적으로 개발해냈다는 생각이 동시에 머릿속을 교차했다. 쓰쿠다제작소는 데이코쿠중공업이 투자한 자금의 몇 분의 1밖에 안 될 낮은 비용으로 수소엔진 밸브 시스템이라는 최첨단 기술을 개발한 것이다.

도미야마가 설명을 이어나갔다. "아주 건실한 회사인 모양이지만, 현재는 소송에 휘말려서…….'

"소송?'

자이젠은 눈썹을 치켜세우며 보고서에서 해당하는 부분을 찾다가 나카시마공업의 이름을 보고 눈살을 찌푸렸다.

"상대가 안 좋군.'

자이젠은 솔직한 감상을 말하고 보고서를 테이블에 휙 내던졌다. 그러고는 느닷없이 물었다.

"자네가 쓰쿠다라면 이 특허를 얼마에 팔겠나?'

"글쎄요…….'

도미야마는 대답을 망설였다. "이건 대단한 특허입니다. 싸게는 안 팔 것 같은데요.'

"과연 그럴까?"

자이젠은 팔걸이의자에 몸을 맡긴 채 의문을 던졌다. "쓰쿠다 제작소는 소송 중이잖아. 게다가 소송 대상은 쓰쿠다제작소의 주력 제품이라 할 수 있는 소형 엔진이야. 만약 소송에 지면 어떻게 될까? 아직 개발비도 다 회수 못 했을 텐데."

"그 엔진을 라인업에서 제외해야겠죠."

"그뿐만이 아니야."

도미야마의 불충분한 대답을 듣고 자이젠은 차가운 시선을 던졌다. "분명 거액의 손해배상금도 지불해야겠지. 그럼 쓰쿠다제작소는 끝장나. 게이힌기계공업 쪽의 수주 감소에 소송까지. 지금 쓰쿠다제작소는 틀림없이 돈에 혈안이 돼 있을걸."

도미야마가 생침을 꿀꺽 삼켰다.

자이젠은 예전부터 상황 판단력이 높기로 정평이 났다. 그 소문난 통찰력을 발휘해 자이젠은 얼마 안 되는 자료를 토대로 상대가 현재 어떤 상황에 처해 있는지 파악해냈다.

"정황상 싸게 깎아서 살 수 있다는 말씀이십니까?"

"아마도."

자이젠은 도미야마에게 진지한 얼굴로 말했다. "이번 일로 우리 부서는 신용에 막대한 타격을 입었어. 백억 엔 가까이 투자해 개발한 엔진의 핵심기술에 초장부터 차질이 생겼으니 말이야. 이래서는 스타더스트 프로젝트도 전망이 어두워. 일정이 지연되면 대외 평가도 결코 좋지 못하겠지."

사장 도마 히데키는 스타더스트 프로젝트를 내년부터 시작되는 차기 장기경영계획의 노른자위로 격상시키겠다고 툭하면 떠들어댔다. 사장의 주도로 시작된 사업을 맡은 이상 성공하면 인사고과에서 높은 평가를 기대할 수 있는 반면, 실패하면 치러야 할 대가도 한없이 크다.

"하지만 부장님, 자체 개발 방침은 어쩌고요?"

도미야마는 놀라움을 감추지 않고 물었다.

"늦지 않게 자체 개발할 수 있겠나?"

자이젠이 되묻자 도미야마는 말문이 막혔다.

"개발에서 뒤처진 건 돌이킬 방도가 없어. 이대로 가다가는 계획이 크게 지연돼. 만회하려면 예외를 두는 수밖에. 쓰쿠다제작소의 특허를 우리가 사는 거야."

"사장님이 허락하시겠습니까?"

도미야마는 당황해 의문을 제기했다.

신형 수소엔진을 탑재한 대형 상업용 로켓을 말 그대로 궤도에 올려 우주항공 분야에서 세계를 선도하는 기업이 되겠다고 도마는 여기저기에 큰소리를 뻥뻥 치고 있다. 도마는 장차 경제단체연합회 회장 자리를 노리는 야심가로, 일단 하기로 마음먹으면 끝장을 보는 성격이다.

결산 보고 자리에서 정식 발표된 스타더스트 프로젝트의 윤곽이 뚜렷하게 드러나자 처음에는 냉소를 띠던 증권분석가들의 눈빛이 달라졌다. 투자 금액은 천억 엔 단위, 아니 장래까지 고려하면 천정부지로 치솟는다고 봐야 했다.

이토록 대규모의 스타더스트 프로젝트에서 안정성 있는 신형 엔진 개발은 초기에 필수적으로 달성해야 하는 목표다. 그런데 초반에 다른 회사에 추월당하면 체면이 구겨지는 걸 넘어 계획의 근간에 문제가 발생한다.

아니나 다를까 특허에 관해 보고받은 도마가 자이젠의 상사인 미즈하라 시게하루 본부장에게 길길이 화를 퍼부었다는 이야기는 이미 전해 들었다.

하지만 미즈하라는 도마의 분노를 대변하지 않고 오히려 자이젠에게 부드럽게 말했다.

"사장님이 단단히 화가 나셨어. 어떻게든 해결하지 않으면 난리가 날 거야."

생각할 때마다 자이젠은 깊은 우울감에 사로잡혔다. '웃음 속에 칼을 품었다'고 일컬어지는 미즈하라의 온화하면서도 으스스한 태도가 뭘 의미하는지, 오랜 세월 미즈하라를 보좌한 만큼 물어보지 않아도 안다.

"허락을 받고 말고 할 상황이 아니야."

자이젠은 날선 목소리로 말하고 도미야마를 노려보았다. "지금 우리에게 남은 길은 무슨 수를 써서라도 이 특허를 취득하는 것뿐이야. 쓰쿠다제작소한테 특허를 싸게 사들이면 잃어버린 입지를 그나마 회복할 수 있겠지. 수소엔진 밸브 시스템은 동네 중소기업한테 아무 가치도 없어. 쓰쿠다제작소가 무슨 생각으로 특허를 취득했는지는 모르겠지만, 그들도 파는 것 말고는 특허를 활용할 방도가 없을 거야."

"듣고 보니 그렇군요."

도미야마도 속이 쓰린지 아까부터 시원찮은 표정이었다.

"약속을 잡도록 해. 내가 직접 다녀와야겠어."

"부장님께서요?"

도미야마는 놀란 표정을 바로 지웠다. 자이젠은 진심이다.

데이코쿠중공업에서는 부장급 간부가 '하계(下界)'에 납시는 건 부하직원이 사전교섭을 마친 이후로 정해져 있다. 그 순서를 무시하다니 자이젠이 얼마나 큰 위기감을 느꼈는지 알 것 같았다. 지금은 그렇게 느긋하게 굴 상황이 아니다.

"당장 연락해."

도미야마는 짧게 대답하고 급박하게 돌아가는 사태에 굳은 얼굴로 부장실을 나섰다.

3

"지금 상황은 어때, 도노무라 씨?"

요 반년, 간부회의에서 몇 번이나 이 말을 꺼냈을까.

체력과 지혜로 승부하는 법정 싸움이 계속되는 가운데, 쓰쿠다제작소가 놓인 처지는 확실히 악화됐다.

그걸 여실하게 보여주는 지표가 바로 매출이다.

나카시마공업과 소송이 붙어 쓰쿠다제작소가 주력 엔진 판매에 애먹고 있다는 이야기가 순식간에 거래처 사이에도 퍼져나갔다.

신문에 난 것도 큰 이유 중 하나지만, 나카시마공업의 영업사원이 여기저기 그 이야기를 떠들고 다닌다는 소문도 들렸다.

"저희가 쓰쿠다를 고소했거든요. 쓰쿠다의 엔진을 사도 애프터서비스나 유지보수가 가능할지 의문이네요. 그런 엔진을 사시려고요?"

영업화술로 쓰쿠다제작소 제품을 자사 제품으로 바꾸도록 회유하는 비열한 전략이다. 소송은 단순히 법정에 그치지 않고 영업 면에서도 서서히 영향력을 발휘하고 있었다. 게이힌기계공업과 맺었던 대형 계약이 해지된 것만으로도 적자가 확실한 상황이었는데, 수주량이 더 줄어들어 내리막을 탄 재무 상태에 아직 제동을 걸지 못했다.

"요전에 내셔널인베스트먼트에서 1억 5천만 엔을 전환사채로 조달해 숨통이 조금 트였지만, 안심할 수 없는 상황입니다."

도노무라가 대답했다. 얼마 전에 내셔널인베스트먼트의 하마자키에게 품의서를 승인받았다고 연락이 왔었다.

쉽지만은 않았다. 쓰쿠다가 직접 임원회의에 참석해 설명했을 때 앞으로의 전망에 관한 날카로운 지적도 나왔다.

"내셔널인베스트먼트에게 출자를 받아도 소송을 마무리 짓지 못하면 근본적인 해결은 안 되겠죠. 재판 상황은 좀 어떻습니까?"

영업 2부장 가라키다 아쓰시가 물었다.

경력직으로 입사한 가라키다는 이럭저럭 10년쯤 영업 분야에서 굴러온 남자다. 쓰쿠다제작소에서는 취급하는 엔진의 종류에 따라 영업부를 두 개로 나눈다. 쓰노와 가라키다가 각각 영업 1부와 2부의 부장을 맡고 있다.

쓰쿠다제작소에 입사하기 전에 외국계 IT 회사에서 영업을 뛰었다는 가라키다는 놀랄 만큼 영업력이 뛰어나다. 반면 만사를 사무적으로 딱 자르는 구석이 있었다.

"우리가 나카시마공업을 고소해서 쟁점을 정리하는 중입니다."

도노무라가 쓰쿠다 대신 대답했다. "순조로우면 판결까지 1년이 안 걸릴 거예요. 어쩌면 우리가 고소당한 건보다 빨리 판결이 날지도 모르겠습니다."

"언제 판결이 나느냐는 접어두고요. 이길 수 있습니까?"

가라키다의 목소리에 조바심이 섞였다.

"첫 번째 재판은 어쨌거나, 두 번째 특허소송재판은 승소할 가능성이 높다고 생각해."

"높다고 생각하다니, 그게 무슨."

쓰쿠다의 대답에 가라키다가 내뱉듯이 말했다. 이 마당까지 왔는데 아직도 그렇게 애매모호해서야 어쩌느냐는 뜻이리라.

가미야는 소송에 아주 자신 있어 보였다.

하지만 쓰쿠다가 가미야를 백 퍼센트 신뢰하지 못하는 것도 사실이었다.

시간이 허락하는 한 재판을 방청하러 가고, 쟁점을 정리하는 자리에도 얼굴을 내밀었다. 적어도 가미야가 상대방 변호사에게 초조해하는 기색은 손톱만큼도 없었다. 한번은 쟁점을 정리하면서 가미야가 상대를 호되게 박살낸 적이 있었지만, 나카가와라는 변호사는 안색 하나 바꾸지 않고 말했다.

"반론하기 위한 증거를 다음번에 제출하고 싶습니다만."

그리고 다음 변론준비기일에 한꺼번에 검증할 수 없을 만큼 방대한 자료를 제출해 재판 일정이 족히 두 달은 밀렸다.

시간 끌기다. 너무나 비열한 전략이라 쓰쿠다는 상대방 변호사를 두드려 패고 싶을 만큼 화가 났다.

"이런 게 무슨 법정 전략이야. 그냥 대기업의 횡포잖아!"

쓰쿠다가 저도 모르게 방청석에서 언성을 높이자 "진정하세요" 하고 가미야가 차분한 목소리로 달래며 얼른 자리에 앉으라고 했다. 그때 상대방 변호사가 보인 가엾다는 듯한 표정이 지금도 가끔 불쾌한 감정과 함께 머릿속에 되살아난다.

나카시마공업은 쓰쿠다제작소의 처지를 잘 알고 있다.

이 조그마한 회사의 자금이 바닥나기를 기다리는 것이다.

"쓰쿠다는 재판을 하느라 너덜너덜해진 모양이에요. 괜찮을까 모르겠네."

나카시마공업의 영업사원 중에는 거래처에 그런 소리를 하는 사람도 있었다.

지금 쓰쿠다제작소에는 일주일이 멀다하고 신용조사가 들어온다. 도노무라가 대응하고 있지만, 쓰쿠다제작소가 도산할까 봐 위기감을 느낀 거래처가 조사를 시킨 게 뻔하다.

상황은 시시각각 악화되고 있었다.

"지금으로서는 경과를 지켜보는 수밖에. 조금만 더 참아줘."

속을 태우는 가라키다에게 그렇게 말한 후, 쓰쿠다는 눈을 감고 치미는 감정을 삭였다.

4

"사장님, 드릴 말씀이 있는데요."

간부회의가 끝난 후 사장실 팔걸이의자에 앉아 앞으로의 일을 생각하고 있자니 야마사키가 고개를 디밀었다.

그야말로 문제가 산적한 회의였다. 쓰쿠다는 피곤한 눈으로 야마사키를 쳐다보았다.

"데이코쿠중공업에서 사장님을 뵙고 싶다는 연락이 왔어요."

야마사키가 뜻밖의 말을 꺼냈다.

"데이코쿠중공업이라면 그 데이코쿠중공업?"

쓰쿠다는 물었다. 철강, 건설, 조선, 기계 등 이른바 중후장대(重厚長大) 산업을 이끌어가는 대기업이다.

"지금까지 거래한 적이 있던가요?"

"아버지 때는 모르겠지만, 내가 사장이 된 후로는 없어. 무슨 용건이지?"

"저희 특허 때문이랍니다."

또 소송이 아닐까 싶어 쓰쿠다는 경계했다. 데이코쿠중공업도 다양한 엔진을 개발하니까 쓰쿠다제작소와 경합하는 부분도 있을 것이다.

"꼭 사장님을 뵙게 해달라던데요. 일정을 알려달래요. 우주항공본부 개발 담당 부장이 직접 오겠답니다."

"우주항공본부?"

쓰쿠다는 놀라서 고개를 들었다. "그럼 수소엔진이로군."

로켓엔진이다.

"혹시 저희 특허를 쓰고 싶다는 거 아닐까요?"

야마사키가 지레짐작해 씩 웃었다. "괜찮은 계약으로 이어질지도 모르겠네요."

"그런 호재가 쉽게 생기겠어?"

말은 그렇게 했지만 가슴속에 희미한 기대가 싹튼 건 사실이다. 천하의 데이코쿠중공업이 특허 건으로 쓰쿠다제작소를 만나러 온다. 게다가 간부가 직접 온다. 기대가 안 되면 이상하다.

혹시 신규 거래로 이어진다면 지금 쓰쿠다제작소를 뒤덮고 있는 암운을 단숨에 걷어낼 수 있을지도 모른다. 데이코쿠중공업이라면 그 정도 규모의 거래로 이어질 가능성이 없지 않다.

"알았어. 일단 만나볼까."

쓰쿠다는 수첩을 펼쳤다.

"재미있어지겠는데요."

야마사키의 목소리는 방금 전 답답한 회의 때와는 달리 아주 밝았다.

최대한 빠른 편이 좋다는 데이코쿠중공업의 의향을 받아들여 다음 날 오후 2시로 약속을 잡았다.

10월 마지막 수요일 오후 1시 55분, 쓰쿠다가 사장실 창밖으로 도로를 내려다보고 있으니 검정색 자동차가 회사 건물 현관 앞에 멈추는 게 눈에 들어왔다. 양복을 입은 남자 두 명이 내려 회사 현관으로 들어왔다.

"오셨습니다. 응접실로 모셨어요."

잠시 후 도노무라의 연락을 받고 쓰쿠다도 응접실로 향했다. 방금 전에 본 두 남자가 테이블 안쪽에 나란히 앉았고, 쓰쿠다제작소 쪽에서는 야마사키와 도노무라가 긴장된 표정으로 그들과 마주 앉아 있었다.

"바쁘실 텐데 시간 내주셔서 감사합니다. 데이코쿠중공업의 자이젠이라고 합니다."

나이 많은 쪽이 일어서서 명함을 내밀었다. 우주항공본부 우주개발부장이라는 직함은 쓰쿠다의 기대를 다시 한 번 부풀리기에 충분했다. 다른 한 명은 우주개발부 주임이라는 도미야마였다. 자이젠은 점잖고 느긋한 분위기였지만 도미야마는 표정이 굳은 것이 신경질적인 인상이었다.

"우주항공본부는 주로 대형 로켓을 제조하는 부문인데……."

쓰쿠다가 야마사키와 도노무라 사이에 앉자 자이젠은 사업 내용을 설명하기 시작했다. 쓰쿠다의 예상대로 주로 로켓 개발에 관련된 업무다.

자이젠은 지금까지 제조해온 로켓의 사양과 실적, 로켓 사업의 현황과 장래까지 언급했다.

너무 광대한 이야기라 중소기업 입장에서는 황당무계하게 들릴 정도였다.

하지만 쓰쿠다의 가슴속에 솟구친 건 신기함보다는 그리움이었다. 한때 자신도 소속되어 꿈을 좇던 세계―. 자이젠과 노미야마는 그곳에 있었다.

주요업무 연혁부터 시작된 자이젠의 이야기가 드디어 본론에 다다랐다.

"저희 사장님은 우주사업에 아주 큰 뜻을 품고 계십니다. 우주 분야에서 세계 최고가 되기 위해 현재 스타더스트 프로젝트라는 장대한 사업 계획을 진행하는 중이에요. 그 첫 단계로서 신형 엔진을 탑재한 로켓을 발사하는 게 저희에게 주어진 과제입니다. 여기 있는 도미야마가 개발 현장 관리를 맡고 있죠."

도미야마가 긴장된 표정을 바꾸며 고개를 살짝 끄덕였다. 자이젠이 말을 이었다.

"그래서 새로운 엔진에 사용할 다양한 기술을 개발 중인데, 얼마 전에 신형 수소엔진의 핵심기술이 뜻밖에도 특허를 승인받지 못하는 사태가 발생했습니다. 알아보니 귀사가 먼저 취득하셨더군요. 솔직히 놀랐는데요……. 단도직입적으로 말씀드리겠습니다."

자이젠은 말을 끊고 쓰쿠다를 똑바로 바라보았다. "귀사의 특허를 저희에게 양도해주시지 않겠습니까?"

그야말로 상상도 못 했던 이야기였다.

쓰쿠다는 너무 놀라 진지한 표정으로 이쪽을 보고 있는 자이젠을 뚫어져라 쳐다보았다.

"물론 상응하는 대가는 지불하겠습니다. 검토해주시겠습니까, 쓰쿠다 씨?"

"느닷없이 그렇게 말씀하셔도……."

쓰쿠다가 곤혹스러움을 드러내자 자이젠이 다시 말했다.

"그 특허기술은 저희가 개발한 로켓엔진에 사용해야 빛을 볼 겁니다. 꼭 부탁드립니다."

"그럴지도 모르지만 애당초 다른 회사에 매각할 생각으로 개발한 게 아니라서요."

"실례지만 귀사에 그 밸브 시스템을 활용할 제품이 있나요?"

자이젠의 말투는 예전에 시로미즈은행에 돈을 빌리러 갔을 때 야나이가 보였던 태도와 비슷했다. 야나이도 동네 중소기업이 로켓엔진 기술을 개발해서 무슨 의미가 있느냐는 식으로 말했었다.

"특허는 그에 걸맞는 환경이 마련되어야 빛을 봅니다. 그 기술을 저희 로켓에 사용하게 해주십시오. 부탁드립니다."

자이젠은 이마가 테이블에 닿을 만큼 고개를 깊이 숙였다.

"잠깐만요, 자이젠 씨."

쓰쿠다는 당혹스러웠다. "꼭 특허가 있어야 로켓을 발사할 수 있는 건 아니잖습니까. 저희가 취득한 특허를 사용하게 해드리면 되니까요. 물론 사용료는 받고요. 그럼 특허를 매입할 필요도 없을 텐데요."

그게 바로 쓰쿠다가 바라는 결론이었다. 하지만―.

"핵심기술의 권리는 전부 확보해두고 싶어서 그렇습니다."

자이젠의 말투가 갑자기 딱딱해졌다.

"사는 것보다 사용료를 지불하는 편이 쌀 텐데도요?"

도노무라가 석연치 않다는 투로 물었다.

"실례지만 귀사가 다른 회사에도 그 기술을 제공하면 저희 로켓이 우위를 유지할 수 없게 됩니다."

"그러지 못하도록 계약을 맺으면 되지 않습니까? 독점사용권

같은 형태로 계약을 맺으면 문제없을 텐데요."

쓰쿠다는 어이가 없었다.

"아니, 그래서는 좀…… 저희 회사 방침과 맞지 않아서요."

터무니없는 방침이다. 사들여서 자기네 걸로 만들어야 직성이
풀리다니 너무 오만하지 않은가.

자존심 강한 데이코쿠중공업다웠다. 핵심부품의, 그렇기에 더
욱 어려운 기술을 다른 회사에 의존하기 싫다는 반발심은 쓰쿠다
도 예전에 비슷한 조직에 있었으므로 모르는 바가 아니다. 게다
가 상대는 오타구 소재의 보잘것없는 회사다. 거액의 개발 비용
을 들인 마당인 만큼 무슨 일이 있어도 기술을 확보하고 싶다—
그런 의도가 절절하게 느껴졌지만 어쩐지 마음에 들지 않았다.

"20억 엔이면 어떻겠습니까?"

자이젠이 느닷없이 말했다.

금액을 듣고 쓰쿠다는 한순간 숨을 삼켰다. 왼쪽에 앉은 도노
무라가 입을 떡 벌리고 눈을 깜박이는 것도 잊은 채, 웃음기 없는
상대의 진지한 얼굴을 바라보았다.

데이코쿠중공업이 원하는 수소엔진 밸브 시스템의 개발 비용
을 포함해 쓰쿠다제작소의 연구 부문에는 20억 엔 가까운 채무
가 있다. 그걸 모조리 변제하고도 남는 금액이다.

20억 엔이 있으면 적어도 현재 직면한 궁지는 면할 수 있다. 하
지만 그 대가로 심혈을 기울여 개발한 기술은 두 번 다시 손이 닿
지 않을 곳으로 떠나간다.

오른쪽에서는 야마사키가 생각에 골몰한 표정으로 테이블을

응시하고 있었다. 꼭 깨문 입술, 경직된 뺨, 그리고 눈에서는 생기가 사라졌다.

무슨 기분인지 알 것 같았다. 쓰쿠다와 기술개발부 입장에서 이 기술은 애지중지 키운 자식이나 마찬가지다. 이 기술을 개발하는 과정에서 수많은 결실을 얻었고, 물론 이 기술 자체도 어떤 형태로든 상용화가 가능할 것이다.

돈만 보고 명쾌하게 결론을 내릴 수 있을 만큼 단순한 문제가 아니었다. 이 기술을 개발하기 위해 쓰쿠다와 야마사키를 중심으로 얼마나 뼈 빠지게 연구를 했던가. 신기술을 갈구하는 마음과 열정. 특허는 그 결정체다.

"자이젠 씨."

쓰쿠다가 입을 열었다. "그렇게 간단한 문제가 아닙니다."

"무례한 제안을 드려 정말 죄송합니다."

사과는 했지만 자이젠은 방침을 바꿀 생각이 없는 게 분명했다. "그럼 얼마를 드리면 파시겠습니까?"

"그게, 금액이 적다는 게 아니에요. 뭐라고 설명하면 될까……우리도 그 특허에 애착이 있거든요. 팔란다고 대뜸 승낙할 수는 없는 노릇이란 말이오."

"애착이라고요?"

자이젠의 표정에 그늘이 졌다. "실례지만 귀사에 대해 조사해봤습니다. 나카시마공업과 소송 중이시더군요. 귀사의 주요 사업은 소형 엔진이잖습니까. 이 기술을 살릴 수소엔진은 제품 라인업에 포함되어 있지도 않고요. 앞으로 귀사의 주요 사업을 성장시키기 위해서라도 지금은 소송에 투입할 총알이 넉넉해야 하지 않겠습니까?"

"돈이 필요할 테니 팔라는 거요?"

쓰쿠다는 울컥해서 물었다.

"설마요, 그런 뜻으로 드린 말씀은 아닙니다."

자이젠은 황급히 부정했다. "아무튼 오늘은 이만 물러갈 테니, 사내에서 검토해보시기 바랍니다. 부디 좋은 결과 있기를 바라겠습니다."

다시 머리를 꾸벅 숙인 후 데이코쿠중공업의 두 사람은 검정색 차를 타고 돌아갔다.

"20억 엔이라."

쓰쿠다는 주택가 모퉁이를 돌아서 사라지는 차를 바라보며 중얼거렸다. "몹시 탐나지만 썩 기분 좋은 이야기는 아니로군."

"정말 그렇다니까요."

야마사키는 고개를 끄덕였지만 도노무라는 아무 말도 없었다. 무슨 말을 하고 싶은지는 안다. 데이코쿠중공업의 제안을 받아들이면 쓰쿠다제작소는 궁지에서 벗어날 수 있다.

"사용할 방도가 없다면 매각해도 되지 않겠습니까?"

가라키다가 말했다.

데이코쿠중공업의 제안을 받고 그날 저녁에 열린 긴급회의 석상이었다.

참석자는 과장급 이상 30여 명. 쓰쿠다가 매수 제안이 있었다고 발표하고 20억 엔이라는 구체적인 금액을 말한 순간, 회의실이 떠들썩해졌다.

가라키다뿐만 아니라 이 자리에 있는 누구에게나 매력적인 금액이 분명했다. 가라키다는 도저히 이해가 안 된다는 눈으로 쓰쿠다를 쳐다보았다.

"현재 가장 급하고 중요한 과제는 자금 조달 아닙니까. 특허를 매각해서 자금 문제를 해결할 수 있다면 당연히 그래야죠. 다들 자각이 잘 안 되는 모양인데, 지금 우리는 죽느냐 사느냐의 기로에 서 있다고요."

"아무리 그렇기로서니 달라는 대로 넙죽 갖다 바치자고?"

듣고 있던 쓰노가 내뱉듯이 말했다.

같은 영업부장이지만 사고방식에 차이가 있어서인지 쓰노와 가라키다는 견원지간에 라이벌 의식도 장난이 아니다.

"파는 게 과연 최선의 선택일지 잘 생각해봐. 예를 들어 사장님 말씀처럼 특허 사용 계약을 맺으면 우리 입장에서도 사업의 폭이 넓어지잖아. 팔아치우면 거기서 끝이라고."

"끝은 무슨……. 20억 엔이 남잖아. 그걸로 다시 신기술을 개발하면 돼."

가라키다도 완고하게 나왔다.

"그렇게 간단한 문제가 아니잖아. 너무 만만하게 생각하는 거 아니야?"

쓰노도 물러서지 않았다.

"도노무라 씨 생각은 어때?"

쓰쿠다는 두 사람의 대화를 옆에서 듣고 있던 도노무라에게 물었다.

"경리부 입장에서야 돈이 있는 게 최고죠."

도노무라의 얼굴이 고뇌로 일그러졌다. "20억 엔이 있으면 숨통이 확 트일 겁니다. 하지만 숨통이 트인다고 특허를 20억 엔에 팔아도 될까요?"

뜻밖의 의견이었다. 영락없이 특허를 팔라고 할 줄 알았기 때문이다. 도노무라가 말을 이었다.

"솔직히 저는 20억이라는 금액이 논할 가치도 없다고 할 만큼 싸게 느껴집니다. 백억 엔이라도 이상할 것 없어요. 개발할 때 보통 그 정도가 든다면, 팔 때는 마진을 얹어서 더 비싸게 파는 게 당연하죠."

백억이라는 말이 나온 순간 회의실이 술렁였다. 융통성 없이 고지식한 도노무라가 폭탄을 던졌다. 하지만 쓰쿠다는 도노무라가 괜한 허세를 부리는 것으로는 보이지 않았다. 듣고 보니 지당하다고 느꼈기 때문이다. 왜 이 특허에 20억 엔을 불렀을까? 쓰쿠다제작소의 약점을 파악했기 때문이다.

"그리고 중요한 점이 하나 더 있습니다."

도노무라가 말을 계속했다. "이게 회사의 본질에 관련된 문제라는 겁니다. 자체 개발한 뛰어난 기술을 토대로 상품을 제조하는 게 저희의 특징입니다. 그런 회사가 기껏 개발한 세계 수준의 기술을 매각한다⋯⋯. 잘 표현은 못 하겠지만, 그건 저희 회사의 근간에서 빗나간 것 같은 기분이 듭니다. 쓰노 부장님 말씀처럼 팔아치우면 거기서 끝이겠죠. 야마사키 부장님 생각은 어떠세요?"

회의실 한구석에서 잠자코 듣고 있던 야마사키가 일어섰다.

"저는, 저는 이 기술을 절대 내주고 싶지 않습니다."

유리병 바닥처럼 두툼한 안경 렌즈 너머로 결의에 가득 찬 눈빛이 회의실에 쏟아졌다.

"이게 개인 감정을 내세울 문제야?"

가만히 듣고 있던 가라키다가 내뱉듯 말했다.

"그런 게 아니에요."

야마사키가 딱 잘라 말했다. "그 특허는 분명 대형 수소엔진을 제어하기 위한 기술이에요. 하지만 용도가 꼭 수소엔진에 한정되지만은 않는다고요. 더욱 범용성이 높은 참신한 시스템이란 말입니다. 팔면 그 가능성을 버리는 셈이에요. 고작 20억 엔에 그걸 버릴 수는 없습니다. 그렇게 싸구려가 아니란 말입니다!"

평소 말수가 적은 야마사키가 이때만큼은 결연하게 말했다.

"범용성이 높다니, 그럼 뭐에 적용할 수 있는지 구체적으로 말해봐."

가라키다가 꼬집어 말했다.

"그건 현재 검토 중인데요……."

야마사키가 주눅 든 목소리로 답하자 가라키다는 어처구니없다는 듯 쏘아붙였다. "지금 그렇게 느긋한 소리를 할 때야?"

가라키다가 눈에 쌍심지를 켰다. "그리고 자금 조달 담당은 도노무라 씨 당신이잖아. 이번 기회를 놓치면 자금을 조달할 다른 방도가 있어? 애당초 당신이 자금 마련에 난색을 표하니까 이렇

게 논쟁을 벌이는 거잖아. 돈 걱정만 아니면 나도 특허를 팔자고
안 해."

도노무라는 입술을 깨물었다.

"자금은 다른 방법으로 어떻게든 조달해볼 테니, 돈 문제 때문
에 팔라는 말씀이시라면 걱정 안 하셔도 됩니다."

"대체 뭘 믿고 걱정 말라는 거야?"

가라키다가 어처구니없어하자 도노무라는 "걱정 마십시오"
하고 같은 말을 되풀이했다.

"아무튼 지금은 특허를 데이코쿠중공업에 파는 게 정말로 회
사를 위한 최선의 선택인지 순수하게 그것만 고려해주시겠습니
까. 단기적으로는 자금이 들어오는 게 저도 편합니다. 하지만 긴
안목으로 봤을 때는 정말 팔아도 될지 걱정이 앞섭니다. 부디 잘
헤아려주시기 바랍니다."

도노무라가 머리를 깊이 숙이자 가라키다도 더는 아무 말도 하
지 않았다.

머리를 숙인 도노무라는 괴로운 듯 눈을 꼭 감고 있었다. 보고
있으려니 쓰쿠다 역시 가슴이 아팠다.

도노무라도 누구보다 20억 엔이 탐날 것이다. 그런데도 특허
매각에 찬성하지 않고 냉정하게 판단해달라고 부탁했다. 시로미
즈은행에서 쓰쿠다제작소로 파견된 후로 자금을 조달하느라 내
내 고생해온 만큼 도노무라가 얼마나 힘겨운 선택을 했을지는 알
고도 남는다.

"모두의 의견은 잘 알았어."

쓰쿠다는 옆자리에서 도노무라의 등을 탁 두드리고 입을 열었다. "데이코쿠중공업에 특허 매매 말고 사용 계약을 체결할 수 없을지 다시 한 번 의견을 타진해볼게."

"만약 거부하면요?" 가라키다가 물었다.

"그 기술이 없으면 로켓을 못 띄워. 스타더스트 프로젝트는 무산되겠지."

그 말에 모두가 숨을 삼키고 쓰쿠다를 쳐다보았다.

"핵심기술은 우리가 확보하고 있다. 그 강점을 이용해야 하지 않겠어?"

쓰쿠다는 사각형으로 배열한 테이블에 앉은 직원들에게 말했다. "지금 데이코쿠중공업의 제안을 받아들이면 우리가 지는 거야."

5

"지난번 제안 말씀인데요. 사내에서 검토한 결과 매각은 보류하기로 했습니다."

쓰쿠다의 말에 데이코쿠중공업의 자이젠은 숨을 삼켰다. 사내 회의가 열린 다음 날이다. 대답하겠다고 하자 자이젠은 두말없이 법인차량을 타고 달려왔다. 도미야마도 함께였다.

설마 그런 결론을 내렸을 줄은 꿈에도 몰랐을 것이다. 자이젠은 당황한 기색이 역력했다.

"아니, 하지만 현재 쓰쿠다제작소가 처한 상황을 생각하면 매각하셔야 하는 게…….”

“어째서요?”

쓰쿠다는 물었다. “저희가 자금난에 허덕여서요? 그건 데이코 쿠에서 걱정하실 문제가 아니죠.”

“그건 그렇습니다만, 특허를 매각해 위기에서 탈출할 수 있다면 더할 나위 없지 않겠습니까?”

사람을 얕보는 데도 정도가 있지! — 쓰쿠다는 그렇게 쏘아붙이고 싶었다.

“뭔가 착각하시는 거 아닙니까? 전에 저희랑 똑같은 기술을 개발하셨다고 하셨는데요. 개발 자금이 얼마나 들어갔습니까? 50억? 백억? 그런데 저희 특허는 20억 엔에 사겠다니, 그것부터가 이해가 안 됩니다.”

쓰쿠다를 바라보는 자이젠의 얼굴에 일순간 다른 감정이 깃들었다.

“요컨대 금액 문제라는 말씀이시군요.”

약삭빠르게 계산기를 두드리는 말투였다. 하지만—.

“아쉽게도 아닙니다.”

쓰쿠다의 한마디에 자이젠은 눈을 크게 떠 의문을 표현했다.

“얼마에든 특허를 팔 생각은 없습니다. 만약 저희 특허를 사용하고 싶다면 특허 사용을 허가하는 형태로 계약을 맺으시는 수밖에요.”

“그건 안 됩니다.”

자이젠은 내밀고 있던 몸을 다시 등받이에 맡기고 무뚝뚝하게 말했다. "요전에 말씀드렸다시피 핵심기술에 관한 특허는 자사가 보유하는 게 회사 방침이라서요."

"그건 핵심기술 개발에 뒤처진 회사가 할 말이 아닐 텐데요."

자이젠의 표정이 딱딱하게 굳고 이마가 벌게졌다. 옆에 앉은 도미야마도 분노에 불이 붙은 듯했다.

"특허가 필요하면 직접 개발하시는 게 어떨까요? 개발 자금은 넉넉하실 테니, 다시 거액의 자금을 퍼부어서 신기술을 개발하면 되죠. 그럼 아무 문제도 없잖습니까."

데이코쿠중공업의 두 사람은 아무 대답도 없었다.

"특허를 자사에서 소유하고 싶으니 팔라니, 아무리 대기업이라지만 너무 오만한 것 아닙니까, 자이젠 씨?"

쓰쿠다는 다시 쏘아붙였다. 자이젠은 입을 열지 않았다.

"아까부터 저희 자금 상황을 몹시 걱정하시는데, 정말 걱정해야 하는 건…… 스타더스트 프로젝트라고 했던가요? 귀사의 그 프로젝트 아닐까 싶은데요. 프로젝트가 지연되든 무산되든 저희하고는 상관없습니다. 곤란한 건 저희가 아니라 자이젠 씨겠죠. 남 걱정하기 전에 본인 걱정부터 하는 게 어떻겠습니까?"

"……그걸 귀사의 최종 결정으로 받아들여도 되겠습니까?"

잠시 후 자이젠의 딱딱한 목소리가 응접실에 울려 퍼졌다.

"물론입니다."

"후회하실 텐데요."

어쩐지 점잔 빼는 구석이 있던 첫인상과는 달리 자이젠은 날카로운 눈빛을 던졌다.

"안 합니다."

쓰쿠다는 태연하게 받아쳤다. "특허도 매각 안 할 거고요. 하지만 특허 사용 계약이라면 문은 아직 열려 있습니다. 귀사의 훌륭하신 방침이 현재 상황에 어울리는지 좀 더 냉정하게 판단해보시는 편이 어떻겠습니까?"

"잘 알겠습니다."

자이젠은 테이블을 양손으로 짚고 일어섰다. "그럼 이 이야기는 없던 걸로 하죠. 이만 실례하겠습니다."

자이젠은 옆자리에 있던 도미야마를 재촉해 자리를 박차고 돌아갔다.

"잘 안 됐네요, 사장님."

두 사람을 태운 차가 돌아가는 모습을 바라보며 도노무라가 조금 아쉬운 듯 말했다.

"가능하면 특허 사용 계약을 맺고 싶었지만 저래서는 무리지."

도노무라 옆에서 야마사키가 창백한 얼굴에 분노인지 낙담인지 모를 표정을 짓고서 떨리는 목소리로 말했다.

"이렇게 허무하게 이야기가 날아가다니⋯⋯."

야마사키는 데이코쿠중공업이 특허 매매가 아니라 사용 계약 쪽을 검토하리라고 예상했던 모양이다.

"이 일은 끝났군, 도노무라. 20억 엔은 아깝지만."

"아닙니다."

도노무라는 의연하게 말했다. "자금을 조달하겠답시고 소중한 특허를 팔 수는 없는 노릇이니까요. 이제 내셔널인베스트먼트의 하마자키 씨에게 다음 자금 지원 문제를 상의하러 다녀오 겠습니다."

"잘 부탁해. 난 소송에 대비해야겠어."

다음 주에 쓰쿠다제작소가 진행 중인 두 재판에서 구두변론이 있을 예정이다. 둘 다 아주 중요하다.

이제 돌이킬 수는 없다. 지금 쓰쿠다가 할 수 있는 일은 아무리 험난한 길이라도 앞으로 나아가는 것뿐이다. 퇴로는 끊겼다.

6

"정말 건방지기 짝이 없는 작자로군!"

자동차 뒷좌석에서 자이젠은 아무래도 분이 풀리지 않아 말을 툭 내뱉었다.

데이코쿠중공업의 부장으로서 자부심이 대단한 자이젠에게 지금까지 그런 식으로 말하는 하청업체는 없었다. 물론 쓰쿠다제 작소는 하청업체가 아니지만, 저게 데이코쿠중공업과 거래를 트 길 기대하는 상대의 태도라니 화를 참기가 힘들었다.

"결국 돈을 노리는 거 아닐까요?"

옆에서 도미야마가 말했다. "20억 엔은 너무 적다는 걸 강조하 며 가격을 끌어올릴 작정이었는지도 모릅니다."

"그럼 멍청한 놈이고."

자이젠은 비아냥거리며 웃었다.

"부장님이 그렇게 순순히 물러나실 줄은 몰랐겠죠. 분명 지금쯤 대어를 놓쳤다며 후회하고 있지 않을까요? 주제도 모르고 까불더니만 꼴좋게 됐습니다."

도미야마가 고소하다는 듯 말했지만 자이젠은 떨떠름한 표정을 지었다. 특허가 없으면 로켓은 못 띄운다.

"그런데 부장님, 이제 어떻게 하실 겁니까?"

속이 후련해진들 아무 소용없다는 걸 도미야마도 깨달은 모양이었다.

"글쎄……."

자이젠은 잠시 생각에 잠겼다가 "그 기술을 좀 더 싸게 후려칠 수 있을지도 모르겠어" 하고 말했다.

도미야마는 자이젠의 말에 관심을 보였다.

"그게 무슨 말씀이십니까, 부장님?"

"내 감인데, 쓰쿠다제작소는 조만간 막다른 상황에 처할 거야. 그러면 분명 법정관리에 들어가겠지. 그게 뭘 의미하는지 알겠나?"

자이젠은 말했다.

"글쎄요" 하고 도미야마는 고개를 갸웃했다.

도미야마는 기술 분야에서 잔뼈가 굵고 그 바닥에서는 손꼽히는 전문가지만, 회사 도산에 관한 이야기는 가닥이 잘 안 잡히는 모양이었다.

"법정관리에 들어가면 채권포기를 전제로 회생할 방도를 찾아. 쓰쿠다에게는 개발비를 포함해 수십억 엔의 채무가 있지만,

그걸 몽땅 면제받는다는 뜻이야. 그런 상태에서 관재인이 인수희망업체를 찾겠지. 그때 우리가 나서는 거야."

"과연. 우리 자회사로 만들어버리면 기술이고 특허고 다 자유롭게 사용할 수 있겠군요. 그것도 공짜나 다름없이요."

"그래. 게다가 그때 쓰쿠다는 이미 파산해서 회사에서 쫓겨난 뒤일걸."

"굉장하군요!"

겨우 이해가 됐는지 도미야마는 감탄한 목소리로 말했다. 자이젠은 본인이 낸 아이디어에 기분이 좋아져 그제야 표정을 풀고 평소의 여유를 되찾았다.

"예전에 로켓 기술자였는지 나발이었는지는 모르지만 지금은 고작 중소기업 사장이지."

자이젠은 무시하듯 말했다. "기껏 괜찮은 제안을 해줬더니만."

멍청한 놈이다. 하지만—.

"자이젠, 수소엔진 신기술 관련 특허는 잘돼가나?"

다음 날 저녁, 호출을 받고 가자 본부장 미즈하라가 대뜸 아픈 곳을 찔렀다. 쓰쿠다제작소와의 교섭이 '상대방이 조건을 높게 책정해' 난항을 겪고 있다는 보고서는 이미 제출했다. 슬쩍 살펴보자 지금 그 보고서가 미즈하라의 책상에 읽다 만 상태로 놓여 있었다.

"교섭에 어려움이 있어 이미 개발한 신기술을 더 발전시켜 특허를 출원하는 걸 병행해서 검토하는 중입니다."

자이젠은 그렇게 대답했다.

그럴싸하게 들리는 대답이지만 실제로는 허울 좋은 방편에 지나지 않는다.

"걱정 안 해도 되겠지?"

미즈하라는 팔꿈치를 책상에 짚고 몸을 약간 앞으로 내밀더니 고개를 들어 자이젠의 눈을 들여다보았다.

"물론입니다."

그렇게 대답한 순간 겨드랑이에 식은땀이 흘렀다. 데이코쿠중공업이라는 거대한 조직에서 프로젝트를 지연시키는 건 백번 죽어 마땅한 짓이다.

"자네를 믿지만, 사장님이 스타더스트 프로젝트에 사운을 걸겠다고 말씀하신 건 잘 알 테지? 홍보도 빵빵 때려놨는데 초장부터 계획이 지연됐다고 발표해봐. 나랑 자네만 문책당하고 끝날 일이 아니야. 우리 회사의 시장 평가가 단숨에 바닥을 칠 거라고."

미즈하라의 말에서 현실감이 풀풀 풍겼다. "프로젝트 일정에만 맞춰서 개발을 진행하면 돼. 하지만 만에 하나라도 늦으면, 그땐 자네가 책임을 지는 수밖에 없어."

본부장실에서 물러난 자이젠은 프로젝트 관리책임자 안노를 찾아갔다. 집무실에 들어가자 털이 수북한 각진 얼굴이 맞이했다. 안노와는 예전에 다른 프로젝트에서 함께 일한 적이 있었다.

"왜? 본부장한테 한소리 들었나?"

"눈치 한번 빠르군요."

"특허, 못 샀다면서."

자이젠이 집무용 책상 앞에 있는 의자에 앉자 안노가 정곡을 찔렀다.

"실은 그쪽에서 매각을 거부했습니다."

"자네 보고서랑은 내용이 좀 다른 것 같은데."

안노가 날카롭게 지적했다. "가격을 올린 게 아닌가?"

"그런 셈이죠."

자이젠은 덧붙여 말했다. "하지만 백억 엔에 팔아주겠다고 한들 살 수는 없는 노릇입니다."

볕에 탄 안노의 얼굴 속 동그란 눈이 자이젠을 주시했다.

"구매하느냐 마느냐. 지금 문제는 그게 아니야, 자이젠."

현실주의자인 안노는 가차 없이 말했다. "늦느냐, 늦지 않느냐. 그게 전부지. 미안하지만 늦는다는 말은 듣고 싶지 않군. 혹시 그 소리를 하러 왔다면 썩 돌아가."

7

"자이젠 부장님, 무슨 일이십니까?"

오후 9시가 지났다. 책상 앞에 팔짱을 끼고 앉아 가만히 생각에 잠겨 있자니, 도미야마가 훌쩍 들어왔다. 통유리 너머로 사람이 드문드문한 사무실이 보였다.

"쓰쿠다 때문에."

도미야마의 표정이 흐려졌다.

"솔직히 말해봐. 밸브 시스템을 새로 개발하려면 얼마나 걸리 겠나?"

미즈하라와 안노에게 그런 이야기를 들은 후인 만큼 자이젠은 마음이 다급했다. 쓰쿠다가 언제 도산할지 날짜를 잡아놓은 게 아니다. 프로젝트 기일에 맞추지 못하면 아무 의미도 없다.

도미야마는 어두운 표정으로 대답을 머뭇거렸다.

"최소한 2년은 걸리지 않을까 싶은데요. 상응하는 개발비용도 필요할 테고요."

"글렀군."

자이젠의 말에 도미야마는 위축된 표정으로 몸을 움츠렸다.

"그럴 바에야 종전 시스템을 그대로 사용하는 편이 나아."

말은 그렇게 했지만 그게 불가능하다는 건 자이젠도 안다.

사장 도마가 용납하지 않을 것이기 때문이다. 신기술로 압도적 인 안전성과 신뢰성을 획득하는 것이 스타더스트 프로젝트의 목 적이다. 그렇다고 2년이나 기다릴 수도 없다.

문제가 된 밸브 시스템은 연료를 연소실에 공급하는 부품이다. 이게 중요한 이유는 로켓 발사 성공률에 직결되기 때문이다.

데이코쿠중공업은 지금까지 국책기업으로서 관여한 로켓 사 업에서 몇 번의 뼈아픈 실패를 경험했다. 여러 사례를 검토한 결 과 엔진 문제, 특히 연료 공급 시스템의 작동 불량이 원인으로 지 적됐다.

연료 공급 시스템만 안정되면 로켓 발사 성공률이 비약적으로 상승하리라는 데이코쿠중공업 연구원들의 견해에 따라 밸브 시스템에 거액의 개발비가 투입됐다.

현재 대형 상업용 로켓 분야에서 국제적인 경쟁력을 지니기 위해서는 '신뢰성'과 '비용'이 무엇보다 중요하다.

로켓 발사는 한 번에 약 1백억 엔의 돈이 든다. 게다가 로켓에는 고가의 상업위성 등이 적재되므로, 만약 발사에 실패해 바다에 떨어지면 수백억 엔에 달하는 경제적 손실을 입는다. 손실이야 보험으로 처리할 수 있지만, 한 번 실패할 때마다 보험료가 뛰므로 결과적으로 발사 비용이 높아지는 악순환을 낳는다.

덧붙여 상업용 로켓 분야는 미국, 러시아, 다른 유럽 국가 등이 치열한 경쟁을 벌이는 레드오션이다. 어느 나라의 어떤 로켓을 선택할지 고객이 선택권을 쥐고 있어서, 발사 실패는 곧 고객을 잃어버린다는 의미다.

"기존 기술을 응용하는 것 가지고는 해결이 안 돼."

자이젠이 중얼거렸다.

도미야마도 들이마신 숨을 길게 내쉬었다.

"솔직히 약간 개량하는 정도로 특허 출원 문제가 해결될 가능성은 낮아 보입니다. 아쉽지만요."

연구자로서 그 나름의 실적을 쌓아온 남자가 묘하게 초라하고 처량해 보였다. 도미야마에게 패배자의 이미지가 겹쳤다.

자이젠은 의자에 몸을 묻고 아랫배 위에 깍지를 꼈다.

"알았어. 나가보게."

도미야마가 나가기를 기다렸다가 자이젠은 끙, 하고 나지막하게 앓는 소리를 냈다.

남은 선택지는 두 가지뿐이다. 쓰쿠다가 도산하길 기다린다. 또는 특허를 산다.

기한에 늦지 않으려면 후자다. 기존 특허를 사는 수밖에 없다. 그리고 특허는 쓰쿠다가 가지고 있다.

"원점으로 돌아온 셈인가."

쓰쿠다가 특허 매각을 거절하면서 한 말이 떠올랐다.

—남 걱정하기 전에 본인 걱정부터 하는 게 어떻겠습니까?

인정하고 싶지는 않지만 쓰쿠다의 발언은 현재 자이젠이 처한 상황을 정확하게 짚었다. 지금 발등에 불이 떨어졌다.

하지만 쓰쿠다에게도 자금 조달이라는 약점이 있다. 특허 매각을 교섭하기에 결코 나쁘지 않은 시기다. 그렇다면 쓰쿠다제작소는 언제쯤 자금이 다 떨어질까?

생각 끝에 자이젠은 학창 시절 친구에게 전화를 걸었다.

나카시마공업 기획 부문에 근무하는 오마치다.

"이야, 오랜만이네. 웬일이야?"

술집에 있는지 주변이 사람들 소리로 시끌시끌했다.

"긴히 부탁할 일이 하나 있어서."

"다단계라도 시작했어? 어디 수상한 데 가입하라는 거라면 사양할게."

말은 함부로 하지만 인간성은 좋은 녀석이다.

"그런 거 아니니까 안심해. 혹시 너희 법무팀이나 경영기획팀 사람을 좀 소개해줄 수 있을까?"

"법무팀이나 경영기획팀?"

뭣 때문에 그러는지 머리를 굴려보는 것 같았지만 귀찮은지 더
는 묻지 않았다.

"미타한테 연락하면 되겠네. 모토하시 교수의 학회에 있었던
미타."

"미타?"

그제야 자이젠은 호리호리한 남자의 모습이 떠올랐다. 하기야
20년 전 기억이라 지금은 달라졌을지 모른다. 미타 기미야스와
는 경제학부에서 함께 수학한 사이다.

"미타가 나카시마공업에 있었던가."

어디에 취직했는지는 몰랐다.

"궁금한 게 있으면 직접 물어봐. 미타한테 내가 연락해놓을게."

자이젠은 감사를 표하고 전화를 끊었다. 잠시 후 오마치가 알
려준 번호로 미타에게 전화를 걸었다.

"실은 좀 물어보고 싶은 게 있어서 전화했어. 엔진에 관련된 소
송인데."

인사도 하는 둥 마는 둥 자이젠은 본론을 꺼냈다. "최근이래도
반년 넘게 지났지만, 나카시마공업이 쓰쿠다제작소라는 회사를
특허 침해로 고소했다고 들었거든. 그걸 좀 알고 싶어서."

대답이 있기까지 약간 시간이 걸렸다.

"그게 왜 궁금한데?"

"쓰쿠다제작소하고 사정이 좀 생겨서."

"설마 손을 떼라는 건 아니겠지?" 미타가 갑자기 경계하는 목
소리로 말했다.

"아니야. 이건 너만 알고 있어."

자이젠은 쓰쿠다제작소와 교섭을 진행한 경위를 설명했다. "그 소송이 어떻게 진행되고 있는지 자세하게 좀 알려줄 수 없을까?"

"그럼 전화로는 좀 그렇군. 어디서 한잔하면서 이야기할까?"

"언제?"

일정을 확인하려던 자이젠은 "난 지금도 상관없는데"라는 미타의 말에 펼쳤던 수첩을 덮었다.

나카시마공업의 본사도 오테마치에 있다. 데이코쿠중공업 본사에서 걸어서 10분도 안 걸리는 거리다. 오테마치에서 가까운 야에스의 술집에서 미타와 만나기로 한 자이젠은 컴퓨터를 끄고 사무실을 나섰다.

"둘 다 같은 중소기업과 티격태격하고 있다니, 세상 참 좁군."

20년 만에 만난 미타는 나이에 걸맞게 늙었고 배도 나왔지만, 학창 시절의 모습을 간직하고 있었다. 생맥주로 건배하자 20년이라는 세월이 없었던 것처럼 친밀한 분위기가 싹텄다.

"난 티격태격하고 싶어서 그러는 게 아니야."

자이젠은 못마땅한 표정을 지었다.

"그래, 알았어. 아무튼 그쪽 자금 사정도 간당간당할걸."

미타가 말했다. "상당히 힘든 건 틀림없어. 우리는 법정 싸움에 일가견이 있기로 정평이 나 있으니까."

자이젠은 '악평' 아니냐고 생각했지만 입 밖으로 꺼내지 않고 고개를 끄덕였다.

"소송은 어떻게 돼가고 있어?"

"뭐, 예정대로 진행되겠지."

"예정대로?" 자이젠은 물었다.

"상대는 기껏해야 중소기업이야. 우리에게 소송을 당한 영향으로 매출액이 격감한 모양이더군. 반년에서 1년 안에 확실히 무릎을 꿇겠지."

"반년에서 1년이라……."

자이젠은 생각에 잠겼다. "너희 쪽에서는 쓰쿠다제작소를 어떻게 할 생각이야? 거기까지 그림을 그려놨어?"

미타는 잔을 입으로 가져가던 손을 멈췄다.

"글쎄, 어쩌려나."

말을 얼버무렸다. 하지만 자이젠은 감이 딱 왔다.

나카시마공업은 쓰쿠다제작소 자체를 노리는 것 아닐까. 그렇다면 설령 쓰쿠다제작소가 망하더라도 나카시마공업과 쟁탈전을 벌여야 하므로 일이 골치 아파진다.

"데이코쿠중공업은 그 특허만 있으면 되잖아."

미타는 자이젠의 목적을 꿰뚫어보고 있었다. "그럼 쓸데없는 짓 하지 말고 나한테 맡겨줘. 특허는 그쪽에 팔게. 쓰쿠다와의 소송만 마무리되면 바로 해결되는 거야. 시간문제라고."

자이젠은 입을 다물었다.

미타의 이야기를 곧이들을 만큼 자이젠은 어수룩하지 않다. 법정 싸움 끝에 손에 넣은 특허를 과연 데이코쿠중공업에 싸게 매각할지 의문이었다. 어쩌면 해외 경쟁업체에 넘길지도 모른다.

그러면 스타더스트 프로젝트는 근간부터 무너진다.

"나한테도 입장이 있어서 말이야."

자이젠의 말에 미타는 조용히 웃더니 "그럼 좋을 대로 하든가" 하고 여유 있는 표정을 지었다.

"하지만 명심해."

자이젠이 그만 일어서려 하자 미타가 말했다. "쓰쿠다제작소 확보 전략에서는 우리가 앞서가고 있어. 아니면 데이코쿠중공업도 쓰쿠다를 상대로 소송이라도 걸 텐가?"

"설마."

일단 그렇게 말했지만 딱히 뭘 어쩌겠다는 아이디어가 있는 건 아니었다. 그저 쓰쿠다제작소가 도산하기만을 기다려서는 궁지에서 벗어날 수 없다는 사실을 깨달았을 뿐이다.

쓰쿠다제작소가 나카시마공업의 수중에 들어가기 전에 어떻게든 특허를 팔게 만드는 수밖에 없다─.

그게 술자리가 끝난 후 막차를 타려고 지하철역으로 향하며 자이젠이 내린 결론이었다. 한편 쓰쿠다제작소와 나카시마공업의 재판도 예의 주시할 필요가 있다.

지금 쓰쿠다제작소를 둘러싼 상황은 예측을 불허한다.

일하다 보면 늘 쉬울 때만 있는 건 아니지만, 지금 자이젠이 직면한 사태는 전에 없이 까다롭고 한 치 앞도 보이지 않았다. 그렇지만 자이젠에게는 저버릴 수 없는 사명이 있었다.

밸브 시스템 특허를 손에 넣는다는 사명을 달성하기 위해 판단력과 실행력을 모조리 쥐어짜낼 때다.

8

시즈오카에 있는 거래처를 방문하고 저녁녘에 회사로 돌아오니, 조용한 사무실에서 도노무라 혼자 쓰쿠다를 기다리고 있었다. 가을도 깊어진 11월 초순이다.

회사에 돌아오면 자금 조달에 관해 상의하고 싶다는 연락을 문자메시지로 받았다. 이날 도노무라는 추가 지원 문제로 호출을 받아 내셔널인베스트먼트에 다녀왔다.

"역시 저희가 희망하는 금액은 어려울지도 모르겠습니다."

도노무라는 창백한 얼굴로 그렇게 보고했다.

"그렇군……."

쓰쿠다가 탄식하자 도노무라는 앞으로 1년간의 자금운용계획표를 보여주었다.

"석 달 뒤부터의 매출은 예상 수치입니다. 내셔널인베스트먼트에 신청한 지원을 받지 못하면, 자금이 언제까지 버틸지 아시겠죠. 당초 예상했던 것보다 심각한 상황이에요."

여덟 달 후의 수치에 마이너스 표시가 찍힌 걸 보자 쓰쿠다는 위가 쪼그라드는 것처럼 아팠다.

"반년 안에 승부를 봐야 하나."

여덟 달 후에 자금이 바닥을 친다면 반년 동안 기를 쓰고 영업에 힘써야 한다. 기업 사회에서는 판매대금을 전액 회수하는 데 몇 달은 걸리기 때문이다. 하지만 현재 쓰쿠다제작소를 자금 위기에서 구해줄 추가 거래는 없었다. 추가 거래는커녕 현재 거래 중인 거래처를 붙잡아놓는 데 급급한 상황이다.

해결책이 떠오르지 않았다. 어떻게 하면 이 위기를 극복해 직원들을 지킬 수 있을지 모르겠다.

"5천만 엔 정도는 어떻게 될지도 모르니까, 그거라도 통과될 수 있도록 애써보겠습니다만……."

도노무라가 말했다. 그래봤자 쓰쿠다제작소의 수명이 기껏 한두 달 늘어나는 정도이리라. 회사를 재건하기에는 너무 짧은 시간이다.

"그리고 사장님, 아까 가미야 변호사님이 전화 주셨는데, 다음 주 수요일 재판을 방청하러 오실 수 있느냐고 하시던데요. 슬슬 중요한 이야기가 나올지도 모르겠다면서요."

"좋은 이야기야, 나쁜 이야기야?" 쓰쿠다는 저도 모르게 물었다. 나쁜 이야기라면 더 이상 듣고 싶지 않았다.

"말씀을 안 하셔서 모르겠습니다."

도노무라는 그렇게 답했다. "가미야 변호사님도 섣불리 추측하고 싶지는 않은 모양이에요."

"수요일이면 우리가 소송을 건 쪽이로군."

그다음 날 목요일에는 그 반대, 나카시마공업이 쓰쿠다제작소에게 제기한 소송의 구두변론이 예정되어 있다. 둘 다 나카시마공업이 방대한 자료를 제출하는 바람에 재판 일정이 지연되는 중이었다.

쓰쿠다는 언젠가 법정에서 본 나카시마공업 쪽 변호사의 냉철한 표정을 떠올랐다.

놈들은 이렇게 시간을 끌며 쓰쿠다제작소의 체력이 소모되기만을 기다리고 있다. 뻔히 다 알지만 그 비열한 전략에 대처할 방도가 없다.

"가미야 변호사님을 믿는 수밖에요, 사장님."

도노무라가 말했다. 위기에 처했을 때 떠나가는 사람도 있는 반면, 가미야처럼 진정으로 힘써주는 사람도 있다. 얼마 안 되는 아군을 믿지 못하면 그 끝에 기다리고 있는 것은 단 하나―파멸뿐이다.

"같이 가주겠나?"

"물론이죠."

큼지막한 풀무치 같은 얼굴이 고지식하게 고개를 끄덕였다.

전날 밤 내린 비에 먼지가 씻겨나가 11월 아침 하늘은 투명하리만치 맑았다.

이날 도쿄지방법원 앞에서 가미야 변호사와 만난 쓰쿠다와 도노무라는 오전 10시에 재판이 시작되자 방청석에서 약 한 시간에 걸친 나카시마공업 쪽 반론에 귀를 기울였다.

쓰쿠다제작소가 나카시마공업의 주력 엔진 '엘마Ⅱ'를 특허 침해로 고소한 재판이다.

나카시마공업의 대리인은 다른 재판과 마찬가지로 나카가와와 아오야마 두 변호사다. 법정에서는 지금 나카가와가 담담하게 변론을 이어가는 참이었다.

"젠장, 약점을 제대로 잡혔군."

이번에 나카시마 쪽이 제출한 반론 자료는 몇 박스나 될 만큼 양이 많았다. 저걸 제대로 검토하는 데만 한 달은 족히 걸릴 것이다. 질보다 양으로 나오는 작전이었다.

물론 한 달이라는 시간이 쓰쿠다제작소에게 얼마나 중요한지 알고서 그러는 것이다.

"평소와 다름없는 분위기야, 도노무라 씨."

쓰쿠다가 작은 목소리로 속삭이는데 방청석 가장자리에 아는 얼굴이 보였다. 상대방도 이쪽을 보고 있었다. 눈이 마주쳐 서로 어색하게 눈인사를 나누었다.

데이코쿠중공업의 자이젠이다.

저 녀석도 우리 약점을 찾으러 왔나 싶어 쓰쿠다는 속이 부글부글 끓었다.

"피고, 준비서면을 좀 더 간략하게 제출해줄 수 없겠습니까?"

얼굴이 밋밋한 판사의 목소리가 단상에서 들려왔다.

정신이 번쩍 들 만큼 따끔한 목소리라 쓰쿠다는 자이젠에게서 판사석으로 눈을 돌렸다.

판사는 쓰쿠다와 나이가 비슷한 남자였다. 검은 법의를 입은 모습이 엄격한 학자처럼 보였다.

"원고의 준비서면에 반론하려면 이 정도로도 불충분하다고 사료됩니다."

나카가와가 대답했다. 지적을 당해도 태연한 그 태도에서 대기업의 대리인다운 여유가 느껴졌다. 하지만 나카가와를 향한 판사의 눈빛은 차가웠다.

"피고가 제출한 반증은 쟁점정리 단계에서도 주장한 것들이라 새로운 반증이라 할 수 없어요. 과도한 준비서면은 심리 일정을 지연시킬 뿐입니다. 합리적이지 못해요."

의외였다. 판사의 목소리에는 분명 가시가 뾰족뾰족 돋쳐 있었다. 놀라서 원고 측 변호인석을 보자 가미야는 가만히 눈을 감은 채 팔짱을 끼고 있었다.

"재판장님, 그럼 다음 구두변론 기일까지 준비서면을 새로 준비하겠습니다."

"뭘 준비하시려고요."

정중한 말투였지만 변호인석에 있는 나카가와를 향한 시선은 날카로웠다.

"그건 돌아가서 검토하도록 하겠습니다."

"해당 기술에 관한 정보라면 지금까지 제출한 것만으로도 충분할 텐데요. 심리 일정을 지연시키는 행위는 삼가기 바랍니다."

뭔가가 조용히 변하려 하고 있었다.

"이게 어떻게 된 거지, 도노무라 씨. 재판은 대기업에 유리한 거 아니었나?"

옆에서 방청 중이던 도노무라가 멍한 얼굴로 쓰쿠다를 쳐다보았다. 예상외의 전개에 깜짝 놀랐는지 방청석 구석에서 자이젠이 몸을 내밀었다.

"가미야 변호사님이 흐름을 바꾸신 거 아닐까요?"

도노무라가 흥분을 억누른 목소리로 말했다.

"양쪽 변호인, 시간 있습니까? 잠깐이면 되는데요."

판사가 예상외의 말을 한마디 더 꺼냈다.

가미야가 눈을 뜨고 책상에 놓아둔 검은 가죽 수첩을 펼쳤다.

"네, 괜찮습니다."

"원고 쪽은요?"

나카가와가 고개를 끄덕이자 "그럼 판사실로 와주십시오"라는 말을 남기고 판사가 먼저 퇴정했다.

"뭐가 어떻게 된 겁니까, 변호사님?"

쓰쿠다는 법정 밖 복도에서 가미야에게 물었다.

"아마도 판사 나름대로 심증을 굳힌 것 같습니다. 그걸 이야기하려는 게 아닐까 싶은데요."

"즉, 화해권고일까요?" 도노무라가 물었다.

"화해?"

쓰쿠다는 무심코 되물었다. "어떤 권고안이 나올까요?"

"그건 모르겠습니다. 혹시 화해금이 제시된다면, 액수는 판사의 심증에 따라 크게 달라지겠죠."

이번 재판에서 쓰쿠다제작소는 70억 엔의 손해배상금을 청구했다. 나카시마공업이 쓰쿠다제작소에 특허 사용료를 지불하고 '엘마Ⅱ'를 제작했다고 가정했을 때 발생하는 이익금이다.

"만약 화해금 액수가 마음에 들지 않으면 재판을 속행해도 되는 거죠?" 쓰쿠다가 물었다.

"물론이죠. 하지만 화해금은 판사 본인의 심증을 기초로 제시하니까 만약 거부한다면 앞으로 변론에서 아주 결정적인 증거라도 나오지 않는 한, 판결에서 그걸 웃도는 손해배상금을 얻기는 힘들 겁니다. 그래서 이번에 쓰쿠다 씨께 와주십사 한 거예요. 지난번 구두변론 때부터 이렇게 흘러갈 낌새였고, 저 판사는 예전에도 일을 비슷하게 처리한 적이 있거든요."

셋이 함께 지정된 판사실로 향했다.

"즉, 이제 판사가 제시할 화해권고안이 실질적인 판결이나 다름없다는 겁니까?" 쓰쿠다가 물었다.

"그렇게 보셔도 무방할 겁니다."

"변호사님, 자신 있으십니까?"

조심스럽게 물어보자 가미야는 판사실에 들어가기 직전에 멈춰 서서 진지한 얼굴로 쓰쿠다를 보았다.

"물론이죠. 아니면 재판을 왜 하겠습니까."

그럼 더는 물어볼 것 없다.

긴 테이블이 하나 있는 방 한쪽에 나카시마공업 측 변호인 두 명이 먼저 와서 기다리고 있었다.

"이쪽은 쓰쿠다제작소의 사장 쓰쿠다 씨와 경리부장 도노무라 씨입니다. 동석하겠습니다."

가미야가 소개해도 가볍게 고개만 꾸벅할 뿐 아무 말도 없었다. 두 변호사의 딱딱한 시선이 세 사람의 뒤편 벽에 고정됐다.

"다 모이셨습니까?"

그때 문이 열리고 판사가 들어왔다. 긴 테이블의 끝자리에 앉은 판사는 들고 온 자료를 내려놓고 쓰쿠다와 도노무라에게 시선을 주었다.

"원고십니까?"

가미야가 소개하자 "이번 재판을 맡은 판사 다바타입니다" 하고 짤막하게 자기소개를 한 후, 법률가답게 다른 이야기 없이 바로 본론으로 들어갔다.

"왜 모여달라고 했는지는 이미 상상이 가실 줄로 압니다. 원래는 날짜를 따로 잡아 각각 이야기를 드려야 되겠지만, 계획심리를 우선한다는 측면에서도 쓸데없이 시간을 잡아먹고 싶지 않아서요. 그래서 이례적이기는 합니다만 변론 후에 자리를 마련했습니다. 이 점 양해 부탁드립니다."

다바타는 그렇게 말하고 이 재판의 쟁점과 쌍방의 주장을 정리했다.

"지금까지 원고와 피고가 각각 준비서면을 통해 이렇게 주장해오셨는데요. 본 안건은 더 이상 법정에서 다투기보다 화해라는 형태로 마무리하는 편이 나을 것 같아 오늘 화해안을 권고하겠습니다."

쓰쿠다는 침을 꿀꺽 삼키고 다바타를 보았다.

"지금까지 양쪽 주장을 검토한 결과, 피고가 자사의 특허를 침해했다는 원고 쓰쿠다제작소의 주장을 거의 전면적으로 인정하는 바입니다. 피고 측 대리인이 제출한 방대한 증거자료는 원고의 주장을 뒤집을 만한 논거가 부족했습니다."

테이블 반대쪽에 앉아 있던 두 변호사의 얼굴에서 표정이 사라졌다. 의사가 없는 인형처럼 미동도 않고 판사의 말에 가만히 귀를 기울였다.

"원고 측 주장처럼 특허를 침해한 엔진에 특허 사용료를 지불한다면 그 금액은 70억 엔에 해당하겠지만, 이 재판이 별건으로 대립 중인 재판의 연장선상에 있다는 점을 감안하고, 피고 측 엔진에도 다소 혁신적인 면이 있다는 점을 인정해 56억 엔으로 화해를 제안하는 바입니다."

56억 엔이라는 금액이 쓰쿠다의 머릿속에 스며들기까지 시간이 약간 걸렸다.

도노무라와 얼굴을 마주보았다.

믿기지 않았다. 하지만―.

꿈이 아니다. 이건 현실이다.

가미야가 만족스러운 표정으로 쓰쿠다를 보며 고개를 끄덕였다.

"화해 기일은 2주일 후로 하겠습니다."

다바타 판사가 말했다. "그때까지 화해안을 받아들일지 말지 검토해 정식으로 답변을 주시기 바랍니다."

다바타가 자리를 파하고 판사실을 나서자 빈껍데기 같았던 나카시마공업 측 변호사들도 일어서서 쓰쿠다 옆을 지나갔다. 두 변호사가 창백하니 딱딱하게 굳은 얼굴로 먼저 엘리베이터에 올라타는 모습을 지켜본 후 쓰쿠다가 몸을 돌리자 가미야가 오른손을 내밀었다.

"축하드립니다. ……정의는 우리 편입니다."

9

"화해? 화해라고요?"

다무라앤오카와 법률사무소의 전화를 받고 미타는 자기 귀를 의심했다.

원고 측 대리인이 가미야인 만큼 어려운 재판이 될 거라는 이야기는 나카가와 변호사에게 거듭 들었다.

하지만 귀를 기울이면서도 미타는 마음 한구석으로 얕봤다.

어차피 상대는 중소기업이다. 논리를 구성하는 솜씨가 좀 좋기로서니 재판에 이길 수는 없다고. 또는 기업법무 분야에서 타의 추종을 불허하는 다무라앤오카와의 정상급 변호사 나카가와가 이러쿵저러쿵 겁을 주면서도 결국에는 상대의 빈틈을 노려 재판을 뒤집어줄 것이라고.

하지만 그 물렁한 생각이 지금 산산조각 났다.

판사의 화해권고를 거부한들 패소할 가능성이 농후하다. 덧붙여 나카가와의 이야기로는 더 이상 시간을 끌기도 어려울 것 같다고 한다. 하지만 어딘가에 아직 역전할 가능성이 남아 있지 않을까.

"전화로는 말하기 뭣하니 지금 그쪽으로 가겠습니다."

미타는 일단 전화를 끊고 급히 변호사 사무소로 향했다. 나카가와에게 더욱 충격적인 말을 들을 줄은 꿈에도 모르고서.

"화해안을 받아들이는 편이 나을 겁니다."

나카가와는 그렇게 말했다. 나카시마공업의 법정 전략을 담당해온 미타 입장에서는 '패배'나 다름없는 말이었다. 지금까지 이 인삼각으로 힘을 합쳐 걸어온 협력자가 패배를 선언했다.

"왜요, 변호사님?"

미타는 따지고 들었다. "상대는 불면 날아갈 듯 허약한 중소기업입니다. 판사가 내놓은 화해안을 거부하고 어떻게든 시간을 벌면 되잖습니까. 설령 패소하더라도 항소하고 상고해서 2심, 3심까지 가면 얼마든지 승기를 잡을 수 있을 텐데요. 그 전에 상대는 망할 테니까요."

미타가 말하는 승기는 재판에서 이기는 것을 가리키는 게 아니다. 설령 재판에서 지더라도 쓰쿠다제작소가 파산하면 이긴다는 뜻이다. 회사의 명을 받은 만큼 미타는 절대로 질 수 없었다.

"그런 문제가 아닙니다."

화해안을 권고받아 나카가와도 자존심에 상처를 입었다. "항소와 상고. 분명 법률로 인정된 절차이기는 하죠. 하지만 미타 씨, 그건 어디까지나 재심리하면 재판이 뒤집어질 가능성이 있을 때의 이야기예요. 죄송하지만 이번 재판은 그럴 가능성이 한없이 낮습니다."

"하지만 아예 없는 건 아니죠."

미타가 물고 늘어졌지만 나카가와는 고개를 저었다.

"더 이상 진행해도 승산은 없습니다. 나카시마의 평판을 떨어뜨릴 뿐이에요."

나카시마의 평판이라고? 미타의 얼굴에 분노가 서렸다. 자기네 사무소의 평판을 잘못 말한 거겠지.

미타는 법률사무소의 속셈을 눈치챘다. 다무라앤오카와 법률사무소는 국내에서 손꼽히는 일류 로펌이다. 그러므로 재판에서 볼품없이 지고 싶지 않은 것이다.

"화해는 안 합니다. 재판을 속행하겠습니다, 변호사님."

미타는 딱 잘라 말했다. 나카가와는 복잡한 표정으로 팔짱을 꼈다. 아오야마는 아까부터 옆에서 상황만 지켜볼 뿐 한마디도 꺼내지 않았다.

"결정은 나카시마에 맡겨야겠죠."

나카가와가 목소리를 쥐어짜냈다. "하지만 이대로 재판을 속행해도 패소는 확정적입니다. 제가 보기에 항소해도 승산은 거의 없고요. 아니, 애당초 항소가 기각될 가능성이 훨씬 큽니다. 어떻게 하실지 사내에서 잘 검토해보십시오. 미타 씨, 쓰쿠다제작소의 자금이 마를 거라고 하셨는데, 정말 그럴까요? 재판에서 우위를 차지하는 모습을 보면 오히려 자금을 제공하는 융통해줄 사람이나 기관이 나타날 수도 있습니다. 아닙니까?"

"변호사님이 굳이 말씀하시지 않아도 그 정도는 압니다."

미타는 불쾌한 투로 툭 내뱉고 변호사 사무소를 뒤로했다.

재판은 계속한다.

고문 변호사가 뭐라고 하든 미타는 그렇게 결심했지만, 다음 날 예상치도 못한 사태가 발생했다.

《도쿄경제신문》의 특집기사다.

미타는 별생각 없이 특집 면을 펼쳤다가 '나카시마공업'이라는 글씨를 발견하고 재빨리 시선을 그쪽으로 옮겼다. '상도덕 없는 기업 전략'이라는 큼지막한 제목이 눈에 들어왔다.

미타는 눈을 부릅떴다. 나카시마공업의 법정 전략이 비판의 도마에 올랐기 때문이다. 기사는 나카시마공업의 법정 전략에 패배한 중소기업 경영자들의 원망 어린 목소리를 심도 있게 취재했다.

"뭐야, 이거……."

신문을 쥔 손이 분노로 떨렸다. 그리고 보니 한 달쯤 전에《도쿄경제신문》의 기자가 취재를 요청했던 게 생각났다.

분명 다카세라는 기자였다. 다카세는 다양한 기업 전략을 취재하고 있다며 미타가 전담하는 나카시마공업의 법정 전략에 대해 들려달라고 했다. 홍보부를 통한 정식 취재 요청이었다.

이제 와서 돌이켜보면 참 멍청하기 짝이 없지만, 그때는 설마 나카시마공업을 때리는 기사를 쓸 거라고는 생각지도 않았다.

대기업의 논리, 물불 가리지 않는 수익지상주의. 나카시마공업을 마치 압도적인 군사력으로 소국을 유린하는 대국처럼 표현해 놓았다. 기업 이미지 훼손이 이만저만 아니다.

취재 때 미타가 자신만만하게 밝힌 자신의 생각과 나카시마공업의 전략도 중소기업의 성의와 진심을 짓밟는 교만한 대기업 마인드의 예시로 인용됐다.

취재 당시 다카세는 미타의 이야기에 놀라 감탄한 표정으로 몇 번이나 고개를 끄덕였고, 녹음과 메모도 빠뜨리지 않았다. 당연히 나카시마공업의 전략을 칭찬하는 기사를 써줄 거라 믿었는데

이럴 줄이야……

미타는 평소보다 일찍 출근해 명함첩에 처박아둔 다카세의 명함을 꺼내 전화를 걸었다.

"아, 안녕하세요. 지난번에는 감사했습니다."

나카시마공업을 비방하는 기사를 써놓고서 다카세는 넉살 좋게 전화를 받았다.

"오늘 신문에 난 기사 읽었는데. 이거 좀 이상하지 않아요? 이딴 기사나 쓰라고 협력한 게 아닌데요."

상대가 너무 천연덕스럽게 나와서 미타는 더 화가 치밀었다.

"뭔가 잘못된 부분이라도 있던가요?"

오히려 다카세가 물었다. "미타 씨가 하신 말씀 그대로 기사에 담았습니다만."

도발적인 말투였다. 취재 당시 저자세로 나왔던 것과는 완전히 딴판이었다.

"그런 문제가 아니라, 이래서야 우리가 악당 같지 않소. 뒤통수를 치는 데도 정도가 있지."

"악당으로 여길지 말지는 독자가 판단하기 나름이겠죠."

다카세는 말을 이었다. "면밀하게 취재해서 썼으니 기사 내용에는 자신이 있습니다. 기사를 어떻게 쓸지는 취재 결과에 입각해 저희가 결정할 일이에요. 내용이 사실과 다르다면 또 모를까 이래라저래라 간섭하시면 곤란합니다. 저희는 나카시마의 홍보지가 아니란 말입니다."

"이봐, 기업 전략을 취재한다고 했잖아. 그런데 이건 그냥 나카시마를 비판하는 기사 아냐. 기자 정신은 어디 갔어? 부끄럽지도 않아?"

다카세가 받아쳤다. "나카시마공업의 기업 전략을 칭찬하겠다고 한 적 없는데요. 사실을 있는 그대로 보도했을 뿐입니다. 나카시마공업의 법정 전략에 패배한 쪽에서도 할 말이 있다고요, 미타 씨. 그걸 보도했는데 비열하다고 매도하다니 너무 일방적인 것 같습니다만."

"적어도 사전에 기사 내용을 확인시켜주든가 해야 할 것 아니야."

"공교롭게도 이런 특집기사는 그런 절차를 밟지 않습니다. 나카시마의 입맛에 맞추려고 쓴 게 아니라서요."

씨알도 먹히지 않았다.

"이런 썩을!"

미타는 전화기에 대고 고함을 질렀다. "나중에 홍보부와 상의해서 대응하겠어. 당신들, 앞으로 출입 금지시킬 줄 알아!"

"나카시마공업에 관한 기사는 다섯 번에 걸쳐 연재될 예정입니다. 너무 조급하게 감정적으로 나오지 마시고, 사회적 입장을 고려해 성의 있게 대응하는 편이 좋을 겁니다."

다카세의 말 한 마디 한 마디가 귀에 거슬렸다.

"빌어먹을!"

너무 화가 나서 수화기를 쾅 내려놓고 욕을 내뱉었을 때 다시 전화가 울렸다.

"나, 오이즈미인데. 잠깐 와보겠나. 자네가 진행 중인 소송에 대해 할 이야기가 있어."

왔구나. 기획부장의 굵직한 목소리에 미타는 스트레스를 받아 위장이 비비 꼬이는 것 같았다.

오이즈미는 탱크같이 몸집이 실팍하고 얼굴도 각진 것이, 척 보기에도 투박하게 생긴 남자다. 게다가 감정을 바로 드러내는 유형이다. 아니나 다를까 수화기 너머 목소리에 분노가 배어 있어 미타는 잔뜩 경계했다. 당연히 오늘 아침 신문기사도 봤을 것이다.

"아까 임원회의에서 자네가 담당한 소송에 대해 이야기가 나왔어."

급히 부장실로 가자 오이즈미가 단도직입적으로 말을 꺼냈다. 의자에 깊이 몸을 묻은 오이즈미는 책상 앞에 선 미타를 마치 부모의 원수라도 되는 것처럼 노려보았다.

"그 건은 어제 보고드렸다시피 항소하는 방향으로 진행 중입니다. 쓰쿠다제작소에는 재판을 오래 버틸 만한 체력이 없으니 앞으로 몇 달만 있으면……."

미타는 안절부절못한 나머지 변명하듯 말했다. 하지만―.

"그만."

오이즈미가 내뱉듯이 한마디를 던져 말허리를 잘랐다.

미타는 어떻게 반응해야 할지 몰라 말문을 닫았다. 쳐다보자 오이즈미가 당장이라도 감정을 폭발시킬 것처럼 무서운 눈빛을 던졌다.

"소송은 중지해. 임원회의에서도 자네의 방식에 의문을 제기하는 목소리가 나왔어. 거기에다 오늘 아침 기사까지. 우리가 기업 이미지 광고에 해마다 돈을 얼마나 쓰는지 자네도 알 텐데?

2백억 엔이야. 그런데 기사에 자네의 대단하신 말씀이 실린 덕분에 2백억 엔이나 들인 기업 이미지가 바닥에 떨어졌어."

"부장님, 그 취재는 기업 전략에 대해 말해달라는 기자의 요청에 따랐을 뿐입니다. 홍보부에서도 협력해주라고 해서……."

미타의 변명은 "닥쳐"라는 고함에 막혔다.

"다무라 변호사님도 이번에는 화해 권고를 받아들이라고 말씀하셨어."

미타는 입술을 깨물었다. 나카가와 이 자식, 자기 의견이 먹히지 않으니까 자기네 보스를 내세워 나를 쏙 빼놓고 이야기를 진행시켰군.

"아무튼."

오이즈미가 말을 이었다. "쓰쿠다제작소와의 소송은 화해하는 방향으로 진행해. 홍보부가 《도쿄경제신문》에 확인해보니 이번 소송 내용을 그대로 기사화할 모양이야. 그런 게 기사로 나가면 타격이 엄청나겠지. 화해금이 문제가 아니라고."

"이제 와서 소송을 어중간하게 중단한들 예정된 기사의 내용이 바뀌지는 않을 것 같은데요……."

"바뀌지 않을 테니 계속하자는 건가!"

오이즈미의 성난 고함 소리가 부장실에 쩌렁쩌렁 울려 퍼졌다. 무심코 몸을 뒤로 젖힌 미타는 간신히 반론을 시도했다.

"이번 법정 전략은 부장님 승인하에 진행하지 않았습니까?"

"소송을 걸자고 품의서를 올린 게 누군데 그래? 평사원도 아니고 매니저씩이나 되는 인간이 어디서 변명이야!"

오이즈미는 무서운 표정으로 폭격하듯 말을 던졌다.

"이번 일은 자네가 사안을 잘못 판단한 게 원인이야. 이길 가망이 없는 재판을 누가 하겠나. 오늘 안에 화해안을 꼼꼼히 검토해 놔. 알겠나!"

침을 튀기며 화를 쏟아낸 오이즈미는 벌떡 일어나 망연자실한 표정의 미타를 혼자 남겨두고 집무실에서 나갔다.

10

나카시마공업이 거액의 화해금을 지불하고 쓰쿠다제작소와의 재판을 마무리했다는 기사가 신문에 나기 전날, 자이젠은 쓰쿠다제작소와 특허 사용 계약을 맺자는 취지의 서류를 올렸다. 화해한다는 정보는 나카시마공업의 오마치를 통해 몰래 입수했다. 나카시마공업은 50억 엔이 넘는 손해배상금을 지불하는 한편, 동시에 진행 중이던 다른 소송을 취하한다는 화해안을 받아들였다.

나카시마공업의—아니, 미타의 완벽한 패배를 알리는 소식이 자이젠의 전략을 결정지었다.

이로써 쓰쿠다제작소에게서 특허를 사들이기는 실질적으로 불가능해졌다. 이제 자이젠 앞에 남은 길은 쓰쿠다가 주장하는 대로 특허 사용 계약을 체결하는 것뿐이다.

하지만 그러면 도마 사장이 표방하는 핵심기술 자체 개발 방침에 정면으로 부딪친다. 쓰쿠다제작소를 설득하기 전에 일단 사내

방침을 확실히 할 필요가 있다.

"한심하기는."

미즈하라가 자이젠이 올린 서류를 훑어보고 책상에 내던졌다.

"면목 없습니다."

자이젠은 사과했다. "쓰쿠다제작소가 특허 매각을 거부하는 이상, 방법은 이것뿐입니다. 이번 특허 문제는 거의 사고나 다름없습니다."

사고.

나쁘지 않은 변명이다.

"하는 수 없나……."

미즈하라는 생각에 잠겼다가 그렇게 중얼거렸다. "하지만 문제는 사장님이 어떻게 판단하시느냐지. 특허 사용이라면 쓰쿠다제작소하고는 교섭이 성립하겠나?"

"그쪽이 원하는 바이기도 하니까요."

자이젠은 대답하고 미즈하라의 반응을 기다렸다.

미즈하라도 이런 내용의 품의서를 도마에게 올리려면 용기가 필요할 것이다.

"사용기간은 2년쯤으로 잡고, 그사이에 특허를 대체할 기술을 개발하겠습니다."

"먼저 쓰쿠다에게 확약을 받아주겠나? 사장님께는 그다음에 말씀드리고 싶군."

미즈하라의 의견도 지당했다. 도마를 설득하기는 쉽지 않다. 기껏 설득해놨는데 나중에 쓰쿠다에게 거절당하면 미즈하라의 입장이 난처해진다.

"사용료에 관해서는 저에게 맡겨주시겠습니까?"

자이젠이 물었다.

"교섭 조건은 자네에게 일임하지. 그때까지 이 보고서는 내가 맡아두겠어."

미즈하라는 품의서를 집어 미결재함에 던져 넣고 눈을 감았다. 미간에 새겨진 깊은 주름에서 미즈하라의 고뇌가 드러났다.

품의서를 올리면 도마에게 질책당할 게 뻔하다. 하지만 특허 취득에 뒤처진 것도 모자라 자체 개발에 매달려 프로젝트 일정이 지연되기라도 하면 질책 정도로는 끝나지 않는다.

미즈하라의 머릿속에서 양팔저울이 천천히 흔들리고 있다.

하지만 미즈하라를 바라보는 자이젠은 그 고민의 향방이 어디로 향할지 이미 알고 있었다. 자이젠 스스로도 고민에 고민을 거듭해 내린 결론이었기 때문이다.

자체 개발이라는 기본 방침을 버리고 고액의 특허 사용료를 지불하더라도 지금 가장 우선해야 할 사항은 일정이다.

스타더스트 프로젝트가 좌초하는 건 용납되지 않는다.

쓰쿠다와 교섭만 잘 마무리하면 미즈하라가 결심을 굳히기까지 시간이 그리 많이 걸리지는 않으리라.

3장

변두리의 꿈

1

"이야, 사장님. 신문 봤습니다. 정말 고생 많으셨어요."

시로미즈은행의 베테랑 지점장 네기는 무뚝뚝한 얼굴에 주름을 잡으며 서글서글한 웃음을 지었다. 네기 옆에서 대출 담당 야나이가 더없이 싹싹한 눈으로 테이블 맞은편에 앉은 쓰쿠다와 도노무라를 바라보았다.

이날 아침, 두 은행원은 지금 가겠다는 전화를 한 지 10분도 지나지 않아 회사에 도착했다. 두 사람은 얼굴 가득 영업용 미소를 짓고 있었지만 쓰쿠다는 입꼬리도 까딱하기 싫은 기분이었다.

11월 11일. 나카시마공업과 화해가 이뤄졌다는 기사가 조간신문에 실렸다.

화해금은 56억 엔. 나카시마 쪽에서 제기한 소송을 취하하는 게 조건이었다. 아울러 나카시마공업이 삼사분기에 같은 액수의 특별손실을 계상한다는 소식도 신문에 보도됐다.《도쿄경제신문》에서 이번 일을 크게 다룬 것은 특집기사에서 나카시마공업의 법정 전략을 비판한 것과 무관하지 않을 것이다.

"화해금이 어마어마하더군요."

네기가 감탄을 섞어서 말했다. "역시 기술력이 있는 회사는 결국 살아남는 법이로군요. 대단하십니다. 그런데 화해금은 언제 들어온답니까?"

"나카시마도 빨리 마무리 짓기를 바라니까 이번 달 안으로 들어올 겁니다."

도노무라가 대답했다.

"그렇게 빨리!"

네기는 과장되게 놀라더니 "무례한 질문을 드려 죄송합니다만, 그 자금은 어떻게 하실 생각이십니까?" 하고 물었다.

"무슨 상관입니까."

쓰쿠다가 대답했다. 네기의 과도한 연기에 진절머리가 났다. "그쪽에서 빌린 돈은 싹 갚을 테니 걱정 마시오."

"아니요, 아니요, 그런 게 아니라……."

네기가 허둥지둥 변명하려 하자 쓰쿠다는 "지금 장난합니까" 하고 쏘아붙였다.

"당신들 우리가 힘들 때 뭐라고 했어? 나카시마가 근거도 없이 소송을 걸 리 없다는 둥, 나카시마를 상대로는 승산이 없다는 둥 갖은 이유를 대면서 대출해주기는커녕 망하기 전에 돈이나 갚으라는 태도였잖아. 그런데 이제 와서 태도를 싹 바꿔?"

"죄송합니다, 사장님."

네기가 머리를 깊이 숙였다. "저희의 불찰이었습니다. 깊이 반성하고 있으니 그런 말씀 마시고 앞으로도 부디 잘 부탁드립니다."

"싫소."

쓰쿠다가 딱 잘라 거절하자 네기는 눈썹을 찌푸리며 울상을 지었다.

"비즈니스의 기본은 상호 신뢰니까요."

옆에서 도노무라가 거들었다. "화해금이 지급된 후 그쪽 은행과는 거래를 정지하려고 준비 중이니 그렇게 알아두십시오."

"자네는 우리 쪽에서 파견된 사람이잖나!"

네기가 도노무라에게만큼은 권위적으로 따지고 들었다. 그러고는 쓰쿠다에게 고개를 돌려 "제발 저희 사정 좀 봐주십시오" 하고 두 무릎에 손을 얹고 치뜬 눈으로 애원했다.

시로미즈은행에서 빌린 돈은 합쳐서 20억 엔에 가깝다. 이자만 해도 연간 4천만 엔이다.

"우리가 애원했을 때 어떻게 나오셨더라?"

쓰쿠다는 매섭게 말했다. "당신들의 말과 태도를 잊으려야 잊을 수가 없어. 상처를 준 쪽은 금방 잊어도 상처를 받은 쪽은 못 잊는다고. 난 당신을 같은 인간으로서 신뢰할 수 없어. 당신도 마찬가지야, 야나이 씨."

대출 담당은 흠칫하며 침을 삼켰다. "달면 삼키고 쓰면 뱉는 짓은 그만둬. 좋을 때나 나쁠 때나 서로 믿고 협력하는 게 진정한 비즈니스 아닌가?"

어떻게든 상황을 잘 수습하려고 찾아온 지점장의 몸에서 공기가 빠져나가 쪼그라드는 모습이 보이는 것 같았다.

"정말 괜찮겠어, 도노무라 씨?"

쓰쿠다는 맥없이 물러가는 네기와 야나이를 사장실 창문 너머로 바라보며 물었다.

"은행은 때때로 자기 입맛대로 구는 측면이 있으니 이번 일이 약이 되지 않았을까요. 저는 신경 안 씁니다."

"그럼 됐지만."

네기와 야나이는 회사 앞에 대기시켜둔 지점장 차를 타고 돌아갔다. 엇갈려 들어온 차가 회사 앞에 멈추고 남자가 내리는 모습이 보였다.

데이코쿠중공업의 자이젠은 응접실 소파에 단정한 자세로 앉았다.

마주 앉은 쓰쿠다는 좀 놀랐다. 자이젠의 눈빛에 대단한 결의가 넘실거렸기 때문이다.

"요전에는 실례되는 말씀을 드려 죄송합니다. 오늘은 귀사의 특허를 사용하게 해달라는 부탁을 드리러 왔습니다."

"핵심기술은 자사에서 보유한다는 방침 아니었소?"

비꼴 의도는 아니었다. 갑작스레 말을 바꿔 의아했을 뿐이다.

"방침은 어디까지나 방침일 뿐입니다. 새로운 대형 로켓을 성공적으로 발사하는 걸 최우선으로 해야 한다고 마음을 고쳐먹었습니다."

자이젠은 대답을 이어나갔다. "그래서 방침에 어긋나는 걸 무릅쓰고 부탁을 드리고자 합니다. 특허 사용 계약을 꼭 긍정적으로 검토해주시기 바랍니다."

"솔직히 우리도 지금까지 특허 사용 허가를 내준 적이 없어요."

쓰쿠다는 솔직하게 말했다. "그래서 일단 대략적인 아웃라인이 필요한데, 그쪽 조건은 어떻습니까?"

번거로운 미사여구도, 비위를 맞추기 위한 웃음도, 알랑거리는 말도 없다. 교섭은 바로 본론으로 들어갔다.

자이젠은 가방에서 서류 한 통을 꺼내 쓰쿠다에게 내밀었다. 희망 조건을 자세하게 정리한 서류다.

"저희가 희망하는 바를 정리했습니다. 검토해주셨으면 하는 부대조건은 여러 가지지만, 절대로 양보할 수 없는 조건은 딱 하나뿐입니다. 저희만 특허를 사용하게 해달라는 겁니다."

자이젠은 더욱 진지한 눈으로 쓰쿠다를 바라보았다. 이유는 알고 있다. 경쟁사에게도 특허를 사용하게 해주면 기술에서 우위를 점할 수 없기 때문이다.

"그리고 1년마다 계약을 자동으로 갱신했으면 합니다."

자이젠이 덧붙여 말했다.

"사용료는 얼마를 생각하고 계십니까?"

도노무라가 물었다. 자이젠이 가져온 서류에는 '사용료를 지불한다'라고 되어 있을 뿐 구체적인 금액은 적혀 있지 않았다. 이번 교섭의 가장 중요한 포인트다.

"1년에 5억 엔." 자이젠이 즉시 대답했다.

"그렇게 산정하신 근거는요?"

도노무라는 어디까지나 냉정했다.

"개발비를 35억 엔, 특허가 경쟁력을 유지하는 기간을 7년으로 가정해 나눈 금액입니다."

자이젠의 답변에 도노무라는 침묵에 잠겼다. 적정한 가격인지 고민하는 것이다.

"7년으로 잡은 것도 너무 긴 것 같고……."

쓰노가 말했다. "개발비가 35억 엔이라니 그게 과연 타당한 액수일까요? 데이코쿠는 이거랑 똑같은 기술을 개발하는 데 얼마나 썼습니까?"

"엔진 개발 전반에 2백억 엔 가까이 투자했습니다만, 밸브 시스템에 한정하면 그 4분의 1 정도 아닐까 싶습니다."

"하지만 밸브 시스템 특허가 없으면 2백억 엔이 몽땅 날아갈 텐데요."

영업부답게 쓰노는 요령 있게 이야기를 끌고 가는 재주가 있다.

"맞습니다. 하지만 그렇다고 개발비를 2백억 엔으로 상정할 수는 없겠죠."

"그야 귀사 사정이고요."

"물론 그렇습니다."

자이젠은 인정했다. "하지만 2백억 엔을 투자한 엔진 시스템이 무용지물이 될 판이라고 거액의 사용료를 지불할 수는 없습니다. 그랬다가는 발사 비용이 높아져요. 일단은 저희도 장사꾼이니까요."

장사라.

일찍이 쓰쿠다가 대학에 있었던 시절에 로켓엔진은 순수한 연구 대상에 지나지 않았다. 연구개발비가 넉넉하지는 않아서 그걸 어떻게 아껴 쓰느냐는 의미에서 비용을 염두에 두기는 했다. 하지만 그로부터 10년 가까운 세월이 흘러 로켓 발사 자체가 비즈니스가 되는 시대가 도래했고, 사고방식은 바뀌었다.

연구 대상이 아니라 엄연한 돈벌이 대상으로써 로켓을 발사한다. 자이젠의 머릿속에는 쓰쿠다가 연구하던 시절과는 완전히 다른 비용 의식이 뿌리를 내린 듯했고, 실제로도 그럴 것이다.

"특허 사용 말인데, 가령 우리가 로켓 말고 다른 분야에 사용하는 경우는 문제없다고 봐도 되겠습니까?"

문득 궁금해져 쓰쿠다가 물어보자 자이젠은 꽤 놀란 표정을 지었다.

"네. 로켓 분야에서 경합만 하지 않으면 저희는 상관없습니다. 그런데 쓰쿠다 씨, 밸브 시스템을 다른 분야에 적용할 계획을 가지고 계십니까?"

"지금은 없지만 언젠가는 생길지도 모르죠."

야마사키가 허를 찔린 표정으로 쓰쿠다를 쳐다보더니 쓴웃음을 지었다.

"귀사에서 제조판매 중인 소형 동력엔진에 적용하시는 건 상관없습니다. 계약할 때 상세하게 체크는 하겠지만, 제일 중요한 건 저희 경쟁사에 사용 허가를 내주시지 않는 거니까요. 이 기술을 채택하면 저희 로켓은 안전성이 더욱 높아질 테고, 그게 강력한 경쟁력으로 발휘될 겁니다."

"로켓에 실패는 용납되지 않으니까요."

쓰쿠다는 자신의 경험을 되새기며 씁쓸하게 말했다.

"안전성에서 뒤처져 국제적인 상업용 로켓 시장에서 죽을 쑤는 사태만은 피하고 싶습니다. 이 밸브 시스템을 고집하는 이유는 거기에 집약되어 있다고 해도 과언이 아닙니다."

사무적인 대화가 끝나자 자이젠은 등을 쭉 펴고 "검토해주시겠습니까?" 하고 힘주어 물었다.

"귀사의 기술로 저희 로켓을 발사할 수 있게 부디 도와주십시오."

자이젠은 감정에 호소하는 말로 이야기를 매듭지었다.

2

그날 저녁에 열린 회의는 성대한 박수로 시작됐다.

제일 먼저 화해 조건에 대해 쓰쿠다가 알렸기 때문이다.

"한없이 승리에 가까운 화해야."

쓰쿠다가 그렇게 선언하자 한동안 박수가 멈출 줄 몰랐다.

하지만 승리의 기분에 들뜬 것도 잠시, 특허 사용 계약으로 화제가 옮겨가자 분위기가 심상치 않아졌다. 낮에 자이젠이 제시한 조건에 이의가 나왔기 때문이다.

"한 해 5억 엔은 너무 적지 않습니까?"

가라키다가 강경하게 발언했다. "우리 기술 없이는 프로젝트가 중단될 판이잖아요. 데이코쿠중공업의 사운이 걸린 프로젝트의 열쇠를 쥐고 있는데, 데이코쿠 쪽 개발비를 근거로 한 해 5억엔이라니 너무 쌉니다. 비용과 판매가는 다른 문제예요. 예를 들어 5억 엔을 들여서 만든 상품이라면 판매가는 7억 엔쯤 돼야 하지 않겠습니까. 그리고 하나 더."

가라키다가 말을 이었다. "데이코쿠중공업의 제안과는 별개로, 일단 이 특허의 시장가치가 얼마나 되는지 정확하게 파악해야 하지 않겠습니까?"

가라키다의 지적은 맹점을 찔렀다. "그리고 데이코쿠중공업 이외의 회사도 시야에 넣는 게 어떨까 싶습니다. 어쩌면 유럽 쪽에선 더 높은 사용료를 제시할지도 모르고, 나사(NASA)도 마찬가지겠죠. 그런 조사 과정을 거치지 않고 데이코쿠중공업의 제안이 적절한지 판단하기는 불가능하지 않을까요?"

박수가 일자 쓰노가 불쾌한 표정으로 팔짱을 꼈다.

"그건 좀 아닌 것 같은데요."

야마사키가 반론하고 나섰다. "사용료가 높다고 외국기업에 사용권을 넘기겠다는 겁니까? 우리 기술이 국산 로켓에 사용돼야 마땅하지 않을까요?"

"이건 비즈니스야."

가라키다가 경멸하는 눈빛을 던졌다. "돈벌이인 이상, 조금이라도 돈을 더 많이 주는 곳에 팔아야지. 아예 경쟁입찰을 시켜도 모자랄 판인데."

"경쟁입찰로 특허가 팔릴 것 같으면 벌써 그랬겠죠."

야마사키가 가라키다를 날카롭게 노려보았다. "이 밸브 시스템은 그런 기술이 아닙니다. 데이고쿠중공업이 원한다고 다른 경쟁사도 원한다는 보장은 없어요."

"그럼 경쟁사에 사용 허가를 내주지 말라는 조건은 뭐 때문에 달았는데?"

가라키다도 맞받아쳤다.

"모조품을 방지하기 위해서요."

말이 끝나기가 무섭게 야마사키가 대답했다. "데이코쿠중공업의 로켓이 대성공을 거두었을 때 경쟁사가 뒤쫓지 말라는 법은 없어요. 그때 특허 경쟁사에게 사용 허가를 내주면 데이코쿠중공업은 우위를 잃는 건 물론이고 열세에 처하겠죠."

"야마사키 부장, 왜 열세에 처한다는 건지 잘 모르겠는데."

가라키다가 물었다.

"그건 우주센터가 왜 다네가시마에 있는지 생각해보면 금방 알 수 있습니다."

야마사키가 말했다. "이유는 바로 거기가 우리나라에서 로켓을 발사해 적도 상공 궤도에 올리기 가장 적합한 장소이기 때문입니다. 아시다시피 로켓은 인공위성을 탑재해 발사합니다. 인공위성은 지구 궤도를 도니까 좀 더 적도에 가까운 곳에서 발사하는 편이 유리하죠. 그래서 유럽의 아리안 로켓은 프랑스 본토가 아닌 프랑스령 기아나에서 발사하는 거예요. 로켓 발사장을 갖춘 케네디우주센터가 미국 플로리다에 있는 것도 같은 이치고요."

"즉, 적도에서 멀면 멀수록 불리해진다고?"

"네. 그래서 같은 엔진이라면 일본이 불리해요. 그런 의미에서 제일 불리한 국가는 러시아지만, 거기는 환경 문제로 다른 나라에서 더 이상 사용하지 않는 구식 엔진으로 무작정 로켓을 쏘아 올려 성과를 내고 있어요. 아무튼 데이코쿠중공업이 세계에서 한 발 앞서나가기 위해서는 꼭 기술적으로 우위를 점해야 해요. 이야기가 옆으로 샜는데…….”

야마사키는 따지는 듯한 시선을 가라키다에게 던졌다. “데이코쿠중공업은 자체 개발한 경험이 있으니 이 기술이 얼마나 뛰어난지 알고 있어요. 그러니 이만한 사용료를 내겠다는 거예요. 성공한 실적도 없는데 다른 경쟁사나 외국의 우주항공기관이 이 특허에 군침을 흘릴 것 같지는 않네요. 이건 그렇게 만만히 볼 일이 아니에요. 무슨 인터넷 경매 사이트가 아니란 말입니다. 그들에게는 이미 자체 개발한 엔진 시스템이 있고, 그걸로 실적을 올리고 있으니까요.”

“그럼 뭐야. 기술개발부에서는 그런 쓸모도 없는 기술을 개발하려고 돈을 몇십억 엔이나 퍼부었다는 거야?”

분노가 섞인 가라키다의 목소리가 울려 퍼진 순간 회의실 분위기가 얼어붙었다.

“딱히 이 기술만 개발한 건 아니니까 착각하지 마세요.”

야마사키가 싸늘한 말투로 반론했다.

“개발비는 무한하지 않아.”

가라키다의 한마디에 회의실 분위기가 더욱 차가워졌다. “돈벌이도 안 되는 기술에 돈과 시간을 허비할 바에야 주력 제품인 소형 엔진에 힘을 쏟는 편이 백배 낫지 않겠어?”

“그럼 기술에 발전이 없잖아요.”

야마사키는 감정을 드러내 말했다. “그리고 이 기술을 엔진에만 적용할 수 있는 건 아닐 테고요."

"정작 어디에 적용할 수 있을지 야마사키 부장님께서도 모르시잖아."

가라키다가 비아냥거리며 아픈 곳을 찔렀다.

"그건 차차 검토해서⋯⋯."

옹색한 변명에 가라키다는 실소로 답했다.

영업부와 기술개발부는 원래 마음이 안 맞는다. 영업부 입장에서 기술개발부는 돈 잡아먹는 귀신으로밖에 보이지 않기 때문이다. 실용적인 기술개발에 특화해야 한다는 의견은 예전부터 있었지만, 연구 범위를 굳이 좁히지 않고 자유로이 놔둔 건 오로지 쓰쿠다의 뜻이었다.

가라키다의 비판이 귀에 따가운 것은 은연중에 쓰쿠다의 경영 방침을 비판하고 있는 것처럼 들리기 때문이다.

"무슨 소리야, 가라키다 씨. 그 기술 덕분에 이번에 한 건 올렸잖아. 결과만 좋으면 다 좋은 거지 뭐."

쓰노의 말에 가라키다는 바로 "잘만 하면 더 벌 수 있어" 하고 대꾸하더니 쓰쿠다를 쳐다보았다.

"데이코쿠중공업과의 교섭, 저한테 맡겨주시겠습니까?"

예상치 못한 요청이었다.

"최대한 좋은 조건을 끌어내보겠습니다. 그리고⋯⋯ 아까부터 이것저것 말씀드렸는데, 저희도 특허 사업을 시작해야 하지 않을까요?"

"그게 무슨 소리야?"

뜬금없는 제안에 쓰쿠다는 놀라서 물었다.

"이런 식으로 거액의 이익이 생긴다면 엔진을 만들어서 팔기보다 특허를 판매하는 편이 낫지 않겠습니까? 뭐가 수익성이 높을지는 군이 말할 필요도 없겠죠."

이봐, 그딴 생각을 하고 있었나. 쓰쿠다가 그런 말을 꿀꺽 삼킨건 가라키다의 말에 많은 직원들이 고개를 끄덕였기 때문이다.

복잡한 심정이 순식간에 쓰쿠다의 가슴속 가득 퍼졌다.

3

"어서 오렴. 데이코쿠중공업이랑은 어떻게 됐니?"

걱정됐는지 퇴근해 거실에 들어가자마자 어머니가 물었다.

"특허를 쓰게 해달래요."

대답하며 쓰쿠다는 웃옷을 벗어 옆방 옷걸이에 걸었다.

"어머, 그래? 잘됐네."

어머니가 웃는 얼굴로 차를 끓여주었다.

"과연 잘된 건지, 지금 그 일로 직원들이 티격태격하고 있어요…… 리나, 아빠 왔다."

거실 소파에 앉은 리나에게 말을 걸었다.

"다녀오셨어요." 퉁명스러운 목소리. 시선은 텔레비전 드라마에 고정한 채 쓰쿠다를 돌아보지도 않는다.

쓰쿠다가 한숨을 푹 쉬는데 "그래서, 조건은 어떠니?" 하고 어머니가 기대에 찬 눈빛을 던졌다.

아버지가 사장으로 있던 시절, 어머니 가즈에는 자주 회사에 드나들며 이것저것 내조했다. 직책은 전무. 지금도 오래 근속한 직원들은 어머니를 전무님이라고 부른다. 쓰쿠다가 사장 자리를 이어받은 것을 계기로 임원 자리에서 물러났지만 회사 일은 여전히 걱정인 듯하다.

"1년에 5억 엔으로 독점 사용권을 달래요."

어머니는 입을 오므리며 놀란 표정을 지었다. 파격적인 조건이라 생각한 것이 틀림없다.

"왜 그걸로 티격태격한다니? 너무 욕심을 안 부리는 게 좋지 않을까?"

뒤이어 나온 말이 그 증거였다.

"딱히 욕심을 부리려는 건 아니고요."

쓰쿠다는 뜨거운 차를 한 모금 마시고 부엌 벽을 쳐다보았다. "그냥 뭐랄까…… 문제는 좀 다른 곳에 있는 것 같아요. 이런 이야기가 들어오면 우리가 원래 뭘 해왔는지 잊어버리기 십상이라서요."

"세상 사람들은 세상 사람들대로 이러쿵저러쿵 떠들 테고 말이다."

그렇게 말하고 어머니는 리나를 힐끗 보았다. "학교에서 말이 많은가 봐. 리나는 좋겠다고."

"리나 친구들이 그런 걸 어떻게 알죠?"

"그야 알지, 중학생인걸."

쓰쿠다가 놀라서 물어보자 어머니는 어이없다는 표정을 지었다. "신문기사 정도는 읽어. 그렇지?"

대답은 없었지만 리나의 옆얼굴이 딱딱하게 굳었다. 드라마가 흥미진진한 장면에 접어든 것 같았지만 텔레비전이 아니라 이쪽에 정신이 쏠렸다는 걸 알았다. 그때 리나가 리모컨으로 텔레비전을 끄고 벌떡 일어서서 2층으로 올라갔다.

"참 까다로운 나이라니까."

어머니는 허리에 양손을 대고 한숨을 내쉬었다. "하지만 리나도 리나 나름대로 걱정이 많아."

"알아요."

"이럴 때 엄마가 있으면 좀 좋겠니."

어머니가 의미심장한 눈으로 쓰쿠다를 보았다.

"이제 와서 그런 말을 해봤자 무슨 소용이에요."

"정말이지 제 아버지를 닮아 고집불통이라니까."

어머니는 일어서서 싱크대에서 찻잔을 씻기 시작했다.

"리나, 들어가도 돼?"

"그러든가."

건성으로 하는 대답을 듣고 문을 열자 리나는 침대에 누워 만화를 보고 있었다. 쓰쿠다는 책상 의자를 끌어당겨 앉고는 눈길한 번 주지 않는 딸을 바라보았다.

"학교에서 무슨 소리라도 들었어?"

쓰쿠다가 묻자 "아니"라는 대답이 돌아왔다.

"그렇구나. 좋은 소식은 아니라서 지금까지 제대로 말 안 했는데, 실은 아빠 회사가 소송에 휘말렸었거든. 그래서……."

리나는 무관심한 척 만화 책장을 넘겼다.

"그래서 한 반년 재판을 했어. 소송을 당했다가 소송을 했다가, 뭐 그런 진흙탕 싸움이었지만, 결국 화해로 마무리됐어."

리나는 똑바로 누워 가만히 만화책만 올려다보았다.

"리나, 듣고 있니?"

"그래서 뭐?"

귀찮다는 듯한 대답이 날아들었다.

"그러니까 이제 아무 걱정 없다고. 그리고 회사가 오래되다 보면 이번처럼 소송을 당하거나, 일시적으로 큰돈이 들어올 때도 있는 법이야. 친구들이 쑥덕거릴지도 모르지만, 음, 귀담아듣지 마."

"우리, 셀럽 아니지?"

쓰쿠다가 그만 일어서려는데 리나가 갑자기 말을 꺼냈다.

"뭐라고?"

"나 보고 셀럽이래."

"셀럽?"

쓰쿠다는 무심코 리나의 얼굴을 빤히 들여다보았다. 정말이지 애들은 황당무계한 소리를 할 때가 있다.

"누가 그런 소릴 하던?"

"히로미."

리나가 가끔 학교 친구를 집에 데려오긴 하지만 이름과 얼굴은 따로 논다. 고개를 갸웃거리자 리나가 뜻밖의 말을 꺼냈다.

"걔네 집이 얼마 전에 망했거든. 곧 전학 간대."

쓰쿠다는 할 말을 잃고 딸을 보았다.

그랬구나.

지금 학교에서 리나가 어떤 상황에 놓여 있는지 알 것 같았다. 56억 엔이라는 중학생 입장에서는 상상도 가지 않는 큰돈을 얻은 아빠. 한편 집이 망해 사립중학교에서 전학 가야 할 지경에 처한 친구도 있다.

그것도 사회의 한 단면이라면 한 단면이겠지만, 중학생 딸의 눈에는 너무나 잔혹한 대비였으리라.

"그렇구나……. 정말 딱하게 됐네."

"입에 발린 소리는 됐어. 히로미도 그런 말을 들으면 정말 속상할 거야."

리나는 만화책을 침대에 내팽개치고 몸을 일으켰다. 얼굴에 아빠 밉다고 쓰여 있었다.

"입에 발린 소리 아니야."

쓰쿠다는 담담하게 말했다. "재판을 한다고 왜 너한테 말 안했는지 알겠어? 까딱 잘못하면 우리도 망했을지 몰라서야. 뛰어난 변호사 선생님 덕분에 화해로 끌고 갔기에 망정이지, 아니었으면 위험했어. 걔네 집이 어쩌다 어려워졌는지는 모르지만, 우리도 종이 한 장 차이였어."

"그럼 그 돈, 히로미네 집에 빌려줘!"

리나가 말했다. "몇십억 엔이나 필요 없지? 그럼 좀 빌려줘도 되잖아."

"안타깝지만 그건 안 돼, 리나."

쓰쿠다는 타이르듯이 말했다. "돈은 그런 게 아니야. 아무리 리나 친구라도 온정만으로 돈을 줄 수는 없어. 그랬다가는 그 사람이 더 불행해지는 법이야."

리나가 무시무시한 얼굴로 쏘아보았다.

"결국은 아빠도 나카시마공업이랑 다를 거 없어. 돈밖에 모르잖아."

리나가 날을 세워 말했다.

"그런 거 아니야, 리나." 쓰쿠다는 딸을 달랬다.

"그럼 뭐야? 뭐 때문에 그렇게 돈이 필요한데? 돈 때문에 힘들어하는 사람이 있는데도 못 본 척하다니, 최악이야."

"리나, 너도 나중에는 아빠를 이해할 거다."

더 이상 이야기해봤자 평행선만 그릴 것 같았다. 쓰쿠다는 의자에서 일어나 희미하게 눈물을 글썽거리는 딸을 내려다보았다.

"아빠는 너랑 할머니가 힘들어하거나 슬퍼하지 않도록 온힘을 다하고 있어. 그것만 알아줘."

"우리를 위해서라는 소리는 하지 마."

리나가 받아쳤다. "아빠만 비극의 주인공 같잖아. 치사해. 회사도 일도 전부 아빠 자신을 위한 거면서."

딸의 방에서 힘없이 물러났지만 잠을 청할 마음이 들지 않아 거실 소파에 누웠다.

골치가 아팠다. 드디어 소송이 해결됐나 싶었는데, 회사에는 어려운 문제가 산더미처럼 쌓여 있고 거기에다 집까지.

데이코쿠중공업의 제안, 사내회의에서 가라키다와 야마사키가 벌인 설전. 똑바로 누워 있으니 하루 동안 있었던 다양한 일들이 하나둘씩 떠올랐다가 사라졌다. 마지막으로 떠오른 리나의 말이 가시처럼 가슴속 깊은 곳에 푹 박혔다.

"자신을 위한 거라……."

어머니도 방에 들어가 아무도 없는 적막한 거실에서 쓰쿠다는 중얼거렸다.

연구자의 길을 버리고 아버지의 뒤를 이어 경영자로 변신한 이래, 쓰쿠다는 '자신을 위해' 뭔가 하려고 마음먹은 적이 거의 없었다.

애당초 회사를 물려받은 것도 나이 든 어머니와 당시 수십 명이었던 직원들을 위해서다. 하지만—.

쓰쿠다의 가슴속에서 예상치 못한 의문이 고개를 쳐들었다.

당시 연구자로서 막다른 골목에 몰렸던 자신에게 그 선택은 그저 '도피' 아니었을까.

자신을 위해서가 아니라 가족과 직원들을 위해 일한다—그렇게 생각함으로써 마음속 어딘가에 스미어 있던 좌절감을 지우려던 것 아닐까. 남을 위한다는 허울 좋은 믿음으로 진실에서 눈을 가린 것은 아닐까.

쓰쿠다가 괴로운 마음에 인상을 찡그렸을 때 거실 구석에 놓아둔 가방 속에서 휴대전화가 울렸다.

"늦은 시간에 미안해. 축하 인사라도 한마디 하려고."

사야였다. 학회 때문에 어제까지 해외에 나가 있다가 오늘 돌아와 신문을 봤다고 한다. 쓰쿠다와 달리 전처는 연구자의 길을 착실히 걸어가고 있다.

"아아. 나도 인사하려고 했는데. 가미야 변호사를 소개해줘서 정말 고마워."

쓰쿠다는 전에 없이 순순히 고마움을 표시했다.

"대단한 사람이지?"

학회가 잘 끝났는지 전처는 기분이 좋아 보였다. "그런 의미에서는 당연한 승리일지도 모르지만, 화해가 이루어져서 다행이야. 그리고 아까 가미야 변호사한테 데이코쿠중공업 이야기도 들었어. 드디어 당신이 나설 차례가 왔네."

"내 차례?"

무슨 소리인지 몰라 쓰쿠다는 물었다.

"어머, 데이코쿠중공업의 프로젝트에 참가하는 거 아니야? 당연히 그쪽으로 이야기를 끌고 갈 줄 알았는데."

사야가 상상치도 못한 말을 꺼냈다.

"무슨 말도 안 되는 소리를……."

그렇게 말하다 쓰쿠다는 입을 다물었다.

못할 것도 없지 않은가―.

"당신, 로켓엔진 전문가잖아. 설마 데이코쿠중공업의 연구자들이 겁나?"

쓰쿠다는 소파 등받이에 몸을 기대고 아무도 없는 거실 한곳에 시선을 던졌다.

그래.

왜 지금까지 그런 생각을 못 했을까.

오랫동안 숲속을 헤매다가 마침내 미로의 출구를 발견한 기분이었다.

좀 더 자신을 위해 살아도 되지 않을까.

그럼으로써 도피로 점철된 인생에 마침표를 찍을 수 있을지도 모른다. 아니, 그래야만 마침표를 찍을 수 있을 것이다.

"다들 바쁠 텐데 모이라고 해서 미안해."

늦게 온 야마사키가 맞은편 의자에 앉기를 기다렸다가 쓰쿠다는 말했다. 아침 일찍 간부급만 긴급 소집해 회의를 열었지만, 무슨 일인지는 도노무라에게도 말하지 않았다.

"데이코쿠중공업에서 제안한 건에 대해 내 나름대로 밤새 고민해봤어."

쓰쿠다는 자신을 쳐다보는 직원들 한 명 한 명에게 시선을 주며 말했다. "그 결과…… 거절하려고."

말을 꺼낸 순간 모두가 놀라서 눈이 휘둥그레졌다.

"저, 저기 사장님, 거절하다니 어째서요……."

도노무라가 당혹스러운 표정으로 물었다.

"우리 특허야. 우리가 엔진 부품을 만들면 돼. 특허 사용권을 주는 게 아니라, 부품을 데이코쿠중공업에 공급하고 싶어."

"……진심으로 하는 말씀이십니까?"

쓰노가 어안이 벙벙한 표정을 지었다.

"그럴 필요가 어디 있습니까!"

가라키다가 성난 목소리로 말했다. "그런 위험을 감수하지 않아도 거액의 특허 사용료가 들어오는데요. 게다가 상대는 천하의 데이코쿠중공업이라 돈을 떼일 걱정도 없어요. 저희가 군이 성가시게 부품을 만들어야 할 이유가 있습니까?"

"돈이 문제가 아니야."

쓰쿠다는 단언했다. "엔진 제조사로서 꿈과 자존심의 문제지."

테이블을 둘러싼 직원들은 납덩이라도 삼킨 듯한 표정으로 할 말을 잃었다.

"자존심 문제라지만……."

가라키다가 난감한 투로 말하며 고개를 저었다. "데이코쿠중공업에 엔진 관련 특허를 제공하다니 어지간한 회사는 꿈도 못 꿀 일입니다. 그것만으로도 충분히 훌륭하지 않습니까. 그런 기회를 내팽개치고 군이 부품을 제조할 필요가 어디 있습니까. 데이코쿠중공업의 제안을 받아들이면 아무 위험부담과 비용 없이 수익을 올릴 수 있는데요."

"그건 좀 아닌 것 같아."

쓰쿠다가 말했다. "지식재산으로 장사를 하면 분명 돈은 잘 벌리겠지만, 그건 우리 회사의 본업이 아니야. 특허는 어디까지나 우리 제품에 활용하기 위해 개발해온 거잖아. 한 번 편한 쪽으로 눈을 돌리면 물건을 만들어 파는 일이 시시해 보일걸."

가라키다가 못마땅하다는 듯 팔짱을 끼고 입을 꾹 다물었다. 가라키다는 합리주의자다. 손쉽게 돈을 벌 방법을 놔두고 군이 멀리 돌아서 가려는 마음을 이해하지 못하는 것이 분명하다.

물론 쓰쿠다도 눈앞에 어른거리는 특허 사용료가 아깝지 않은 것은 아니다. 오히려 입맛을 다실 만큼 탐난다.

하지만 일이 곧 돈을 의미하지는 않는다. 아니, 그렇게 생각하는 사람이 많을지도 모르지만 적어도 쓰쿠다는 아니다.

어릴 적에 아폴로 계획에 가슴 설레고, 도서관에서 빌린 도감 속 월면 사진을 눈 속에 새기며 자란 쓰쿠다에게는 꿈이 있다. 자신이 개발한 엔진으로 로켓을 쏘아 올리고 싶다는 꿈이.

이번 기회를 놓치면 로켓엔진 부품을 만들 기회는 두 번 다시 찾아오지 않을지도 모른다. 거기에 비하면 특허 사용료는 아무것도 아니지 않을까.

"우리답게 해나가고 싶어."

쓰쿠다가 말했다. "지금까지 견실하게 엔진을 만들어왔잖아. 보유한 기술로 열심히 엔진을 만들어 고객을 만족시킨다. 지금까지 그렇게 해왔잖아. 이번 고객은 데이코쿠중공업이야."

"지금까지 그렇게 해온 건 사실입니다."

가라키다가 반론했다. "하지만 사장님, 실적은 어땠습니까? 매출액은 분명 증가했지만, 순수익은 늘 쥐꼬리만 했고, 자금 상황이 벼랑에 몰린 적도 몇 번 있지 않았습니까. 직원들의 상여금을 삭감한 적도 있었고요."

쓰쿠다는 무심코 인상을 찌푸렸다.

쓰쿠다가 사장으로 취임한 직후, 상여금을 삭감한 적이 있었다.

기술개발과 신제품 출시 타이밍이 맞지 않아, 돈만 쏟아붓고 매출은 따라오지 못하는 해가 2년쯤 이어졌다. 물론 그동안 영업 실적은 점점 악화됐다. 상여금을 삭감한 건 그때가 처음이자 마지막이었지만, 그 한 번의 상여금 삭감으로 '실적이 좋지 않으면 상여금을 깎는 건 일도 아니다'라는 경고등이 직원들의 가슴속에 켜지고 말았다. 나쁜 일은 기억에서 지우기가 쉽지 않다.

"하지만 이 특허는 사장님이 주도해서 개발하신 거잖아."

옆에 앉은 쓰노가 가라키다에게 말했다. "어떻게 사용할지는 사장님이 결정하시면 될 일이야. 괜찮은 이야기가 들어왔다고 자꾸 설레발을 치면 어쩌자는 거야."

"누가 설레발을 쳤다고 그래."

가라키다가 정색했다.

"둘 다 그만해요."

잠자코 듣고 있던 야마사키가 끼어들었다. "가라키다 씨 말씀은 눈앞의 이익을 놓치지 말자는 건데, 과연 그게 최선이라고 할 수 있을까요? 데이코쿠중공업에 특허를 제공한다면 확실히 홍보는 될지도 모르죠. 하지만 모처럼 찾아온 기회를 외면하기는 너무 아깝잖아요. 저는 대형 수소엔진의 부품을 공급할 수 있다면 해보고 싶습니다. 로켓엔진 개발에 직접 관여할 수 있다니 대단하잖아요. 변두리 공장에서 세계로 도약할 수 있는 기회라고요."

"공교롭게도 취미 삼아 일하는 건 아니라서 말이야."

가라키다가 내뱉듯이 말했다. "우리도 먹고살아야지. 꿈이 좋은 걸 누가 몰라? 하지만 만약 부품 제조에 실패하면? 경험해본 적 없는 분야라고. 연구 과정에서 복제품 비슷하게 시제품을 제작해본 적은 있지만 실전 경험은 없잖아. 우리 엔진 때문에 발사에 실패하면 손해배상금으로 거액을 토해내야 해. 백억 엔이나 하는 로켓을 보상하라고 하는 날에는 우린 끝장이라고. 제조사가 제품을 보증하는 건 상식이잖아. 이봐, 보증할 수 있겠어?"

"도노무라 씨 생각은 어때?"

쓰쿠다는 잠자코 논쟁을 듣고 있던 도노무라에게 물었다.

도노무라는 가만히 생각하다가 질문으로 답했다.

"어느 쪽이 10년 후의 쓰쿠다제작소에게 이득일까요?

"10년 후?"

쓰쿠다가 되물었다. 쓰노와 가라키다도 무슨 소리냐는 듯 도노무라를 쳐다보았다. "만약 저희가 로켓엔진 개발에 손을 댄 결과가 새로운 사업으로 이어진다면 그 규모는 어느 정도일까 싶어서요. 특허 사용료를 받기보다 그쪽 방면으로 사업을 전개해나가는 편이 이득일지도 모르죠. 다른 기업과 차별화도 될 테고 그런 경험이 다음 사업으로 이어질 수도 있을 겁니다. 사업 확장성 측면을 고려하면, 일시적으로 돈을 벌고 나서 손가락만 빨고 있는 건 기회를 놓치는 짓인 듯합니다."

"비약이 너무 심하군."

가라키다가 천장을 올려다보았다. "그건 성공했을 때나 그렇지. 미리부터 설레발치지 마."

"위험성 없는 사업도 있습니까?"

도노무라치고는 단호한 말투였다. 가라키다는 뺨을 부풀린 채 잠시 생각에 잠겼다가 긴 한숨을 후 토해냈다.

"회사 차원에서 그러기로 결정한다면 뭐, 하는 수 없겠죠."

될 대로 되라는 말투다.

"그런데 사장님, 데이코쿠중공업의 의향은 어쩌고요?"

쓰노가 물었다. "우리가 하고 싶다고 한들 받아들여줄까요? 그게 문제 아니겠습니까?"

맞는 말이다.

"이제 의사를 타진해봐야지." 쓰쿠다는 그렇게 답했다.

4

"쓰쿠다제작소 전화입니다."

대표전화번호로 걸려온 전화를 연결 받았을 때 자이젠은 자신만만했다. 오타구에 있는 쓰쿠다제작소는 어제 방문했다. 지금까지의 경험상 빠른 답변은 좋은 소식일 때가 많다.

"어제는 감사했습니다."

숨길 수 없는 기대가 목소리에 배어났다. "검토는 좀 해보셨습니까?"

쓰쿠다는 뭐라고 대답할까. "잘 부탁드립니다"일까 "제안을 받아들이겠습니다"일까. 어쩌면 특허 사용료를 좀 더 올려달라는 내용일지도 모른다.

어느 쪽이든 상관없다. 어쨌거나 쓰쿠다제작소는 특허를 사용하도록 허락해줄 것이다. 자이젠은 어제 그렇게 확신할 만한 감이 왔다.

그런데…….

"지금 사내에서 검토 중인데, 꼭 특허 사용권이어야 합니까?"

자이젠은 쓰쿠다가 무슨 의도로 하는 말인지 이해가 가지 않았다.

"그게 무슨 말씀이십니까?"

"특허 사용 말고 부품 공급은 안 되겠습니까?"

부풀었던 기대가 쪼그라들고 당혹감이 빈자리를 채웠다. 할 말을 잃고 그저 수화기를 꽉 움켜쥐었다. 정체 모를 분노가 가슴속에 퍼져나갔다.

진심으로 하는 소리인가? 아니면 우리를 놀리는 건가? 로켓엔진 부품을 만들겠다고? 무슨 헛소리를……. 아무리 쓰쿠다라도 일개 변두리 공장이 그게 가능할 리 없지 않은가.

쓰쿠다가 말을 이었다.

"엔진의 모든 부품을 제조하겠다는 건 아니고요. 우리가 특허를 받은 밸브 시스템만 공급하게 해줬으면 합니다."

"저기요, 쓰쿠다 씨."

자이젠은 손가락으로 미간을 세게 문지르며 심각한 목소리로 답했다.

"저희는 어디까지나 특허를 사용하고 싶을 뿐입니다……. 쓰쿠다 씨 말씀은 예상밖이라, 솔직히 당혹스럽네요."

자이젠은 인내력을 총동원해 정중하게 말했다.

"일단 검토는 해볼 테니, 저희 제안도 재검토해주시겠습니까?"

하지만 쓰쿠다의 답변은 자이젠의 기대를 배신했다.

"충분히 검토해보고 내린 결론입니다."

밸브 시스템은 이번 엔진 개발의 핵심이다. 그걸 외부에서 조달하다니 어림도 없는 일이다.

"우리는 엔진 제조사입니다, 자이젠 씨."

반론하려는 자이젠의 말을 쓰쿠다가 막았다. "특허 사용료로 돈벌이를 하는 회사가 아니란 말입니다."

"그건 압니다. 하지만……."

"밸브 시스템 제조를 외주로 돌릴 수 있을지 사내에서 검토해주시겠습니까?"

쓰쿠다가 말했다. "특허 사용 계약을 맺을지 말지는 그 후에 판단하고 싶습니다만."

"알겠습니다. 검토는 하겠습니다만, 솔직히 희망에 부응할 수 있다는 보장은 못 드리겠군요."

자이젠은 조심스럽게 돌려 말했다. "그때는 특허를 사용하는 방향으로 다시 검토해주시겠습니까?"

"이유에 따라 달라질 겁니다."

쓰쿠다의 답변은 자이젠을 고뇌에 빠뜨렸다. 이유에 따라서는 특허 사용권을 내주지 않겠다는 건가? 그럼 무슨 이유는 되고 무슨 이유는 안 된다는 건가. 쓰쿠다의 속내가 보이지 않았다.

"일단 내부에서 논의할 시간을 주십시오."

자이젠은 수화기를 내려놓고 고개를 푹 꺾었다. 패배감이 서서히 가슴속에 차올랐다.

"무슨 일이세요, 부장님?"

문을 두드리는 소리와 함께 결재서류를 들고 들어온 도미야마가 의아한 표정을 지었다.

"지금 쓰쿠다에게 전화가 왔어. 만들게 해달라는군."

"네?"

도미야마가 깜짝 놀란 얼굴로 쳐다보았다. "만들게 해달라니…… 밸브 시스템을요? 그게 무슨!"

"그러겠대."

자이젠은 씁쓸한 얼굴로 말을 툭 내뱉고 머리를 감싸 안았다.

"불가능합니다. 기술적으로 무리예요. 로켓엔진과 트랙터엔진을 혼동하는 거 아닙니까?"

도미야마가 화난 기색으로 말했다.

"하지만 특허는 쓰쿠다가 가지고 있어."

늦은 개발로 특허 취득에 실패한 것을 책망한다고 느꼈는지 도미야마의 얼굴이 벌게졌다. 대기업의 엘리트 의식을 내세워 무시해본들 추월당한 대가가 너무나 크다.

"면목 없습니다."

도미야마는 개발책임자로서 사과했다. 하지만 그런 말도 지금 이 상황을 타개하는 데는 아무 도움이 안 된다.

"그래서, 어떻게 하실 생각이십니까, 부장님?"

도미야마가 조심스레 물었다.

"이런 이야기가 통과될 것 같나?"

자이젠이 되묻자 도미야마는 아무 대답도 하지 못했다.

"뭐, 대번에 딱 잘라 거절할 수도 없으니 검토는 해보겠다고 했지만……."

자이젠은 깊은 한숨을 내쉬었다. "우리 회사 전통상 핵심부품을 다른 회사에, 그것도 아무 연고도 없는 변두리 공장에 맡길 리 없지. 이런 이야기를 본부장한테 해봐야 욕밖에 더 먹겠어?"

"그럼 쓰쿠다한테는……." 도미야마가 목소리를 낮춰 물었다.

"잠깐 시간을 뒀다가 검토해봤지만 어려울 것 같다고 해야겠지. 그리고 특허 사용을 재고해달라고 다시 부탁하는 수밖에."

"쓰쿠다가 납득할까요? 자기가 얼마나 어마어마한 소리를 했는지 전혀 모르는 것 같은데요."

도미야마가 쓰쿠다를 완전히 낮잡아보는 투로 말했다. 처음에 교섭하러 갔을 때 문전박대나 다름없는 취급을 받아 미운털이 박혔는지도 모른다.

"납득하느냐 마느냐는 문제가 아니야."

자이젠은 타이르듯이 말했다. "스타더스트 프로젝트에는 쓰쿠다가 가지고 있는 기술이 꼭 필요해. 이번 교섭에 실패는 용납되지 않아. 실패하면 나나 자네나 볼 장 다 보는 거야. 자회사로 좌천돼 차나 홀짝거리며 시간을 보내고 싶나?"

"제가 뭐라도 도울 일은 없을까요?"

그제야 자기 입장을 깨달은 듯 도미야마가 물었지만 자이젠은 천천히 고개를 저었다.

"없어. 뒷일은 맡겨두게."

자이젠은 힘없이 부장실을 나서는 도미야마의 뒷모습을 씁쓸하게 흘끗 바라본 후, 뒷골 쑤시는 사태에 혀를 찼다. 거대 프로젝트의 성패가 이번 일에 걸려 있다고 생각하자 오싹했다.

이게 아니었다. 대체 어디서 시나리오가 틀어진 걸까.

자이젠은 쓰쿠다 고헤이가 우주과학개발기구의 연구원이었다는 경력을 알았을 때, 분명 자신과 똑같은 상식이 통용되는 상대일 것이라고 믿었다. 변두리 지역에 있는 작은 중소기업 경영자와는 다를 것이라고.

자이젠이 알고 있는 변두리 중소기업 경영자는 다름 아닌 자신의 아버지였다. 쓰쿠다에게는 한마디도 하지 않았지만 자이젠의 아버지도 예전에 일본 4대 공업지역 중 하나인 게이힌 공업지대에 속하는 가와사키 시내에서 그럭저럭 규모가 있는 공장을 경영했다.

1930년대생답게 오로지 일만 하며 살아온 아버지. 그런 아버지를 돕는 어머니. 자이젠은 직원이 100명쯤 되는 공장에서 기름범벅이 되어가며 밤낮으로 일하는 부모님을 보며 자랐다.

업종은 플라스틱 금형과 제조였다. 한창때는 매출액이 50억 엔쯤 됐으니까 동네 공장치고 결코 규모가 작은 편은 아니었다. 한때는 꽤 잘나가서 자이젠도 어렸을 적에는 나름대로 호강했지만, 그런 시절이 영원히 계속되지는 않아 아버지가 돌아가시기 전 10년 동안은 고난의 연속이었다. 거품경제 붕괴, 영업실적 악화, 자금난 등. 은행이 정리해고를 권해 오랜 세월 함께해온 직원을 3분의 1이나 해고하기도 했다.

그렇지만 아버지는 아들인 자이젠에게 단 한 번도 약한 소리를 하지 않았다. 낙관적인 건지 무사태평한 건지, 늘 어느 회사의 어떤 금형을 만든다는 둥, 대기업과 신규 거래를 틀 수 있다는 둥 큰 소리만 떵떵 쳤다.

아버지는 자이젠이 대학을 졸업하고 당연히 회사를 물려받을 줄 알았던 모양이다. 하지만 자이젠이 가업 잇기를 거부하고 대기업에 취직해버리자 아버지는 노발대발했다. 원래 아버지와는 물과 기름 같은 사이였기 때문에 "회사원이나 되라고 대학까지 보낸 줄 아냐"라는 꾸중에 "이런 회사나 물려받으려고 공부한 줄 아세요?"라고 대꾸하며 그야말로 날선 말로 설전을 벌였다.

가끔 집에 갔을 때 회사에 대해 불평하면 "우리 공장을 물려받았으면 그럴 일이 없지"라고 면박을 주는 통에 "그래도 아버지 회사보다는 백배 나아요" 하며 또 싸움을 벌였다. 학교를 졸업한 뒤로 아버지와의 기억은 말다툼뿐이다.

"어떠냐, 이제 그만 돌아오지 않을래?"

예순다섯 살이 넘자 슬슬 체력이 부치는지 아버지는 그런 말을 꺼내기 시작했다. 나이를 먹어 마음도 약해졌을지 모른다. 아무래도 회사 생활은 힘들지 않느냐, 뭐니 뭐니 해도 사업주가 최고다—아버지는 자주 그런 말을 꺼냈다.

기대하지 말라고, 절대로 안 물려받을 거라고 자이젠은 생각했다.

아버지는 독불장군이었다. 마음이 동하면 한밤중이라도 자택 근처에 있었던 공장에 가서 묵묵히 작업했다. 자기 마음에 들지 않으면 불같이 화내고, 한번 정하면 남의 말에는 일절 귀를 기울이지 않았다.

품질이 좋으면 주문이 들어올 것이라는 신념 아래, 아무 연고도 없는 대기업에 영업을 하러 갔다가 문전박대 당하면 아직 어렸던 자이젠과 어머니에게 화풀이를 하곤 했다. 신제품을 개발한답시고 대규모로 투자했다가 결국 실패해 직원들에게 상여금을 못 준 적도 있다. 자기 책임이면서 미안하다는 말 한마디 없이, 가족과 직원을 회사의 부품처럼 다루었다.

자이젠에게 뿌리내린 아버지에 대한 반감과 피해 의식은 그리 간단히 지울 수 있는 게 아니었다.

하지만 돌아오라는 아버지의 부탁을 몇 년이나 흘려 넘기는 동안 조금씩 사그라지기는 했다. 아버지 회사가 점점 기울고 되살아날 길은 해마다 좁아졌기 때문이다. 그러자 나이 든 아버지를 상대로 말다툼하는 일도 없어졌다.

하지만 지금도 가끔 이런 생각이 든다.

만약 그때 자신이 데이코쿠중공업을 그만두고 가업을 물려받았다면 어떻게 됐을까. 데이코쿠중공업에서 얻은 노하우와 인맥을 살려 경영을 맡았다면 과연 아버지 회사는 어떻게 됐을까.

적어도 아버지의 죽음과 함께 정리되는 운명만은 피할 수 있었을 것이다.

아버지가 돌아가시자 후계자가 없는 회사는 그 역사를 마감했다. 공장 부지를 매각해 수억 엔의 돈이 들어왔지만 대부분 직원들에게 퇴직금을 주고 은행 대출을 변제하는 데 썼다. 결국 마지막으로 남은 것은 집 한 채와 어머니 혼자서도 노후를 불편함 없이 지낼 만한 예금뿐이었다.

"자기 하고 싶은 말만 하니 아주 속이 시원하겠어요."

자이젠은 아버지와 싸울 때 자주 했던 말을 중얼거렸다.

하지만 지금 자이젠이 분노를 터뜨리는 상대는 아버지가 아니라 쓰쿠다였다.

쓰쿠다의 제안은 아버지만큼이나 제멋대로에 몰상식하다. 하지만 동시에 깨달았다. 쓰쿠다는 자이젠과 반대로 아버지 회사를 물려받았다.

7년쯤 전에 사장이 됐다니까 그때까지 일했던 연구소를 나와 경영자로 전환한 것이리라. 쓰쿠다제작소에 관한 자료에 따르면 쓰쿠다가 사장으로 취임한 후, 회사 매출은 점점 늘어났다.

연구자로서는 어떻든 간에, 경영자로서는 실력이 상당하다고 인정하지 않을 수 없었다.

사업을 급성장시키는 경영자 중에는 상대의 사정은 아랑곳없이 막무가내로 밀어붙이는 사람이 적지 않은데, 쓰쿠다도 그런 유형일지 모른다.

그렇다면 성가시다.

특허 취득에 실패한 게 새삼 안타까웠다.

5

전화를 받은 지 사흘 후 쓰쿠다에게 연락해 만날 약속을 잡았다.

"지난번 일로 연락드렸습니다."

쓰쿠다가 전화를 받자 자이젠은 "전화로는 좀 그러니 한번 찾아뵙겠습니다"라고만 말하고 본론은 꺼내지 않았다.

쓰쿠다는 결론을 알고 싶어 하는 분위기였지만 자세한 이야기는 만나서 하겠다며 통화를 끝냈다. 나카하라 간선도로에 들어선 업무용 차량 속에서 자이젠은 쓰쿠다에게 어떻게 설명할지 생각에 잠겼다.

빙빙 돌려 말하지는 말아야겠지만, 그렇다고 단도직입적으로 안 된다고 할 수도 없다. 쓰쿠다의 기대를 저버리는 셈이니 이유를 잘 포장해서 특허 사용권을 얻어내는 쪽으로 이야기를 끌고 가야 한다.

"어서 오세요. 요전에는 전화로 실례했습니다."

자이젠이 응접실로 안내받자마자 거의 동시에 쓰쿠다가 들어와 전에 없이 친근한 투로 말했다.

"저야말로요. 바로 답변을 드리지 못해 죄송합니다."

문제는 이제부터라고 자이젠이 내심 마음의 준비를 하는데, 갑자기 쓰쿠다가 뜻밖의 말을 꺼냈다.

"회사를 둘러보시겠어요?"

자이젠이 어리둥절한 표정을 짓자 쓰쿠다는 웃으며 말했다.

"저희 회사랑 공장을 보지도 않고서 어떻게 결론을 내리겠어요. 오늘은 그래서 오신 거 아닙니까?"

아차!

어떻게 거절할지에만 정신이 팔려서 미처 생각지 못했으나, 쓰쿠다 말이 옳다. 하다못해 공장 정도는 보여달라고 해야 이치에 맞고, 그러는 게 상대에 대한 예의이기도 하다.

"괜찮으시다면요."

자이젠이 식은땀을 흘리며 대답하자 "그럼요, 그럼요" 하고 쓰쿠다는 앞장서서 응접실을 나섰다.

처음 방문한 곳은 경리부와 영업부가 있는 사무 부서였다. 도노무라가 자이젠을 보고 종종걸음으로 다가와 인사했다. 도노무라도 쓰쿠다와 함께 다니며 회사를 둘러보았다.

"여기가 영업부입니다. 영업품목에 따라 1부와 2부로 나누죠. 인원은 현재 21명이고요."

쓰쿠다가 설명해주었다.

대기업 공장은 방문할 기회가 많지만, 매출이 1백억 엔 정도의 중소—아니, 중견 기업은 방문할 기회가 그리 많지 않다. 자이젠은 자연스레 머릿속에 있는 잣대를 바꾸어 아버지가 경영했던 회사 정경과 비교하며 둘러보았다.

사내를 돌아다니면서 제일 먼저 느낀 것은 분위기였다.

분위기가 좋다.

그건 바로 알았다. 지나가는 직원들이 눈인사를 하거나 머리를 숙이는 건 물론이고, 표정도 밝았다.

아버지 회사는 규모가 여기의 절반 정도였지만 직원들의 표정은 한결같이 어두웠다. 하기야 자이젠도 사회인으로서 경험을 그럭저럭 쌓은 후에야 직원들의 표정이 눈에 들어왔으니, 아버지는 전혀 신경 쓰지 않았을지도 모른다.

"여기서부터가 본사 생산 부서입니다."

자이젠은 에어샤워로 먼지를 떨어내고 흰 가운으로 갈아입었다. 물어볼 것도 없이 클린룸 등급은 아주 높아 보였다. 이 정도 규모의 회사치고는 최첨단 설비다. 이렇듯 환경 면에서도 설비투자에 힘쓴 건 한때 연구원이었던 쓰쿠다가 관심을 가지고 공을 들였다는 증거다.

"생산라인은 우쓰노미야에 있어요. 여기는 시제품뿐입니다. 그리고 기술개발부."

기술개발 부서는 데이코쿠중공업으로 따지면 도미야마가 이끄는 팀에 해당하는 곳이다. 이 작은 회사의 기술개발부가 연구비를 아낌없이 퍼부은 데이코쿠중공업을 앞질렀다니 그야말로 놀라울 따름이었다.

자이젠은 어떤 작업 공정 앞을 지나가다가 익숙지 않은 광경에 문득 걸음을 멈췄다.

서른 살 남짓 된 젊은 기술자가 작업복 차림으로 드릴을 조작하고 있었다. 수작업으로 철판에 구멍을 뚫고 나사를 박는 작업이었다.

"잠시 좀 살펴봐도 될까요?"

철판을 받아 자세히 살펴보던 자이젠의 입에서 무심코 탄성이 흘러나왔다.

구멍이 마치 정밀 기계를 사용한 것처럼 깔끔하게 수직으로 뚫렸기 때문이다. 업무상 여러 공장에 자주 방문하고 시제품 제조에도 실제로 관여해봤지만, 철판에 수작업으로 이만큼 정교하게 구멍을 뚫는 기술자는 처음 봤다. 데이코쿠중공업에도 찾아보면 몇 명 있을지 모르지만 작업 공정 대부분이 기계로 대체돼 컴퓨터로 제어하는 지금, 이런 장인의 솜씨는 사멸되어가는 중이다.

"정말 대단한데……. 아직도 이런 기술이 살아 있었나."

자이젠은 무심코 중얼거렸다.

"우리는 이런 수작업에 높은 수준의 기술을 요구하거든요."

쓰쿠다는 그렇게 말했지만 과연 그게 다일까. 최신형 기계를 구입할 수 없는 영세 공장이라면 이해한다. 하지만 쓰쿠다제작소는 아니다. 오히려 중소기업 수준을 훌쩍 뛰어넘는 최신설비를 갖춘 공장이다.

"시제품도 수작업으로 만듭니까?"

실린더를 절삭 가공하는 기술자에게 한두 마디 지시를 내리는 쓰쿠다에게 묻자 "다들 놀라더라고요" 하며 웃었다.

"손으로 만드는 편이 융통성을 발휘할 수 있거든요. 물론 백 퍼센트 다는 아니지만 가능한 부분은 수작업으로 만듭니다. 수작업으로 하면 기계로 만들 때에 비해 생각할 여유가 생기고 발상이 유연해져요. 예를 들어 구멍을 뚫다가 아무래도 조금 옆쪽이 낫겠다고 느끼거나, 조립하기 전에 설계의 미비점을 알아차리기도 하죠. 완성 후에 제대로 작동하지 않을 확률도 수작업이 오히려 낮고요. 결과적으로 시제품 공정의 효율이 오르는 셈이에요."

놀라움을 금할 수 없었다.

정밀부품은 약간의 실수가 고장으로 이어져 성능과 신뢰성을 저하시킨다. 고성능 엔진 실린더를 오차 하나 없이 깎는 건 결코 쉬운 일이 아니다.

"구멍을 뚫고, 깎고, 연마한다……. 기술이 아무리 진보해도 그게 제조의 기본이죠."

쓰쿠다의 설득력 있는 말이 자이젠의 가슴을 때렸다.

마지막으로 연구실에 들렀다. 목에 건 카드를 커다란 문의 슬롯에 넣은 다음, 정맥 인증으로 보안을 해제하고 안으로 들어갔다.

내부는 지금까지와는 이질적인 느낌이었다. 쓰쿠다제작소 로고가 들어간 덧옷을 입은 직원들 사이에 흰 가운을 입은 연구자들이 눈에 띄었다. 대기업 연구실처럼 엄중하게 격리된 공간이지만, 연구자들 사이에는 긴장한 기미 없이 편안하고 자유로운 분위기가 감돌았다. 이게 쓰쿠다제작소 특유의 사풍일지도 모른다.

자이젠은 도중에 문득 걸음을 멈췄다.

한복판에 자리한 테이블에 몇 종의 부품이 놓여 있었다. 그게 뭔지는 한눈에 알았다. 밸브였다.

쓰쿠다의 허락을 받아 손에 들고 살펴보았다. 형태와 크기가 각각 다른 밸브 완성품 같았다.

그때 컴퓨터 모니터를 들여다보던 가운 차림 남자가 다가와 자이젠 옆에 섰다. 연구개발 부문의 책임자 야마사키였다.

"테스트 자료를 볼 수 있을까요?"

야마사키에게 물었다.

"비밀유지계약을 체결할 때까지 외부 반출은 금지입니다. 뭐, 모니터로 숫자를 보시는 것 정도는 상관없겠죠."

자이젠이 요청한 자료가 화면에 떴다.

시험 자료에 관해 야마사키의 설명을 들으며 눈으로 숫자를 좇던 자이젠은 팔짱을 낀 채 화면에 표시된 시험 결과를 묵묵히 노려보았다.

─나쁘지 않다.

액체 연료 엔진을 탑재한 로켓에서 밸브 시스템은 아주 가혹한 환경에 놓인다.

연료로 사용되는 액체산소와 액체수소는 끓는점이 각각 영하 183도, 영하 252.6도의 저온이다. 밸브는 이러한 액체 연료가 연소실로 주입되는 양을 조정하고 통제하는 역할을 하는데, 진공에서 300기압 이상의 고압, 영하 253도의 저온에서 500도의 고온까지 작동 환경의 폭이 크다. 물론 그러한 환경에서 정확하게 작동하는 시스템을 구축하려면 아주 고도의 기술이 필요하고, 각국의 로켓 제조사는 그 기술을 극비로 다룬다.

지금 그 극비 기술이 자이젠의 눈앞에 있다.

"질문 있으세요?"

야마사키가 대강 설명을 마치고 물었다.

자이젠은 기술에 관해서가 아니라 전혀 다른 궁금증을 입에 담았다.

"왜 이런 걸 만들려고 하신 겁니까?"

생뚱맞게도 들릴 법한 질문이었다.

"굳이 말하자면 도전이랄까요." 쓰쿠다가 대답했다.

"도전?"

뜻밖의 대답에 자이젠은 눈이 휘둥그레졌다. 쓰쿠다가 말을 이었다.

"소형 엔진의 구조를 고안하다 우연히 밸브에 대한 아이디어가 번쩍 떠올랐죠. 제작하기 쉬운 제품은 아니지만, 오히려 그렇기 때문에 만들어봐야 회사 전체의 개발력과 기술력이 상승할 것 같더군요. 그리고 직접 만든 엔진으로 로켓을 발사시키는 게 꿈이었거든요. 아쉽게도 대형 수소엔진 전체를 구축할 수는 없지만, 밸브 시스템만이라면 가능합니다."

"귀사에 전혀 도움이 안 될지도 모르는 기술인데도요?"

"도움이 안 되기는요."

쓰쿠다는 단언했다. "로켓에 사용되는 기술은 나사 하나에 이르기까지 최고의 신뢰도가 요구됩니다. 이런 연구는 앞으로의 생산 활동에 반드시 반영돼요."

연구개발에 열정을 기울이는 쓰쿠다의 신념이 느껴지는 말이었다.

결국 자이젠은 부품을 공급하게 해달라는 쓰쿠다의 요구를 거절하지 못했다.

"거절하려고 갔건만……."

돌아오는 차에서 자이젠은 혼잣말을 중얼거렸다. 특허를 팔지도 사용권을 주지도 않겠다, 부품을 공급하게 해달라는 쓰쿠다의 요구를 처음 들었을 때는 너무나 비현실적인 공상으로 느껴졌다. 하지만―.

아예 말도 안 되는 이야기는 아닐지 모른다.

스스로도 믿기지 않지만 이제 자이젠은 그런 생각이 들기 시작했다.

수작업으로 철판에 구멍을 뚫는 기술자의 모습을 보았을 때 받은 신선한 충격이 가슴에 단단히 새겨져 있다. 그 확고한 기술력과 그것을 배양한 회사의 정신적 토양은 규모의 차이는 있을지언정 데이코쿠중공업의 제조 현장에도 뒤떨어지지 않는다. 아니, 그 이상일지도 모른다.

"어떻게 됐습니까, 부장님."

자이젠이 돌아오기만을 목이 빠져라 기다렸는지 도미야마는 집무실에 들어오자마자 물었다. "쓰쿠다가 받아들이던가요?"

"그거 말인데……."

자이젠은 책상 위에 깍지를 끼고 부하직원을 올려다보았다. "좀 더 진지하게 검토해보려고."

기대에 찬 도미야마의 표정에 의문이 서렸다.

"그게 무슨 말씀이십니까?"

"의외로 괜찮았어."

도미야마의 입이 떡 벌어졌다.

"뭐라고요?"

"의외로 괜찮았다고."

자이젠은 힐문하는 듯한 도미야마의 시선을 피해 책상에 놓인 자료를 보는 척했다.

"괜찮았다니…… 부장님, 어떻게 하시려고요?"

"그러니까 진지하게 검토해보겠다고 했잖아."

쓰쿠다제작소에 실속 없이 번지르르한 말은 통하지 않는다. 그것도 오늘 깨달은 사실 중 하나였다. 철저하게 검증해 확실한 결론을 내리지 않고서는 그 남자, 아니 그 기술자들을 이해시킬 수 없다.

도미야마는 당황했다.

"부장님, 쓰쿠다에게 부품 제조를 맡기시려고요? 그렇게까지 할 필요가 있겠습니까?"

"안 될 건 또 뭐 있나?"

자이젠은 의견을 묵살하는 투로 말하고 치뜬 눈으로 도미야마를 보았다.

"우리보다 정밀도가 높을지도 몰라."

"부장님!"

도미야마의 뺨이 벌겋게 달아올랐다. "농담이 지나치십니다!"

"지금 농담하는 걸로 보이나? 비용을 생각해봐."

자이젠은 화난 기색의 도미야마를 타이르듯 말했다. "만약 쓰쿠다제작소가 신뢰할 만한 밸브를 싼값에 공급한다면, 그걸 도입하는 편이 낫겠지. 그럼 거액의 특허 사용료를 지불할 필요도 없어."

"외람되지만 회사 방침에 어긋납니다."

도미야마가 반론했다. "핵심부품은 자체 생산하는 게 원칙입니다, 부장님. 그걸 타사, 그것도 쓰쿠다제작소 같은 중소기업에서 구매하다니 말도 안 됩니다."

"그런 원칙이 만들어진 데는 다 이유가 있어. 모르나?"

대형 로켓 분야에서 후발주자였던 일본은 로켓 부품을 수입에 의존했지만, 훗날 독자적인 기술로 개발한 수소엔진의 성능은 경쟁 국가의 예상을 웃돌았다. 그러자 위기감을 느낀 프랑스가 부품 수출을 제한해 최신 부품 수급에 차질이 생긴 적이 있었다.

"요컨대 우리가 독자적인 개발과 생산에 집착하는 건, 예상치 못한 외부요인으로 로켓 사업에 악영향이 미칠까 봐서야. 하지만 국내 기업에서 기술을 공여한다면 적어도 국가적인 수출 제한 정책 때문에 걱정할 필요는 없겠지."

"하지만……."

도미야마가 침을 튀기며 자이젠의 책상에 두 손을 짚었다.

"상대는 불면 날아갈 듯한 중소기업입니다. 언제 사라질지 모른다고요. 부장님, 국가 정책만 걱정하시는 모양인데 쓰쿠다도 언제 상황이 나빠져 공급을 중단할지 모르잖습니까. 그런 상대를 믿고 부품 공급을 맡기시려고요?"

"혹시라도 쓰쿠다의 자금 상황이 악화되면, 출자하면 돼."

자이젠이 말했다. "쓰쿠다가 부품을 공급하겠다고 한 이상, 문제는 신뢰성과 비용이야. 당장 그걸 검토해야겠어."

도미야마는 감정 기복이 심한 남자다. 불만스러운 눈으로 겨우 감정을 억누르고 있는 부하직원에게 자이젠의 지시는 인정사정 없이 들렸으리라.

"자네는 자존심이 강하군."

아직 뭔가 하고 싶은 말이 있는 듯한 도미야마에게 자이젠은 일침을 놓았다. "하지만 이번 개발 경쟁에서 자네는 패배자야. 우리는 패배의 대가를 치러야 할 지경에 몰렸어. 거기에 대해 할 말이라도 있나?"

자이젠을 가만히 노려보던 시선이 툭 떨어지고 "아니요"라는 말이 악문 잇새로 새어 나왔다.

"쓰쿠다의 기술이 진짜고 가격도 싸다면 이용하지 않을 이유가 없지. 착각하는 모양인데 우주항공 분야에서 우리의 진정한 경쟁 상대는 쓰쿠다제작소가 아니야. 미국과 유럽, 그리고 러시아지. 그들의 로켓보다 성능과 신뢰성이 높으면서 가격은 저렴해야 해. 그러려면 뭘 해야 하는가. 우리가 고려해야 할 문제는 그거잖아? 오기를 부려서 어쩌자는 건가. 이건 비즈니스라고."

"죄송합니다."

자이젠도 힘없이 물러가는 도미야마의 심정을 모르는 바는 아니었다. 어쨌거나 자이젠 본인도 믿기지 않는 기분이니까. 하지만 실제로 쓰쿠다제작소를 방문해 개발 현장을 살펴본 지금, 쓰쿠다제작소 측 요구가 꼭 현실과 동떨어진 것만은 아니라는 것을 직감으로 알았다.

쓰쿠다제작소에는 뭔가가 있다. 반짝반짝 빛나는 뭔가를 가지고 있다.

어떤 회사도 설립 당시부터 대기업은 아니다. 소니도 그랬고, 혼다도 그랬다. 자금에 허덕여 어려운 고비에 처하기도 했던 중소기업이 누구나 인정하는 일류기업으로 성장한 데는 이유가 있다.

회사는 작아도 일류 기술이 있고, 그걸 떠받치는 사람들의 열정이 있다.

자이젠은 그 공장에 감돌던 기운을 아버지 회사에서는 결코 느껴보지 못했다. 아니, 기계화되고 매뉴얼화된 데이코쿠중공업의 공장에도 이제는 그러한 기운이 과연 남아 있을지 의심스럽다.

쓰쿠다의 연구 부문은 학구적이었고, 재미있는 물건을 만들어 내겠다는 도전 의식이 넘쳐났다.

물론 자이젠도 공장을 딱 한 번 봐놓고 분위기에 취할 만큼 풋내기는 아니다. 하지만 데이코쿠중공업의 부장으로서 상대의 기술을 가늠하는 눈썰미에는 자신이 있었다. 그리고 일단 인정하면 상대를 존경하고 성의를 보인다. 이건 가와사키의 소규모 공장 출신으로서 몸에 밴 일종의 기질 같은 것일지도 모른다.

그런데 이 상황을 상부에 어떻게 설명해야 할 것인가. 도미야마에게는 그렇게 말했지만 핵심부품 제조를 외주로 돌리는 건 결코 쉬운 일이 아니다.

"15분쯤 면담하고 싶은데, 미즈하라 본부장님 일정 좀 확인 부탁해."

비서에게 연락하고 잠시 기다리자 한 시간 후에 오라는 답변이 왔다. 자이젠은 집중해서 미결재함을 비우고, 약속 시간 5분 전에 임원 전용층으로 통하는 엘리베이터를 탔다.

"부품 도입을 검토하겠다고?"

아니나 다를까 미즈하라는 의외라는 말투였다.

"쓰쿠다제작소의 부품을 도입하면 비용이 절감되고, 높은 특허 사용료를 지급하지 않아도 됩니다."

미즈하라는 아무래도 이해가 안 간다는 얼굴로 생각에 잠겼다.

"말 좀 해봐. 쓰쿠다제작소는 왜 특허 사용을 거부하는 거야?

그 편이 훨씬 쉽게 수익을 올릴 수 있을 텐데."

"사장이 한때 우주과학개발기구에서 일했던 연구자라 부품 공급에 집념을 품고 있는 것 같습니다."

이날 자이젠은 그 집념을 직접 봤다.

"집념이라……."

미즈하라는 석연치 않은 표정을 지었다. "남의 집념 때문에 우리 방침을 변경해야 한다는 것도 썩 마땅치는 않군. 신기술 개발도 병행해서 검토한다고 했었지? 그쪽은 어때?"

"시간이 걸립니다." 자이젠은 바로 대답했다.

"대체할 구식 기술은 있지만, 신뢰성이 떨어집니다. 참신함도 없어서 새로운 엔진으로 세계에 내세울 만한 임팩트도 부족하고요. 쓰쿠다가 보유한 특허는 그 자체만으로도 틀림없이 주목받을 만한 수준입니다."

"하지만 우리 기술은 아니지."

미즈하라가 말했다.

뼛속까지 데이코쿠중공업의 충신인 미즈하라는 싫어하는 것이 세 가지 있다.

패배와 타협과 변명이다.

따라서 자이젠은 패배도 타협도 아니며, 변명으로도 들리지 않는 방식으로 미즈하라를 설득할 필요가 있었다.

"그렇지만 국내 기술입니다."

자이젠은 말에 힘을 주었다. "수출 제한이 걸릴 걱정은 없습니다."

미즈하라는 아무 대꾸도 하지 않았다.

"사업적 측면에서는 쓰쿠다의 부품을 도입하는 편이 효율적으로 보입니다. 긍정적으로 검토해주시겠습니까?"

"사장님께서 자체 개발 생산을 표방하신다는 걸 잊은 건 아니겠지?" 본부장이 난색을 표명했다.

"물론 압니다."

"특허만 먼저 취득했어도 이런 일은 없었을 텐데."

미즈하라는 그게 자이젠의 실책임을 넌지시 암시했다. 반론할 수 없었다. "교섭으로 특허 사용권을 받아낼 수는 없었나? 요전에 걱정 없다고 하지 않았어?"

"죄송합니다. 쓰쿠다의 요청도 요청이거니와 검토 결과 외주를 주는 편이 이점이 많다는 결론을 내렸습니다."

궁색한 변명으로 들렸을까. "물론 특허 사용 계약의 가능성도 버린 건 아닙니다. 성능을 테스트해보고 어느 쪽이 효율적일지 꼼꼼히 검토하겠습니다."

"생각 좀 해보지." 미즈하라의 그 한마디로 짧은 면담에 마침표가 찍혔다.

6

"사장님, 잠깐 시간 괜찮으세요?"

자이젠이 돌아가고 오후 5시가 지났을 무렵, 문을 두드리는 소리와 함께 에바라 하루키가 얼굴을 디밀었다. 영업 2부 가라키다

밑에 있는 젊은 직원이다. 쳐다보자 에바라 또래의 젊은 직원 두 명도 뒤쪽에서 사장실을 들여다보고 있었다.

"그럼, 어쩐 일이야?"

쓰쿠다는 세 사람을 사장실로 맞아들여 소파를 권하고, 자신은 그 맞은편에 앉았다.

"아까 부서 회의를 마치고 부장님한테 들었는데, 특허 건 정말 그렇게 하시려고요?"

에바라가 물었다.

"특허 건이라니?"

"사용료를 받는 게 아니라 부품을 공급한다는 이야기요."

"아아, 그럴 생각인데."

그렇게 대답하자 대학 시절 탁구 동아리 소속이었다는 에바라는 호리호리하지만 탄력 있어 보이는 등을 쭉 펴고 말했다.

"재고해주시면 안 되겠습니까?"

영업 방식이 약간 저돌적이기는 하지만 젊은 영업사원 중에서는 실적이 제일 좋다. 거기에 가라키다의 총애까지 받아 젊은 사원들의 중심적인 존재가 된 청년이 결의를 담은 눈으로 쓰쿠다를 쳐다보았다.

"내 나름대로 고민하고 내린 결정이지만, 의견이 있다면 들을 테니 기탄없이 말해봐."

소파에 앉은 세 사람이 서로 눈빛을 교환하더니, 에바라가 말을 꺼냈다.

"솔직히 저희 입장에서는 많이 참아왔다고 생각합니다."

"참았다고?"

뜻밖의 말이었다. "그게 대체 무슨 소리야?"

"기술을 개발하기 위해 자금을 엄청 투입하지 않았습니까. 나카시마공업과의 소송에서 운 좋게 화해금을 받았기에 망정이지, 그게 없었다면 저희는 어떻게 됐을지 모릅니다."

요컨대 개발비를 너무 들인다고 말하고 싶은 모양이다.

"영업부에서 열심히 벌어도 개발비로 펑펑 빠져나가죠. 저희한테 환원해달라는 이야기가 아닙니다. 하다못해 사내유보금으로 놔두시면 안 되겠습니까?"

에바라는 호소하는 투로 말했다. "이번 일도 솔직히 전혀 이해가 안 됩니다. 왜 특허 사용 계약을 거절하면서까지 부품 공급에 연연하시는 건가요. 부채는 나카시마공업에게 받은 화해금으로 변제했습니다. 여기서 데이코쿠중공업의 특허 사용료까지 들어오면 당분간 순항할 수 있지 않을까요? 그런데 굳이 부품을 공급하시겠다는 이유를 모르겠습니다."

에바라의 뺨이 달아오르고 목소리에는 열기가 깃들었다.

"자네들도 같은 의견이야?"

쓰쿠다는 다른 두 사람에게 물었다.

"저희뿐만이 아닙니다. 그렇게 생각하는 사람이 많아요."

무라키 아키오가 대답했다. 경력채용으로 입사한 20대 청년이다. 평소 조용하고 눈에 잘 띄지 않는 편이라 에바라와 함께 담판을 지으러 왔다는 것만으로도 쓰쿠다는 약간 놀랐다. 마지막 마노 겐사쿠는 평상시 호들갑스러운 것과는 딴판으로 입을 다문 채 테이블만 내려다보았다.

"자네들, 꿈은 있나?"

쓰쿠다는 잠시 생각하다 세 사람에게 물었다. 갑자기 무슨 소리냐는 듯 어리둥절한 얼굴들이 이쪽을 쳐다보았다.

"난 있어. 내가 만든 엔진으로 로켓을 발사하는 거야."

잠깐 뜸을 들이다 말을 이었다. "엔진 전체라고는 하지 않겠지만, 어떻게든 그 꿈을 실현하고 싶어. 이번 일은 그 첫걸음이야."

"하지만 그건 사장님 개인의 꿈 아닙니까?"

에바라의 반론이 쓰쿠다의 가슴에 콱 박혔다. "저희가 문제라고 말씀드리는 건 회사 일입니다. 저희 회사는 사장님의 사유 재산입니까?"

"아마, 아니라고 해야겠지."

젊은 직원의 사정없는 비판에 당황하며 쓰쿠다가 되물었다. "그렇지만 돈만 벌면 그만이라는 거야? 그건 아니잖아."

"하지만 밸브 시스템을 공급하는 것과 로켓을 발사시키는 건 완전히 차원이 다른 이야기잖습니까. 머릿속에서 두 개가 이어져 있는 건 사장님뿐이세요."

에바라는 똑 부러지게 말하는 성격이다. 천성이 나쁜 건 아니지만 가끔 독설을 내뱉는다.

"그럴지도 모르지. 하지만 밸브 시스템은 로켓엔진에 사용되는 핵심기술 중 하나야. 물론 그걸 공급하는 것과 로켓을 발사하는 게 같지는 않지만 반드시 해보고 싶어."

"하지만 경영자로서 이것이 최선의 선택이라고는 할 수 없지 않을까요?"

마노가 조심스레 말을 꺼냈다. "회사의 목적은 영리추구라고 생각합니다. 그렇다면 굳이 위험을 무릅쓸 필요는 없겠죠. 설령 성공하더라도 수익은 특허 사용료 쪽이 훨씬 클 겁니다."

"자네가 하고 싶은 말은 알겠어. 하지만 그럼 뭐가 남지?"

쓰쿠다는 물었다.

"돈이 남겠죠."

에바라가 단언했다. "이제 자금난에 허덕인다든가, 그런 불안한 상황은 사양하고 싶습니다. 저희도 가족이 있다고요. 언제 길바닥에 나앉을지 모를 상황에서 어떻게 마음 편히 일하겠습니까?"

"그런가…… 미안하군."

스스로도 조금 의외였지만 쓰쿠다는 사과의 말을 꺼냈다. "하지만 난 지금까지 이렇게 회사를 경영해왔어. 연구에만 매달려온 기술자가 하는 일이니 늘 올바르다고는 할 수 없고, 실제로 틀린 적도 있어. 경영자로서 결코 요령이 좋다고는 하기 힘들겠지. 그렇지만 역시 난 물건을 만들고 싶어. 이번에 로켓에 탑재될 대형 수소엔진의 핵심부품을 공급할 기회를 놓치면 이런 기회는 두 번 다시 오지 않을 거야. 그러니 만들고 싶어. 내 심정을 이해해주겠나? 우리는 제조사잖아."

무라키와 마노가 시선을 바닥에 떨어뜨렸다.

"사장님은 지금 공과 사를 혼동하고 계십니다."

에바라가 내뱉듯이 말했다. "사장님의 꿈은 알겠습니다. 하지만 그건 지금 하실 말씀이 아닌 것 같습니다."

쓰쿠다는 입을 다물었다.

그저 개인적인 욕심이라 한다면 그럴지도 모른다. 경영자로서 회사만 생각해오다가 처음으로 자신의 꿈에 발을 내디뎠다. 그게 직원들뿐만 아니라 그 가족까지 끌어들이는 중대한 선택이라는 것을 물론 쓰쿠다도 알고는 있었다.

"아니, 역시 특허 사용 계약으로는 안 돼. 직접 만들어야만 의미가 있어. 반드시 성공시킬게."

쓰쿠다는 에바라의 눈을 보고 말했다. "날 믿어줘."

대답은 없었다. 테이블을 사이에 두고 마주 앉은 쓰쿠다와 젊은 직원들 사이에 지금 눈에 보이지 않는 골이 생겼다.

7

웬일로 오후 7시 넘어서 미즈하라가 호출했다.

본부장님이 부르신다는 비서의 연락을 받자, 도미야마는 심장이 쿵쿵 뛰고 위가 쥐어짜는 듯이 찌르르 아팠다.

"바로 가겠습니다."

대답하면서 표정이 한껏 일그러졌다는 걸 알았다. 가면 질책당할 거라 예상되는 만큼 임원 층으로 향하는 발걸음이 마치 납덩이처럼 무거웠다.

"부르셨습니까?"

비서에게 안내받아 본부장실로 들어가자 미즈하라는 말없이 소파를 가리키더니 자신도 책상을 돌아서 나왔다.

"실례하겠습니다."

긴장으로 숨이 막힐 지경이라 넥타이를 늦추고 싶었지만, 미즈하라 앞으로 가자 정말 숨이 막혀 아무것도 할 수가 없었다.

미즈하라는 평소 감정을 겉으로 드러내지 않는 타입이다. 그런데 지금은 젠틀한 이미지가 망가질 만큼 얼굴에 불쾌감이 어려 있었다.

"자이젠한테 밸브 시스템을 외주로 돌리고 싶다는 보고를 받았는데, 자네 생각은 어때?"

미즈하라가 단도직입적으로 물었다. 도미야마는 일단 "죄송합니다" 하고 깊이 고개 숙여 사과했다. 이게 다 특허 개발이 늦어진 탓이라고 질책하려는 건 줄 알았다. 그런데—.

"사과는 됐어."

미즈하라는 말했다. "외부에서 부품을 공급받는 걸 현장 기술자로서 어떻게 생각하는지 묻는 거야. 쓰쿠다제작소라는 회사에 관해서는 자네도 들었겠지. 어때?"

"솔직히 놀랐습니다."

도미야마는 조마조마한 마음으로 조심스레 말했다. 미즈하라의 의도를 읽어낼 수 없었다.

"자이젠은 진심인 모양인데, 나는 영 이해가 안 돼."

미즈하라가 복잡한 표정으로 팔짱을 꼈다. "쓰쿠다제작소가 특허 사용에 난색을 보인다는 것도 의외고, 자이젠이 무슨 생각으로 회사 방침을 무시하고 이례적인 조치를 취하려는 건지도 모르겠단 말이지."

"실은 저도 동감입니다."

도미야마는 여기서 눈치 있게 찬성하는 게 득이라고 판단했다. "거래 실적이 없는 상대에게, 그것도 핵심부품을 공급받는 건 상당히 위험성이 크다고 사료됩니다."

미즈하라는 고개를 끄덕인 후 "그럼 자이젠은 왜 그러는 걸까?" 하고 물었다.

"본가가 가와사키에서 회사를 경영했다고 들었는데, 쓰쿠다제작소와 개인적으로 연고가 있다거나 그런 거 아니야?"

"모르겠습니다."

그 정도까지 의심하는 것으로 보아 미즈하라는 자이젠의 제안이 정말 의문스러웠던 모양이었다. 도미야마도 이번 일에 대한 자신의 입장을 신중하게 결정할 필요가 있어 보였다.

"자이젠 부장님은 쓰쿠다제작소의 기술력을 아주 높이 평가했습니다. 오타구에 있는 쓰쿠다제작소의 연구 부서를 견학한 후 의견이 싹 바뀌어 저도 당황스러울 따름입니다."

도미야마는 수긍이 안 된다는 표정으로 고개를 갸웃거렸다. 기회가 왔구나 싶었다. 미즈하라가 자이젠이 못 미더워 자신을 불렀다면, 여기서 미즈하라의 비위를 잘 맞춤으로써 자신의 평가를 끌어올릴 수도 있기 때문이다.

"쓰쿠다가 무슨 소리를 했는지는 모르지만, 테스트해보지 않고서는 평가할 수 없습니다. 설마 자이젠 부장님이 쓰쿠다의 주장을 무작정 곧이듣지는 않았겠지만요."

"솔직히 이번 일은 별로 내키지 않아."

도미야마는 말없이 고개를 끄덕여 동의를 표했다.

"테스트고 뭐고 좀 더 검토해보라고 자네가 말해주지 않겠나. 가능하면 특허를 구입하고 싶어. 정 안 되면 사용권을 얻는 게 차선이겠지. 솔직히 자이젠의 보고에는 기술적인 측면이 누락돼 있다고도 볼 수 있어. 자네라면 기술적인 측면에서 자이젠과 심도 있게 상의할 수 있겠지. 그 후에 다시 보고하게."

뜻밖에도 일이 유쾌한 방향으로 굴러갔다. 특허 취득에 실패한 후로 입장이 난처해졌는데 만회할 기회일지도 모른다.

"알겠습니다."

도미야마는 내심 싱글거리면서도 정중한 얼굴로 인사하고 본부장실을 뒤로했다.

들뜬 기분으로 하룻밤을 보낸 도미야마는 다음 날 아침 9시도 되기 전에 부장실 문을 두드렸다.

"실은 어제 본부장님께 호출을 받았습니다."

그렇게 말하자 막 출근해 가방 속에서 물건을 꺼내던 자이젠이 손을 멈췄다. "본부장님께? 쓰쿠다 건으로?"

눈치 빠르게 물어본 자이젠은 가방을 책상 옆에 놓고 의자에 앉았다. 권하지도 않았는데 도미야마는 둥근 의자를 끌어당겨 그 앞에 앉았다.

"부품을 외주하는 걸 회의적으로 보시는 느낌이었습니다."

"느낌?"

자이젠은 눈살을 찌푸렸다. "느낌이라니. 본부장님이 뭐라고 하셨는데? 구체적으로 말해봐."

"부품 공급에 대해 기술적인 측면을 부장님과 상의해보라고 하시더군요. 다만 본부장님은 여전히 특허 구입에 미련을 못 버리시는 눈치였습니다. 정 안 되면 사용권을 얻고 싶으시다고."

"특허 구입은 무리야."

자이젠은 딱 잘라 말했다. "쓰쿠다 측이 부품을 공급하겠다는 열의를 보이고 있으니 사용 허가를 받아내기도 어렵겠지. 다만 품질과 납품 체제를 검토한 결과, 명백하게 기준에 미치지 못하면 이야기는 달라지지. 그때는 특허 사용 계약을 염두에 두고 다시 교섭 테이블에 앉힐 수 있겠지."

"하지만 부품을 외주하려는 방향으로 진행하는 건……."

"뭐가 문제인데? 그냥 테스트만 해보자는 거잖아."

자이젠의 목소리에 노기가 서렸다.

"애당초 그럴 필요가 있느냐는 겁니다."

도미야마는 평소 억누르고 있던 감정을 드러내며 말대꾸했다. 미즈하라 본부장의 의향을 아는 만큼 강경하게 나갈 수 있다.

"테스트를 안 하고 어떻게 쓰쿠다에게 답변을 하라는 거야? 특허는 저쪽이 가지고 있어, 알겠나? 저쪽 의향을 무시하고 우리 형편만 앞세울 수 있을 만큼 만만한 상대가 아니라고. 애당초 개발만 늦지 않았으면 이런 교섭은 필요도 없었어."

"외람되지만 개발 일정은 사전에 보고드렸을 텐데요."

그런 말이 툭 튀어나왔다. 그 일에 관해 도미야마가 반론한 건

이번이 처음이었다. "부장님의 허락을 받아 진행했습니다. 결과적으로 추월당한 것도 쓰쿠다가 사양을 변경해 특허를 보강하는 특수한 절차를 밟았기 때문이지……."

"자네는 잘못이 없다?"

자이젠의 싸늘한 눈빛이 도미야마를 찔렀다.

"아니요, 그런 건……."

도미야마는 말끝을 흐렸다.

"잘 들어. 여기는 학교가 아니야."

자이젠은 부하직원의 눈을 들여다보았다. "누가 허락했다든가 절차는 합당했다든가, 그딴 건 개똥만큼도 의미가 없어. 타사에 추월당해 특허를 취득하지 못했다는 사실 앞에서 무슨 변명이 통한다는 거야. 여기는 회사고, 우리는 우주항공 사업을 하고 있어. 눈 감으면 코 베어가는 이 업계에서 절차대로 했으니 됐다는 어설픈 사고방식이 통한다고 생각하나?"

가슴속에서 억울함이 서서히 배어 나왔다.

그딴 건 나도 안다고 도미야마는 생각했다.

자이젠은 마치 도미야마 혼자만의 책임처럼 말하지만, 특허 개발이 지연됐다는 점에서 보면 자이젠도 관리책임자로서 책임을 면할 수 없다. 못되면 부하 탓, 잘되면 자기 덕으로 돌리는 상사, 자이젠은 바로 그 전형이다.

이런 놈 밑에 있다가는 언젠가 제대로 망한다.

그런 생각을 가슴에 단단히 새긴 도미야마는 "본부장님이 외부에서 부품을 공급받는 걸 마땅치 않게 여기시는데도 테스트를 하시겠다는 말씀이십니까?" 하고 대놓고 물었다.

"몇 번 말해야 알아듣겠나."

부글부글 끓는 감정이 자이젠의 눈에 깃들었다. "그럼 본부장님이 만족하시도록 냉큼 새 밸브 시스템을 개발하는 게 어떻겠나. 할 수 있겠어?"

도미야마는 어금니를 악물고 불만스럽게 입을 삐죽거렸다. 그럴 줄 알았다는 듯이 자이젠은 고개를 홱 돌렸다.

"아무튼 필요하니까 하는 거야. 이기기 위한 조건이라 생각해. 그리고……."

자이젠은 다시 도미야마에게 고개를 돌리고 삿대질을 했다. "자네도 기술자라면 덮어놓고 안 된다고 하지 말고 쓰쿠다의 기술부터 테스트해보고 나서 말해."

얄궂게도 자이젠이 던진 말은 전날 밤 도미야마가 미즈하라 앞에서 꺼낸 말과 같았다.

"죄송합니다. 열심히 설득했지만 부장님의 뜻이 예상 밖으로 확고해서요."

그날 오후, 도미야마는 미즈하라가 시간이 날 때 집무실로 가서 자이젠과의 면담 결과를 보고했다. 덤으로 미간을 모으고 곤혹스러운 표정을 지어가며 뛰어난 연기력을 발휘했다.

"다만 마음에 걸리는 점이 있습니다." 여기에 오기 전에 생각해둔 이야기를 꺼냈다.

"부장님의 이야기를 들으면 들을수록 애초에 부품을 외부에서 공급받는다는 발상을 전제로 하고 있는 듯합니다."

"그게 무슨 소리야?"

흥미를 품은 듯 미즈하라가 물었다.

"쓰쿠다제작소와의 교섭은 부장님이 도맡으셔서 실제로 뭐가 어떻게 진행되었는지 저도 모릅니다. 따라서 쓰쿠다가 무슨 생각으로 부품을 공급하겠다고 설치는지는 모르지만, 거절하려고 하면 거절할 수도 있을 것 같습니다."

"즉, 쓰쿠다가 자이젠을 구워삶았다는 건가?"

"확실히 장담할 수는 없지만요."

도미하라가 기대한 대로 미즈하라는 납득이 간다는 표정을 지었다. 아침에 자이젠에게 맛본 굴욕이 싹 씻겨나갔다. 속이 후련했다.

"자네 의견은?"

"부품을 테스트하게 해주시겠습니까?"

도미야마는 자이젠 앞에서 보였던 것과는 180도 다른 태도를 취했다. "기술자로서 품질을 확인하지도 않고 거절할 수는 없습니다. 확실한 결과가 나오면 부장님과 쓰쿠다제작소도 수긍할 겁니다."

물론 도미야마가 상정하고 있는 테스트 결과는 '불합격'이다.

"알았어. 그럼 해봐. 그리고……."

미즈하라는 도미야마를 똑바로 쳐다보며 말했다. "특허 사용에 관한 교섭, 자네가 맡아봐. 할 수 있겠나?"

도미야마는 얼굴을 활짝 폈다. 자이젠의 코를 납작하게 만들

천재일우의 기회다.

"물론입니다. 진퇴양난의 상황이라 부장님도 힘에 부치는 것 같으니 담당자를 바꿔보면 어떨까 저도 생각하던 차였습니다."

도미야마는 어디까지나 조심스레 말하고 본부장실을 나왔다.

"자이젠도 얼마 안 남았군."

임원 층을 걸으며 도미야마는 더 이상 참지 못하고 웃음을 흘렸다. 하지만 나지막한 목소리는 두꺼운 카펫에 흡수되어 아무에게도 들리지 않고 사라졌다.

8

겨울이 머지않았음을 알리는 찬바람이 불었다. 11월 중순 금요일, 쓰쿠다는 나가하라역 근처 술집에서 술을 마시고 있었다.

"그만 정리하고 오랜만에 다 같이 한잔하러 가지."

야근하던 직원들과 함께하는 회식이다. 넓은 2층 방 여기저기서 젊은 직원들을 중심으로 흥겹게 놀고 있었다. 이렇게 가끔 직원들과 회식하는 것도 쓰쿠다 입장에서는 사장의 업무 중 하나였다. 하지만 요전에 면담을 하러 왔던 세 사람은 보이지 않았다.

"같이 가자고 했는데 집에 가겠다기에……."

"에바라하고 몇 명이 안 보이는 것 같은데"라는 쓰쿠다의 질문에 쓰노가 그렇게 대답했다.

"그렇군……."

요전에 대화를 나누면서 느꼈던 찜찜함이 가슴속 어딘가에 얹힌 것처럼 남아 있었다. 가능하면 이런 자리에서 흉금을 터놓고 이야기하고 싶기도 했지만, 요즘 젊은이들에게 '술 한잔 하면서 훌훌 털어버리자'는 식의 논리는 통하지 않는다.

"영업사원이 술자리에 빠지다니, 사회생활 한번 잘하는 녀석이군."

"자자, 그만 됐어."

쓰쿠다는 투덜대는 쓰노를 달래고 "어렵군" 하고 본심을 털어놓았다.

"젊은 애들 다루는 거요? 따끔하게 혼쭐을 내면 되죠."

쓰노가 툭 내뱉었다.

"무작정 그래서는 안 되지."

쓰쿠다는 미지근해진 맥주를 들이켰다.

"이쪽에서 내미는 손은 거절하고 거리를 두면서 불평만 하는 건 좀 그러네요."

야마사키가 끝자리에서 말했다. 면담하러 온 세 명 중 마노는 기술개발부 소속 연구원이다. 어쩌면 야마사키도 부하직원을 다루느라 적잖이 애먹고 있는지도 모른다.

"부품을 공급하겠다는 게 그렇게 마음에 안 드나. 자네들 생각은 어때?"

쓰쿠다가 묻자 쓰노와 야마사키는 "글쎄요" 하고 입을 다물었다.

"저는 괜찮을 것 같은데요."

쓰노가 입을 열었다. "회사의 방침이야 사장님 마음대로 정하시는 게 당연하죠."

그다지 기쁘지 않은 답변이었다. 쓰노가 말을 이었다. "셋이서 자금 조달 운운했다면서요? 혹시라도 회사가 망하면 사장님은 전 재산을 잃으시는 거 아닙니까. 즉, 부담이 가장 큰 건 사장님이 시죠. 직원의 부담이 그 정도는 아니잖아요."

과연 그럴까?

직원 입장에서 직장을 잃으면 집과 재산을 잃는 것 못지않게 힘들 것이다. 누가 더 많이 잃느냐 적게 잃느냐로 판단할 문제가 아니다.

"쓰노 씨라면 어떻게 하겠어?"

쓰노는 인상을 찌푸리며 생각에 잠기더니 대답을 망설였다.

"괜찮으니까 말해봐."

그러자 쓰노는 "저 같으면 아마 공급 안 할 겁니다" 하고 대답했다.

"훨씬 쉽게 벌 수 있는 방법이 있고, 연구개발은 다음에도 할 수 있으니까요. 그러기 위한 자금을 비축하는 것도 회사 입장에서는 도움이 되지 않겠습니까. 게다가 부품 공급에 따르는 위험성도 무시할 수는 없고요."

"타당한 의견이야."

약간 상처를 입었지만 쓰쿠다는 덤덤히 말했다.

"이번 일은 내 욕심인 셈이지."

옆에 앉은 도노무라가 안쓰럽다는 시선을 던지더니 격려하듯 말했다.

"금방 답이 나올 일이 아닙니다. 물론 특허 사용료를 받으면 쉽게 수익이 발생하겠지만, 로켓의 핵심부품을 공급할 만한 기술력을 보유함으로써 사업이 확장될 수도 있잖습니까. 5년이나 10년 후의 미래를 내다보면 사장님 말씀처럼 더 큰 실적을 기대할 수 있을 겁니다."

그때였다.

"확실성을 기준으로 판단해야 하지 않을까요?"

갑자기 뒤에서 목소리가 들렸다.

경리부 계장 사코타 시게루였다. 술기운이 올랐는지 약간 벌게진 얼굴로 어느 틈엔가 쓰쿠다 뒤에 서 있었다.

사코타가 비어 있는 쓰쿠다 옆자리에 앉으면서 "실은 에바라가 사장님과 면담을 하러 가면서 저한테도 같이 가자고 했습니다"라고 말하자 도노무라의 얼굴이 창백해졌다.

"그런데 왜 안 왔지?"

쓰쿠다의 물음에 사코타는 잔혹한 답변을 돌려주었다.

"그래봤자 아무것도 안 바뀔 것 같아서요."

대학 졸업과 동시에 입사한 사코타는 지적이고 업무 능력이 뛰어나 늘 적확한 의견을 내놓는다. 에바라와 마찬가지로 젊은 사원들의 중심적인 존재다.

"섭섭한 소리를 하는군."

쓰쿠다가 툴툴거리자 사코타는 바로 대꾸했다.

"하지만 사장님, 이미 결정하지 않으셨습니까. 독단으로."

'독단으로'라는 한마디가 마음에 걸렸다.

"그러니 의견을 말해도 소용없을 것 같았습니다. 아무튼 저는 어느 쪽이 확실한지를 기준으로 판단해야 한다고 생각합니다."

주변에 있던 직원들이 쓰쿠다와 사코타가 대화를 나눈다는 것을 알고 이목을 집중했다.

"부장님 말씀처럼 로켓 부품을 공급함으로써 사업이 확장될지도 모릅니다. 하지만 그거, 확률이 몇 퍼센트나 된다고 생각하십니까? 저는 기껏해야 10퍼센트나 20퍼센트만 되어도 감지덕지일 것 같은데요. 그 반면에 특허 사용료가 지불될 확률은 백 퍼센트입니다. 데이코쿠중공업에게 그 정도는 껌값일 테니까요. 골프와 똑같습니다. 가능성이 있다고 언제나 홀인원만 노리고 도박을 하는 사람은 아무리 지나도 실력이 늘지 않습니다. 제가 말씀드린다고 사장님 방침이 바뀌지는 않겠지만, 술김이니까 그냥 말씀드릴게요. 사장님은 틀리셨습니다. 꿈은 이쯤에서 내려놓으시고 저희 상여금이나 듬뿍 주십시오."

그 순간 여기저기서 박수가 터져 나와 쓰쿠다는 낙담했다.

쓰노가 혀를 차며 술을 들이켰고, 야마사키는 무표정이었다. 도노무라는 입술을 깨물고 눈을 내리깔았다.

"확실히 확률을 따지면 그렇겠지."

쓰쿠다는 인정하고 말했다. "하지만 그런 회사는 시시하지 않아? 자네가 말하는 확률은 결국 돈을 버느냐 마느냐의 확률이잖아. 하지만 돈만 벌면 될까? 더 큰 꿈을 가지고 재미있는 일을 할수 있을지도 모르는데. 그런 확률을 따져봐도 되지 않겠어?"

"그건 나중에라도 추구할 수 있지 않을까요?"

사코타의 반응은 화가 날 만큼 솔직했다. "사장님, 에바라한테 반드시 성공시키겠다고 하셨다면서요. 그거, 기술자로서 하실 말씀은 아니라고 봅니다. 성공할지도 모른다, 라면 그나마 이해가 가지만요. 사장님, 무슨 근거로 '반드시'라고 하신 겁니까?"

"이봐, 괜히 말꼬투리 잡지 마."

쓰노가 발끈한 표정으로 고개를 들었다. "그런 마음가짐으로 하시겠다는 거잖아."

"그럼 실패하면 책임은 어떻게 지실 겁니까? 몇억, 어쩌면 몇십억 엔의 수익을 올릴 기회를 저버리시는 겁니다. 그냥 좌시할 일이 아니라고요. 월급을 두둑이 받으면서 하고 싶은 말을 하실 수 있는 부장님은 상관없으시겠죠. 하지만 저희는 까라면 까는 수밖에 없는 입장이잖아요. 사장님이 이번 방침을 내세우셨다고 들었을 때, 사장님 꿈이야 알겠지만 과연 직원들 생각도 하신 게 맞는지 큼지막한 물음표가 머릿속에 떠올랐습니다."

이번에는 박수가 일지 않았다.

술김이라고는 하나 너무나 적나라한 의견이었기 때문이다.

쓰쿠다는 사코타의 말이 맞는다고 생각했다. 자신의 꿈은 생각했지만 그때 직원들은 생각하지 않았다. 결국 직원들이 반감을 보이는 건 결과가 아니라 과정에 문제가 있었기 때문 아닐까.

그렇다면 어딘가에서 순서를 틀린 모양이다.

거나하게 취한 쓰쿠다는 집까지 걸어서 돌아왔다.

자신의 꿈은 생각했지만 직원들은 생각하지 않았다.

확실히 그런 비판을 들어 마땅한 결단일지도 모른다. 하지만 젊은 직원한테 그걸 지적당한 게 충격이었다.

꿈보다 급여, 대우, 그리고 상여금.

자신의 꿈은 어디까지나 자신만의 것이지 직원의 꿈은 아니다.

"그야 그렇지."

쓰쿠다는 터벅터벅 걸으며 불쑥 중얼거렸다.

내 생각이 너무 짧았다.

사장의 꿈을 이루기 위해 회사를 경영하다니, 그래서 되겠느냐—젊은 직원들은 그렇게 말하고 싶은 게 틀림없다.

하지만 또 다른 생각도 떠올랐다.

'내게도 인생이 있다'는 생각이.

젊은 직원들의 마음은 이해한다. 분명 내 생각에도 미흡한 점은 있었다. 하지만 반대로 말하면 나보고 하고 싶은 일은 때려치우고 회사를 위해 인생을 바치라고 주장하는 거나 마찬가지 아닌가? 그럼 나한테는 무슨 보람이 남지?

"다녀왔습니다."

열쇠로 문을 열고 들어가 거실로 가자 부엌에서 어머니 혼자 차를 마시며 텔레비전을 보고 있었다. 리나는 벌써 자기 방에 올라간 듯 보이지 않았다.

"왔니? 스다라는 사람한테 전화 왔었어. 다시 걸겠대."

"스다?"

처음 듣는 이름이었다. "회사 이름 같은 건 말 안했어요?"

"꼬부랑말로 뭐라고 하기는 했는데, 뭐랬더라. 집 전화번호를 아는 사람이니 이름을 말하면 네가 알지 싶어서 자세히 안 물어봤어. 모르겠니?"

"네."

쓰쿠다는 웃옷을 벗으며 물었다. "몇 시쯤에 왔는데요?"

"9시 반쯤이었나. 다시 전화하겠대."

벽시계를 보니 짧은 침이 벌써 한 바퀴는 더 돌아갔다.

"……아, 왔다."

거실의 전화기가 울렸다.

"밤늦게 죄송합니다. 저는 매트릭스파트너스의 스다라고 합니다. 쓰쿠다 사장님 계시는지요?"

쓰쿠다가 전화를 받자 생소한 남자 목소리가 들렸다.

"전데요."

"실례를 무릅쓰고 갑작스레 전화 드려 죄송합니다. 지금 잠깐 통화 괜찮으신지요?"

스다가 송구한 목소리로 물었다. 무슨 판촉 전화치고는 시간이 늦다. 잠자코 있으니 상대가 알아서 말을 이었다.

"실은 미카미 선생님께 소개받고 연락드린 겁니다."

"미카미한테?"

뜻밖의 이름이 나왔다. 미카미는 우주과학개발기구에서 함께 일한 동료다.

"무슨 관계입니까?" 쓰쿠다가 물었다.

"저희는 기업투자와 매수 건 등을 다루는 미국계 회사의 일본

지사입니다. 미카미 선생님께는 기술평가 고문을 부탁드리고 있고요. 실은 쓰쿠다제작소에 흥미를 보이는 기업이 있어서요. 이야기만이라도 한번 들어주셨으면 해서 전화 드렸습니다."

"흥미를 보인다니? 자본제휴 같은 겁니까?"

쓰쿠다가 물었다.

"뭐, 그런 셈입니다."

"어느 회사인데요?"

"전화로는 자세한 말씀을 드리기가 좀⋯⋯."

스다가 말꼬리를 흐렸다. "회사로 한번 찾아뵈어도 될까요? 저희는 그 기업의 대리인을 맡고 있습니다. 이야기를 드리고 사장님의 의견을 여쭙고 싶은데요."

"별로 흥미 없소만."

"그러지 마시고 제게 시간을 내주십시오."

스다의 목소리에 힘이 들어갔다. "귀사의 영업 전략과 차후 연구개발을 고려할 때 반드시 득이 될 겁니다. 결코 불쾌한 이야기는 아니에요."

"뭐, 미카미의 소개라면 이야기는 들어보죠."

쓰쿠다는 조금 귀찮아져서 승낙했다. "내일 우리 회사에 전화해서 경리부장 도노무라라는 사람에게 약속을 잡도록 해요."

그런데—.

"경리 담당은 쓰쿠다제작소의 주식을 안 가지고 계시죠."

사전에 조사했는지 스다가 의외의 말을 꺼냈다. "가능하면 사장님만 이야기를 들어주셨으면 합니다. 내밀하게요."

마음에 걸리는 말이었지만 이것저것 생각하려니 피곤했다.

"뭐, 알겠습니다."

내려놓은 가방에서 수첩을 꺼내 일정을 살폈다.

"언제요?"

"다음 주에 괜찮으실까요? 시간은 상관없습니다."

"그럼 월요일 오후 2시, 어떻습니까?"

"그럼 그때 찾아뵙겠습니다."

정중하게 감사 인사를 하고 스다는 전화를 끊었다.

9

"매, 매트릭스, 음, 파트너스의 스다 씨라는 분이 사장님을 뵙고 싶다는데요. 약속하신 건가요?"

총무부 하나무라가 명함에 적힌 글씨를 더듬더듬 읽더니 의아한 표정으로 쓰쿠다를 쳐다보았다. 올해 쉰다섯 살인 하나무라는 아버지가 사장으로 있을 때부터 일한 직원이다.

"아아, 들여보내요."

돌려보내라고 할 줄 알았는지 하나무라는 의외라는 표정을 지으며 돌아갔다. 잠시 후 젊고 키가 큰 남자가 안내를 받아 들어왔다. 30대 중반으로 보였지만 명함에는 '일본지사장 스다 유스케'라고 인쇄되어 있었다.

"요전에는 갑작스레 전화 드려 죄송합니다."

스다는 하나무라가 차를 내려놓고 물러가길 기다렸다가 고개를 숙였다. 외국계 기업 사람들이 흔히 그렇듯 양복과 구두가 고급 브랜드였다. 거기에 세련된 넥타이까지 맨 스다는 쓰쿠다제작소의 응접실에서 혼자 튀어 보였다.

"무슨 이야기길래 내밀하게 들어달라는 겁니까?"

쓰쿠다는 스다가 자기소개를 마치기를 기다렸다가 물었다.

"이야기 성격상 직원들이 알면 난처한 경우도 있어서요."

이야기의 성격이 어떻길래 그렇게 되는지 쓰쿠다는 전혀 감이 잡히지 않았다.

"사장님, 솔직히 말씀드릴 테니 기탄없는 의견 부탁드립니다."

스다는 자세를 바로 했다. "어느 대기업이 쓰쿠다제작소를 아주 높이 평가하고 있습니다. 기업명은 아직 밝힐 수 없지만, 세계에서 으뜸가는 대기업이라고만 말씀드리겠습니다. 사장님······ 회사를 파실 생각 없으십니까?"

"뭐라고요?"

너무나 뜬금없는 소리에 쓰쿠다는 입을 떡 벌린 채 할 말을 잃어버렸다.

4장

시험대에 오른 변두리 공장

1

우리 회사를 사고 싶다니, 어디지?

일단 그게 궁금했다. 그러나 스다는 "현 단계에서는 말씀드릴 수 없습니다"라며 입을 열지 않았다. 허가가 날 때까지는 상대의 정보를 비밀로 유지할 의무가 있다고 한다.

"매수처가 어디인지도 모르는데 팔지 말지 어떻게 검토하란 말이오?"

쓰쿠다가 약간 발끈해서 따지자 스다는 죄송하다며 머리를 숙였다.

"무슨 말씀이신지 잘 압니다. 그래서 오늘은 이러한 거래의 일반적인 조건 등에 대해 말씀 드리고자 찾아뵌 겁니다. 일단 오해하시지 않도록 먼저 말씀 드리자면, 회사를 매도한다고 반드시 사장직에서 물러나야 하는 건 아니므로 안심하십시오. 사장으로서 앞으로도 회사를 끌고 나가고 싶으시다면, 그걸 매수 조건으로 삼아 교섭하면 됩니다."

딱히 팔 생각이 있는 건 아니지만, 스다의 이야기는 쓰쿠다의 흥미를 끌었다.

"요컨대 사장님이 소유하신 주식만 넘기시면 되는 거죠."

"그러니까 월급 사장이 된다, 그거요?" 쓰쿠다가 물었다.

"네. 연봉 등도 교섭으로 조정이 가능합니다."

"하지만 매수처 의향에 어긋나는 짓을 하면 잘리겠죠."

이 부분이 중요하다고 생각했는지 스다가 등을 쭉 폈다.

"그건 맞습니다. 하지만 매수처의 거래처들로 사업을 확장하면 쓰쿠다제작소의 경영 상태는 오히려 안정되지 않을까요? 그리고 이런 말씀을 드리면 실례겠지만, 대기업 산하에 들어가면 직원들도 안정감이 생기고 여러모로 격이 상승했다고 느낄 겁니다."

쓰쿠다는 잠자코 팔짱을 꼈다.

사코타와 나눈 이야기가 떠올랐다.

꿈보다 현실. 위험보다 안정.

직원 중에는 이 이야기를 환영하는 사람이 많을 것이다.

"예를 들면 귀사의 주거래처였던 게이힌기계공업급의 신규 거래처를 몇 군데 얻을 가능성이 있습니다. 어느 회사든 신규 거래처를 뚫는 게 경영 과제의 하나죠. 그런 의미에서 귀사는 전략적으로 상당히 좋은 입지를 다지게 될 겁니다. 덧붙여 매수처도 귀사의 기술력을 흡수해 시장 전략에서 우위를 점할 수 있고요."

그러니 오너 자리를 양보해라. 스다의 제안은 요컨대 그런 뜻이었다.

"무슨 말인지는 알겠습니다."

설명을 다 듣고 쓰쿠다는 말했다.

"검토해주시겠습니까?"

"생각해볼게요."

쓰쿠다의 무성의한 대답에도 스다는 등을 쭉 펴고 공손하게 인사했다. "감사합니다. 차분히 검토해보시기 바랍니다. 다시 연락드리겠습니다."

"사장님, 투자회사에서 찾아왔었군요. 매트릭스 사람이던데요."

스다가 돌아가자 기다렸다는 듯 도노무라가 큼지막한 풀무치 같은 얼굴을 들이밀었다. 과연 은행원답게 스다의 회사에 대해 알고 있었던 모양이다.

"제가 동석할 걸 그랬나요? 괜찮으셨습니까?"

"응, 그럭저럭……."

회사를 팔라고 했다는 얘기를 도노무라에게 할까 말까 망설이다 일단 덮어두기로 했다.

"뭐라고 하던가요?" 도노무라가 물었다.

"그냥, 별것 아니었어."

그러자 도노무라는 한순간 쓰쿠다의 얼굴을 쳐다보았지만 더 이상 캐묻지는 않고 "그렇군요. 알겠습니다." 하고 말했다.

"궁금한 게 하나 있는데."

쓰쿠다는 물러가려는 도노무라를 불러 세웠다. "매트릭스라는 회사 말이야, 믿을 만한 곳인가?"

"믿을 만한 곳이냐고요?"

도노무라의 눈이 휘둥그레졌다.

"초일류 벤처캐피털입니다. 그런 회사에서 왔다기에 투자라도 하려는 게 아닐까 기대했었는데요."

도노무라가 물러가자 쓰쿠다는 소파에 앉은 채 깊은 한숨을 내쉬었다. 스다의 제안을 웃기지도 않는 이야기라고 무시하고 넘어갈 수가 없었다.

경영자로서 품은 꿈, 예상치 못한 직원들의 반발.

지금 쓰쿠다는 독불장군처럼 무리하게 밀어붙이는 중인지도 모른다.

회사를 팔면 적어도 그런 골치 아픈 일에서는 해방되리라. 경영이 안정돼 직원들이 기뻐한다면, 그것도 훌륭한 선택지일 것이다. 오너라는 지위에 연연할 생각은 없다.

회사란 무엇일까. 무엇을 위해서 일할까. 누구를 위해서 사는 걸까.

쓰쿠다는 회사 경영의 본질적인 문제에 직면했다.

2

그 주 금요일, 미카미가 오랜만에 한잔하자고 연락했다.

미식가로 소문난 미카미답게 약속 장소는 요즘 실력 좋기로 소문난 요리사가 있다는 이탈리안 레스토랑이었다.

한때 동료였던 미카미와 만나는 건 연구소를 퇴직하고 이력저럭 7년 만이었다.

"회사는 좀 어때?"

7년 사이에 배 둘레가 넉넉해진 미카미가 물었다. "소문으로는 치고받고 난리도 아니었다면서? 돈을 왕창 뜯어냈겠네."

아무래도 언론에 보도된 나카시마공업과의 법정 공방을 말하는 것 같았다.

"그거하고는 좀 다른데."

쓰쿠다는 대답했다. "그냥 떨어지는 불똥을 털어냈을 뿐이야. 그랬더니 수고비라며 주더군."

"몇십억 엔이 수고비냐."

미카미는 애피타이저로 나온 카르파초와 와인잔을 번갈아 입으로 가져가며 웃었다. 허물없는 친구다. 대학 소속으로, 우주과학개발기구에서도 중요한 임무를 맡고 있는 미카미는 일류 연구자다. 쓰쿠다가 빠진 후 대형 로켓엔진 개발은 미카미를 중심으로 진행됐다. 이제는 일본을 대표하는 과학자라 할 만하다.

"정확하게는 수고비가 아니라 화해금이지만."

쓰쿠다가 말했다. "하지만 이번에는 법정 전략이 우연히 들어맞았을 뿐이야. 까딱 잘못했으면 손해를 배상하는 건 우리였을지도 몰라. 눈 감으면 코 베어가는 세상이잖아."

겸손을 떠는 게 아니라 진심이었다.

"전부 너희 회사에 기술력이 있어서 그런 거야. 너 정도면 소형 동력 엔진쯤은 가지고 노는 수준일 텐데."

"아니야."

쓰쿠다는 눈이 동그래졌다. "소형 엔진은 소형 엔진 나름대로 까다로워. 이게 성능만 좋다고 되는 게 아니거든. 가격과 디자인 등, 시장과 고객의 요구에 부응하지 못하면 안 팔려. 우리 같은 중소기업은 버티기가 쉽지 않아."

"중소기업이라니……. 그것 참."

"왜? 우리는 진짜 변두리 공장이야. 난 변두리 공장 사장이라고. 불만 있어?"

쓰쿠다의 말에 미카미는 와인 한 모금으로 목을 축이며 웃었다.

"그 중소기업이 최첨단 밸브 시스템 기술을 보유하고 있잖아. 정말 장난 아니라니까."

"알고 있었어?"

쓰쿠다가 놀라서 묻자 미카미는 "당연하지" 하고 어처구니없다는 듯 쳐다보았다.

"데이코쿠중공업에서는 지금 온통 그 이야기뿐이야. 돈과 시간을 퍼부어 최신기술을 개발했는데 변두리 공장에 뒤처졌다면서. 접촉이 있었을 텐데?"

상업용 로켓 분야에서 우주과학개발기구는 데이코쿠중공업의 고객 같은 위치이며, 기술 면에서도 협력 관계를 이어가고 있다. 그래서 미카미도 데이코쿠중공업의 내부 사정에 밝은 것이리라.

"특허 독점 사용권을 달라는 이야기가 있었어. 거절했지만."

"왜?"

쓰쿠다는 갑자기 가슴이 답답해져 인상을 찌푸렸다. 미카미도 직원들처럼 쓰쿠다의 판단에 의문을 품은 모양이다.

"부품을 공급하고 싶어서."

미카미는 한쪽 눈썹을 치켜세운 채 쓰쿠다를 쳐다보며 잠시 생각하다 말했다.

"상책은 아니군. 위험하기도 하고, 경제적으로 합리적이지도 못해. 돈만 받고 다음 기회를 기다리는 편이 낫지 않을까?"

문득 미카미가 기술자이면서 손익계산에도 뛰어났던 것이 생각났다. 아무래도 그런 점은 지금도 그대로인 모양이다.

"그런 기회가 또 언제 온다는 거야?"

쓰쿠다는 종업원이 가져온 요리를 먹기 전에 눈으로 즐기며 말했다. "기술 면에서 항상 우위를 유지할 수 있는 건 아니야. 소형 동력 엔진을 개발하다 우연히 힌트를 얻어 앞서나갔을 뿐이지. 또 다음이 있다는 보장은 없어."

"뭐, 그야 그럴지도 모르지만."

뭔가 생각하는지 미카미가 잠시 입을 다물었다. 구면인 듯한 소믈리에가 와서 와인이 어땠는지 묻자 미카미는 미식가 아니랄까 봐 능숙하게 대화를 나누었다.

"네가 가업을 물려받겠다고 했을 때 연구의 길은 포기한 줄 알았지. 그런데 아니었군. 너만 할 수 있는 연구를 계속했던 거야. 그리고 그 분야에서 최고 수준의 독자적 기술을 가지기에 이르렀지. 야, 쓰쿠다!"

미카미는 와인잔을 테이블에 내려놓고 새삼 진지한 투로 말했다. "대학으로 돌아오지 않을래?"

쓰쿠다는 뭐라 답해야 할지 몰라 미카미를 빤히 바라보다 겨우 말을 꺼냈다.

"무슨 소리야. 농담하지 마."

"농담은 무슨."

미카미가 진지한 눈으로 바라보았다. "모토키 교수님이 내년에 퇴임해. 규슈에 새로 생기는 공과대학에 학장으로 가나 보더라고."

모토키 겐스케는 대학 교수직과 우주과학개발기구 주임연구원을 겸임했다. 쓰쿠다가 마지막으로 참여한 대형 수소엔진 로켓 발사 프로젝트에서 관리책임자였던 사람이다.

"야심 많기로 유명한 사람이니 로켓 분야에서 더 이상 공적을 쌓을 수 없다면 차라리 지방대학 학장이 되는 편이 낫겠다고 판단한 거겠지. 연구자로서는 한계가 왔으니까. 그렇다고 이쯤에서 만족할 사람도 아니고."

"하지만 모토키 교수님 후임은 얼마든지 있을 텐데."

미카미의 이야기를 진심으로 받아들이면 자신이 얼마나 어수룩한지 광고하는 꼴이 될 것 같아 쓰쿠다는 그렇게 말했다.

"없지는 않아. 하지만 난 네가 적임인 것 같아. 공백은 있지만 연구논문의 양과 질에서도 아무 문제없지. 그리고 우리나라의 로켓엔진 발전에 공헌한 실적은 아무도 부정 못 해. 거기에다 이번에 밸브 시스템까지 개발했잖아. 내가 보기에 공석이 될 교수직에 너만큼 어울리는 사람은 또 없어."

쓰쿠다는 미카미의 열띤 제안이 어쩐지 비현실적으로 느껴지면서도 솔직히 마음이 움직였다.

"자랑은 아니지만 교수회의에서 내 발언권은 결코 작지 않아. 네 실적에 내 추천이 있으면 교수로 초빙하기는 그리 어렵지 않겠지. 네가 동의만 하면 돼. 이만 돌아와라, 쓰쿠다."

"잠깐! 다른 사람도 아니고 네가 그렇게 말해주니 기쁘기는 하지만 난 일단 한 회사를 맡고 있는 경영자야."

그러자 미카미가 시선을 홱 돌리고 길게 한숨을 내쉬었다.

"매트릭스의 스다하고는 만났지?"

쓰쿠다는 숨을 삼켰다.

"그래서 날 소개한 거야?"

"미안해, 네게 나쁜 이야기는 아닐 것 같아서 그랬어. 하지만 내가 틀렸다고는 생각지 않아. 넌 환경과 자금만 주어지면 훨씬 좋은 성과를 올릴 수 있어. 진지하게 생각해봐."

쓰쿠다는 마음을 가라앉히기 위해 심호흡을 했다. 하지만 내쉰 숨이 침착하지 못하게 떨렸다.

"시간을 좀 줘."

쓰쿠다는 목소리를 쥐어짜내 말했다.

3

"부품 도입 건, 본격적으로 검토해봐."

미즈하라가 잇새에 뭔가 낀 듯 찜찜하게 말했다. 자이젠이 "감사합니다" 하고 인사하자, 미즈하라는 "이제부터는 도미야마한테 맡기는 게 어때? 굳이 자네까지 나설 것 없잖아" 하고 서류를 집으며 가벼운 투로 덧붙였다.

뜻밖의 말에 자이젠은 당황했다.

"도미야마에게요?"

"그래. 테스트 결과를 보고 교섭까지 맡기려고. 현장책임자라 기술적인 부분도 잘 알 테니 그 편이 낫겠지."

미즈하라가 결재한 서류에는 쓰쿠다제작소의 시제품이 테스트를 통과할 경우 공인된 제품으로 스타더스트 프로젝트에 공급하는 절차에 들어간다는 내용이 기재돼 있다.

하지만 미즈하라에게 돌려받은 서류에는 미즈하라 본인의 사인밖에 없었다.

"본부장님, 본건에 관한 임원 결재는 어떻게 하실 겁니까?"

"임원 결재?"

서류를 읽던 미즈하라가 시선을 들었다.

"이번 일을 사장님은 아십니까?"

미즈하라를 제쳐놓고 직접 결재를 요청할 수는 없다. 보고 체계에 따라 본부장인 미즈하라가 사장에게 보고해야 한다.

"아직이야."

미즈하라는 쌀쌀맞게 대꾸하고 서류로 눈을 돌렸다.

"본부장님, 본건에는 사장님의 방침에 어긋나는 부분도 있으니 사전에 미리 언질을 드리고 상의하는 편이 좋지 않을까요?"

미즈하라의 표정이 흐려졌다. 자이젠은 지금 이 말이 미즈하라의 성질을 건드렸음을 깨달았다.

"그건 자네가 말 안 해도 알아. 사장님께는 테스트에 합격해 부품을 공급받아도 문제없다는 결론이 나온 후에 말씀 드릴 거야."

확실히 절차상으로는 그게 맞는다. 하지만 사안이 사안인 만큼 그래서는 삐끗할 우려가 있다. 최종적으로 도마가 '안 된다'고 하면 세계 최고 수준의 신형 수소엔진으로 경쟁을 압도하려는 스타더스트 프로젝트에 구멍이 생긴다. 핵심부품을 외주로 돌리는 건 미즈하라에게 최악의 사태일지도 모르지만, 사장의 판단 여하에 따라 그조차도 받아들여지지 않으면 문제가 더 커진다. 사전에 꼭 약을 쳐놔야 한다.

"대체기술을 개발하려도 과연 시간이 얼마나 걸릴지 가늠이 안 됩니다. 일단 계획 일정을 사수하기 위해서라도 사장님을 미리 이해시킬 필요가 있습니다."

"구질구질한 이야기는 집어치워."

가차 없는 대답이 돌아왔다. "자네에게 맡긴 게 실수였는지도 모르겠군. 하나 말해두겠는데, 사실 특허 독점 사용권 확보가 내마지노선이야. 아무래도 자네는 사장님 눈치만 보는 모양이지만, 핵심부품 자체 생산 방침에는 나도 동의하는 바야. 하물며 지금까지 아무 거래도 없었던 중소기업에 부품을 공급받다니. 그걸 어떻게 간단히 인정하겠나!"

평소 감정을 잘 드러내지 않는 미즈하라가 격한 감정을 토해내자 자이젠은 입을 다물었다.

동시에 간신히 유지해오던 미즈하라와의 신뢰 관계에 빨간불이 켜졌음을 깨달았다. 괜히 미봉책을 내놓는 것도 좋지 않을 것 같아 "면목 없습니다만 아무쪼록 잘 부탁드립니다"라고만 말하고 본부장실에서 물러나는 수밖에 없었다.

집무실로 들어오자 벼르고 있었다는 듯 문을 두드리는 소리가 들리고 도미야마가 들어왔다.

"쓰쿠다제작소의 테스트 일정을 작성했으니 결재 부탁드립니다."

자이젠은 서류를 훑어보다 불현듯 고개를 들었다. 우주항공본부가 하청업체나 협력 공장에 일반적으로 실시하는 테스트보다 기준이 훨씬 엄격했기 때문이다.

"무슨 생각으로 이러는 거야?"

자이젠은 도미야마를 노려보았다.

"핵심부품이니까요."

도미야마는 아주 당연하다는 듯 말했다. "다만 이걸 전부 실시할 생각은 없습니다. 비용과 시간도 생각해야 하니까요. 기준에 미달되는 순간 테스트를 중지하겠습니다. 본부장님께 들으셨겠지만, 테스트 결과에 입각해 제가 쓰쿠다제작소와 교섭을 진행하게 됐으니 잘 부탁드립니다."

이 자식…….

자이젠은 부글부글 끓는 속을 진정시키며 도장을 찍은 서류를 말없이 도미야마에게 내밀었다.

"테스트 결과를 상세하게 정리해 보고서를 제출하도록. 떨어뜨리려고 테스트하지 마. 대체기술이 없다는 걸 명심해."

단단히 못을 박자 도미야마는 도전적인 눈빛을 던졌다.

"물론이죠. 하지만 테스트에 통과하지 못하면 부품 공급이 아니라 특허 사용 쪽으로 교섭을 진행할 테니 그렇게 아십시오."

자이젠이 실패한 교섭을 성공시키면 도미야마의 주가는 올라간다. 한편 부하직원에게 한 방 먹은 자신은 그때 어떻게 될까— 자이젠은 생각을 그만뒀다.

4

"너 대신 내가 제대로 일침을 날렸어."

경리부 사코타는 심술궂은 웃음을 지으며 말했다.

오타구의 중심지 가마타에 있는 고깃집 2층. 사코타, 영업 2부 에바라, 기술개발부 마노, 마노의 후배인 다치바나 요스케까지 네 명이 한 테이블을 둘러싸고 앉았다.

고기는 나이가 제일 어린 다치바나가 구웠다. 다치바나는 아까부터 풀풀 피어오르는 연기에 이따금 인상을 찌푸리며 이야기를 듣고 있었다. 한잔하러 가자는 에바라의 제안에 젊은 직원들을 중심으로 열다섯 명 정도가 술자리에 참석했다. 나머지들도 다른 테이블에서 신나게 먹고 마시는 중이었다.

"사장님 표정이 예술이었지. 그런 터무니없는 소리가 또 어디 있겠어."

사코타는 의기양양했다. "회사를 사장의 꿈을 위해 써먹다니, 안 될 말씀이지."

다치바나는 연기 너머로 옆 테이블의 노무라 고스케를 보고 의아한 기분이 들었다. 고개를 끄덕이며 사코타의 말에 동의하는 사람들이 많은 가운데, 노무라 혼자 팔짱을 낀 채 아무 말도 없었다.

노무라는 기술개발부 소속 기술직이다. 덩치가 그렇게 크지 않지만 고등학교 때 야구를 해서 그런지 몸이 탄탄하다. 에바라와 동기지만 고졸이라 나이는 27세로 네 살 어리다.

"야, 노무라. 내 말이 맞지?"

눈치 빠른 사코타는 노무라의 뚱한 얼굴을 보고 말투와는 달리 '무슨 불만이라도 있느냐'는 표정으로 물었다.

"써먹으려는 건 아닐 텐데."

노무라가 말한 후 고기 굽는 소리가 잠시 이어졌다.

"뭐야, 엄청 사장 편을 들잖아. 섭섭하게."

"딱히 그런 건 아니야. 다만 뭐랄까, 너무 돈, 돈 하는 게 좀 천박해 보여서."

사코타는 섬뜩할 만큼 싸늘한 표정으로 노무라를 노려보았다.

"야, 넌 이슬만 먹고 살 수 있냐!" 목소리에 가시가 돋쳤다.

"그런 게 아니라."

노무라는 귀찮은 듯 말하더니 책상다리를 풀고 한쪽 무릎을 세웠다. 노무라는 술 하면 언제나 소주다. 무뚝뚝하고 술이 세다는 규슈 출신 남자라서인지는 몰라도, 그런 모습이 몸에 밴 듯 아주 잘 어울렸다.

"우리 회사는 사장님의 기술력과 열정을 먹고 커왔잖아. 말하자면 혼다랑 똑같지 않나? 그걸 부정하면 다른 회사가 되는 것만

같아서 말이야."

"어휴, 그러서? 그 회사에서 대우도 못 받는 놈이 할 말은 아닌 것 같다만."

"내가 대우를 못 받는 거랑 그게 무슨 상관인데?"

노무라가 발끈한 표정으로 대꾸했다. 사코타와 동기라 반말을 쓰기는 하지만 대졸인 사코타는 계장이고, 노무라는 그 아래 주임이다. "난 우리 사장님이 참 재미있는 사람이라고 말하고 싶은 거야. 그 나이를 먹고도 꿈을 포기하지 않고 순수하게 노력하잖아. 그 순수한 열정이 우리 회사의 좋은 점 아닌가? 응원해야겠다는 생각은 안 들어?"

"안 드는데."

사코타는 냉담하게 답했다. "난 먹고살기만도 빠듯해서 노동에 대한 합당한 대가를 받고 싶거든."

"일한 것 이상으로 받잖아."

노무라의 말에 술기운이 올라 벌게진 사코타의 얼굴이 더 빨개졌다.

"받기는 개뿔. 안 그래?"

사코타가 주변에 동의를 구하자 직원들이 망설이면서도 고개를 끄덕였다. "화해금이 그렇게 많이 들어왔는데, 도노 입에서 상여금 이야기가 한마디라도 나오던? 전부 이번 일 때문이야. 수익이 생겨도 직원들은 뒷전으로 밀린다고."

"도노도 도노야. 사장님 눈치를 너무 봐."

에바라가 끼어들었다. "부품을 공급하겠다는 건 사장님의 폭

주야. 거기에 제동을 거는 게 경리부장의 역할이잖아. 그런데 파견이 해제되는 게 무서워서 사장님 딸랑이 노릇이나 하고 있지. 그래서야 파견 나온 의미가 없잖아. 사코타가 경리부장을 하는 게 백배 나아."

여기저기서 동의하는 목소리가 들리자 사코타는 만족스러운 듯 막걸리를 한 모금 마시고 노무라에게 말했다.

"사장님을 철석같이 믿고 따라가는 것도 좋지만, 결국 빈털터리밖에 더 되겠냐. 그렇게 되고 나서 후회해본들 늦는다고. 우리 사장님은 혼다 소이치로(本田宗一郎)가 아니야. 평범한 아저씨라고. 우리 회사도 혼다 같은 대기업이 아니라 흔해빠진 중소기업이고. 돈? 그거 바닥나는 거 순식간이야."

"계산기만 두드리고 살아서 그런가 생각이 참 쪼잔하네."

패색이 짙은 분위기 속에서도 노무라는 태연하게 말했다. "만약 우리가 데이코쿠중공업에 부품을 공급하면 '로켓에도 사용되는 품질'이라고 홍보할 수 있어. 그럼 비즈니스 폭도 넓어지겠지. 난 윗분들 말에도 일리가 있다고 보는데."

"수소엔진 밸브 시스템을 어디 써먹는다는 거야?"

사코타가 실소했다. "그건 용도가 너무 한정적이라서 시장성이 없어. 아니면 어디 활용할 분야라도 있냐?"

"지금은 없어."

노무라의 말에 "뭐야" 하고 에바라가 어이없어하자 몇 명이 따라 웃었다.

"야, 사장님의 망상증이 옳은 거 아니야?"

에바라는 던지듯 말한 후 노무라에게 신경을 끄고 고기를 먹기 시작했다.

이야기를 듣고 있던 다치바나도 어떤 분야에서 밸브 시스템으로 수익을 창출할 수 있을지 잠깐 고민해보았지만, 전혀 상상이 가지 않았다. 밸브 시스템 기술을 살릴 수 있다는 노무라의 이야기에 물론 가능성이 아예 없지는 않을 것이다. 하지만 말만큼 쉽지는 않다. 실제로 젊은 연구원들 중에도 사장의 결단에 불만을 품은 사람이 적지 않다.

"야야, 다치바나, 고기가 타잖아."

에바라의 말이 다치바나의 생각을 중단시켰다. 그대로 이 대화는 머릿속에서 떠나갔다.

5

11월 마지막 주, 데이코쿠중공업 본사에서 쓰쿠다를 불렀다.

"특허를 사용하게 해달라고 부탁할 때는 찾아오더니만, 이번에는 호출인가요."

따라온 야마사키가 기가 찬다는 듯 말했다.

"뭐, 다 그런 거지."

부품을 공급하겠다고 제안한 시점에서 쓰쿠다제작소는 데이코쿠중공업의 납품업체 후보에 오른 셈이다. 따라서 태도가 달라지는 건 어쩔 수 없다. 반대로 '밸브 시스템을 공급하게 해달라,

할 말 있거든 오타구로 와라'라고 하는 것도 이상하지 않은가.

"누가 가든 그게 무슨 상관이야. 그리고 저쪽에서는 벌써 몇 번 왔었고, 우리가 가는 편이 효율적일 때도 있겠지."

뭐가 어떻게 효율적인지는 모르지만 쓰쿠다는 그렇게 야마사키를 달랬다.

이케가미선으로 고탄다까지 가서 야마노테선으로 갈아탔다. 도쿄역을 출발하자 오테마치 일대에 우뚝 솟은 대기업 본사 건물이 차창에 비쳤지만 뭐가 데이코쿠중공업 본사 건물인지 쓰쿠다는 몰랐다. 하지만 그것도 오늘까지고, 앞으로는 꽤 멀리서도 알아볼 수 있게 될지 모른다.

약속 시간은 오전 10시. 도노무라가 연락받은 바로는 '우주항공본부 우주개발부 주임 도미야마'를 방문하라고 했다 한다. 쓰쿠다는 안내데스크에서 회사 이름을 밝히고 메모지에 적어온 부서와 직함과 이름을 말했다.

7층에 있는 응접실에서 5분쯤 기다리자 도미야마가 들어왔다.

"자이젠 부장님께 이야기는 들었습니다. 저희가 특허 사용을 제안드린 밸브 시스템을 직접 공급하고 싶으시다고요. 진심이십니까?"

선입견 때문인지 은테 안경에 손가락을 대고 묻는 모습이 "나중에 후회할 겁니다"라고 말하는 것처럼 보였다.

"물론입니다. 잘 부탁드립니다."

쓰쿠다의 대답에 도미야마는 바인더에서 스테이플러로 찍은 서류를 꺼내 테이블 위로 밀어주었다.

"부품을 공급하려면 저희 테스트에 통과해야 합니다. 그건 받아들이시겠죠?"

쓰쿠다가 고개를 끄덕이자 "그럼 서류를 봐주십시오" 하며 도미야마는 자기도 같은 서류를 넘겼다.

"1페이지에 테스트의 상세한 내용과 일정을 적어놨습니다."

쓰쿠다가 펼친 서류를 야마사키가 들여다보고 놀라서 "이렇게 많아요?" 하고 목소리를 높였다.

"무슨 불만이라도?"

공손한 태도 속에 거만함이 어른거렸다.

"불만이라는 건 아니지만, 이렇게까지 할 필요가 있을까요?"

쓰쿠다도 동감이었다. 서류에 적힌 테스트 항목과 순서가 너무나 번잡한 데다 중복된 것처럼 보이는 부분도 있었기 때문이다.

"무슨 테스트를 할지는 저희가 정합니다. 부품을 납품하고 싶으시면 따라주시기 바랍니다."

목소리는 부드러웠지만 일방적인 통보였다.

"그게 절차라면 하는 수 없죠."

쓰쿠다의 말에 도미야마는 미소를 띤 입술을 빈정거리듯 일그러뜨리고 설명을 이어나갔다.

꼼꼼한 테스트다. 쓰쿠다는 테스트를 위해 100개가 넘는 밸브 시스템 시제품을 제출해야 한다. 데이코쿠중공업은 다양한 기압과 온도에서 시제품의 작동 여부와 내구성, 그리고 정확도와 정밀도를 테스트할 예정이었다.

시험받는 건 그뿐만이 아니었다. 쓰쿠다제작소의 재무 자료 제출과 평가라는 항목도 포함되어 있었다.

"중요한 시기에 납품업체가 망해서 부품 공급에 차질이 생기면 곤란하니까요."

도미야마는 천연덕스럽게 말했다. "그리고 만일의 사태가 발생했을 때 손해배상이 가능한지도 심사 항목입니다. 물론 그건 저희 연구소가 아니라 신용 전반을 다루는 부서에서 맡을 거예요. 즉, 아무리 부품 품질이 우수해도 재무 상태가 불량하면 거래를 못 할 수도 있다는 뜻입니다. 테스트에 덧붙여 회사와 제조 현장을 둘러보고 환경이 저희가 요구하는 수준을 충족시키는지도 확인할 테니 그렇게 알고 계시고요. 테스트를 다 마치려면 한 달은 거뜬히 지나가겠지만……."

여기가 중요하다는 듯 도미야마는 말을 끊었다. "몇몇 테스트를 해보고 결과가 너무 안 좋으면 거기서 끝내겠습니다. 테스트에도 시간과 돈이 들어가니까요."

말을 마치며 도미야마가 도발적인 시선을 던졌다.

"저 도미야마라는 사람, 어째 영 거슬리네요. 데이코쿠중공업 직원이랍시고 목에 힘주고 남을 깔보는 것 같아서 기분 나빠요."

면담을 마치고 나오자마자 야마사키가 인상을 찌푸리고 말했다. "저 사람이 우리 담당이 되는 걸까요? 그럼 앞으로 애 좀 먹겠는데요."

"그러게."

쓰쿠다는 맞장구를 치면서도 면담 자리에 자이젠이 없었던 게 약간 마음에 걸렸다. 지금까지의 경위도 있으니 담당이 아닐지언정 얼굴 정도는 비췄어도 될 터였다.

"예의라고는 없는 게, 배가 불러도 단단히 불렀나 봅니다."

도미야마가 어지간히 마음에 들지 않았는지 야마사키는 아주 저기압이었다. 솔직히 쓰쿠다도 기분이 썩 좋지는 않았다. 이쪽에도 최고 수준의 엔진을 만들어왔다는 자부심이 있다.

"변두리 공장이라고 얕보지 말란 말이야."

야마사키의 혼잣말에 쓰쿠다는 아무렴, 하고 속으로 고개를 끄덕였다.

회의실에 썰렁한 분위기가 감돌았다. 그 분위기는 에바라와 사코타 등 젊은 직원들이 쌀쌀한 표정으로 마지못해 들어왔을 때부터 쓰쿠다의 가슴속에 퍼져나가기 시작했다.

쓰쿠다는 투박하고 괄괄해 보이지만 사람 좋은 구석이 있다. 한편으로 양보할 수 없는 꿈도 있다. 마음속에서 줄다리기를 벌이는 두 감정 사이에서 흔들리는 마음이 지금 또 움직였다.

관리직을 소집한 임시 회의였다.

일단 야마사키가 이날 데이코쿠중공업의 도미야마에게 받은 서류의 사본을 나누어주었다.

"이번 부품 공급과 관련해 프로젝트팀을 꾸리기로 했어."

한데 뭉쳐 아무 반응도 하지 않는 젊은 직원들을 바라보며 쓰쿠다는 말했다. "물론 기술개발부가 중심이 되겠지만, 재무 상태 등 회사 전반을 심사하겠다니까 다른 부서에서도 팀에 가담해줘.

경리부에서는 사코타 계장, 그리고 영업부에서는 에바라 과장한
테 부탁하고 싶은데."

사코타가 자신의 이름이 불리자 노골적으로 인상을 구겨서 쓰
쿠다는 약간 화가 났다.

이봐, 그렇게 불만인가? 그렇게 말할 뻔했지만 사코다 옆의 에
바라도 같은 표정을 짓는 걸 보고 그냥 작게 한숨만 쉬었다.

"다양한 의견이 있겠지만 모두 힘을 합쳐 부품 공급을 따내자."

쓰쿠다가 격려했지만 반응은 미약했다.

젊은 직원들은 말없이 서로 눈짓을 교환했다. 젊은 직원들뿐만
아니라 가라키다 등 몇몇 간부도 내내 팔짱을 낀 채 고개를 숙이
고 있었다. 방침에 불만을 품은 것이 분명했다.

"하나 여쭤봐도 되겠습니까?"

에바라가 활기 없이 쓰쿠다를 쳐다보며 손을 들었다. "이거, 결
정된 사항입니까?"

"물론이지."

회의실 어딘가에서 가볍게 혀를 차는 소리가 들렸다. 모두 흠
칫했지만 입을 여는 사람은 없었다. 직원들의 마음이 역력히 전
해졌다. 에바라가 불만 어린 눈으로 도전적인 시선을 던졌지만
더는 아무 말도 하지 않았다.

직원들의 뜻을 거스르는 결정이었다. 하지만 데이코쿠중공업
과 특허 사용 계약을 맺을 마음은 들지 않았다. 이건 쓰쿠다 자신
의 인생이 달린 문제이기 때문이다.

그때 젊은 직원들 사이에서 "한말씀 드려도 되겠습니까" 하는

목소리가 들렸다. 사코타였다.

"특허 사용 계약을 체결하는 편이 저희에게 이득이라고 생각하는데요. 그래도 부품을 공급하시겠다는 겁니까? 굳이 제품을 보증해야 하는 부담까지 안고서요? 다수의 의견을 무시하고 밀어붙여서 좋은 결과가 나올 것 같지 않습니다만."

"무시한 게 아니야."

쓰쿠다는 예의 없이 발언하는 부하직원에게 한마디 하려는 도노무라를 제지하고 말했다. "내 나름대로 심사숙고한 결과야. 자네들 마음은 알아."

"모르시는 것 같은데요."

어디서 작게 투덜거리는 말이 들렸지만 쓰쿠다는 참을성 있게 설득을 계속했다.

"대형 로켓엔진의 핵심부품을 공급하면 뭔가가 보일 거야. 내 꿈과는 별개로 그건 약속할 수 있어. 이번 프로젝트를 달성하면 우리가 얻을 노하우는 어마어마할 거라고."

"하지만 먼저 데이코쿠중공업의 테스트를 통과해야 하지 않습니까. 만약 통과하지 못하면 어떻게 하실 건가요? 특허 사용 계약을 체결하는 방향으로 재검토하실 겁니까?"

에바라가 물었다.

"지금은 그런 이야기를 할 때가 아니야. 모두의 힘을 모아 앞으로 나아가야 해."

쓰쿠다는 에바라의 질문에 제대로 대답하지 않았다. "우리는 이미 특허에서 데이코쿠중공업을 앞질렀어. 다들 규모에서는 뒤지지만 기술에서는 뒤지지 않는다, 그런 자부심을 가지고 응해줬으면 좋겠어."

어떤 사람은 서류를 가만히 바라보며, 어떤 사람은 천장을 올려다보며 쓰쿠다의 이야기를 흘려들었다. 도노무라마저 복잡한 표정으로 허공만 노려보았다. 쓰쿠다를 바라보는 사람은 얼마 없었다.

마치 정처 없이 사막을 헤매듯 실속 없는 회의였다.

직원들의 마음이 떠나간다.

"프로젝트팀은 또 뭐랍니까. 그렇죠, 과장님?"

무라키가 창가에서 담배를 피우고 있는 에바라에게 말했다. 2층 휴게실에 칸막이로 구분한 공간은 쓰쿠다제작소에서 유일하게 담배를 피울 수 있는 곳이다.

"그러게나 말이다."

에바라는 눈을 가늘게 뜨고 창밖의 주택지를 바라보았다. 해질 녘이라 하늘은 이미 진한 주황색으로 물들었다.

"피곤하시죠, 과장님."

무라키가 또 말을 걸었다. "뭐, 저도 그렇지만요. 직접 담판해봤자 아무것도 안 바뀌네요."

무라키뿐만이 아니다. 영업부 전체, 아니 회사 전체에 권태감이 감돌았다. 게이힌기계공업과의 거래 중단, 나카시마공업과의 소송. 회사가 위기에 직면하자 젊은 직원들도 위기감을 피부로 느꼈다. 이대로 가다가는 큰일이니 어떻게든 해야 한다 싶어 초조하고 피가 마르는 기분이었다. 하지만 그것도 나카시마공업과 화해가 이루어지면서 싹 사라졌다.

기대 이상의 화해금이 마음을 긴장에서 해방시키다 못해 느슨하게 풀어버렸다.

그만큼 죽어라 일했는데, 결국 법정 전략이 회사를 구했다는 결과에도 맥이 탁 풀렸다. 차곡차곡 쌓아올렸던 모든 노력이 허무하게 느껴졌다.

유리창에 눈빛이 공허한 에바라의 얼굴이 비쳤다. 뒤쪽 문이 열리고 누군가가 들어오는 게 보였다. 흰 가운을 걸친 남자는 기술개발부의 마노였다. 원래 영업사원과 연구원은 사이가 별로지만 마노와는 왠지 죽이 잘 맞았다.

"오, 쉬는 시간이야?"

마노가 반갑게 말을 걸고 셔츠 주머니에서 담배를 꺼내더니, "못 해먹겠다는 표정인데" 하고 말했다.

"넌 어떤데?"

돌아보자 마노는 홀쭉하고 창백한 얼굴 속의 작은 눈으로 창문을 가만히 응시했다.

"어떻고 저떻고 간에."

마노는 주황색으로 물든 하늘에서 에바라 쪽으로 시선을 돌렸다. "데이코쿠중공업의 테스트에 통과 못 하면 끝이잖아."

에바라는 그 말에 담긴 뜻을 곱씹었다. 마노가 말을 이었다. "그럼 사장님도 부품 공급을 포기하겠지. 남은 선택지는 특허 사용 계약뿐이야."

"사장님이 그런 말씀은 안 하셨는데요."

옆에서 무라키가 끼어들자 마노는 "멍청하기는, 그것밖에 더 있냐" 하고 단정했다.

"그렇게 어려운 테스트야?"

에바라는 조금 놀란 얼굴로 마노에게 물었다.

"글쎄……."

마노는 창문을 등지고 묵묵히 담배를 피웠다. 평소엔 호들갑스러운 녀석이지만 가끔 무슨 생각을 하는지 모를 구석이 있다.

"저어, 마노. 궁금한 게 하나 있는데, 기술개발부 입장에서는 사장님 뜻처럼 부품 공급을 목표로 하는 게 좋지 않나? 왜 반대하는 거야?"

"마음에 안 드니까."

마노는 불만스럽게 대답했다. "수소엔진 부품 개발에는 돈을 물 쓰듯이 퍼부으면서 주력 제품인 소형 엔진 개발에는 인색하게 굴지. 그게 말이 돼?"

같은 연구원이라도 마노는 소형 엔진 개발팀 소속이다. 당사자가 아니면 모를 불만이 축적되어 부풀어 오른 느낌이었다.

"그딴 걸 제조해봤자 좋을 거 하나 없어. 우리는 소형 엔진 제조사라고. 그걸 빼면 시체란 말이야."

마노는 오싹할 만큼 무서운 눈으로 다시 창밖을 바라보았다.

6

"쓰쿠다 사장이 왔는데 왜 말을 안 했어?"

저절로 험악한 목소리가 나왔다.

그날 오후 자이젠이 거래처에서 돌아오자 쓰쿠다와의 면담 결과를 알리는 보고서가 미결재함에 들어 있었다.

보고서를 읽은 자이젠은 당장 도미야마를 불러 따져 물었다.

"테스트는 제가 전담한다고 생각했는데요."

무슨 참견이냐는 듯한 도미야마의 대답이 자이젠의 분노에 기름을 부었다.

"지금까지 내가 쓰쿠다 사장과 접촉해왔다는 건 자네도 알 텐데. 모처럼 여기까지 왔는데 얼굴도 안 비치면 내 체면이 뭐가 되겠나?"

"부품을 공급하겠다고 요청한 건 쓰쿠다 쪽이니 굳이 부장님까지 나오실 건 없을 것 같아서요. 그렇게 신경 쓰실 필요 없지 않겠습니까?"

도미야마가 입술을 일그러뜨려 웃음을 지었다.

"신경 쓸 필요 없다니? 나랑 교섭하던 중에 이렇게 된 거잖아. 만약 쓰쿠다의 협력을 못 얻으면 어떻게 할 건가. 부품 공급을 바란다고 바로 하청업체 취급하는 건가? 좀 더 존중하는 마음으로 대응하면 어디가 덧나나?"

자이젠은 도미야마를 노려보았다.

"제 생각이 짧았습니다. 죄송합니다."

도미야마는 눈썹을 모으고 알랑거리는 듯한 표정을 지었다.

"다음 주에 가나?"

자이젠은 도미야마의 보고서에 적힌 테스트 일정에 시선을 옮기고 물었다. 다음 주, 쓰쿠다제작소 본사와 공장을 시찰하고 제조 환경 및 경영 상태에 관해 듣기로 되어 있었다.

"결과는 추후에 보고하겠습니다. 하기야 그 단계에서 테스트가 중단될지도 모르겠지만요."

도미야마는 그러기를 기대하는 듯한 투로 말했다.

"수고스럽겠지만 둘 다 잘 좀 부탁해."

도쿄역 근처 빌딩 지하에 위치한 술집. 도미야마는 맥주잔을 들고 테이블 맞은편에 앉은 두 사람과 건배했다.

"하필이면 더럽게 바쁠 때 귀찮게."

파리하니 신경질적으로 생긴 남자가 입에 묻은 거품을 냅킨으로 닦으며 투덜거렸다. 적은 머리숱을 7대 3으로 갈랐고 은테 안경 안쪽의 눈은 쭉 째졌다. 부루퉁한 입술에는 스트레스에 시달리는 사람 특유의 짜증이 배어 있었다.

"에이, 그러지 마, 다무라. 기업심사에 너만 한 사람이 어디 있어? 그래서 이렇게 부탁하는 거잖아."

다무라라고 불린 남자는 표정 변화 하나 없이 도미야마의 아첨을 흘려 넘겼다.

"대기업이라면 모를까, 그런 중견기업의 재무 상태쯤은 너희 부서에서 알아보면 되잖아. 짜증나."

다무라가 말을 툭 내뱉었다.

"그래서 될 것 같으면 나도 그러고 싶다. 하지만 직속상사가 저 모양이니."

"자이젠 부장? 웬일로 집착을 다 보이네."

살빛이 거무스름하고 다부진 체격의 남자가 옆에서 끼어들었다. 술을 좋아해 지금도 건배 한 번에 잔을 거의 다 비우고 메뉴판을 펼쳐 다른 술을 찾고 있었다.

"집착인 건지, 착각인 건지."

도미야마가 말했다. "부장의 교섭 능력이 좀 더 좋았다면 일이 이렇게 성가시게 흘러가지는 않았을 텐데. 나도 귀찮기는 마찬가지야. 그러니까 그렇게 뚱한 표정 짓지 마, 미조구치."

미조구치는 메뉴에서 눈을 떼지 않은 채 콧방귀만 뀔 뿐 대답하지 않았다.

두 사람은 쓰쿠다제작소의 부품 채택 가부를 심사하기 위해 엄선한 평가팀의 중심 멤버였다. 미조구치는 생산관리 전문가로 생산관리부 주임이다. 이번에는 쓰쿠다제작소의 공정 관리 등 공장 운영 전반의 평가를 맡기로 했다.

다무라는 심사부 주임으로 전문 분야는 신용평가다. 신용평가라 하면 어렵게 들리지만, 요컨대 데이코쿠중공업이 타사와 새로이 거래를 시작할 때 상대가 믿을 만한 회사인지 확인하는 게 다무라의 업무다.

이 두 사람에게 평가를 부탁하고 싶다고 각 부서의 부장에게 요청한 건 다름 아닌 도미야마다. 여기에는 이 두 사람과 친밀한 관계라는 사실이 크게 작용했다.

도미야마는 테스트를 '불합격'으로 끝내고 싶다. 두 사람은 이런 도미야마의 마음을 헤아려줄 친구들이다.

"쓰쿠다 어쩌고라는 그 회사, 실제로는 어때? 기술 수준만 따지면 거래할 만한 회사인가?"

고민한 끝에 방금 마신 것과 같은 생맥주를 주문하고 나서 미조구치가 물었다.

"로켓엔진에 탑재할 밸브 시스템을 개발했어."

귀찮아 죽겠다는 태도로 의자에 앉아 있던 두 사람이 동시에 고개를 들었다.

"밸브 시스템?"

미조구치가 어리둥절한 표정을 지었다. "밸브라면 네가 특허 경쟁에서 추월당했다는 그 밸브?"

"그래."

도미야마는 인상을 찡그리며 인정했다.

"잠깐만. 그 밸브를 우리한테 납품하겠다는 거야? 그건 우리 방침에 어긋나잖아. 밸브는 핵심부품이라고."

미조구치가 놀라서 물었다.

"그건 말 안 해도 알아. 그래서 너희에게 지원사격을 부탁하는 거잖아."

도미야마는 언짢은 투로 말했다.

"뭔 소리래."

고약한 성격이 드러나는 목소리로 다무라가 물었다. "무슨 얘

기인지 똑똑히 설명해봐. 도미야마, 대체 뭔 속셈이야?"

"이거 너희들만 알고 있어."

도미야마는 단서를 달고 설명했다. "이 테스트는 형식에 불과해. 미즈하라 본부장은 특허 사용 허가를 받아내길 원해."

테이블 너머에서 미심쩍은 눈빛이 날아들었다.

"그럼 왜 이렇게 빙 둘러가는 건데? 교섭해서 허가를 받으면 되잖아."

미조구치가 이해가 안 된다는 표정으로 물었다.

"교섭은 했는데, 쓰쿠다가 거절했어."

금방은 믿기지 않는지 두 사람은 침묵으로 답했다. "부품을 공급하고 싶다더군. 그걸 우리 부장이 검토하겠다고 했고."

"이제 와서 거절하려도 거절할 수 없다는 건가. 골 때리는 이야기로군."

미조구치는 팔짱을 끼고 천장을 올려다보며 탄식했다. "그리고 넌 당연히 거기에 반대하는 입장이고."

미조구치가 예리하게 상황을 판단했다.

"그래. 테스트에 불합격하지 않으면 부장이 수긍하지 않을걸. 쓰쿠다와 몰래 손잡은 거 아니냐는 소문까지 돌 정도야."

아무 근거도 없지만 도미야마는 그렇게 음해했다.

"요컨대 쓰쿠다를 불합격시키고 싶다?"

다무라가 조심스러운 이야기를 단도직입적으로 꺼냈다. "하지만 불합격한들 쓰쿠다가 특허 사용을 허가해주시 않으면 말짱 꽝이잖아."

"그건 내가 교섭할 거야."

도미야마는 맥주잔을 테이블에 소리 나게 내려놓았다.

"네가?"

미조구치는 씩 웃더니 입을 오므려 "오" 하고 감탄사를 내뱉었다. "자이젠 부장이 실패한 교섭을 네가 성공시키면 주가가 올라가겠네."

과연 미조구치다. 도미야마는 악의 어린 미소로 답했다.

"우리 부장은 잘되면 자기 덕, 못되면 부하 탓으로 돌리는 양반이거든. 내 앞가림은 내가 알아서 하는 수밖에."

"그렇다고 상사 뒤통수를 치려고 하다니, 너도 참 어지간하다." 미조구치가 서슴없이 말했다.

"남이 들으면 오해하겠네."

도미야마는 주변에 아는 사람이 없는 것을 확인한 후 "아무튼 부탁 좀 하자" 하고 두 사람에게 작게 말했다.

"중소기업이 건방지게 설치도록 놔둬서 되겠어? 데이코쿠중공업이 요구하는 수준이 얼마나 높은지 똑똑히 알려주고 싶어."

"너뿐만 아니라 본부장의 의향도 그렇다면 맞춰주는 수밖에. 안 그러냐, 다무라?"

미조구치가 다무라의 어깨를 탁 두드렸다.

다무라는 아무 대답도 하지 않았지만 옆얼굴을 보건대 제안을 받아들인 게 분명했다.

5장

쓰쿠다 프라이드

1

12월이 됐다. 분주한 연말 분위기와 크리스마스의 들뜬 분위기가 뒤섞여 시끌벅적한 가운데, 쓰쿠다제작소에는 신경질적인 분위기가 감돌았다.

"좀 어때, 도노무라 씨?"

쓰쿠다는 기술개발부의 야마사키와 미팅을 마치고 경리부에 들러 책상에서 자료를 보고 있는 도노무라에게 말을 걸었다.

"조금만 더 하면 형태가 잡히겠네요."

데이코쿠중공업 평가팀의 방문을 하루 앞둔 밤이었다. 도미야마와 만나 자세한 평가 내용을 들은 지 일주일이 지났다. 시간은 순식간에 흘러갔지만 준비라고 해봤자 뭔가 거창하게 대비할 수 있는 건 아니었다. 공장을 그렇게 서둘러 개선할 수 있는 것도 아니니, 평소 해오던 걸 믿는 수밖에 없다. 재무 상태와 사업 환경도 급히 바동거린다고 어떻게 되는 게 아니다. 기껏해야 자료를 꼼꼼히 작성해 제출하는 정도가 전부다.

"고생이 많다, 사코타."

쓰쿠다는 자기 자리에 들러붙어 일하는 사코타에게 위로의 말을 던졌다. 대답다운 대답은 없었다. 입속으로 뭐라고 웅얼거리며 고개를 위아래로 살짝 움직이는 정도였다. 벌써 오후 9시가 지났다. 태도에서 야근을 못마땅하게 여기는 마음이 드러났다.

쓰쿠다제작소 전체가 코앞으로 다가온 관문에 들입다 돌진하는 인상이었다.

"데이코쿠중공업에게 우리 재무 상태는 어떻게 보일까?"

쓰쿠다는 완성된 자료를 펄럭펄럭 넘기며 물었다.

자료는 쓰쿠다제작소의 개요로 시작돼 연혁, 주주 구성, 주요 거래처로 이어졌다. 본론이라 할 수 있는 재무제표에는 항목별로 내역을 한눈에 알 수 있도록 상세한 보충 설명을 곁들였다. 훌륭했다.

"결산을 이월하지 않았으니까요."

은행원답게 도노무라의 발언은 신중했다. "화해금을 받았지만 3월 결산을 이월하지 않아서 이번 결산에 반영되지 않았습니다. 이건 저희한테 불리할 거예요."

"현재 50억 엔이 넘는 예금이 쌓여 있는데도?"

뜻밖이었다. 재무 면에서는 큰 문제가 없을 거라 생각했다.

"사장님의 마음은 압니다. 하지만 데이코쿠중공업이 과실 발생 시의 배상 능력에 중점을 두고 있다면 50억 정도의 예금은 적다고 받아들일지도 모르겠어요. 그리고 현재 영업적자를 면하지 못했다는 게 또 하나의 문제입니다."

맞는 말이었다. "게이힌기계공업과 거래가 중단된 후로 아직 그 구멍을 메울 만한 거래처를 찾지 못했으니까요. 영업적자는 악재예요."

기업의 수익은 총 다섯 단계로 나뉜다.

매출에서 재료비 등 순수하게 물건을 만들거나 서비스를 제공하기 위해 들어간 비용을 공제한 차액이 매출총이익, 이른바 조이익(粗利益)이다. 조이익에서 영업 활동에 들어간 비용을 공제한 것을 영업이익이라고 한다. 이 부분의 적자, 즉 영업적자는 주된 영업에서 적자를 봤다는 의미다. 영업적자가 계속되면 그 회사는 결국 도산한다.

"경상이익도 적자고요."

영업이익에서 지급이자 등의 영업외비용을 공제한 것이 경상이익이다. 이른바 회사의 진정한 가치를 가늠하는 중요한 기준이라 할 수 있다.

덧붙여 경상이익에서 그해에 한정된 특별 이익과 손해를 반영한 것이 당기이익이고, 당기이익에서 세금을 공제한 것이 순이익이다.

쓰쿠다제작소는 올해 경상이익까지 적자다. 게다가 그 액수가 제법 크다.

"순이익은 흑자인데 말이야."

쓰쿠다는 짧은 한숨을 섞어서 말했다.

적자였던 경상이익이 순이익에서 흑자로 돌아선 건 오로지 나카시마공업에게 받은 화해금 명목의 특별 이익 덕분이다. 어마어마하게 큰돈이라 영업 부진을 잊어버릴 정도지만 영업적자가 났다는 건 변함없는 사실이다.

"하지만 아쉽게도 실질적으로는 적자네요."

도노무라의 말이 쓰쿠다의 가슴에 무겁게 내려앉았다. "그걸 데이코쿠중공업이 어떻게 평가하느냐에 달렸습니다. 다만 저희에게는 장점도 많으니까요. 그걸 사코타가 잘 피력해줄 겁니다."

도노무라도 제 나름대로 불만이 쌓인 사코타를 치켜세우는 발언을 했다. 들렸을 테지만 사코타는 아무 반응도 보이지 않았다.

"아무쪼록 잘 부탁할게."

쓰쿠다는 그렇게만 말하고 경리부를 뒤로했다.

"아까 사장이 와서 아무쪼록 잘 부탁한다던데."

사코타의 말에 에바라가 눈썹을 위로 올리며 핫, 하고 웃음을 흘렸다.

"혼자 열을 올리시는군."

밤 10시가 지나 잠깐 쉬려고 휴게실에 가자 에바라가 혼자 담배를 피우고 있었다.

사코타도 호주머니에서 담배를 꺼냈다. 피로에 절은 얼굴이 비치는 유리창을 향해 담배 연기를 후 뿜어냈다.

"아직도 남았어?"

에바라의 질문에 사코타는 한숨을 쉬며 고개를 끄덕였다.

"그렇게 쉽게 끝나겠냐. 실적이 너무 안 좋아."

"실적은 좋잖아. 엄청난 흑자인걸."

"영업부라 그런지 쥐뿔도 모르는군."

사코타는 무람없이 말했다. "재무적으로 따지면 우리 회사는 예금만 까먹는 적자 기업이라고. 게다가 50억의 절반은 세금으로 뜯어가. 알겠냐?"

에바라는 남의 일처럼 흘려들었다. 돌아온 것은 "그래서 뭐 어쩌라고?"라는 뻔뻔한 한마디였다. 하지만 정말로 얼굴에 철판을 간 게 아니라는 건 사코타도 알고 있었다. 밉살스러운 소리를 하지만 근본은 착실한 녀석이다.

"나도 열심히 일하고 있어. 신규 거래처를 못 뚫는 건, 음, 뭐랄까 업계 동향 때문이지 우리 탓이 아니야."

일부러 위기감 없는 소리를 하는 에바라를 사코타는 탐색하듯 쳐다보았다.

"뭐, 네가 나서서 안 된다면 안 되는 거겠지."

에바라는 떠름한 표정으로 입에 문 담배를 위아래로 움직였다. 사코타는 말을 이었다. "그런데 그걸 데이코쿠중공업 놈들한테 어떻게 설명할 건데? 죽어라 노력하고 있지만 잘 안 됩니다?"

에바라는 고개를 숙이고 담뱃재를 털더니 "가라키다 부장이 알아서 잘 하겠지" 하고 말했다.

"그렇겠지. 말발이 좋으니까."

사코타의 말을 끝으로 두 사람은 침묵에 잠겼다.

"이렇게 고생해서 준비하는 게 다 무슨 소용인가 싶다."

잠시 후 에바라의 입에서 그런 말이 새어 나왔다.

"동감이야. 뭐, 퇴짜를 맞으면 그걸로 끝이잖아. 그럼 특허 사용료로 수익을 올릴 수 있지 않겠어?"

"변함없이 영업은 적자겠지만."

사코타가 툭 던진 말이 한겨울 눈송이처럼 흔들리며 에바라의 마음속에 떨어졌다.

2

"오늘 아침에 벼락 치더라. 어찌나 무섭던지."

어머니의 말에 그제야 새벽에 천둥소리를 들었다는 게 기억났다. 겨울 번개다. 너무 피곤해서 완전히 곯아떨어졌었다.

데이코쿠중공업 평가팀이 방문하는 날이었다.

"리나는요?"

평소 같으면 일어나서 나올 시간인데 딸이 보이지 않아서 쓰쿠다가 물었다.

"배드민턴부 아침 연습. 벌써 갔어. 시합이 얼마 안 남았대. 새 팀의 주장이 됐다더라. 우리 집안사람은 죄다 운동치인데 참 장하다니까. 누굴 닮았을까. 적어도 넌 아니야."

리나와는 여전히 대화가 부족하다. 자기 딸이지만 지금 리나가 뭐에 흥미가 있고, 무슨 생각을 하며 지내는지 모른다. 도무지 속을 알 수 없다.

"그렇군요. 그런데 리나가 뭐라고 안 해요? 겨울방학에 어디 가고 싶다거나."

내내 마음에 걸리던 일이었다. 요즘 바빠서 가족여행 계획을 세울 겨를도 없다.

"갈 시간 없지 않니? 그럼 무리할 것 없어."

어머니가 선뜻 답했다. "리나도 이해할 거야. 태도는 새침하지만 나름대로 아빠랑 집을 걱정해. 난 알아. 리나도 참 많이 컸어."

"그런가요."

쓰쿠다는 가슴속 어딘가에서 복잡한 감정이 소용돌이치는 걸 느끼며 말했다. 리나의 성장에 함께했다는 실감이 안 들었다. 그냥 바쁘게 일해서 딸의 학비만 댄 것 같았다.

"깊이 생각하지 마. 억지로 다가가려 하면 달아날 테니까. 네가 무슨 소리를 해도 겉으로는 반발할걸. 차라리 지금은 네 할 일에 몰두하는 편이 어떻겠니? 제일 바쁠 때잖아. 무슨 일에든 승부처가 있는 법이야. 지금은 힘들지만 열심히 하면 분명히 잘된다, 그런 신념이 중요해."

이번 일을 이겨내면 회사의 장래를 개척할 새로운 돌파구가 생긴다. 소송에서는 승리나 다름없는 결과를 거두었지만, 게이힌기계공업이라는 주거래처를 잃고 난항을 거듭 중인 쓰쿠다제작소는 지금 수렁에서 탈출하느냐 마느냐의 기로에 서 있다.

"너희 아버지가 살아 있었으면 눈이 휘둥그레졌겠구나."

어머니가 갑자기 그런 소리를 했다. "우리 회사가 데이코쿠중공업을 상대로 당당하게 승부한다니까 말이야. 이 엄마는 그것만으로도 기뻐."

승부. 어머니는 데이코쿠중공업의 테스트를 그렇게 표현했다.

"네가 처음에 회사를 이어받지 않겠다고 했을 때 너희 아버지는 실망했지만, 대학에서 연구한 덕분에 지금의 쓰쿠다제작소가 있는 거 아니겠니? 그렇게 보면 역시 네가 옳았던 것 같아."

"뭐가 옳은지는 나중이 돼봐야 알겠죠."

쓰쿠다는 담담하게 말했다. "중요한 건 후회하지 않는 거예요. 그러려면 최선을 다해야 하고요."

"맞아. 이제 와서 마음 졸인들 무슨 소용 있겠니. 침착하게 잘 하고 와."

어머니는 타고난 성격처럼 시원시원하게 쓰쿠다를 격려했다. "혹시 부품이 채택되면 그때 리나를 다네가시마에 데려가면 되 지. 나도 로켓을 발사하는 걸 한 번은 보고 싶었거든."

쓰쿠다는 어이없다는 표정으로 어머니를 쳐다보았다.

"그건 괜찮은데, 리나가 가겠어요?"

"가고말고. 적어도 내가 가자면 갈 거야."

어머니는 자신만만하게 말했다. "아빠가 꿈을 이루는 순간을 딸한테 보여주렴. 그러려면 데이코쿠중공업의 테스트에 반드시 통과하는 수밖에 없겠구나."

3

"오셨습니다."

오전 10시가 되기 전, 도노무라가 긴장된 얼굴을 사장실 문틈 으로 들이밀었다.

예정 시간보다 10분 일렀다. 쓰쿠다는 쓰쿠다제작소의 로고가 수놓인 작업복을 입고 사장실을 나섰다.

응접실에는 숨 막힐 듯한 공기가 흐르고 있었다.

데이코쿠중공업에서 나온 사람은 여덟 명. 쓰쿠다는 한가운데 자리한 도미야마에게 가볍게 고개를 숙인 후 "일찍 오셨군요" 하고 말을 걸었다. 쓰쿠다를 따라온 도노무라와 야마사키, 영업부 쓰노, 가라키다가 의자에 앉자 테이블을 사이에 두고 데이코쿠중공업과 쓰쿠다제작소가 대치하는 모양새가 됐다.

"늦는 것보다는 낫잖습니까."

도미야마는 당연하다는 듯 말하고 바로 본론에 들어갔다.

"우선 평가 담당자를 소개하겠습니다. 이쪽은 미조구치 씨. 생산관리 전문가로, 오늘 제조 환경 등을 중심으로 봐주실 겁니다."

도미야마의 오른쪽에 앉아 있던 체격이 다부지고 살빛이 거무스름한 남자가 고개를 살짝 끄덕였다. 의자 등받이에 편하게 기댄 자세 때문인지 웃음기 하나 없는 얼굴이 어쩐지 이쪽을 얕보는 것처럼 느껴졌다.

"잘 부탁드립니다."

미조구치가 평가할 부문의 책임자인 야마사키의 말에 맞추어 쓰쿠다제작소 쪽 참석자들이 가볍게 인사를 했지만 아무 반응도 없었다.

"그 옆은 다무라 씨. 재무와 경영 환경 전반을 봐주실 겁니다."

재무 담당답게 신경질적으로 생긴 남자였다. "그리고 기술 파트는 저, 도미야마가 담당할 테니 잘 부탁드립니다. 그리고 나머지 분들은 각 담당자를 보조할 겁니다."

나머지 다섯 명이 간단히 자기소개를 마치자 도미야마는 손목시계를 흘끗 보더니 일어섰다.

"그럼 시간이 오래 걸릴지도 모르니 시작해볼까요. 귀사 쪽 담당자께서 저희 담당자를 안내해주시기 바랍니다."

짧은 미팅이 끝나고 평가 담당자들이 안내에 따라 사내로 흩어졌다. 드디어 데이코쿠중공업의 테스트가 시작됐다.

"에어샤워가 꽤 훌륭한데."

별관의 시제품 제작 공장에 들어간 미조구치가 문득 멈춰 서서 웬일이냐는 듯이 말했다. 세 명의 보조를 거느린 미조구치는 안내를 맡은 마노를 웃음기 하나 없이 딱딱한 얼굴로 쳐다보았다.

"클린룸 설비를 완비했습니다."

"등급은?"

"5등급입니다."

"그거 대단하군요."

미조구치는 과장되게 놀란 기색을 보였다.

클린룸이란 공기 중의 미세한 오염물질을 차단하기 위해 실내에 특수 설비를 한 시설을 가리킨다. 미세먼지 등이 불량의 원인이 될 수 있는 정밀기계 공장이나 의료 현장 등에서 주로 사용되는데, 일본 공업규격은 제거 가능한 먼지의 크기와 공기 중에 떠다니는 먼지의 수에 따라 클린룸의 등급을 최저 '9'에서 최고 '1'까지로 구분한다. 쓰쿠다제작소가 갖추고 있는 5등급 클린룸은 1제곱미터당 0.3마이크로미터 크기의 먼지가 1만 200개 이하에 해당하는 수준으로, 반도체 공장에서도 사용할 수 있을 만큼 고성능이다. 소형 엔진을 주로 취급하는 공장으로서는 최고 수준이라 할 만하다.

하지만 곧이어 미조구치는 "그럴 필요가 있으려나" 하고 회의적인 반응을 보였다. "여기는 소형 엔진의 시제품을 제작하는 공장이잖아요. 설비가 과한데."

마노는 입을 꾹 다물었다.

"과하지 않습니다."

옆에서 보고 있던 야마사키가 즉시 반론했다. "엔진 부품 중에도 섬세한 건 얼마든지 있으니까요. 최대한 깨끗한 환경에서 작업해야 불량률을 낮출 수 있습니다. 로켓용 부품을 시험 제작하려면 최소한 이 정도 설비는 필요하다고 생각합니다."

"그건 실제로 제조하는 현장이나 그렇죠. 지금까지 로켓 부품을 만들어본 적이 있던가요?"

야마사키가 대답을 못 하고 꾸물거리자 데이코쿠중공업 직원들이 뭐야, 하며 실소를 흘렸다. 마노는 무표정하게 서 있을 뿐 거들어줄 낌새가 전혀 없었다.

"그래서 과하다는 겁니다."

미조구치는 타이르듯 말했다. "예를 들어 우리 평가를 통과한다거나 해서 정말로 제조하게 되면 그때 마련해도 되지 않습니까. 경영 효율도 고려해 작업 내용에 적합한 환경을 마련해야죠. 이 정도 수준의 공장이라면 9등급 정도도 충분할 것 같은데."

야마사키가 반론할 말을 찾고 있는데 미조구치가 "그럼 다음을 보여주십시오" 하고 화제를 바꿔버렸다.

"이 공장에서는 주조, 가공, 열처리까지 거친 시제품 부품을 조립하고 있습니다. 이건 저희 주력 엔진의 신형 기종입니다."

마노의 설명을 들으며 연마 작업을 지켜보던 미조구치가 기가 차다는 듯 말했다.

"수작업이네요."

"시제품이라서요."

마노의 목소리는 로봇처럼 억양이 없었다. 열의 없는 태도에 야마사키가 속으로 혀를 찼을 때 미조구치가 물었다.

"시제품이라도 수백 개는 될 텐데요? 그걸 일일이 수작업으로 언제 다 만듭니까?"

"아니요. 저희는 같은 모델을 기껏해야 수십 개 만드는 정도라서요." 야마사키가 대답했다.

"고작 수십 개?"

너무 보잘것없는 규모라고 하고 싶은지, 미조구치의 말투에는 무시하는 느낌이 섞였다.

"그 정도면 예상한 성능이 나오는지 확인이 가능하니까요. 저희는 양산 체제로 들어간 후에 설계 변경이 거의 없습니다."

딱딱한 표정으로 설명하는 야마사키의 말에 미조구치는 귀를 기울이지 않았다.

"시제품이라지만 이 규모에 그 정도라……. 수량이 늘어나면 도저히 수작업으로는 못 따라가겠는데."

"여기서는 주로 자사 제품 개발용으로 시제품을 만드니까요. 외부 수주는 거의 안 받습니다."

마노가 대답했다.

"타사의 시제품은 수주를 안 받는다고요? 그럼 만약 제법 많은 양의 로켓 시제품을 제작해달라는 의뢰가 들어오면요? 거절합니까? 아니면 손을 빨리빨리 움직여 작업 속도를 높인다거나?"

미조구치가 비꼬듯이 말하자 야마사키는 눈썹을 찌푸렸다.

"그러니까 여기는 그런 성질의 공장이 아닙니다."

야마사키의 반론은 미조구치의 비웃음에 막혔다.

"그럼 어떤 공장인데요? 지금까지 많은 공장을 봐왔습니다. 시제품 제작 공장도 수백 곳은 돌아다녔어요. 그 경험에 비추어볼 때 이 공장은 좀 이상합니다. 규모와 작업 내용에 어울리지 않게 클린룸에는 돈을 쓰면서 시제품은 수작업으로 찔끔찔끔 만들잖아요. 일관성이라고는 없군요. 높이 평가받고 싶으면 좀 더 그에 적합한 환경을 고려해야 하지 않겠습니까? 불필요한 데 돈을 들이는 건 아무 생각도 없다는 증거예요."

"생각이 없다니요. 다 의도가 있어서 수작업하는 겁니다."

야마사키는 울컥해서 말했다.

"의도? 무슨 의도요?"

미조구치는 웃음을 거두고 불쾌한 표정으로 야마사키를 쳐다보았다.

"손으로 직접 만지면서 눈으로 보지 않으면 알 수 없는 감각을 소중히 하자는 의도요."

야마사키는 무표정으로 일관하는 마노를 무서운 눈으로 힐끗 노려보고 말을 이었다. "특히 시제품은 설계 상의 사양이 실제로 요구되는 최적의 사양과 일치하지 않을 때가 있습니다. 무작정 많이 만들어서 테스트를 반복하기보다 수작업으로 만드는 편이 같은 시행착오를 거치더라도 효율은 오히려 향상됩니다."

"아니요. 댁들 생각은 틀렸습니다."

미조구치는 딱 잘라 부정했다.

그 한마디에 주변에서 상황을 지켜보던 쓰쿠다제작소 직원들이 숨을 삼켰다. 그만큼 미조구치의 말투는 확고했다. 한편 데이코쿠중공업 쪽 담당자들은 안색 하나 바꾸지 않았고, 히죽히죽 웃으며 논쟁을 재미있게 지켜보는 사람도 있었다.

"야마사키 씨는 수작업이 기계 가공보다 뛰어나다는 거군요."

미조구치가 말을 이었다. "하지만 수작업은 결국 수작업입니다. 한계가 있어요. 인간의 감각은 생각만큼 미덥지 못해요. 그날의 몸 상태와 기분에 따라서 달라지고, 환경에도 좌우되죠. 수작업이 안정적이라는 건 옛 시절의 망상에 지나지 않습니다. 그런데 의지하다니, 공장 수준은 더 안 봐도 뻔하겠군요."

미조구치는 야마사키의 얼굴을 흘끗 보고 말했다.

"하지만 저희 기술자들은 전부 숙련공이라······."

야마사키가 표정을 다잡고 따졌지만 미조구치는 말허리를 끊었다.

"그런 건 다 눈속임입니다. 인간인 이상 실수는 피할 수 없어요. 착각도 하고 잘못도 저지르죠. 숙련공은 그저 한곳에서 오래

일한 기술자라는 의미에 지나지 않아요. 제조 현장에서 그런 건 화석입니다. 기계를 못 당한다고요."

미조구치는 공장 경영에 관해 자신의 의견을 한바탕 늘어놓았다.

완전 자동화된 대기업 공장의 첨단 제조 기술. 하지만 미조구치가 펼쳐놓는 이상적인 경영 방식은 쓰쿠다제작소가 공장을 운영하는 방식과는 어긋나도 한참 어긋났다.

"뭐, 말해본들 이해가 갈지 모르겠습니다만."

미조구치가 얘기를 매듭짓고 눈짓을 보내자 서류판을 옆구리에 낀 채 대기하던 보조들이 각자 맡은 공정으로 흩어졌다.

데이코쿠중공업의 평가 항목은 가공소재 반입부터 각 시제품 공정의 관리, 생산 계획 등 여러 갈래로 나뉘며, 이를 통과한 후에야 비로소 제품 품질 테스트에 들어간다. 단순히 제품 성능만 좋으면 되는 게 아니라 제조업을 대하는 자세 전반을 묻는다고 볼 수 있다.

야마사키는 테스트가 어떻게 진행될지 불안해 암담한 심정이었다.

미조구치가 이상으로 여기는 공장 경영 이념과 이 시제품 제작 공장의 경영 이념은 너무나 거리가 멀었다. 대형 공장에나 적합할 공정 관리론을 내세우는 미조구치가 자신의 이상과 동떨어져 있는 이 공장을 얼마나 제대로 평가할 수 있을까.

메울 수 없는 골을 본 것 같은 기분이었다.

"계장 사코타입니다. 잘 부탁드립니다."

명함을 빤히 들여다보던 다무라는 어쩐지 스스럼없는 말투로 "잘 부탁해" 하고 말했다.

사내 미팅에 사용되는 작은 방이었다. 이어서 영업 2부 에바라가 명함을 교환하고 의자를 권했다. 도노무라와 쓰노, 가라키다 등 부장들도 들어와 좁은 방은 순식간에 사람의 훈김으로 가득 찼다.

"그럼 일단 재무제표부터 보여주실까. 삼사분기 것까지 있나?"

도무지 종잡을 수 없는 남자였다. 말투는 가볍지만 표정은 신경질 그 자체였다. 사코타가 서류를 건네주자 다무라는 대충 훑어보았다.

"영업적자라……."

그 말에 쓰쿠다제작소 쪽 참석자들의 표정이 일그러졌다.

"왜 적자일까. 음, 사코타 씨?"

다무라는 테이블에 늘어놓은 명함을 들여다보고 사코타에게 물었다.

"실은 주거래처였던 게이힌기계공업과 거래가 중단돼서……."

"중단됐다고? 왜?"

"자체 생산으로 방침을 전환했다고 들었습니다."

"그래? 당신이 영업 담당이랬지?"

곁에 있는 에바라에게 던진 질문이다.

에바라는 자세를 바로 하고 대답했다.

"네. 갑자기 방침이 전환돼 저희도 놀랐습니다. 결정된 사항이니까 어쩔 수 없다고 일방적으로 통보하더군요."

"흐음."

다무라는 시산표의 적자 항목을 보며 손끝으로 턱을 쓰다듬었다. "게이힌기계공업에게 팽 당한 게 언제인지는 모르지만, 여태 매달 적자라면 문제 아닌가? 그것도 영업적자야."

에바라에게 물으며 다무라는 시산표에 적힌 월별 손익을 손가락으로 훑어 내렸다. 대충 보는 것 같지만 봐야 할 부분은 제대로 본다.

엄격한 지적에 에바라가 말을 어물거리자 "거기가 워낙 큰손이었거든요" 하고 가라키다가 도와주었다.

"이봐, 구멍이 너무 크니까 적자가 나도 어쩔 수 없다, 그런 소리야?"

다무라가 자료에서 고개를 들고 약간 화난 투로 쏘아붙였다.

"아니요, 그런 게 아니라요."

가라키다는 양손을 가슴 앞에서 내저었다. 당장이라도 딱딱하게 굳어질 것 같은 얼굴에 간신히 미소를 지었다.

"신규 거래로 메우려도 메우기가 쉽지 않다는 뜻으로……."

"상팔자가 따로 없군."

그 한마디에 가라키다의 입이 떡 벌어졌다. 다무라가 말을 이었다.

"영업적자라도 변명 한마디면 용서를 받잖아. 우리는 어림없어. 아주 난리가 날걸. 상장기업은 늘 가파른 성장을 기대하는 분위기거든. 그런 응석은 일절 용납되지 않아."

"응석을 부리는 건 아닙니다. 주식 시황도 악화되고 있지 않습니까."

쓰노가 냉정한 목소리로 뒤이어 말했다. "그래서 게이힌기계공업도 자체 생산을 단행한 거고요. 그런 상황에서 대체할 거래처를 찾기가 쉽지는 않습니다."

"아, 그렇군. 요컨대 우리는 게이힌기계공업 대신이다?"

다무라의 왜곡된 해석에 쓰노도 쓴웃음을 짓지 않을 수 없었다.

"그런 건 아닙니다."

"그럼 뭐야. 히죽거릴 때가 아니라고, 부장님."

스스럼없이 굴던 다무라가 갑자기 신경질을 부리자 방 안 공기가 싸늘해졌다. 쓰노가 웃음기를 거두었고, 가라키다는 뚱한 표정으로 다무라를 쳐다만 보았다.

"게이힌기계공업 대신 우리랑 거래해서 손실을 메울 생각이라면, 확실히 말하겠는데 때려치워."

다무라는 딱 잘라 말했다. "로켓엔진에 탑재하는 밸브 시스템은 대량생산품이 아니야. 지속적인 수익은 못 올릴 거라고. 자칫하면 영업적자가 더 확대될지도 몰라."

"알고 있습니다."

도노무라가 손수건으로 이마를 닦으며 말했다. "그렇지만 저희는 로켓 부품을 공급해 기업으로서 한 단계 도약하는 기회로 삼고자⋯⋯."

"도약하려면 일단 영업적자부터 해결해야겠지."

다무라는 인정사정없이 말했다. 정론이라 아무도 반론하지 못했다. 게다가 반론할 상황도 아니었다.

"물론 노력은 하고 있습니다."

쓰노의 표정에서 필사적인 심정이 묻어났다. "아직 숫자에 반영할 단계는 아니지만 거래로 이어질 만한 신규 안건이 몇 가지 있습니다. 게이힌기계공업이 빠져나가서 생긴 구멍도 조만간 메울 수 있을 겁니다."

"그런 이야기는 반으로 깎아 들어야 해."

다무라는 박하게 평가했다. "말은 쉽지만 실행이 어렵거든. 영업에 핑계는 통하지 않아. 결과가 전부라고. 노력이야 당연히 해야지. 부장이라는 사람이 '노력은 하고 있습니다'라니 한심해서 눈물이 앞을 가리는군. 뭐, 수많은 주주들의 비판에 시달릴 일 없는 영세기업에서는 그래도 되는지 모르겠지만, 우리 회사에서는 안 통해. 정말로 우리랑 거래할 마음이 있기는 한 거야?"

이건 그야말로 다무라가, 데이코쿠중공업이 보내는 도전장이었다. 쓰노의 얼굴에서 감정이 싹 사라졌다. 가라키다와 에바라도 입을 다문 채 아무런 대답이 없었다.

"거래할 마음이 있으니까 이렇게 부탁드리는 겁니다."

사코타가 엉겁결에 말을 꺼내자 다무라는 눈을 크게 떴다.

"그렇군. 하지만 그것 때문에 우리가 바쁜 시간을 쪼개서 이야기를 들으러 와야 하잖아. 차라리 특허 사용으로 하면 어떨까. 그편이 댁들을 위해서도 좋을 것 같은데."

"의견은 감사합니다만 그건 테스트가 끝난 후로 미루시죠."

사코타의 대답에 다무라는 콧방귀만 뀌었다. 그리고 다시 재무

관련 서류를 훑어보더니 한숨을 섞어 말했다.

"실적이 좋은 건지 나쁜 건지 잘 모를 회사로군. 뭐, 찬찬히 살펴볼 테니 나중에 다시 이야기하자고."

4

사장실 창문을 뒤덮은 구름에 틈이 생기고, 주황색의 타는 듯한 석양이 주택가 지붕을 비스듬히 비쳤다.

"쉽지 않을 줄은 알고 있었습니다. 하지만 솔직히 이 정도일 줄은……."

서쪽 하늘을 눈부신 듯 올려다보는 도노무라의 옆얼굴이 심한 피로로 그늘졌다.

점심시간을 포함 여섯 시간 가까이 이어진 테스트 첫날이 끝났다. 데이코쿠중공업 평가팀은 방금 전 의기양양하게 돌아갔다.

침체된 재무 상태, 적자를 면할 길 없는 영업, 거기에 생산관리에 이르기까지 온갖 독설을 다 들었다. 쓰쿠다제작소 입장에서는 그야말로 적군에게 참패해 농락당했다고 할 수 있었다.

"영업적자에 대해서는 할 말 없지만 다무라라는 녀석, 중소기업에 대해 하나도 모르더군."

쓰노는 부아가 치미는 듯 어금니를 깨물고 눈을 번뜩였다. 그 옆의 팔걸이의자에 앉은 가라키다는 넋이 나간 것처럼 눈빛이 멍했다.

"어중간하게 맞는 말이라고 할까, 전부 우리도 안다고 따지고 싶은 말들뿐이었습니다. 이상론을 아무리 떠들어봤자 현실에 들어맞지 않으면 의미가 없죠."

웬일로 도노무라가 언성을 높였다.

"동감이에요. 비판적이고 자기중심적이더군요. 저래서야 과연 올바르게 평가를 할까요?"

기술개발부 야마사키가 얼굴에 늘어진 앞머리를 걷어 올렸다.

"요컨대 놈들은 애초부터 우리를 파트너로 삼을 마음이 없었던 거야."

쓰노가 비스듬히 시선을 던지며 체념한 듯 말했다.

"실제로 그런 전제 아래 테스트에 임했을지도 모르죠. 하지만 진가를 평가받는 건 데이코쿠중공업도 마찬가지입니다."

도노무라가 의외의 말을 꺼냈다.

"그게 무슨 소리야?"

쓰노가 묻자 "우리가 그렇게 형편없는 회사라고 생각하세요?" 하고 도노무라가 되물었다.

"영업적자는 났지만 그렇게 형편없다는 생각은 안 드는데."

쓰노의 대답에 만족한 듯 도노무라는 고개를 끄덕이며 "가라키다 씨는 어떠세요?" 하고 똑같은 질문을 던졌다.

"좋으냐 나쁘냐만 따지자면 좋은 회사에 들어가겠지."

가라키다다운 대답이었다.

도노무라는 "제 생각도 그렇습니다" 하고 말했다.

"대체 무슨 말을 하고 싶은 거야, 도노무라 씨?"

쓰쿠다의 물음에 도노무라는 "그러니까 일반적으로 보았을 때 쓰쿠다제작소는 좋은 회사라는 말입니다" 하고 아주 단호하게 말했다.

"우리끼리 좋게 평가해본들 허무할 따름이지."

가라키다의 의견에 도노무라는 "아니요, 그렇지 않습니다" 하고 단언했다.

"저는 지금까지 은행원으로서 수천 곳이나 되는 회사를 봐왔습니다. 은행원의 시선으로 봐도 쓰쿠다제작소는 훌륭한 회사예요. 일시적으로 영업적자가 나긴 했지만, 지금까지 이익을 탄탄하게 축적한 만큼 이대로 망할 곳은 아니에요. 실제로 재판이 끝나고 나서 거래처들도 돌아오기 시작했잖습니까. 적자 상황은 오래가지 않을 겁니다. 누가 봐도 명백한 사실이죠."

"하지만 적어도 다무라라는 작자는 그렇게 평가하지 않을걸."

쓰노가 비관적으로 말했다. 평소 낙관적인 쓰노가 그렇게 말하다니 오늘 테스트에 큰 충격을 받은 모양이었다.

"그럴지도 모르죠. 하지만 숫자는 거짓말을 하지 않습니다. 저희가 언제 창업해서 지금까지 얼마나 이익을 올렸는가. 자기자본°이 얼마나 탄탄하고 안정성이 높은가. 의심할 여지가 없습니다."

재무 전문인 만큼 도노무라의 발언에는 설득력이 있었다.

"다무라라는 사람이 아무리 악의적으로 평가한들 데이코쿠중공업에도 숫자를 제대로 볼 줄 아는 사람은 있겠죠. 그 사람은 분명 쓰쿠다제작소가 표준 이상의 회사라는 걸 알아차릴 테고요."

• 기업의 소유자가 출자한 자본과 기업에 축적된 적립금 등의 유보 자본을 합한 자본.

310

"만약 알아차리지 못하면?"

성질 사나운 가라키다가 입술에 자학적인 웃음을 띠고 놀리듯이 물었다. "다무라의 평가가 그대로 받아들여지면?"

"그때는……."

도노무라는 마치 뭔가 각오를 다지는 눈빛으로 엄숙하게 말했다. "데이코쿠중공업은 겨우 그 정도의 회사라는 뜻입니다. 이번 테스트는 데이코쿠중공업이 저희를 평가할 뿐 아니라 저희도 데이코쿠중공업을 평가할 기회예요. 만약 담당자의 그릇된 평가가 통과되는 회사라면 그런 곳과는 관계를 끊는 편이 낫습니다. 그러니 사장님."

도노무라는 결연한 태도를 보였다. "그때는 데이코쿠중공업에 밸브 시스템을 납품하는 걸 포기해주십시오."

"어, 그래."

쓰쿠다는 무심코 고개를 끄덕였다. "하지만 그럼 특허 사용권을 주는 것도 모양이 이상할 텐데."

"그럼요."

도노무라가 말했다. "부품 공급도 해서는 안 될 마당에 하물며 저희의 소중한 특허를 맡길 수는 없죠."

"그럼 어떻게 하자고? 묵혀서 골동품이나 만들자는 거야?"

쓰노가 물었다.

"밸브 시스템을 팔 곳이 데이코쿠중공업밖에 없겠습니까? 세계에서 제일가는 최첨단 기술의 용도가 그렇게 좁을 리 없어요. 찾아보면 분명 사용할 곳이 있을 겁니다. 그렇죠, 사장님?"

도노무라는 동의를 구하는 말을 했지만 쓰쿠다는 선뜻 대답을 할 수가 없었다.

"힘껏 부딪쳐보자고요."

도노무라는 개의치 않고 모두를 격려했다.

애써 웃음을 던지는 도노무라를 쓰노와 가라키다, 야마사키까지 벙한 얼굴로 쳐다보았다.

"당신, 좋은 사람이로군, 도노무라 씨."

잠시 후 가라키다가 그런 말을 불쑥 내뱉었다.

"무슨 말씀을요."

도노무라는 눈을 내리떴다. "아무튼 저희는 좋은 회사입니다. 제가 하고 싶은 말은 그거예요. 전직 은행원을 믿어주십시오."

전직 은행원이라. 그렇다, 도노무라는 이제 은행원이 아니다. 파견이라고는 하나 엄연한 쓰쿠다제작소의 직원이다.

"고마워, 도노무라 씨. 자네 말이 맞아."

쓰쿠다는 진심으로 말했다.

"저도 모르게 그만 비굴하게 나갔네요. 젠장! 좀 더 당당하게 받아칠 걸 그랬어."

쓰노가 뒤이어 말했다.

"자자, 차분하게 가십시다."

도노무라가 웃으며 덧붙였다. "그것보다 젊은 직원들을 다독여줘야 해요. 다들 기분이 울적할 테니까요."

"사코타도 아주 애먹었으니."

쓰노가 평가팀과 맞붙었을 때가 생각난 듯 말했다. "영업부 젊은 놈들도 마찬가지예요. 원래 이번 일에 반대하던 녀석들을 억지로 프로젝트팀에 집어넣었으니 잘 달래줘야죠."

"에바라는 의외로 뒤끝이 있는 녀석이니까."

가라키다의 말이 한 방울의 불안감이 되어 쓰쿠다의 가슴에 퍼져나갔다.

부품 공급인가, 특허 사용 허가인가.

데이코쿠중공업에게 평가를 받고 있는 지금도 쓰쿠다제작소 직원들은 이 두 가지 선택지를 두고 두 동강이 난 상태다. 의견이 통일되지 않았다는 건 쓰쿠다도 안다. 데이코쿠중공업 평가팀 때문에 젊은 직원들의 반발이 더욱 거세지지는 않을까도 걱정이다. 테스트도 불합격, 거기에 특허 사용권도 주지 않겠다고 하면 수긍할 사람은 아무도 없을 것이다.

"녀석들, 괜찮을까."

쓰쿠다는 불안을 담아 중얼거렸다.

"걱정 붙들어 매십시오."

쓰노가 드디어 웃음을 지었다. "녀석들은 우리가 생각하는 것보다 어른입니다. 그렇지, 가라키다 씨?"

가라키다는 "그렇겠지" 하고 건성으로 대답했다.

"그럼 좋겠지만……."

쓰쿠다는 눈을 감고 팔짱을 끼며 숨을 길게 내쉬었다.

"빌어먹을!"

느닷없는 고함에 사코타가 고개를 번쩍 들자 에바라가 팔을 휘

둘러 뭔가를 내던졌다.

그건 벽에 맞고 에바라의 발치로 튕겨 나왔다. 담뱃갑이었다.

불퉁한 표정으로 담뱃갑을 집어든 에바라는 "휴식이다!" 하고 한마디 내뱉고 사무실을 획 나섰다.

에바라는 원래 다혈질이다. 젊은 직원들의 리더 격인 에바라가 폭발하자 주변 사람들은 아무 말도 못 하고 그냥 눈치만 봤다. 문이 쾅 닫혀 에바라의 모습이 사라지자 마법에서 풀린 것처럼 직원들이 움직이기 시작했다.

"에바라는 좋겠군."

사코타는 들으라는 듯이 말을 내뱉었다.

저렇게 감정을 드러낼 수 있어서. 감정을 드러내도 되는 입장이라서. 하지만—.

"난 그런 입장도 아니고."

자조적으로 중얼거린 사코타는 "길길이 화를 내고 싶은 건 나도 마찬가지라고" 하고 이번에는 작게 혼잣말했다.

"애초부터 안 될 일이었잖아. 데이코쿠중공업이 보기에 우리는 콩알만 한 영세기업이야. 놈들의 기준에 만족스러운 게 어디 있겠어."

자기 자신을 달래는 말이었다.

루저. 지금의 자신에게, 아니 쓰쿠다제작소에 이만큼 어울리는 말은 또 없다.

이바라키현의 촌 동네에서 태어난 사코타는 지방 공립고교를 졸업하고 도쿄에 있는 명문 대학에 진학했다. 하지만 졸업할 때

취업 빙하기가 와서 대기업을 몇십 군데나 떨어진 끝에 간신히 쓰쿠다제작소에 붙었다. 취직한 건 다행이지만 쓰쿠다제작소는 어디까지나 보험용이었다. 취직은 됐지만 대기업 면접에 계속 떨어진 탓인지 사코타의 가슴속 한구석에 열패감이 뿌리내렸다.

시대를 잘 만났더라면 이름난 대기업에서 일하고 있을지도 모른다는 마음도 없지 않다. 그래서 더 비굴해진다.

사내에서 업무 능력은 인정을 받는다. 하지만 냉정하게 따져보면 쥐똥만 한 회사의 일개 계장에 불과하다. 연봉도 낮고 사회적으로 내세울 만한 지위도 없다.

그걸 몸서리나게 실감한 하루였다.

"망할!"

뭐에 화가 난지도 모르는 채 사코타는 욕을 하며 일어섰다.

사내에서 유일하게 흡연이 허용되는 휴게실로 가자 에바라가 혼자 담배를 피우고 있었다. 차가운 12월 밤공기가 열린 창문으로 밀려들었다.

테이블에 재떨이를 놓고 접이의자에 걸터앉은 에바라의 시선은 창밖으로 보이는 밤하늘을 향해 있었다.

사코타도 말없이 접이의자를 끌어당겨 앉았다. 셔츠 주머니에서 담배를 꺼내 일회용 라이터로 불을 붙였다. 담배를 천천히 빨아들여 연기를 내뱉었다. 아무런 맛도 없었다. 가슴에 퍼진 쓸쓸함은 니코틴과는 무관했다.

"잘됐네. 이제 부품 공급은 물 건너갈 테고, 우리가 바라던 대로 될 거야."

사코타는 그렇게 말해보았다. 에바라의 대답은 없었다. 짧아진 담배를 재떨이에 비벼 끄더니 가느다랗게 떨리는 숨을 천천히 내쉬고 중얼거렸다.

"이건 아니야."

사코타는 에바라의 옆얼굴을 들여다보았다. 에바라는 변함없이 밤하늘을 보고 있었다. 별은 없었다. 차 한 대가 앞쪽 도로를 지나갔다.

"그런 문제가 아니라고." 에바라가 다시 말했다.

"그럼 어떤 문제인데?"

"이건 자존심 문제야. 너도 알 텐데."

사코타는 대답 없이 입을 다물었다.

그 말이 맞는다. 지금껏 반대해온 부품 공급을 검토하는 테스트이기는 하다. 그렇지만 사코타와 에바라가, 아니 쓰쿠다제작소 사람들이 데이코쿠중공업의 평가 담당에게 온갖 무시와 수모를 당한 끝에 낙제 도장을 받기를 바라는 건 아니다.

"테스트에 적당히 응하다 불합격을 당하면 그것도 상관없다고 생각했었어."

에바라가 말을 이었다. "하지만 막상 시작되니까 나 자신이 부정당하는 기분이 들더라. 너희는 결국 중소기업이다, 엉성하다, 세상 무서운 줄 모른다. 하지만 아니잖아?"

에바라는 분한 표정으로 고개를 돌렸다. "놈들은 우리한테 기술로 추월당했어. 이 분야에서는 우리 기술력이 더 뛰어나다고. 왜 우리를 만만하게 보는 건데?"

에바라의 눈 속에서 분노의 불길이 넘실거렸다. "절차인지 뭔지는 모르겠지만, 그렇게 거만하게 굴다니 눈꼴시어서 못 봐주겠어. 부족한 점을 찾아서 지적질하는 게 테스트야? 아니잖아!"

에바라는 가슴을 들썩이며 씩씩 숨을 내쉬었다.

"그럼 지금 여기서 한 말을 다른 사람들한테도 해줘. 비굴해질 필요 없다고. 그래서 놈들의 코를 납작하게 해주자."

사코타는 말했다. "우리한테는 우리만의 방식이 있어. 놈들은 그걸 전혀 이해 못 해."

"야, 넌 부품 공급에 반대하는 게……."

에바라는 조금 놀란 표정으로 사코타의 얼굴을 보았다.

"이제 부품 공급 문제하고는 따로 생각하기로 했어."

사코타는 무표정하게 말했다. "사장한테 말려서 프로젝트팀에 들어가긴 했지만, 다들 부품을 납품한다는 목적에 얽매여 너무 위축돼 있어. 데이코쿠중공업한테 한 방 먹일 수 있는 건 우리뿐이라고. 난 내일부터 하고 싶은 말을 할 거야."

에바라가 씩 웃었다.

"그럼 나도 그래야겠다. 나중에 네 핑계를 대면 되니까."

"그러시든가."

사코타는 농담조로 말하고 덧붙였다. "회사가 작다고 얕보면 못쓰지."

다음 날 데이코쿠중공업의 테스트를 의식해 평소보다 일찍 출근한 쓰쿠다는 1층과 2층 사이의 층계참에서 걸음을 멈췄다.

눈에 확 띄는 곳에 큼지막한 포스터가 붙어 있었다.

"이건 뭐야."

잠이 부족해 멍한 머리가 한 박자 늦게 반응했다. 캐치프레이즈가 삐뚤빼뚤 적혀 있었다.

품질 하면 쓰쿠다. 쓰쿠다 프라이드

"도노무라 씨, 저 포스터……."

사무실로 뛰어들자 도노무라가 미소를 띠며 뒤쪽 소회의실을 가리켰다.

평소 같으면 한산할 이 시간에 젊은 직원 십여 명이 작업을 하고 있었다.

에바라를 비롯한 프로젝트팀 멤버들이다.

"어제 일이 엄청 분했나 봐요."

도노무라가 말했다. "에바라가 모두를 불러 모아 밤새워 테스트 대책을 세운 모양입니다."

"밤새워……."

쓰쿠다는 깜짝 놀라 급히 회의실로 달려갔다.

"자네들……."

쓰쿠다는 도중에 말문이 막혔다. 모두 어제와 똑같은 차림새였고, 눈 밑이 거무스름해졌다.

미팅을 주도하던 에바라가 "나오셨습니까!" 하고 기운차게 인사했다. 다른 사람들의 인사도 뒤를 이었다.

"고생이 많군."

쓰쿠다는 가슴속에서 뜨거운 것이 울컥 솟구쳤다. "다들, 잘 부탁해. 그리고…… 포스터, 고마워."

에바라가 엄지손가락을 세웠다. 사코타는 평소처럼 냉정한 표정으로 고개를 살짝 끄덕였다. 쑥스러운 웃음을 띤 직원들의 얼굴을 보고 있으니 쓰쿠다는 기뻐서 눈시울이 시큰했다.

아직 끝난 게 아니다.

데이코쿠중공업의 테스트는 지금부터다.

5

"이봐, 어제 내준 숙제는 다 했나?"

시간에 맞춰 들어온 다무라가 웃음기 하나 없는 얼굴로 의자에 앉아 사코타에게 물었다.

숙제란 어제 재무평가를 토대로 다무라가 요청한 추가 자료를 말하는 것이다.

이리 물어뜯고 저리 물어뜯은 끝에 일부러 방대한 양의 자료를 요구하고 돌아갔으니 다무라는 당연히 "아직 못 했습니다"라는 대답을 예상했다. 하지만―.

"이쪽에 전부 준비해놓았으니 보시죠."

사코타는 책상 옆에 놓아둔 박스에서 자료를 한 아름 꺼내 다무라 앞에 쌓아올렸다. 다무라의 눈이 휘둥그레졌다.

"이야, 다 했네. 그런데 되는대로 적당히 작성한 건 아니겠지? 준비만 한다고 다 끝나는 게······."

제일 위에 있는 자료를 펼친 다무라가 갑자기 입을 다물었다.

자료에 기입된 숫자와 곁에 둔 결산서의 숫자를 번갈아 대조한다. 손이 점점 빨라지고 표정에 진지한 빛이 서렸다.

"이거, 자네 혼자 정리했나?"

이윽고 손을 멈춘 다무라는 놀라움을 억누르고 있는 것처럼 보였다.

"경리부 직원들과 함께 작성했습니다."

"아, 그렇군. 처음부터 해놨으면 그런 고생을 안 해도 되잖아."

다무라는 서류를 책상에 탁 내던졌다. "딱 중소기업 수준의 관리회계로군."

다무라가 비아냥거리자 사코타는 진지한 표정으로 말했다.

"감사합니다. 저희가 바로 그 중소기업이니까요."

"하기야 어차피 자료를 갖춰봤자 적자가 흑자로 바뀌는 것도 아니잖아."

"적자를 감출 생각은 없습니다."

사코타는 다무라를 똑바로 쳐다보았다. "회사를 오래 경영하다 보면 실적이 좋을 때도 있고 나쁠 때도 있겠죠. 하지만 이것만은 똑똑히 말씀드리겠습니다. 언제 어느 때든 저희 재무제표에 기입된 숫자는 정확합니다. 좋으면 좋은 대로, 나쁘면 나쁜 대로 회사의 모습을 정확하게 비춰내죠. 그런 재무를 지향해왔습니다. 자료의 숫자에 잘못된 부분이 있던가요?"

다무라는 말이 쑥 들어간 모양이었지만 시선을 홱 돌리고 큰소리쳤다.

"숫자야 당연히 정확해야지. 쉽게 틀릴 것 같으면 때려치우는 게 나아."

"동감입니다. 처음으로 다무라 씨와 의견이 일치했네요."

사코타도 한 발짝도 물러서지 않았다.

"숫자가 정확해도 영업이 적자여서는 의미가 없지. 아무리 숫자가 정확해도 적자는 적자야. 이대로 가면 분명 망할걸."

다무라가 가차 없이 말했다.

"언제 망할 거라고 생각하십니까?"

사코타는 도발적으로 캐물었다.

"뭐라고?"

"적자니까 망한다고 말하기는 쉽죠. 돈이 점점 밖으로 샌다는 뜻이니까 아무리 큰 회사도 적자가 계속되면 언젠가는 도산할 겁니다. 달리 말하면 적자만 나는 회사는 빨리 때려치우는 편이 낫다. 아닙니까?"

"재미있는 소리를 하는군."

사코타의 도전을 받아들이겠다는 듯 다무라는 볼펜을 내려놓고 마주 보았다. 사코타는 날카로운 시선을 받아내며 말했다.

"쓰쿠다제작소 역사상 적자로 마감한 적은 단 한 번뿐입니다. 선대 사장님이 경영하시던 시절, 오일쇼크로 기계의 수요가 뚝 떨어졌을 때였죠. 즉, 그 이외의 회계연도에서 저희는 꼬박꼬박 이익을 내왔습니다."

"그러니까 지금은 적자라도 상관없다, 그거야?"

다무라가 정말 어처구니없다는 듯 한숨을 쉬었다.

"적자는 축소될 겁니다."

사코타는 어젯밤, 정확하게는 오늘 아침에 작성한 매출 전망에 따른 예상 손익 자료를 다무라에게 내밀었다.

영업부의 협력을 얻어 확보 가능한 거래처의 수와 그에 따른 판매량을 최대한 객관적으로 예측해 실현 가능성에 따라 순위를 매긴 데이터다. 실현 가능성에 준해 예상 매출액을 집계했다.

사코타 옆에서 쓰노와 가라키다가 숨을 삼킨 채 상황을 지켜보고 있었다.

"나카시마공업과 화해가 이루어진 후 이탈했던 거래처들이 돌아오고 있습니다. 그리고 조금씩이지만 신규 거래처를 뚫기 위한 노력도 결실을 맺고 있고요. 게이힌기계공업이 빠져서 생긴 구멍은 내년도 안으로 메워질 것으로 예상됩니다. 한편 매출 감소에 따라 비용 삭감 대책을 적극 추진한 만큼 내년도는 영업흑자로 돌아설 게 거의 확실하고요."

"이딴 건 신빙성이 없어. 단순한 예측이잖아. 이 정도는 눈대중으로 뚝딱 만들 수 있다고."

"데이코쿠중공업에서는 눈대중으로 예측 데이터를 작성하시나 보죠?"

사코타가 반격했다.

"뭐라고?"

다무라가 낮게 깔린 목소리로 물었다.

"그렇게 어설픈 예측에 근거해 회사를 경영하시느냐고 물었습니다."

사코타의 도발적인 발언을 듣고 다무라의 눈 속에 분노가 피어올랐다.

"지금 누구 앞에서 그딴 소리를……."

"당연히 다무라 씨 앞에서죠."

사코타 옆에 앉은 에바라가 끼어들었다. 도노무라는 조마조마한 표정을 지었고, 가라키다가 그만두라는 눈빛을 보냈지만 에바라는 가볍게 무시하고 말을 이었다.

"경영계획과 매출 예상을 탁상공론으로 치부하는 사람에게 이 자료를 평가할 자격은 없습니다. 남이 고생해서 만든 자료를 보고 눈대중으로 뚝딱 만들 수 있다니, 무슨 근거로 그런 말씀을 하시는 겁니까?"

에바라는 진심으로 화를 냈다.

"뭐가 어째!"

싸울 듯이 대꾸했지만 다무라의 입에서는 더 이상 아무 말도 나오지 않았다.

"근거도 없으면서 신빙성 운운하다니 그게 데이코쿠중공업의 평가 방식입니까?"

에바라는 기회가 왔다는 듯 치고 들어갔다. "중소기업보다 못하군요. 대체 뭐 하러 온 겁니까? 금쪽같은 시간을 쪼개서 작성한 자료란 말입니다. 제대로 평가할 마음이 없으면 민폐 끼치지 말고 그만두시죠."

"그만둬도 된다면 그러고 싶군."

이번에는 다무라도 지지 않고 응수했다. "부품을 공급하겠다는 주제넘은 소리 하지 말고, 특허 사용 계약을 맺으면 피차 수고를 덜 텐데 말이야."

"뭔가 착각하시는 거 아닙니까, 다무라 씨?"

그때 도노무라가 묵직한 목소리로 끼어들었다. "이 정도도 제대로 평가하지 못하는 회사에게 저희 특허를 사용하게 할 수는 없습니다. 계약을 맺지 않아도 저희는 전혀 지장 없어요. 자, 이만 돌아가시죠."

다무라의 얼굴이 새파랗게 질렸다. 화가 난 게 아니라 낭패를 본 기색이 역력했다. 자신들의 평가 태도 때문에 특허 사용까지 거절당하면 책임 소재가 불거질 것이기 때문이다.

"그냥 해본 소리야."

패배를 인정하려니 속이 뒤틀리는지 다무라는 마지막으로 허세를 한 번 부렸다. "아니면 이런 자료를 요구하겠어?"

에바라와 사코타가 잠깐 눈빛을 교환했다.

"저희 직원이 결례를 범했군요. 죄송합니다."

쓰노가 마침맞게 끼어들었다. "최선을 다할 테니 오늘 테스트도 잘 부탁드립니다."

미조구치는 작업용 책상에 놓인 소형 엔진 부품들을 살펴보았다. 실린더 두 개 중 하나를 들고 검사용 라이트로 내부를 비추면서 물었다.

"이게 댁들 주력 제품?"

"경쟁사의 엔진 부품과 저희 걸 비교 검토하는 중입니다."

"경쟁사라니 어딘데요?"

"나카시마공업입니다." 야마사키가 대답했다.

"아아, 나카시마. 그럼 검토하는 보람이 있겠네."

미조구치는 납득한 투로 말했다. "나카시마공업의 공장은 최신형 장비로 무장해 쓸데없는 과정을 철저히 생략했으니까. 댁들처럼 숙련공을 데리고 찔끔대는 공장하고는 차원이 다르지. 공부가 되겠군. ……이건?"

미조구치는 테이블에 놓여 있는 사진을 집었다.

"실린더 내부 연마 상태를 비교하기 위해 방금 촬영한 현미경 사진입니다. 보시다시피 연마 상태에 확연한 차이가 있죠. 말씀하신 대로 공부가 됩니다."

야마사키는 두 사진을 비교해보는 미조구치에게 각각에 해당하는 실린더를 건넸다.

미조구치는 피스톤을 실린더 내부에 넣어 위아래로 움직여 보았다.

"멋지군. 역시 나카시마공업이야."

"이것도 봐주십시오."

야마사키는 다른 실린더도 내밀었다.

"댁들 겁니까?"

미조구치는 피스톤을 위아래로 움직였다. "뭐, 이럴 줄 알았지. 60점. 첫 번째 실린더하고는 연마 수준이 비교도 안 되네요. 사진만 봐도 명백합니다만."

미조구치가 말했다.

"처음 게 저희 실린더입니다."

미조구치는 고개를 홱 들어 야마사키를 보았다.

"들고 계신 실린더가 나카시마공업 제품이에요. 60점짜리."

미조구치의 얼굴이 벌게졌다.

"뭐든지 옥석은 있기 마련이죠."

미조구치가 억지를 썼다.

"아니요. 제품으로 시장에 출시되는 이상, 그저 옥석이 있다고 치부하고 넘어갈 문제가 아닙니다."

야마사키는 딱 잘라 말했다.

"성미 한번 고약하군요. 날 속여먹으니까 재미있습니까?"

미조구치가 겸연쩍게 말하자 야마사키는 부드럽게 반론했다.

"저희 숙련공의 기술이 어느 정도인지 알아주셨으면 했을 뿐이에요."

"흥, 그놈의 숙련공! 귀에 못이 박이겠군."

미조구치는 못마땅한 듯 내뱉고 재빨리 나가버렸다. 그때였다.

"저어, 저도 좀 살펴보면 안 될까요?"

옆에서 상황을 지켜보던 보조 평가원이 그렇게 말해 야마사키는 깜짝 놀랐다. 데이코쿠중공업의 젊은 기술자다. 가슴에 단 명찰에 '아사기'라고 적혀 있었다.

"네, 얼마든지요."

아사기는 진지한 표정으로 실린더를 들어 자세히 관찰하고 움직임을 확인했다.

"거의 수작업이죠?"

"맞습니다."

아사기는 잠시 놀란 표정을 감추지 못했다.

"이봐, 거기서 뭐 하나!"

저쪽에서 미조구치가 소리치자 아사기는 고맙다고 인사하고 실린더를 테이블에 내려놓았다. 그리고 두세 발짝 걸어가다 발을 멈췄다.

"이거 굉장합니다. 대단한 기술이에요."

멀찍이 둘러싸서 지켜보던 직원들이 웃음을 지었다.

"과연, 품질 하면 쓰쿠다로군요."

아사기라는 젊은 기술자는 그렇게 말하고 재빨리 미조구치를 뒤따라갔다.

6

"데이코쿠중공업의 테스트 1단계가 무사히 끝났음을 축하하며 건배하겠습니다."

회사 2층 회의실, 출장 요리를 차려놓은 가운데 에바라가 건배를 제안했다.

테스트를 마친 직원들이 한자리에 모였다. 사람들은 사회를 맡은 에바라의 말에 따라 서로 맥주를 따라주었다.

데이코쿠중공업의 테스트는 경영과 재무 상태를 평가하는 1단계와 시제품의 품질을 검사하는 2단계로 크게 나뉜다.

"그럼 건배 선창은 이번 테스트에서 제일 멋있었던 분께 부탁드리도록 하죠."

누군지 궁금해하는 목소리가 여기저기서 들리고 회의실이 시끌벅적해졌다. 에바라의 능수능란한 진행에 쓰쿠다도 흐뭇한 웃음을 지었다.

"도노무라 부장님이십니다! 부장님, 그 따끔한 일침, 최고였습니다. 그럼 부탁드립니다."

박수갈채와 함께 도노무라가 머리를 긁적이며 앞으로 나섰다.

"어, 저는 그, 당연한 말을 했을 뿐입니다. 일침이라니 그렇게 거창한 일은……."

"딱딱하기는……."

쓰노의 짓궂은 농담에 모두가 웃었다. 도노무라도 따라 웃었지만 천성은 어쩔 수 없는지 진지하게 이야기를 이어나갔다.

"이번 테스트는 솔직히 불안했습니다. 사실 이 회사에 온 뒤로 어떻게 하면 모두에게 동료로 인정받을 수 있을지 매일 고민했는데요. 그래서인지 젊은 직원들이 품은 불만을 어떻게 해야 한다고 생각하면서도 어쩐지 선뜻 나설 수가 없더라고요."

사람 좋은 도노무라다운 인사였다. 도노무라가 말을 이었다. "하지만 프로젝트팀 멤버들이 만든 포스터가 제 고민을 싹 날려버렸습니다. 품질 하면 쓰쿠다, 쓰쿠다 프라이드. 그걸 보고 정말 가슴이 떨렸습니다. 에바라 과장을 비롯한 프로젝트팀 여러분,

감동을 선사해줘서 고맙습니다! 저도 드디어 쓰쿠다제작소의 일원이 된 기분이 드네요. 쓰쿠다 프라이드에 건배합시다, 건배!"

쓰쿠다는 맥주잔을 들며 속으로 도노무라에게 고맙다고 인사했다.

─뭔가 착각하시는 거 아닙니까, 다무라 씨.

그때 과감하게 나선 도노무라의 용기에 진심으로 감사와 박수를 보내고 싶은 마음이 가득했다.

박수가 한층 커지자 도노무라는 쑥스러워하며 머리를 꾸벅 숙이고 약간 젖은 눈으로 쓰쿠다 곁에 돌아왔다.

"도노무라 씨는 훌륭한 우리 직원이야."

쓰쿠다가 내민 오른손을 도노무라는 조심스레 잡았다. "고마워, 도노."

다들 술기운이 올라 분위기가 한층 흥겨워졌을 즈음, 쓰쿠다는 뒤풀이 자리를 빠져나왔다.

아무도 없는 층을 가로질러 사장실 불을 켰다. 주머니에 넣어둔 휴대전화를 꺼내 미카미에게 전화를 걸었다.

"쓰쿠다, 생각 좀 해봤어?"

전화를 받은 미카미는 기대하는 말투로 물었다.

"정말 고마운 제안이지만 거절할게."

전화 저편이 잠시 조용해졌다.

"쓰쿠다, 대학으로 돌아오면 다시 연구를 할 수 있어. 꿈은 어쩌려고."

"돌아가고 싶은 마음은 굴뚝같아. 하지만 꿈은 연구실이 아니더라도 이룰 수 있어."

쓰쿠다는 말했다. "난 우리 회사에서 직원들과 함께 꿈을 좇아가볼게. 매트릭스의 스다 씨에게도 그렇게 답할 거야. 기껏 생각해줬는데 미안하다."

짧은 통화를 마친 쓰쿠다는 뒤풀이가 진행 중인 회의실로 돌아갔다.

7

"너한테는 미안하지만 사실 이상으로 나쁘게 쓸 수는 없어. 부당하게 평가한 게 밝혀졌다가는 내 인사고과에도 영향을 미칠 테니까."

잔뜩 찌푸린 얼굴만 봐도 다무라의 말이 도미야마의 기대에 어긋났다는 걸 알 수 있었다.

도쿄의 금융가인 니혼바시에 있는 단골 술집이었다. 이른 시간부터 몇몇 회사원들이 즐겁게 술을 마시는 가운데 이 테이블만 묘하게 분위기가 썰렁했다.

"적자인데 그런 평가가 나오다니 이상하잖아." 도미야마는 비난하듯 말했다.

"확실히 적자는 적자지만 그걸 메우고도 남을 만큼 현금이 충분해. 그건 무시할 수 없지."

다무라가 내놓은 평가 기준점은 명료했다.

"재무 평가 시스템 점수는?"

도미야마가 떨떠름한 표정으로 묻자 다무라는 "71점" 하고 대답했다.

도미야마는 혀를 찼다. 예상 이상으로 양호한 결과였다. 재무 평가 시스템은 데이코쿠중공업이 도입한 재무 진단 프로그램으로 60점 이상이면 '우량'으로 판단한다. 신규 거래를 검토하는 회사는 모두 재무 평가 시스템에 돌려보는데, 도미야마가 알기로 70점이 넘는 회사는 그렇게 흔하지 않았다.

"그 시스템은 재무 안정성을 중시하니까. 적자가 나더라도 자본이 탄탄한 회사는 점수가 덜 깎여."

도미야마가 너무 침울해 보였는지 다무라가 변명하듯 설명했다. "아무튼 재무는 누가 평가해도 큰 차이 없어. 그것보다 미조구치, 넌 어때?"

이야기를 돌리자 미조구치는 복잡한 표정을 지었다.

"생산 현장은 트집을 잡으려면 얼마든지 잡을 수 있거든."

미조구치의 말에 도미야마는 기대에 찬 표정을 지었다. "별 필요도 없는 클린룸에 돈을 투자하고, 숙련공의 기술에 집착한다거나, 지적할 곳투성이니까. 하지만 거기가 우리 하청업체에 끼지 못할 수준이냐 하면 절대 그렇지는 않아. 지금 거래 중인 하청업체들과 비교해도 최고 수준에 들어갈 거야."

부풀어 오른 기대가 시들어갔다. 하지만 그렇게 쉽게 포기할 도미야마가 아니었다.

"부품을 공급하게 할 수는 없어. 쓰쿠다제작소를 그렇게 높게 평가하면 특허 사용 허가를 받아내길 원하는 미즈하라 본부장의 의향은 뭐가 돼?"

도미야마는 말했다.

"저기, 도미야마."

미조구치가 굳은 목소리로 말했다. "네 마음을 모르는 바는 아니야. 하지만 회사 명령으로 평가를 맡았으니 공정하게 평가하는 수밖에 없잖아. 우리 눈은 옹이구멍이 아니라고. 쓰쿠다제작소의 생산 부문은 분명 A급이야. 만약 부품을 공급받기 싫다면 네 쪽에서 평계를 만들어야겠지. 품질 및 기술 테스트는 이제부터니까 거기서 네가 뭘 어떻게 평가하든 우리가 알 바 아니야. 하지만 우리는 나중에 왜 그렇게 평가했느냐고 질책받을 짓은 하기 싫어. 달리 표현하자면 데이코쿠중공업 직원으로서 마지막 자존심은 지키고 싶어."

쓰쿠다제작소가 제출한 밸브 시스템은 합쳐서 열다섯 종류. 쓰쿠바에 있는 연구소에 보내서 오늘 오후부터 내구성과 작동 성능을 중심으로 테스트에 들어갔다.

"알았어."

도미야마가 딱딱하게 대꾸하자 미조구치는 자못 머쓱한 표정을 지었다.

거북한 술자리를 일찌감치 끝낸 세 사람은 역 앞에서 헤어졌다.

기대가 빗나간 도미야마가 기운 없이 반대쪽 플랫폼으로 내려가고 있을 때 휴대전화가 울렸다. 연구소에 있는 부하직원이었다.

"어제 보내신 밸브 말인데요, 간단한 작동 성능 테스트만 했는데 벌써 비정상 수치가 나왔습니다."

생각지도 못한 낭보였다.

"정말이야?"

플랫폼으로 들어오는 전철 소리에 지워지지 않도록 도미야마는 목소리를 높였다.

"지금 데이터를 검증해서 확인했는데요, 일단 주임님께 알려 드리려고 전화했습니다."

"알았어. 내일 자세한 보고 부탁해."

전화를 끊자 가슴속에 새로운 희망이 샘솟았다.

재무와 생산관리에 문제가 없더라도, 정작 품질에 흠이 있으면 부품 공급을 거절할 이유는 충분하다. 하늘은 아직 나를 저버리지 않았다.

도미야마는 휴대전화를 바지 호주머니에 넣으며 문이 열린 전철에 재빨리 올라탔다.

6장

일하는 자의 마음

1

"주임님, 잠깐 괜찮으세요?"

노무라가 그동안 테스트 준비에 매달리느라 밀린 일을 정리하려고 한창 흥이 오른 뒤풀이 자리에서 빠져나와 자기 자리로 돌아왔을 때였다. 돌아보자 역시 일이 걱정됐는지 뒤풀이에서 빠진 듯한 다치바나가 당혹스러운 표정으로 서 있었다.

"왜?"

"이것 좀 보세요. 창고에서 찾았는데, 이거 데이코쿠중공업에 제출 안 해도 되나요?"

다치바나가 가까운 테이블에 나무 상자를 내려놓고 새것으로 보이는 원통형 덩어리를 꺼냈다. 소형 전자 말단 밸브였다.

노무라는 나무 상자에서 번호를 찾았지만 보이지 않았다.

데이코쿠중공업에 제출한 시제품은 상자에 나누어 담아 번호를 매겼을 것이다.

"번호가 없으니 괜찮겠지."

"하지만 밸브 본체에 로트번호˙가 들어가 있는데요."

다치바나의 지적에 급히 밸브 본체를 확인했다. 분명 테스트용으로 매긴 번호가 새겨져 있었다.

"어쩌다 빠진 것 아닐까요?" 다치바나가 불안한 듯 물었다.

"설마!"

믿을 수 없었다. 아니, 믿고 싶지 않은 이야기였다.

다치바나가 발견한 밸브를 유심히 들여다보던 노무라는 불안한 예감에 생침을 삼켰다.

노무라는 자기 자리에서 관리대장을 들고 돌아와 문제의 밸브에 새겨진 번호를 찾아보았다.

"이상한데. 관리대장에는 출하했다고 기록돼 있어. 그게 왜 여기 있지?"

"실수로 다른 부품을 제출한 것 아닐까요?"

다치바나의 말에 노무라는 고개를 갸웃했다.

"말도 안 돼. 그럴 리가."

부정하면서도 노무라는 야마사키의 휴대전화로 연락했다.

사정을 듣고 야마사키는 바로 달려왔다.

"부품이 뭐 어쨌다고?"

"제출한 밸브가 남아 있었습니다. 그런데 관리대장에는 출하했다고……."

"그게 무슨 소리야?"

밸브를 들고 직접 확인한 야마사키의 표정이 대번에 흐려졌다.

"어디에 있었어?"

• 동일한 조건에서 제조해 동일한 특성을 갖는 제품군에 붙이는 고유 기호.

"아까 창고 안쪽 선반을 정리하다 찾았습니다." 다치바나가 사정을 설명했다.

"창고에? 왜 그런 데에……."

"모, 모르겠습니다."

다치바나는 휴대전화를 꺼내 데이코쿠중공업의 인수 담당자에게 연락했다.

"젠장, 안 받네요."

"누구 아는 사람 없는지 위에 가서 물어봐."

야마사키의 지시를 받고 다치바나가 뛰어갔다.

즉시 기술개발부원들이 돌아와 테이블을 둘러쌌다.

"하지만 부품이 모자라면 연락이 올 텐데."

노무라가 의아한 표정으로 말했다.

"그러게…… 아무튼 내일 아침에 바로 확인해봐."

야마사키의 지시에 노무라를 비롯한 기술개발부원들은 찜찜한 표정으로 입을 다물었다.

"밸브가 남아 있었다고? 그게 무슨 소리야?"

납득이 안 간다는 표정으로 뒤풀이 자리에 돌아온 야마사키의 보고를 받고 쓰쿠다는 물었다. "남아 있었다면 그쪽에는 빈 상자로 간 거잖아."

"출하 기록은 있어요."

쓰쿠다는 고개를 갸웃했다.

"만약 누락된 거라면 내일 쓰쿠바에 가서 연구소에 전해주고 오겠습니다."

다른 밸브는 데이코쿠중공업이 준비한 트럭으로 보냈지만, 이쪽 실수로 빠뜨린 부품을 가지러 오라고 할 수는 없다.

"어쩔 수 없지."

쓰쿠다는 그렇게 답하고 다시 고개를 갸웃했다. "그나저나 품질 테스트는 오늘 오후부터 시작될 예정이었잖아. 아직도 짐을 안 풀어봤단 말인가?"

미심쩍은 표정을 짓는 야마사키의 호주머니에서 휴대전화가 울렸다.

"데이코쿠중공업입니다."

야마사키는 빠른 말투로 알리고 전화를 받았다.

쓰쿠다 앞에서 야마사키의 표정이 대번에 일그러졌다.

"알려주셔서 감사합니다."

통화를 끝낸 야마사키는 어깨를 축 늘어뜨리며 벽에 기댔다.

"왜?"

"아사기라는 젊은 기술자 있었잖아요. 미조구치를 따라왔던 사람. 그 사람 전화예요."

쓰쿠다제작소의 기술에 관심을 보였다는 젊은 기술자다. "작동 테스트에서 비정상 수치가 나왔다고……."

"설마! 얼마나 많이 시험했는데."

쓰쿠다는 너무 놀라 할 말을 잃었다.

2

"너희들 관리를 어떻게 한 거야? 제일 중요한 품질에서 문제가 생기면 말짱 도루묵이잖아."

에바라는 비정상 수치가 발생했다는 소식을 듣고 기술개발부에 뛰어들자마자 고함을 질렀다.

오후 10시가 지났을 무렵, 이쪽에서 다시 아사기에게 전화를 걸어 쓰쿠다제작소 창고에서 발견된 것과 같은 로트번호가 찍힌 밸브가 납품됐다는 사실을 확인받았다.

당장 내일이라도 테스트에서 불합격 결과가 나올지도 모른다고 아사기가 전화를 건 노무라에게 가르쳐주었다.

"왜 로트번호가 똑같은 부품이 두 개나 있는 거야, 노무라?"

에바라가 따지듯 묻자 출하를 담당한 노무라는 우물쭈물 답했다.

"미안해. 이유는 아직 몰라."

"환장하겠네. 모르면 다냐? 네가 잘못 찍은 거 아니야?"

"그럴 리가."

이 사태가 도무지 이해가 안 되는 건 노무라도 마찬가지였다.

"그럼 왜 두 개가 있는 거냐고!"

하지만 그 질문에는 입이 열 개라도 할 말이 없었다.

흥겨운 기분은 이미 온데간데없이 사라지고, 허무함이 빈자리를 지배했다.

다들 자사 제품의 품질에는 자신이 있었다.

재무와 생산관리에서는 높은 평가를 못 받을 수도 있다고 생각했지만, 설마 품질에서 탈이 날 줄은 아무도 예상하지 못했다.

"품질 하면 쓰쿠다라면서."

속상한 감정을 폭발시키는 에바라에게 반론하는 사람은 아무도 없었다.

"너희들, 부끄럽지도 않나?"

"미안해, 에바라. 다 내 탓이야. 아무튼 왜 이런 일이 벌어졌는지 빨리 원인을 규명할게. 정말…… 면목없다."

야마사키가 깊이 머리를 숙이며 말하자 에바라도 더 이상 분통을 터뜨리기가 힘든 듯했다. 그때였다.

"마노 씨, 혹시 아는 거 없으세요?"

다치바나가 거북한 침묵을 깼다.

"무슨 소리야?" 노무라가 물었다.

"어제 부품 출하 작업할 때 말단 밸브를 상자에 담는 걸 마노 씨가 도와줬거든요."

모두의 시선이 한쪽 구석에서 대화를 지켜보고 있던 마노에게 집중됐다.

"그래서 뭐? 난 몰라."

마노의 시선에 적의가 깃들었다.

마노가 말을 이었다. "하지만 잘됐잖아. 이제 볼 것도 없이 테스트는 불합격이겠지. 도중에 갑자기 의욕을 불태우는 사람도 있었지만, 초지일관 몰라? 처음에 바라던 대로 된 거 아닌가?"

"너, 설마 사고 친 건 아니겠지?"

모두가 마른침을 삼키며 지켜보는 가운데 에바라가 분노에 떨리는 목소리로 물었다.

"사고를 쳤다고? 무슨 근거로 그런 소리를 하는 거야?"

마노가 싸울 기세로 말했을 때 "죄송합니다" 하고 뒤에서 목소리가 들렸다.

모두가 돌아보자 제조관리과에 근무하는 가와모토가 서 있었다. 입사 3년차의 젊은 사원이다. 마노가 날카롭게 혀를 찼다.

"제가 그…… 불합격품에 로트번호…… 찍었습니다……."

창백한 얼굴의 가와모토가 기어들어가는 목소리로 말하고 "죄송합니다" 하며 허리를 푹 숙였다.

"야, 입 닥치고 있어! 이제 와서 뭘 나불나불……."

말하는 도중에 얼굴에 주먹이 꽂혀 마노는 뒤쪽 테이블로 나동그라졌다.

"이 망할 놈의 새끼야!"

노무라의 성난 목소리가 공장에 쩌렁쩌렁 울렸다. "미쳤냐! 다들 얼마나 고생했는지 너도 알면서!"

테이블에 몸을 호되게 찧은 마노는 인상을 찌푸리며 찢어진 입술을 손등으로 닦았다.

"같잖은 소리 집어치워!"

원망이 뚝뚝 떨어지는 목소리였다.

"다들 회사의 방침에 반대했잖아. 그런데 뭐야, 갑자기 손바닥 뒤집는 것처럼!"

"아니야! 그런 게 아니라고!"

얼어붙은 듯 미동도 없이 지켜보는 사람들 앞에서 에바라가 침을 튀기며 소리를 질렀다. "우리는 그저 데이코쿠중공업에 지기 싫을 뿐이야. 부품 공급이나 특허 사용 계약하고는 상관없어. 자존심을 지키기 위한 싸움이잖아. 그러니 절대 지면 안 돼. 그런 것도 모르겠냐!"

"자존심은 개뿔."

마노는 비틀대며 비웃었다. "자존심이 밥 먹여주냐. 우리가 아무리 뻗대봤자 변두리 공장은 변두리 공장이지."

"그래, 평생 그렇게 비굴하게 살아라."

에바라는 툭 내뱉고 다치바나를 돌아보았다. "가자."

"가자니 어디로……." 다치바나가 당황해서 물었다.

"데이코쿠중공업에 밸브를 가져다 줘야지." 에바라는 여전히 얼어붙어 있는 사람들은 본체만체 재빨리 걸음을 옮겼다.

3

고속도로를 타고 도심을 빠져나가는 데 한 시간이 넘게 걸렸다. 나들목을 빠져나오자 드디어 내비게이션 화면에 목적지인 데이코쿠중공업의 연구소가 보였다.

"이거, 받아줄까요?"

다치바나는 불안한 목소리로 말하고 밴의 뒤쪽 수납공간을 힐끔 보았다. 거기에는 단단히 포장한 나무 상자가 놓여 있었다. 원래 제출해야 했던 밸브가 든 상자다.

에바라는 대답하지 않았다. 어려우리라는 건 안다. 아무튼 받아줄 때까지 돌아가지 않을 각오는 하고 왔다.

연구소 정문 앞에서 출입허가를 받아 지정된 주차공간에 차를 댔다. 접견실이 줄지어 있는 연구동 1층에서 담당자를 기다렸다.

"오셨군요. 골치 아프게 됐네요."

바쁘게 다가온 아사기는 두 사람을 보자 표정이 흐려졌다.

"어쩌다 이렇게 된 겁니까?"

아무 말도 못 하는 다치바나를 대신해 에바라가 "죄송합니다. 저희 실수입니다"라고만 말하고 머리를 숙였다. 사내에서 무슨 일이 있었는지는 일절 입에 담지 않았다.

"이게 정규 밸브입니다. 교환해주실 수 없을까요?"

에바라는 바닥에 내려놓은 나무 상자를 열었다. 완충재로 감싼 밸브가 둔탁하게 빛났다.

"안타깝지만 이 밸브의 테스트는 초반에 끝났습니다. 테스트 책임자인 도미야마 주임님에게도 이미 보고가 올라간 것 같으니…… 재검사는 힘들다고 봐야죠."

"어떻게든 좀 부탁드립니다."

에바라는 벌떡 일어서서 "제발 도와주십시오" 하며 머리를 푹 숙였다. 다치바나도 일어나서 따라했다. 이렇게 된 이상 감정에 호소하는 수밖에 없다.

"난감하네……." 아사기는 곤혹스러운 표정으로 중얼거렸다.

"저희가 이런 부탁을 드릴 분이 아사기 씨 말고 또 누가 있겠습니까. 제발 상사를 좀 설득해주시면 안 되겠습니까?"

"잠깐만 기다려보세요."

아사기는 접견실 밖으로 나가서 전화를 걸었다.

말투로 보건대 상대는 도미야마인 것 같았다.

"주임님에게 이야기해봤는데, 허가를 안 해주는군요."

"도미야마 씨께 전화해봐도 될까요?"

에바라는 부탁했다. "제가 직접 사정을 설명하겠습니다."

아사기가 알려준 번호로 전화를 걸었다.

"쓰쿠다제작소의 에바라라고 합니다."

에바라는 상대가 전화를 받자 재빨리 자기소개를 하고 말을 이었다. "방금 아사기 씨와 통화하신 용건 때문에 연락드렸습니다. 지금 잠깐 시간 괜찮으실까요?"

"이봐, 지금이 몇 시야, 응?"

도미야마가 불쾌한 목소리로 말했다. 퇴근하는 중인지 전철 소리가 겹쳐 들렸다.

"죄송합니다. 실은 어제 저희 쪽 착오로 잘못 보낸 밸브가 있어서요. 교환하려고 지금 쓰쿠바의 연구소에 와 있습니다. 부디 받아주십사 하는 마음에 이렇게 전화드렸습니다."

"그게 아니겠지. 어디서 들었는지는 모르지만 비정상 수치가 나왔으니 밸브를 바꾸려는 거 아니야?"

도미야마가 말했다.

"아닙니다. 저희 재고를 확인해보니, 하나가 잘못 섞여 들어가서……."

"이게 로켓이었다면 어땠을까?"

도미야마의 물음에 에바라는 입술을 깨물었다.

"만약 이게 실제 로켓 발사였다면 댁들 실수 때문에 백억 엔짜리 로켓이 바닷속으로 사라지겠지. 품질만 테스트하는 게 아니야. 부품 납품도 테스트의 일환이라고."

"그건 잘 압니다."

에바라는 사정했다. "납품에 실수가 있었던 건 인정합니다. 앞으로는 이 같은 일이 없도록 납품에 만전의 주의를 기울이겠습니다. 그러니 한 번 더 품질 테스트를 해주시면 안 될까요?"

"공교롭게도 벌써 결과가 나와서 말이야. 거절하겠어."

쌀쌀맞은 대답이 돌아왔다.

그러고는 전화가 일방적으로 끊겼다. 옆에서 보고 있던 아사기가 딱하다는 듯 미간을 찌푸렸다.

"무슨 방법이 없을까요?"

에바라가 간절하게 말하자 아사기는 고개를 저었다.

"인수해드리고 싶습니다만, 제 힘으로는 아무래도……."

무거운 침묵이 흘렀다. 에바라는 핏발 선 눈으로 무릎에 올린 주먹이 하얘질 만큼 손에 힘을 꽉 주었다.

"저희가 실수를 한 건 맞습니다. 하지만 품질은 제대로 평가받고 싶습니다. 이런 일로 쓰쿠다제작소의 품질을 저평가받을 수는 없습니다."

아사기는 말없이 고개를 숙였다.

데이코쿠중공업이라는 거대한 조직은 조직의 논리에 따라 움직인다. 그 규칙을 아사기의 재량으로 변경하기는 불가능하다.

회사의 규모는 다르지만 에바라도 그건 알고 있었다.

"저도 이런 일로 쓰쿠다제작소와 거래를 못 하게 되는 건 바라는 바가 아닙니다."

아사기는 그렇게 말하고 잠시 생각에 잠겼다.

시간이 얼마나 흘렀을까. 아사기는 "잠깐만 기다리세요" 하더니 다시 밖으로 나가서 누군가에게 전화를 걸었다.

에바라도 이번에는 누구일지 상상이 가지 않았다. 짧은 통화를 마치고 돌아온 아사기가 결연한 표정으로 말했다.

"밸브, 인수하겠습니다."

"정말이십니까?"

"네, 허가받았습니다."

어두운 표정이었다.

"하지만 아사기 씨, 어떻게……. 괜찮으시겠어요? 입장이 난처해지시는 건……."

아사기의 표정을 보고 걱정돼서 에바라가 묻자 아사기는 억지로 웃음을 지었다.

"난처해질지도 모르지만, 그래도 쓰쿠다제작소와 일해보고 싶어서 일개 졸병 나름대로 조직에 저항해봤습니다."

정확하게 뭘 어떻게 했는지는 모르겠지만, 아사기 나름대로 조직에 맞서려는 의지만은 전해져왔다.

"감사합니다, 아사기 씨!"

에바라와 다치바나는 깊이 머리를 숙였다.

"덕분에 재검사를 하려면 밤을 새워야겠군요." 아사기는 웃으며 말한 후 밸브가 든 상자를 들고 연구소 안쪽으로 사라졌다.

4

"이봐, 이거 어떻게 된 거야?"

도미야마는 테스트 데이터를 움켜쥐고 아사기에게 들이댔다.

"말단 밸브 테스트 결과 비정상 수치가 나왔을 텐데, 왜 반영이 안 돼 있지?"

"그게 그러니까…… 쓰쿠다제작소에서 정규 밸브를 인수해 그걸로 재검사를……."

도미야마의 서슬에 눌렸는지 아사기는 말꼬리를 흐렸다.

"재검사? 내 허가도 없이 누구 마음대로!"

도미야마는 소리를 빽 질렀다.

"자이젠 부장님께서 그…… 인수해서 재검사를 하라고."

"그걸 부장이 어떻게 알아? 자네가 알렸나?"

도미야마가 캐묻자 아사기는 "죄송합니다"라고만 답하고 입술을 깨물었다.

"이게 어디서 제멋대로! 인수하지 않겠다고 했을 텐데!"

도미야마는 불같이 화를 냈다.

"죄송합니다."

도미야마는 거듭 사과하는 부하직원을 못마땅하게 노려보다 다시 데이터에 눈길을 주었다.

"첫 번째 데이터는 어쨌어? 불량 밸브 데이터 말이야."

도미야마가 뜻밖의 질문을 던졌다.

"제 자리에 있는데요……."

아사기가 머뭇머뭇 대답하자 도미야마가 명령했다.

"이 테스트 결과에 비정상 수치가 나온 데이터도 추가해."

"그건 어째서요?"

"왜 이렇게 말귀를 못 알아들어?"

아사기가 굳은 표정으로 묻자 도미야마는 짜증을 내며 목소리를 높였다. "부품 납품도 테스트의 일환이야. 실수로 불량품을 제출하는 회사는 애당초 성능 평가를 받을 자격조차 없어."

"어, 하지만, 주임님."

아사기가 당혹스러운 눈빛을 던졌다. "그럼 자이젠 부장님께 한마디 양해라도 구해야……."

"부장한테는 내가 말하지. 오늘 안에 보고서 다시 작성해서 제출해. 그리고 아사기, 너도 앞으로 처신 잘 하는 게 좋을 거야."

도미야마는 으름장을 놓고 휙 가버렸다.

5

"회사 방침에 불만이 있었던 모양이라……. 죄송합니다."

야마사키는 흘러내린 뿔테 안경을 가운뎃손가락으로 밀어올리고, 긴 머리가 흔들릴 만큼 고개를 푹 숙여 사과했다. 그 옆에 앉은 마노는 침울한 표정으로 아무 말도 없었다. 두 사람과 마주 앉은 쓰쿠다는 묵묵히 팔짱을 꼈다.

"드릴 말씀이 있을 텐데, 마노."

야마사키의 재촉에 마노는 마지못해 "죄송합니다" 하고 입을 열었다.

반성하는 기미가 손톱만큼도 보이지 않아 쓰쿠다는 화가 치밀었지만, 너무 화가 나서 어떻게 해야 할지 모를 지경이었다.

"불만이라니, 무슨 불만?"

겨우 그런 의문이 떠올랐다.

"말씀드려도 모르실 겁니다."

냉담한 반응에 쓰쿠다는 인내심을 총동원해 "왜 모른다고 생각하는 거야? 그러지 말고 말해봐" 하며 달랬다. 한 방 후려갈기고 싶은 기분이었지만 마노의 뺨은 이미 부어올라 있었다.

"그럼 말씀드리죠. 우주개발 같은 데 돈을 낭비하지 말고 소형 엔진 같은 주력 분야에 자금과 인재를 투입해야 하는 것 아닙니까? 저희가 아무리 개발에 힘써봤자 제대로 된 평가도 못 받는 상황입니다. 솔직히 부당하다고 생각합니다."

쓰쿠다는 어안이 벙벙한 얼굴로 마노를 바라봤다. 그런 이유로 합격품을 불량품으로 바꿔치기했단 말인가? 로트번호를 위조하면서까지? 부모의 관심을 끌려고 못된 장난질을 하는 어린애나 다름없지 않은가.

"그것 보세요. 역시 이해를 못 하시잖아요."

마노가 실실 비웃었다.

"그래, 난 모르겠어. 어떻게 이해를 하라는 거야."

쓰쿠다가 말했다. "분명 우리 주력 분야는 소형 엔진이야. 하지만 10년이나 20년 후에도 그걸로 먹고살 수 있다는 보장은 없어. 뭔가 새로운 기술을 개발하지 않으면 우리처럼 기술에 입각한 회사는 입지가 좁아질 게 뻔해. 당연히 장래 밥벌이가 될 기술을 키워야지."

"그렇다고 우주개발이라니, 도저히 못 따라가겠습니다. 그야 사장님은 괜찮으시겠죠. 야마사키 부장님도요. 국내 최고 수준의 연구소에서 로켓을 연구한 실적과 실력이 있으니까요. 하지만 저희는 다릅니다. 저희는 평범한 기술자라고요. 좀 더 현실을 봐주시면 안 됩니까?"

"난 이제 연구자가 아니야. 경영자지."

쓰쿠다는 힘없이 중얼거렸다. 마노를 용서할 수는 없지만, 이렇게까지 불만을 품은 줄 몰랐던 자신에게도 화가 났다. 늘 얼굴을 마주하지만 직원과 경영자 간의 거리는 어마어마하게 멀다. 그 사실이 뼈저리게 느껴졌다.

"그만두겠습니다. 제가 한 짓에 책임을 지겠습니다."

마노가 말했다.

"까불지 마!"

쓰쿠다는 발끈해서 언성을 높였다. "자네가 그만둔다고 해결되는 건 아무것도 없어. 잘 들어. 신용은 유리 제품과 똑같아서 한번 깨지면 원래대로 돌아오지 않아."

마노의 마음속에서 뭔가 움직인 듯했지만, 그게 뭔지 짐작하기도 전에 마노가 시선을 돌렸다.

"그만두겠다는 말이 어째서 그렇게 쉽게 나오는 거지?"

쓰쿠다는 한탄했다. "자네, 일에 대해 진지하게 생각해본 적은 있나?"

대답은 없었다.

"난 말이야, 일이란 이층집과 같다고 생각해. 1층은 먹고살기 위해 필요하지. 생활을 위해 일하고 돈을 벌어. 하지만 1층만으로는 비좁아. 그래서 일에는 꿈이 있어야 해. 그게 2층이야. 꿈만 좇아서는 먹고살 수 없고, 먹고살아도 꿈이 없으면 인생이 갑갑해. 자네도 우리 회사에서 이루고 싶은 목표나 꿈이 있었을 거야. 그건 어디로 갔지?"

"어쩐지 안이하달까, 유치하군요."

마노는 실소로 답했다.

"아, 그래?"

쓰쿠다는 개의치 않고 말했다. "하지만 비웃기 전에 잘 생각해봐. 자네는 남의 꿈을 망가뜨렸어. 그런 짓을 하는 인간은 절대 용서할 수 없어."

"꿈을 망가뜨린 건 사장님 아닙니까?"

마노가 의외의 말을 꺼냈다. "좋아하는 연구를 하고 싶어도 돈이 없다, 인원이 모자란다, 핑계만 대셨죠. 그래놓고 한 치 앞도 보이지 않는 연구에는 돈과 인원을 투입했잖아요. 제약뿐인 환경에서 꿈을 가지라는 사람이 이상한 거죠."

"제약 없는 환경은 없어."

쓰쿠다는 마노를 노려보았다. "난 예전에 우주과학개발기구에 있었어. 국가기관이지만 자금은 물론 인원도 부족했지. 하지만 그런 제약 속에서도 엄청난 연구 성과를 내놓는 연구자가 있다고. 모든 건 지혜를 짜내기 나름이야. 그런데 자네는 그저 없는 걸 내놓으라고 생떼만 쓸 뿐이잖아."

"말이 안 통하는군요."

마노가 창백한 얼굴로 일어섰다. "지금까지 감사했습니다."

"이, 이봐, 마노!"

말리려는 야마사키를 쓰쿠다가 손짓으로 제지했다.

"우리 회사를 그만두고 꿈을 가질 수 있다면, 그런 일을 찾아보는 것도 나쁘지 않겠지."

쓰쿠다가 말했다. "이제 두 번 다시 내 앞에 나타나지 마."

마노는 쓰쿠다를 매섭게 노려본 후 성큼성큼 사장실을 나갔다.

"저 녀석, 요즘 같은 세상에 회사를 그만두고 갈 데가 있다고 생각하는 건가."

쓰쿠다는 창가에 서서 차가운 겨울 하늘을 올려다보았다.

"누가 안이하다는 거야, 바보 같은 녀석……."

"여기 있었구나, 찾았어."

에바라는 오후 7시가 지나 창고에서 마노를 찾아냈다. 셔터를 활짝 열어놓아 살을 에는 듯한 한겨울 바람이 불어들었다. 마노는 바람을 맞으며 입구 옆에 놓아둔 벤치에 혼자 앉아 있었다.

"들었어. 정말 그만둘 거야?"

"응. 그만한 짓을 했으니 어쩔 수 없지."

"그렇구나. 이제 곧 크리스마스인데."

에바라는 멍한 표정으로 담배를 피우는 마노 옆에 앉아 셔츠 주머니에서 담배를 꺼냈다.

"그만두고 어쩌려고?"

"아직 결정 안 했어."

마노는 조용히 답했다.

"연말에 고용센터 신세라. 개인 사유로 퇴사하면 실업급여도 오래는 못 받을 텐데."

대답은 없었다. 마노에게도 가족이 있다. 스스로 뿌린 씨앗이라고는 하나, 다음 직장도 구하지 못한 채 퇴직하려면 불안할 것이다.

"그런 식으로 회사에 불만을 토로할 건 없었잖아."

"어차피 난 돌대가리야."

마노는 자포자기한 투로 말했다.

"넌 어쩜 그렇게 철이 안 드냐."

에바라는 어처구니없어 하다가 문득 떠오른 의문을 꺼냈다.

"야, 그런데 실은 그렇게 될 줄 몰랐던 거 아니야?"

마노가 묵묵부답인데도 에바라는 아랑곳없이 말을 이었다.

"'저성능' 부품으로도 어지간한 성적은 나올 거라고 가와모토한테 말했다면서? 밸브 시스템의 높은 성능에 우쭐해하는 직원들에게 테스트에 합격했어도 자랑할 수준은 아니라고 따끔하게 쏘아붙이고 싶었겠지. 그런데 네 예상과 달리 바꿔친 밸브의 테스트 결과가 비정상으로 나왔어. 그제야 진짜 불량품을 넘겨줬다는 걸 알아차린 거야. 아니야?"

"이제 와서 내 의도가 무슨 상관이겠냐."

마노는 부질없다는 듯 말하고 눈을 가늘게 뜨며 담배 연기를 뿜어냈다.

"그런데 사장님 앞에서는 변명 한마디 없이 오기 부리면서 할 말 안 할 말 다 했지. 왜 그런 거야?"

"글쎄."

마노의 얼굴에 서글픈 웃음이 맺혔다. 별이 없는 하늘을 올려다보는 마노의 눈이 촉촉이 젖어 빛나는 걸 에바라는 보았다.

"사장님께 깍듯이 사과드려, 마노. 그럼 용서해주실지도 몰라."

하늘을 보고 있던 마노가 고개를 숙이고 입에 힘을 꾹 주었다.

"사직서를 냈으니 이미 늦었어."

"그딴 건 그냥 종이 쪼가리잖아."

에바라는 물러서지 않았다. "사장님께 말씀드리기 힘들면 부장님한테 말해. 야마사키 부장님, 오타쿠처럼 보여도 의외로 사람을 잘 챙긴다고 네가 그랬잖아. 분명 편을 들어줄 거야. 너, 부장님한테 인정받았잖아."

"이미 지난 일이지."

마노는 담배를 발치에 놓인 빈 캔에 휙 던지고, 고단한 표정으로 일어나 등을 쭉 펴더니 앉아서 올려다보는 에바라에게 고개를 돌렸다.

"걱정해줘서 고마워, 에바라."

그렇게 말하고 걸어가려다 다시 돌아보았다. "맞다. 부탁이 하나 있어. 다음에 사장님과 술 마실 일 있으면 내가 죄송하다고 말했다고 전해줘."

마노는 머뭇머뭇 말을 이었다. "음, 그…… 경영 이념이라든가 여러모로 마음에 안 드는 점도 많았지만, 사장님이 싫지는 않았다는 거랑, 그리고 꿈을 반드시 실현하길 바란다는 말도."

"그런 건 직접 말하셔."

마노는 홋 웃고 오른손을 들었다. 그 모습이 사옥으로 통하는 문 너머로 사라지자 에바라는 한숨을 내쉬고 멍하니 하늘을 잠깐 올려다보았다.

6

도미야마의 작전은 교묘했다.

데이터를 추가한 보고서를 자이젠을 거쳐 미즈하라에게 제출하려고 하면 자이젠이 자기 선에서 없애버릴 것이다. 그렇다고 미즈하라에게 직접 제출하면 위계질서와 절차를 무시한 셈이 된다.

그렇다면 미즈하라가 참석한 업무회의에서 '돌발 보고'하는 형식으로 설명하면 되지 않을까. 좋은 방법이다 싶어 도미야마는 흡족한 마음으로 아사기가 정정한 보고서를 들고 회의에 참석했다.

스타더스트 프로젝트의 진척 상황 등을 서로 보고하는 우주항공본부 업무회의에는 본부장 미즈하라를 필두로 부장과 주임 마흔 명 정도가 참석한다.

보고가 대충 마무리되자 사회자가 "달리 하실 말씀은 없습니까?" 하고 물었다.

"한 가지 드릴 말씀이 있습니다."

도미야마는 손을 들었다.

"아까 밸브 시스템의 납품업체 후보에 대해 보고가 있었는데요. 그쪽 품질 테스트와 관련된 사안입니다."

자이젠이 고개를 획 들어 도미야마를 보았다. 자이젠은 감이 좋다. 발언하겠다는 뜻을 사전에 알리지 않았으니 도미야마가 무슨 의도로 이러는지 이미 알아차렸을 것이다.

도미야마는 준비한 밸브 테스트 결과를 참석자들에게 나누어준 뒤 설명에 들어갔다.

"납품된 밸브 중 일부에서 작동 불량이 있었는데요. 확인 결과 부품을 형성하는 과정에서 정밀도에 상당한 문제가 발생했다는 사실이 밝혀졌습니다. 이대로 계속 테스트를 할 의미가 있을까 싶은데요."

"그건 잘못해서 불량품이 섞였기 때문이야. 쓰쿠다 쪽에서 바로 알아차리고 교환했을 텐데."

자이젠이 반론했지만 도미야마는 당황하지 않았다.

"지금 자이젠 부장님이 말씀하셨듯이 교환을 받아 재검사한 결과도 기록해두었습니다만, 기껏해야 100개 내외의 시제품에 불량품이 섞이다니 관리 체계에 문제가 크다고 할 수 있겠죠. 덧붙여 교환한 밸브는 정상 수치가 나왔습니다만, 비정상 수치가 나왔기 때문에 교환을 요청한 게 아니냐는 의문을 지울 수 없으므로 납품업체로서 신뢰성도 떨어지고요. 테스트에 들어가는 비용도 무시할 수 없으니 지금 이 자리에서 본부장님이 판단을 내려주셨으면 합니다."

미즈하라가 팔짱을 끼고 생각에 잠겼다. 도미야마는 매섭게 노려보는 자이젠의 시선을 천연덕스러운 표정으로 받아내며 답변을 기다렸다.

"중단할까."

이윽고 미즈하라의 입에서 나온 말을 듣고 도미야마는 빙긋 웃었다.

"중단하면 이 밸브를 사용할 길이 막힙니다."

자이젠의 말에 "무슨 소리야?" 하고 미즈하라가 물었다.

"불량품이 섞였다는 건 쓰쿠다제작소 측에서 바로 알아차리고 즉시 교환했습니다. 보시다시피 밸브의 성능은 최고입니다. 납품에 실수가 있었다는 이유로 부품 채택을 거부당하면 쓰쿠다 쪽의 태도가 냉각될 가능성이 있습니다. 특허 사용을 허가할 리 없어요."

"거액의 돈이 걸린 일입니다. 이렇게 좋은 기회를 날려먹을 리가요."

도미야마가 정면으로 반론하자 담담하게 사무 보고에 치중하던 회의가 갑자기 열기를 띠었다.

"평가 담당으로 갔던 다무라 주임도 면담 때 특허 사용 허가를 내줄 수 없다는 취지의 말을 들었다고 합니다. 자네도 거기 있었잖아, 도미야마."

다무라에게 보고서의 해당 항목을 지우라고 하지 않은 것을 후회했지만 이미 늦었다. 조금이라도 쓰쿠다에 대해 안 좋은 인상을 심어주려고 그냥 놔뒀는데, 설마 그걸 역이용할 줄은 몰랐다.

"쓰쿠다제작소는 자존심이 강한 회사입니다. 평가 결과로 납득시킨다면 모를까, 그런 이유로 거절했는데 선선히 특허 사용권을 내줄 리 없습니다."

자이젠이 말했다.

"자네들 의견은 잘 들었어."

미즈하라가 새로운 의견을 내놓았다. "테스트에 불합격할 가능성이 있다고 슬쩍 운을 띄우고 한 번 더 특허 사용 계약을 타진해보면 어떻겠나. 그건 도미야마에게 맡기겠어. 만약 그런데도 쓰쿠다가 거절 의사를 밝히면 부품 채택을 비롯해 다른 방도를 강구한다. 그럼 되겠지."

다른 방도가 있을 것 같지는 않았지만 자이젠은 마지못한 표정으로 승낙하는 수밖에 없었다.

"도미야마도 동의하나?"

도미야마는 가슴속에 번지는 기쁨을 억누르며 "물론입니다" 하고 대답했다.

에바라와 다치바나가 대체 부품을 연구소에 넘겨주고 사흘이 지난 날 오전, 도미야마가 전화로 면담을 요청해왔다.

"가능하면 오늘 오후에 와달라는데 어떻게 할까요?"

전화를 받은 도노무라가 물었다. 느닷없이 전화를 걸어 당일 불러내다니 무례하기 짝이 없었지만 쓰쿠다도 이의는 없었다. 부품 교환 후 테스트가 어떻게 진행되었는지 궁금했기 때문이다. 안 그래도 연락해보려던 참이었다.

야마사키의 일정을 확인해 오후 2시에 약속을 잡았다.

시간에 맞추어 데이코쿠중공업 본사 건물을 방문하자 도미야마가 테스트 결과가 든 파일을 들고 부루퉁한 얼굴로 나타났다.

"요전에 납품에 실수가 있었죠. 사과드리겠습니다."

쓰쿠다는 일단 사과부터 했다. "교환을 받아들여주셔서 감사합니다."

"그 일 말인데, 상황이 좀 곤란하게 됐습니다."

도미야마의 말에 쓰쿠다는 눈살을 찌푸렸다.

"교환한 부품으로 테스트를 속행하기는 했는데, 불량품이 섞였다는 사실에 상부가 난색을 표명했어요. 테스트는 현재 중지된 상황입니다."

쓰쿠다와 야마사키는 깜짝 놀라 도미야마를 쳐다보았다.

"하지만 자이젠 부장님이……."

"부장님은 이번 테스트의 책임자가 아니라서요."

도미야마는 야마사키의 말에 딱딱한 표정으로 대꾸하고 본론에 들어갔다.

"이제 와서 이런 말씀을 드리려니 좀 그렇지만 의향을 여쭤보고 싶어서요. 테스트가 이런 형태로 중지되다니 실로 안타깝습니다만, 이 기술을 사용하지 못하는 건 저희로서도 뼈아픈 일입니다. 어떻습니까, 쓰쿠다 씨. 특허 사용 계약을 재고해보시겠습니까?"

정중하게 물었지만 쓰쿠다는 고개를 갸웃했다.

"잠깐만요. 저희 잘못으로 납품에 실수가 있었다는 건 인정합니다. 하지만 그런 이유로 테스트를 중지한다고요?"

납득이 안 된다는 마음이 말투에 배어났다. "아무래도 악의적인 것 같은데. 트집을 잡을 기회만 호시탐탐 노리고 있었던 거 아니오?"

"악의적이라니 당치도 않습니다."

도미야마는 태연하게 부정했다.

"하지만 도미야마 씨는 교환 자체를 거부했다면서요."

그때의 상황은 에바라에게 이미 보고를 받았다. "상부라니, 자이젠 부장님 지시입니까?"

"아니요, 부장님은 이번 사안에 권한이 없습니다. 전체를 총괄하는 엄격한 분이 계세요. 그분 판단에 달렸습니다."

도미야마가 말했다.

"테스트가 중지될지 말지는 아직 모르는 일이잖아요?"

야마사키가 물었다.

"이대로 가면 그쪽으로 결론이 나지 않을까 싶은데요."

도미야마는 능청스럽게 말했다.

"밸브 시스템은 우리의 꿈이오, 도미야마 씨."

쓰쿠다가 말했다. "우리가 제조한 밸브 시스템을 신형 엔진에 탑재하고 싶소. 그걸로 로켓을 쏘아올리고 싶단 말이오."

"무슨 말씀인지는 알겠지만, 지금 상황에서는 어렵지 않을까 싶네요."

도미야마는 달래듯이 말했다. "자, 특허 사용권을 주시는 걸로 마음을 바꾸시는 게 어떻겠습니까? 말씀 안 하셔도 사용료는 섭섭지 않게 지불하겠습니다."

쓰쿠다는 두 주먹을 무릎에 얹고 입을 꾹 다물었다.

"쓰쿠다 씨."

도미야마가 결단을 재촉하자 쓰쿠다는 "이건 아니야" 하고 말했다.

"우리 밸브의 성능에 문제가 있다면 이해하겠소. 하지만 납품에 실수가 있었다는 이유 하나만으로 테스트를 중지하는 건 너무하지 않습니까!"

"그게 상부의 판단입니다. 저로서는 어떻게 할 수가······."

"그럼 직접 담판을 하게 해주십시오."

쓰쿠다의 제안에 도미야마의 표정이 흐려졌다.

"만나봤자 뾰족한 수는 없을 텐데요. 납품 과정도 테스트의 일환이라는 게 저희 입장이라서요."

도미야마는 완고한 태도로 말했다.

"가능하면 국산 로켓에 우리 밸브를 사용하고 싶었는데."

하지만 쓰쿠다의 그 한마디에 도미야마의 말투가 조심스러워졌다.

"그게 무슨 말씀이십니까? 설마 해외에서 오퍼가 들어왔나요?"

"지금은 없소. 하지만 오퍼가 들어오면 검토할 겁니다. 데이코 쿠중공업이 안 된다면 다른 가능성을 찾는 게 당연하니까."

"그런 제안이 그렇게 쉽게 들어오겠습니까, 쓰쿠다 씨."

말과는 달리 도미야마의 눈에 초조함이 깃들었다. 가능성이 아예 없다고는 할 수 없기 때문이다.

"압니다."

쓰쿠다는 결연히 대답했다. "하지만 조금이라도 가능성이 있다면 도전해보고 싶소. 말 같지도 않은 이유로 부품 공급을 받지 않겠다는 상대보다, 설령 외국 기업이라도 제품을 정당하게 평가해주는 곳이 있다면 그곳과 거래하는 게 당연하지."

"기약도 없고 몇 푼이 들어올지도 모르는 도박을 하시겠다는 겁니까?"

"그렇소."

도미야마가 겁주듯 말했지만 쓰쿠다는 망설임 없이 답했다. "부품을 공급받지 않겠다면 됐소. 대신에 특허 사용 계약을 체결할 마음도 없어요. 엄격하신 그 상사께 그렇게 전해주시오."

쓰쿠다는 야마사키와 함께 자리를 박차고 일어섰다.

"교섭했다는 결과가 이건가?"

교섭 결과를 듣고 미즈하라가 한마디 하자 도미야마는 창에 꿰뚫린 것처럼 몸을 뒤로 젖히고 안절부절못했다.

"아니요. 시간을 좀 두고 다시 교섭해보겠습니다. 다음번에는 어떻게든……."

"그렇게 만만한 상대는 아닌 것 같아."

미즈하라가 말허리를 끊었다. 예전에 자이젠이 똑같은 말을 한 적이 있다는 게 생각나 도미야마는 숨을 삼켰다.

"알았네. 생각 좀 해보지."

"하지만 본부장님, 부품을 채택하려면 사장님의 허가를 받아야 할 텐데요. 이 상태로는……."

"자네가 말 안 해도 알아."

미즈하라는 불쾌한 표정으로 도미야마를 내보낸 후 휴대전화로 전화를 걸었다.

"지난번 그 일은 어떻게 됐습니까? 쓰쿠다제작소에서 뭐라고 하던가요?"

"안 그래도 전화 드리려던 참이었습니다."

상대가 말했다. "쓰쿠다는 대학 복귀에 꽤나 흥미를 보였습니다. 회사 내부도 삐걱거리는 터라 본부장님이 예상하신 대로 매트릭스가 매수를 제안하러 왔을 때도 문전박대하지 않고 귀를 기울였다고 들었고요."

그건 매트릭스의 스다에게 전해 들었다. 쓰쿠다제작소의 특허를 얻기 위해 쓰쿠다가 혹할 만한 미끼를 준비한다. 이것은 미즈하라가 대대적으로 설치한 덫이었다.

일단 연구에 사로잡히면 그 유혹에서 벗어나기는 쉽지 않다. 소형 엔진 개발에 만족하지 못하고 꿈을 좇아 밸브 시스템을 개발한 쓰쿠다의 집념에서 미즈하라는 쓰쿠다가 아직도 간직하고 있는 연구자의 혼을 보았다.

"그럼 쓰쿠다는 그 제안을 검토하고 있겠군요."

미즈하라의 물음에 상대는 기대를 배신하는 답변을 내놓았다.

"아니요, 거절했습니다."

"뭐라고요?"

귀를 의심한다는 말이 딱 들어맞는 상황이었다. 이만한 조건을 제시했는데 거절하다니. 미즈하라는 쓰쿠다라는 남자를 도무지 알 수가 없었다.

"지금 그대로 쓰쿠다제작소에서 꿈을 좇아가겠답니다."

"왜요? 그렇게 조그만 회사에서 어떻게 꿈을 이룬다는 겁니까."

미즈하라는 믿기지 않는 기분으로 목소리를 밀어냈다.

"7년입니다."

상대가 말했다. "쓰쿠다는 뼛속까지 연구자였어요. 하지만 7년이라는 세월이 녀석을 바꿨죠. 지금 쓰쿠다 고헤이는 우주과학개발기구에서 동료였던 사람과는 다릅니다. 쓰쿠다제작소라는 직원 200명의 회사를 경영하는 엄연한 경영자예요. 미안합니다, 좀 더 빨리 말해드릴 걸 그랬네요."

"아니요, 무슨 그런 말씀을. 오히려 선생님께 이런 부탁을 드려 죄송합니다."

미즈하라는 송구한 목소리로 말했다.

"혹시 쓰쿠다가 돌아온다면 기꺼이 교수회의에 추천할 생각이었습니다. 결과가 안 좋아서 아쉽네요. 하지만 이것도 쓰쿠다의 선택이니까요. 그것보다 쓰쿠다를 잘 부탁드립니다. 녀석은 열혈남아예요."

"명심하겠습니다."

그렇게 말하고 미카미 교수와 통화를 끝냈다.

미즈하라는 휴대전화를 책상에 살짝 내려놓고 의자를 빙글 돌려 오테마치의 하늘을 올려다보았다.

석양이 건물들을 물들였다.

"내가 졌군."

하늘을 바라보던 미즈하라는 수화기를 들고 도미야마의 내선번호를 누르려다 멈칫했다. 어느 틈엔가 자신의 입맛에 맞고 편한 상대만 찾고 있다는 걸 깨달았기 때문이다.

다른 내선번호를 누르자 바로 상대가 받았다.

"쓰쿠다제작소의 테스트, 속행해주지 않겠나. 도중에 떠넘기는 꼴이라 미안하지만, 착오가 없도록 자네가 관리 좀 해줘."

미즈하라의 지시를 음미하듯 수화기 너머에서 잠깐 침묵이 흘렀다.

"알겠습니다. 오늘부터 재개하겠습니다."

자이젠의 대답에 고개를 끄덕인 미즈하라는 크게 한숨을 내쉬며 수화기를 내려놓았다.

부품은 확보될 전망이 섰다. 다음 문제는 도마를 설득하는 것이다. 미즈하라에게 남겨진 마지막 난관이었다.

7장

쏘아 올리다

1

쓰쿠다와 야마사키를 태운 차는 벌써 한 시간 가까이 산간도로를 달리고 있었다. 아침을 깨우듯 떠오르는 태양이 동쪽 하늘을 붉게 물들이는 모습은 넋을 놓고 바라볼 만큼 아름다웠다.

해가 바뀌어 1월 7일 동틀 녘이었다.

사륜구동차의 운전대는 데이코쿠중공업의 아사기가 잡았다. 목적지는 이바라키현 산속에 새로이 건설된 데이코쿠중공업의 시험장. 오늘 이 시험장에서 데이코쿠중공업의 신형 수소엔진, 코드네임 '모노톤'의 연소 시험이 있을 예정이었다. 쓰쿠다제작소의 밸브는 품질 테스트를 통과하고 이제 마지막 단계에 돌입했다. 부품 공급의 길을 열기 위한 최후이자 최대의 관문이다.

산간도로를 달리는 사륜구동차 앞에 시험장 정문이 나타났다. 정문을 통과해 거대한 사각형 탑 같은 연소 시험 설비가 있는 부지로 들어갔다.

어제 시험 준비를 마친 설비 안에는 은색 스커트를 두른 신형 엔진이 동틀 녘의 투명한 공기를 맞으며 떡하니 자리 잡고 있었다. 진공 속에서 추력* 130톤, 비추력* 600초를 내는 고성능 엔진은 데이코쿠중공업이 우주항공 분야에서 국제경쟁을 선도하기 위해 추진 중인 스타더스트 프로젝트의 근간이다.

쓰쿠다제작소는 그 엔진에 약 48종류, 80개에 달하는 밸브를 공급했다. 요 며칠 다른 연구원들과 함께 데이코쿠중공업 연구소에서 엔진 부품 조립 작업을 지켜본 야마사키는 만감이 교차하는 표정으로 엔진을 바라보았다.

아까부터 어렴풋이 들리던 묵직한 엔진 소리가 한층 커졌다. 액체산소와 액체수소를 각각 가득 실은 탱크로리가 줄지어 정문으로 진입했다.

차를 주차장에 대고 온 아사기가 쓰쿠다와 야마사키를 시험장 안으로 안내했다.

"여기를 '마쓰노로카*'라고 불러요."

연구실 제일 안쪽으로 통하는 복도를 걸으며 아사기가 설명했다. "외부인 중에 여기를 지나가는 건 두 분이 처음이세요."

문이 닫힌 순간 엘리베이터가 지하로 빠르게 내려갔다.

엔진 연소 시험을 진행하는 이 시험장의 시험실은 지하 12미터 아래에 있다. 두꺼운 콘크리트 벽으로 둘러싸 최고 수준의 내폭 설계를 자랑하는 요새 같은 곳이다.

* 물체를 운동 방향으로 밀어붙이는 힘. 분사되는 가스의 반동 등에 의해 생기는 추진력을 가리킨다.

* 일정량의 연료를 얼마나 오래 태울 수 있는가로 로켓 추진제의 성능을 나타내는 수치.

* 에도 시대 쇼군의 알현소인 시로쇼인으로 이어지는 큰 복도를 가리키던 명칭.

시험실에서는 수많은 연구자들이 바삐 움직이고 있었다. 중앙 스크린에 비친 연소 시험 설비가 제일 먼저 눈에 들어왔다. 액체 산소의 주입을 준비하는 모습을 보자 쓰쿠다는 마치 발사통제소에서 발사 직전의 로켓을 바라보는 것처럼 가슴이 쿵쿵 뛰었다.

스크린 아래쪽 의자에 앉아 있던 사람이 쓰쿠다 일행을 보고 천천히 다가왔다. 자이젠이었다.

"기다리고 있었습니다."

자이젠은 쓰쿠다와 야마사키를 데리고 시험실을 돌아다니며 연구자들을 소개해주었다. 50명은 될까. 환영하는 사람, 딱딱한 표정으로 고개를 끄덕이는 사람 등 반응은 가지각색이었다.

"다들 여전히 심경이 복잡할 겁니다."

한차례 안내를 마친 후, 자이젠은 한가운데 위치한 중앙제어석의 의자를 권하며 말했다.

"이렇게 말씀드리면 좀 그렇지만, 기술 개발에서 중소기업에게 추월당했으니까요. 솔직히 쓰쿠다가 개발한 밸브가 뭐 그리 대단하냐고 생각하는 연구자도 있어요."

"핵심부품이니까요."

쓰쿠다의 말에 자이젠은 먼 곳을 바라보는 듯 아득한 눈빛으로 조용히 고개를 끄덕였다.

"네. 그리고 밸브 시스템은 저희의 오랜 숙제였습니다. ……쓰쿠다 씨께 그랬듯이요."

쓰쿠다는 옛날 기억을 떠올리고 고개를 끄덕였다. "당시…… 제 눈이 믿기지 않더군요. 왜 로켓이 궤도를 벗어난 걸까. 지금도 꿈에 나오곤 해요. 술렁이는 발사통제소에서 궤도를 벗어나는 로켓을 망연자실하게 바라보는 꿈이죠. 그때 신기하게도 책임 운운하는 문제는 하나도 생각나지 않더군요. 가슴속에서 솟구친 생각은 단 하나, 왜라는 의문뿐이었어요. 하지만 나중에야 전자 밸브 불량이 원인이라는 걸 알고 납득했습니다. 제일 어려운 부품 중 하나니까요."

"맞습니다."

자이젠은 그렇게 말하고 스크린에 비치는 아름다운 은색 엔진에 눈길을 주었다.

"그때⋯⋯."

쓰쿠다는 말을 이었다. "실은 프랑스에서 부품을 공급받으려고 했어요. 그런데 로켓 발사 기술에서 일본이 우위를 차지하는 게 아닐까 걱정됐는지 프랑스가 첨단 부품 수출을 보류했죠. 그렇다고 구식 밸브를 사용하면 신뢰도가 떨어져요. 결국 자체 개발하는 수밖에 없었죠. 어려운 결단이었고, 실제로 힘겨운 작업이었습니다."

발사 일정에 맞추기 위해 아주 서둘러 개발을 진행했다.

품질, 기한, 비용. 이러한 요소들을 모조리 충족시키기는 몹시 힘들다. 기한이 짧았던 탓에 발사에 실패했다고 핑계를 댈 생각은 없지만 시험할 시간이 조금만 더 있었다면 결과는 달랐을지도 모른다.

"밸브 시스템 같은 핵심부품을 바꾸려면 설계를 대폭 변경해야 할 테니까요." 자이젠이 말했다.

"맞습니다. 그때는 특히 이례적이었어요. 최종 설계 심사가 끝난 후에 엔진 사양을 새로운 밸브에 맞게 바꿨죠. 인정하기는 싫지만 졸속이었을지도 모르겠습니다. 이번에도 보기에 따라서는 비슷하게 느껴지겠죠."

"상황은 비슷할지도 모르지만 내용은 완전히 다른걸요."

자이젠의 말에 쓰쿠다는 힘 있게 고개를 끄덕였다.

액체산소와 액체수소 연료 주입에 약 두 시간이 걸렸다. 연소 시험 데이터를 얻기 위해 철야로 진행한 준비가 완료됐다. 오전 10시로 예정된 엔진 연소 시험이 코앞으로 다가왔다.

"연소 시험 270초 전."

도미야마가 마이크를 쥐고 시험 개시를 알렸다. 이어서 진짜 발사 때처럼 자동으로 카운트다운이 시작됐다. 팽팽하게 긴장된 분위기 속에서 모두가 중앙의 대형 스크린에 시선을 집중했다.

쓰쿠다는 눈을 깜박이는 것조차 잊고 화면에 비친 엔진을 응시했다. 반대로 곁에 있는 야마사키는 기도하듯 감은 눈을 뜨지 않았다.

"엔진, 점화."

억양 없는 도미야마의 목소리가 울려 퍼지자 '모노톤'은 순식간에 화염과 하얀 연기에 휩싸였다.

부탁한다. 하지만─.

"이거 왜 이래!"

눈앞의 모니터에 표시된 시간이 150초를 지났을 때 누군가 뒤집어진 목소리로 소리쳤다. "탱크 내부 압력에 이상 발생!"

"엔진 긴급정지! 긴급정지!"

도미야마가 마이크를 잡고 외쳤다. 실내가 시끌벅적해졌다.

"사장님, 이거 좀 보세요."

모니터를 들여다본 야마사키가 동요한 기색으로 침을 꿀꺽 삼켰다.

눈앞에 명백하게 비정상적인 수치가 표시됐다. 쓰쿠다제작소에서 공급한 밸브의 작동 상태를 나타내는 데이터다. 액체산소 탱크의 내부 압력을 일정하게 유지하기 위한 말단 밸브다.

"이봐, 이거 어떻게 된 거야!"

낯빛이 바뀐 도미야마가 양손으로 테이블을 힘껏 내리치며 다그쳤다. 대답할 수 있을 만한 데이터는 어디에도 없었다.

"검증, 검증!"

그런 목소리가 여기저기서 들렸다.

"어째서……."

쓰쿠다는 도저히 결과가 믿기지 않아 멍하니 모니터만 바라보았다. 옆에서 자이젠이 조용히 눈을 감았다.

연소 시험은 완전히 실패로 끝났다.

2

"액체수소 탱크의 내부 압력을 일정하게 조정하는 말단 밸브가 작동하지 않은 것이 실패의 원인으로 보입니다."

연소 시험 다음 날, 쓰쿠바에 위치한 데이코쿠중공업 연구소의 회의실에서 회의가 열렸다.

"쓰쿠다제작소 쪽 의견은?"

연구자의 보고를 듣고 도미야마가 무뚝뚝한 얼굴로 물었다.

"연소 시험 후 저희 회사 검증팀이 밸브를 분해해 조사했지만 원인은 파악하지 못했습니다."

쓰쿠다는 대답했다.

"이봐요, 모르면 다입니까! 모두 바쁜 시간 쪼개서 모인 거란 말입니다."

도미야마 옆에서 앞서 검증 결과를 발표한 연구자가 언성을 높였다. 모기라는 40대 후반의 연구자다.

"당신한테는 없는지 모르지만, 우리한테는 일정이라는 게 있어요. 알겠습니까?"

모기의 말에 회의실 테이블을 둘러싼 수십 명의 연구자와 스태프들이 동의를 표하며 웅성거렸다.

쓰쿠다는 반론했다.

"같은 타입의 말단 밸브를 테스트한 결과 아무 문제도 없이 작동했고, 재질상의 파손이나 변형도 없었습니다. 제어프로그램은 어떤가요?"

"이상 없었습니다."

담당자가 바로 내뱉듯이 답했다. 실수를 떠넘기려 한다고 받아들였는지 비난하는 시선이 쓰쿠다에게 집중됐다.

"작동하지 않은 건 프로그램이 아니야, 밸브지. 괜히 남 탓하지 말고 자사 제품이나 똑바로 관리하라고."

도미야마가 대꾸했다.

쓰쿠다는 대답하지 않았다. 쓰쿠다제작소 입장에서는 검증 결과가 이미 나와 있었기 때문이다.

연소 시험에 실패했다는 소식은 쓰쿠다제작소에 충격을 주었다. 사내에서 편성한 검증팀 다섯 명이 쓰쿠바로 급파되어 꼼꼼하게 검증 작업을 했다.

결론은 이상 없음.

하지만 실제로 밸브는 정상적으로 작동하지 않았다.

"다른 부품을 좀 볼 수 없을까요?"

쓰쿠다가 요청했다. 검증팀도 쓰쿠다와 같은 의견이었다.

"저희 밸브 본체에서는 특별한 문제점이 발견되지 않았습니다. 해당 부품 외에 다른 데 요인이 있는 게 아닐까 싶은데요."

"허튼소리!"

도미야마가 딱 잘라 거절했다. "어제 연소 시험에 대체 얼마가 들어갔는지 알아? 댁들이 납품한 부품이 작동하지 않아서 시험에 실패하고 일정에도 엄청난 차질이 생겼는데 여태 원인도 모르다니. 얼마나 더 피해를 끼칠 셈이야?"

"밸브 자체에는 문제가 없다고 말씀드렸을 텐데요."

도미야마의 일방적인 비난에 화가 치밀었지만 쓰쿠다는 참을성 있게 말했다. 동그란 테이블 중앙에 앉은 자이젠은 팔짱을 낀채 논쟁에 가만히 귀를 기울이고 있었다.

"그럼 왜 작동을 안 한 건데? 작동하지 않은 건 사실이잖아. 왜 그런지 원인을 말해보라고."

도미야마가 따졌다.

"그러니까 밸브만 검증해서는 모른다고 하잖습니까. 밸브 외에 다른 요인에까지 조사 범위를 넓혀보지 않고서는 뭐라고 답변하기가 힘듭니다."

"공교롭게도 밸브 말고는 우리 소관이라서 말이야. 우리 쪽도 아무 이상 없다는 결과가 나왔어"

쓰쿠다의 말은 씨알도 먹히지 않았다.

"로켓 부품을 생활용품 수준으로 생각한 거 아닌가요?"

경력이 많아 보이는 연구자가 뜬금없는 소리를 꺼냈다. 부드러운 목소리였지만 쓰쿠다를 믿지 못하겠다는 낌새가 전해졌다.

"테스트 때는 고품질 부품을 제공하지만, 채택되고 나면 품질 관리가 허술해진다. 가끔 있는 일이죠. 그렇게 보면……."

"그건 절대로 아닙니다."

이번에는 쓰쿠다도 감정을 노골적으로 드러내 부정했다.

"문제가 발생한 밸브 말고 다른 부품도 저희가 검증할 수 있게 해주십시오. 아니면 지금으로선 어떤 결론도 내릴 수 없는 상황입니다."

"알겠습니다. 직성이 풀릴 때까지 해보십시오."

자이젠의 한마디에 도미야마의 안색이 바뀌었다.

"부장님!"

"원인 파악이 먼저야."

자이젠이 냉정하게 말했다. "일정은 기다려주지 않아. 원인을 파악해야 앞으로 나아갈 수 있어. 아닌가?"

도미야마는 못마땅한 표정으로 대답 없이 입을 꾹 다물었다.

"제기랄, 도대체 뭐야!"

쓰쿠바에서 돌아오는 길에 야마사키가 불평을 토로했다.

"저놈들, 실패 원인을 죄다 우리한테 떠넘길 작정이에요."

"아직 뭐가 원인인지 모르니 어쩔 수 없지."

쓰쿠다는 애써 객관적으로 말했다.

"하지만 사장님……."

"밸브가 작동하지 않은 건 사실이야."

"그야 뭐 그렇지만……."

야마사키의 말이 쑥 들어갔다.

"그때도 그랬어."

"7년 전이요?"

운전대를 조작하며 야마사키가 물었다.

"그래. 로켓 발사에 실패했을 때 언론이 이리 떼같이 달려들어 돈을 낭비했다고 난리를 쳤지. 결국 책임론이 부각되자 다들 제 한 몸 챙기기에 바빴어."

"그래서 사장님이 총대를 메고 책임지신 거로군요."

"아까 논쟁하면서 몹시 화가 났지만, 서글프기도 하더라."

쓰쿠다가 침울하게 말하자 야마사키가 힐끗 쳐다보았다.

"예나 지금이나 연구소는 체질이 똑같더군."

"돈이 얽혀서 그러는 걸까요?"

"돈이 얽히지 않는 일이 어디 있겠어." 쓰쿠다가 말했다.

"아까 찜찜한 소리를 들었는데요."

야마사키가 머뭇머뭇 말을 꺼냈다. "만약 저희 부품에 문제가 있어서 시험에 실패한 걸로 판명되면 손해배상을 받아내려는 모양이에요. 그리고 부품 채택을 취소할지도 모른다던데요."

흘려 넘길 수 없는 이야기였다. "시험 비용에 지연된 일정까지 돈으로 환산하면 수억 엔은 나오겠죠."

조수석에 앉은 쓰쿠다는 언짢은 표정으로 앞 유리창 너머 별 없는 밤하늘을 묵묵히 쏘아보았다.

회사로 돌아오자 기다리고 있었는지 도노무라가 제일 먼저 뛰어나왔다. 쓰노와 가라키다, 에바라와 사코타를 비롯한 젊은 사원들도 속속 모여들었다.

쓰쿠다는 무거운 분위기 속에서 현재 상황과 데이코쿠중공업 연구소에서 진행될 재검증 일정을 설명한 후 말했다.

"만약 우리 밸브가 원인이라면……."

에바라가 생침을 꿀꺽 삼키고 물었다. "어떻게 됩니까?"

다들 그게 제일 궁금했을 것이다.

"어느 정도 원인을 제공했느냐에 따라 다르겠지."

"최악의 경우, 밸브 채택이 취소될 수도 있습니까?"

에바라의 표정은 아주 진지했다.

"응."

쓰쿠다는 짤막하게 답했다. 그때는 쓰쿠다제작소가 목표로 해온 '로켓에도 사용되는 품질'이라는 타이틀을 포기하는 수밖에 없다. 데이코쿠중공업의 연구자가 비꼰 것처럼 '생활용품 수준'임을 인정하지 않을 수밖에 없는 순간, 쓰쿠다 개인의 꿈과 함께 쓰쿠다제작소의 도전은 끝난다.

"우리 기술력을 믿자고."

직원들은 물론 쓰쿠다 자신을 향한 말이기도 했다.

3

1월 셋째 주 화요일, 쓰쿠다는 쓰쿠바에 위치한 데이코쿠중공업 연구소에 있었다. 기술개발부장 야마사키를 비롯해 중견 기술자와 젊은 기술자 다섯 명과 함께 도쿄를 출발한 시간은 아침 6시. 8시가 지났을 무렵, 연구소에 제일 먼저 도착해 연소 시험을 재검증하는 중이었다.

"그쪽은 어때?"

야마사키가 일어서서 고개를 젓더니 테이블 위에 늘어놓은 부품을 떨떠름한 표정으로 다시 내려다보았다. 검증에는 데이코쿠중공업의 연구자들도 참가했다. 연구실 전체가 무슨 시장 바닥 같은 느낌이었다.

데이코쿠중공업이 쓰쿠다제작소에게 밸브 이외의 제품도 검증하도록 허가한 건 분명 진전이라 할 수 있었다. 하지만 동시에 검증 작업이 복잡해지고 장기화된다는 의미이기도 했다.

아니나 다를까, 휴일을 반납하고 사흘 전부터 검증 작업을 시작했지만 아직 아무 실마리도 잡지 못했다. 새로운 사실을 찾지 못한 채 시간만 쏜살같이 흐르고 초조함만 쌓여갔다.

"사장님 쪽은 어떠세요?"

쓰쿠다는 작업을 멈추고 말없이 복잡한 표정을 지었다.

"난 밸브를 한 번 더 살펴볼게."

연구소에 도착하자마자 그렇게 말했을 때 야마사키는 의아한 표정을 지었지만 아무 말도 하지 않았다. 쓰쿠다도 새삼스럽다는 건 안다. 하지만 수사하다 벽에 부딪힌 형사가 현장을 다시 돌아보는 것과 마찬가지 심정이었다.

지금까지 다섯 명이었던 검증팀 멤버를 열 명으로 늘렸다. 새로 합류한 기술자들은 제품을 식별하는 번호인 형식번호가 동일한 다른 밸브는 정상적으로 작동했다는 쓰쿠다제작소 내부의 검사 결과를 선물로 들고 왔다.

그렇지만 시험 때 밸브는 제대로 작동하지 않았다.

쓰쿠다는 데이코쿠중공업의 아사기와 쓰쿠다제작소의 노무라를 데리고 분해한 부품을 신중하게 관찰했다. 변형이나 아주 미세한 비틀림이 없는지 확인하는 작업으로, 쓰쿠다가 점검한 걸 노무라와 아사기가 꼼꼼히 재확인하는 방식이다. 신경을 집중해 세심하게 작업하려니 평소보다 몇 배는 더 피곤했다.

손목시계를 확인하자 오후 2시가 지났다.

"기운 내서 다시 봐야겠다."

쓰쿠다는 야마사키에게 그렇게 말하고 언제 끝날지 모르는 작업으로 되돌아갔다.

낯선 작업 공간에서 일해서 그런지 쓰쿠다제작소의 기술자들은 평소보다 피로한 기색이 역력했다.

실패 원인을 규명할 때까지 엔진 연소 시험은 무기한 연기다. 쓰쿠다제작소의 밸브를 정식 채택시키기 위해서는 반드시 넘어야 할 벽이었다.

그로부터 몇 시간 후, 오랜 작업으로 피곤에 찌든 쓰쿠다가 밸브 내부에서 희미한 자국을 발견했다.

"저기, 노무라. 이거 뭐 같아?"

워낙 미세해서 얼핏 봐서는 모르고 넘어가는 게 당연할 정도였다. 소재도 변형되지 않았다. 하지만 빛을 비춘 채 부품을 기울이자 마치 홀로그램처럼 뭔가가 드러났다.

빛의 각도를 바꾸며 확대경으로 들여다보았다.

"어디요?"

노무라는 처음에 쓰쿠다가 뭘 가리키는지조차 알아차리지 못했다.

"잘 봐봐. 각도에 따라 색이 변하잖아."

"뭔가 스친 자국일까요?"

노무라의 말에 쓰쿠다도 고개를 끄덕였다.

"뭘까?"

"모르겠습니다. 다만 이 자국을 남긴 물질이 밸브 내부에 남아 있지는 않네요."

쓰쿠다는 엔진 계통도를 펼치고 문제가 발생한 말단 밸브에서 주연료실로 이어지는 경로를 손가락으로 짚어가며 확인했다. 밸브를 경유한 액체 연료는 파이프를 통해 주연료실로 운반된다.

"이 파이프입니다, 사장님."

노무라가 바로 해당 부품을 찾아서 쓰쿠다를 불렀다. 파이프는 균열이나 뒤틀림 등으로 망가진 곳이 없는지 일련의 검증 과정을 거친 후 일단 뒤로 미루어놓았다.

뭔가가 밸브 내부에 자국을 남겼다. 그게 밸브 안에서 밖으로 나갔다면 이 파이프를 지나갔을 것이다.

"뭔가 좀 찾았나?"

뒤에서 목소리가 들렸다.

도미야마였다. 비아냥거리는 웃음을 띤 채 쓰쿠다와 파이프를 번갈아 보았다.

"밸브에서 미세한 자국이 발견돼 그 원인을 찾는 중입니다."

아사기가 쓰쿠다 대신 대답했다.

"자국?"

"이겁니다."

아사기가 분해한 말단 밸브를 보여주었다. 도미야마는 말없이 들여다보았지만 관심을 끌 정도는 아니었던 모양이다.

"연마 단계에서 생긴 거 아니야?"

"그건 절대로 아닙니다."

쓰쿠다는 딱 잘라 말하고 파이프에 부착된 필터를 자세히 관찰했다. "이걸 검사하게 해주십시오. 뭔가 붙어 있지는 않은지 살펴보고 싶군요."

"저기, 지카다 씨."

도미야마는 쓰쿠다의 말에는 대답하지 않고 사람을 불렀다. 연구자가 달려오자 쓰쿠다와 야마사키는 무심코 얼굴을 마주 보았다. 요전번 회의 때 여태 잊히지 않을 만큼 따끔한 말을 던진 남자였다.

—로켓 부품을 생활용품 수준으로 생각한 거 아닌가요?

지카다는 결코 쓰쿠다와 눈을 마주치려 하지 않았다.

"쓰쿠다 씨가 이 파이프를 검사하고 싶다는군. 여기, 자네 담당이지?"

"파이프를요? 거기에 뭐가 있다는 건가요?"

지카다는 의외라는 표정을 지었다.

"밸브에 희미하게 긁힌 자국 같은 게 생겨서요. 뭐 때문에 그렇게 됐는지 검증하고 싶습니다."

쓰쿠다의 설명에 지카다는 발끈하는 표정을 지었다.

"이런 데 신경 쓸 시간에 밸브에 사용된 부품을 한 번 더 살펴보는 게 낫지 않겠어요? 나사 규격 같은 것도 검토해봤습니까?"

"물론이죠."

옆에서 야마사키가 대답했다.

"그럼 보시든가요. 하지만 괜히 흠집 내고 그러지 마시고요."

그럴 리가 없는데도 지카다라는 연구자는 늘 남을 무시하는 태도다.

"저 인간 정말 눈꼴시네요. 우리를 완전히 아마추어 취급하잖아요."

도미야마와 지카다가 물러가자 야마사키가 치를 떨며 말했다.

"그러라지 뭐."

쓰쿠다는 야마사키 대신 파이프 상태를 확인하고 말했다.

"노무라, 파이버스코프 부탁해."

쓰쿠다제작소에서 가져온 특수한 파이버스코프 끝부분을 신중하게 파이프에 넣었다. 쓰쿠다가 이런 작업에 직접 나서는 경우는 거의 없다. 하지만 젊은 시절 연구실에 있었을 때 하도 많이 해서 손에 익은 작업이었다. 야마사키의 눈이 동그래질 만큼 멋진 솜씨였다.

"사장님, 잘하시네요."

의외의 특기를 발견했다는 듯한 야마사키의 목소리에 쓰쿠다는 웃었다.

"이런 걸 잘하고 못하고가 어디 있냐고 하고 싶지만, 그게 결정적인 차이를 낳을 때도 있겠지. 자…… 봐봐."

쓰쿠다는 작은 모니터에 비치는 내부 영상을 멈췄다.

"어디요?" 야마사키가 물었다.

"이거. 모르겠어?"

노무라와 아사기도 동시에 시선을 모았다.

"여기 작은 먼지 같은 게 있잖아. 빛이 반사된 게 아니야. 채취할게."

쓰쿠다는 더욱 신중을 기해 파이버스코프를 조작했다. 파이버스코프 끝에 달린 작은 핀셋을 사용해 확대경으로도 보일까 말까 하는 물질을 채취했다.

"채취 성공."

쓰쿠다는 채취한 물질을 작은 시료용 접시에 놓고 노무라에게 건넸다.

"가지고 돌아가서 분석해봐."

"저어, 제가 해도 될까요?"

아사기가 나섰다. "화학 계통 시험 재료는 이쪽에 더 잘 갖추어져 있으니까요. 괜찮으시면 노무라 씨도 같이 가시죠."

채취한 시료를 밀봉한 후 아사기는 고개를 꾸벅 숙이고 노무라와 함께 나갔다.

그로부터 한 시간쯤 지났을 무렵, 두 사람이 허겁지겁 돌아와 뜻밖의 보고를 했다.

"이산화규소였습니다, 사장님."

"이산화규소?"

노무라의 보고에 쓰쿠다는 무심코 되물었다. "그게 왜 거기서 나와?"

수소엔진의 연료는 물론 수소와 산소뿐이다. 액체 연료 탱크의 압력을 일정하게 유지하기 위해 헬륨가스도 주입하기는 하지만, 아무튼 이산화규소와는 전혀 무관하다. 어디서 그게 섞여 들어갔느냐가 문제다.

쓰쿠다는 엔진 계통도를 다시 점검했다.

"가령 이산화규소가 말단 밸브를 오작동시킨 주범이라면, 그건 연료의 흐름을 따라 밸브 내부를 통과했을 거야. 그렇다면……."

쓰쿠다는 밸브 내부 경로를 손끝으로 되짚어갔다. 야마사키와 노무라, 아사기의 시선도 따라갔다. 그러다 모두의 시선이 한곳에서 멈췄다.

밸브 내부 필터다.

"떼어내겠습니다."

야마사키가 필터를 신중하게 빼내 확대경 밑에 놓았다.

긴장감이 흐르는 가운데 관찰을 기다리는 시간이 참으로 길게 느껴졌다.

마침내 야마사키의 입에서 말이 불쑥 튀어나왔다.

"……이건가."

쓰쿠다도 들여다보았다.

확대경을 사용해 육안으로 간신히 확인할 수 있는 크기의 입자가 필터 표면에 부착되어 있었다.

"잘기도 잘다. 게다가 색깔이 희끄무레해서 더 안 보입니다."

노무라가 탄식에 가까운 목소리로 말했다.

아사기도 확대경을 들여다보고 탄성을 터뜨렸다.

"도미야마 주임님, 잠깐만 와주십시오."

아사기가 도미야마를 불렀다. "이것 좀 보세요."

"뭐길래 그렇게 요란을 떨어?"

뚱한 표정으로 다가온 도미야마는 필터 표면에 부착된 이물질을 유심히 들여다보았다.

허리를 편 도미야마는 입을 다문 채 미동도 하지 않았다.

"뭐야, 이거?"

잠시 후 도미야마가 물었다.

"이산화규소 입자일 겁니다."

아사기의 대답에 쓰쿠다가 보충했다.

"아시겠지만 필터를 제조할 때 이산화규소가 나오기도 해요. 자세히 조사해봐야 알겠지만 이 입자는 필터 제조 과정에서 부착된 게 아닐까 싶은데. 그럼 우리 밸브 표면에 자국이 생긴 것도 설명이 되죠."

"지카다 씨, 잠깐만."

도미야마는 잠깐 묵묵부답으로 있다가 뭐라고 대꾸하는 대신 지카다를 불렀다.

"이번에는 또 뭔가요?"

지카다가 아주 귀찮다는 표정으로 다가왔다.

"이 필터에 이산화규소 입자가 부착돼 있다는데."

"설마요."

아니나 다를까 지카다의 반응은 부정적이었다.

"정말입니다, 지카다 계장님. 한번 보세요."

아사기가 지카다에게 확대경을 내밀었다. 얼마 지나지 않아 반신반의하던 지카다의 얼굴에서 웃음기가 쫙 빠졌다.

"하지만, 이게 오작동의 원인이라고? 고작 이런 것 때문에 밸브가 작동하지 않는다니 말이 되나."

지카다가 고개를 들고 아사기에게 말했다.

"됩니다."

쓰쿠다는 단언했다. "확대경으로 확인이 가능한 크기의 입자입니다. 이런 게 조정판과 실린더 사이에 끼어 있었다면 오작동할 가능성은 충분하죠."

"그건 추측이잖습니까?"

지카다가 비꼬듯이 말했다.

"한없이 현실에 가까운 추측입니다."

쓰쿠다의 말에 도미야마가 "이 필터는 누구 담당이야?" 하고 물었다.

"저입니다만, 왜요?"

지카다가 머쓱한 표정으로 머뭇머뭇 대답했다.

"교환용 예비 필터가 있을 텐데. 확인하고 싶은데 보여주겠나."

"주임님, 예비 필터라니 그게 무슨⋯⋯."

"예비 필터는 어디 있어?"

도미야마는 초조한 말투로 지카다의 말을 막았다.

"관리고에⋯⋯."

"아사기, 가져와. 확인해야겠어."

지카다와 아사기가 함께 갔다. 쓰쿠다제작소에서도 필터는 제조한다. 하지만 이번에는 데이코쿠중공업이 지정한 필터를 사용해달라고 다름 아닌 도미야마가 직접 요청했다.

쓰쿠다제작소에서 조달하는 제품의 수를 최대한 줄이려는 의도가 뻔히 보이는 수작이었다. 도미야마의 안색이 바뀐 건 책임 소재가 자신에게도 있다는 걸 민감하게 알아차렸기 때문이다.

아사기가 가져온 예비 필터를 로트번호 단위로 받침대에 얹고, 야마사키가 무작위로 골라서 검사했다. 검사라고 해봤자 입자가 부착됐는지 확대경으로 확인할 뿐이다. 바꾸어 말하면 그런 식으로 단순히 검품해도 발견될 만한 불량품을 놓쳤다는 뜻이기도 했다.

"여기에도 붙어 있네요."

바로 하나가 발견되자 지카다의 표정이 일그러졌다. 야마사키는 작업을 계속해나갔다. 다른 연구원들도 모여들었다.

"무슨 일이야?"

그 목소리에 돌아본 도미야마의 표정이 굳어졌다.

자이젠이 주위를 둘러싼 연구원들 사이를 비집고 들어왔다.

"뭔가 찾았나?"

"밸브 내부 필터에 이산화규소 입자가 부착돼 있었습니다. 하지만 아직 그게 원인이라고 판명된 건⋯⋯."

자이젠은 도미야마의 궁색한 변명을 흘려듣고 야마사키에게 받은 확대경으로 필터를 들여다보았다. 그러고는 "우리 제품인가?" 하고 도미야마의 아픈 곳을 찔렀다.

"네. 아마도 제조 과정에서 부착된 게 아닐까 싶습니다."

도미야마가 기죽은 표정으로 대답했다.

"그걸 못 잡아냈다고?"

"죄송합니다."

도미야마의 입에서 사과의 말이 나왔다.

"하지만 밸브를 테스트할 때는 이상 없었잖아."

당연한 지적이었지만 도미야마는 난처한 기색을 감추지 못하고 우물쭈물 설명했다.

"실은 그때와는 조건이 달라서요."

"조건이 다르다고? 그게 무슨 소리야?"

자이젠의 목소리가 험악해졌다.

"제품 테스트 때는 우리 필터를 사용했습니다."

쓰쿠다가 대답했다. "지난번 엔진 연소 시험 때는 귀사의 필터를 사용하고 싶다고 해서 교체한 걸로 알고 있어요."

자이젠이 날카롭게 혀를 차더니 입술을 깨물고 가만히 생각에 잠겼다. 그리고 쓰쿠다와 필터를 보다가 분노가 깃든 눈으로 도미야마와 지카다를 노려보았다.

"이게 밸브 오작동의 원인이라고 봐도 되겠습니까, 쓰쿠다 씨?"

자이젠이 물었다.

"밸브 내부에 생긴 자국으로 보건대 틀림없을 겁니다. 이게 밸브 내부 조정판과 실린더 사이에 끼는 바람에 제대로 작동하지 않은 거겠죠."

쓰쿠다는 힘주어 대답했다.

"그건 추측이잖습니까."

지카다가 겨우 반론을 시도했지만 자이젠은 귓등으로도 듣지 않고 말했다.

"지금 당장 필터 제조 과정을 재점검하게, 도미야마 주임."

그리고 입을 다문 지카다에게도 한마디 했다. "지카다 계장, 입만 살았군그래. 자기 실수 정도는 순순히 인정하는 게 어떤가."

매서운 질책에 지카다는 아무 변명도 못하고 그저 입술만 깨물었다.

4

"결국 우리 쪽 실수인가. 남이 알까 무섭군."

자이젠이 로켓 연소 시험에 관한 최종 보고를 마치자 미즈하라는 탄식했다.

"죄송합니다. 앞으로 더욱 철저히 관리하겠습니다."

사과한 자이젠은 본론을 꺼내기 위해 숨을 들이마셨다. "연소 시험은 실패했습니다만, 요전에 상의드렸던……."

"밸브?"

앞질러 말한 미즈하라가 복잡한 표정으로 눈을 돌려 집무실 벽을 응시했다. 자이젠은 다시 입을 열었다.

"만약 연소 시험이 성공했다고 하면 모든 테스트에 통과한 셈입니다."

"변함없이 이 밸브를 채택하자는 생각인가?"

"성능과 신뢰성은 나무랄 데가 없습니다. 비용도 절감할 수 있고요. 채택해야 합니다, 본부장님."

자이젠이 말했다.

미즈하라는 책상 위에 깍지를 끼고 숨을 크게 내쉬었다.

"그럼 이제 사장님을 어떻게 설득하느냐 하는 가장 큰 난관이 남았나."

쓰쿠다제작소의 밸브를 채택하겠다는 뜻이 담긴 말이었다.

"감사합니다."

자이젠은 머리를 깊숙이 숙인 후 말을 이었다. "다음번 임원회의에서 제가 직접 설명드려도 되겠습니까?"

"뭐 좋은 생각이라도 있어?"

"사장님의 경력을 자세히 조사해봤습니다. 왜 스타더스트 프로젝트를 구상하시고, 자체 개발에 연연하시는지 궁금해서요."

미즈하라는 약간 의외라는 듯 눈썹을 치켜세웠다.

"사장님은 우주항공 분야 출신이셔."

"그뿐만이 아닙니다. 사장님은 과거에 로켓 발사에 실패하신 적이 있어요."

자이젠의 대답에 미즈하라는 흥미가 동한 표정이었다.

자이젠은 말을 이었다. "그리고 그 과거는 쓰쿠다제작소 사장, 쓰쿠다 고헤이와 연결되어 있습니다."

"정말인가?"

미즈하라가 놀라서 저도 모르게 몸을 일으키자 자이젠은 고개를 끄덕였다.

"틀림없습니다. 쓰쿠다가 어떤 마음으로 밸브 시스템에 도전했는지 경위를 말씀드리면 사장님은 반드시 이해해주시리라 믿습니다."

"해결하긴 했지만 위험했어."

쓰쿠다는 회의석상에서 말했다. 원인을 파악하지 못한 채 검증 기간이 길어지면 밸브 채택 자체가 무산될 상황이었다.

어제 자이젠이 연소 시험 실패의 원인은 필터에 부착된 이산화규소라는 내용의 최종 보고서를 본부장에게 제출했다는 소식을 듣고 계장 이상을 모아 회의를 열었다.

"그리고 아까 밸브 채택과 관련해 데이코쿠중공업의 자이젠 부장한테 연락이 왔었어."

쓰쿠다가 말을 꺼낸 순간 회의실에 모인 사람들 모두 숨을 삼켰다.

"결론이…… 나왔습니까?"

도노무라가 눈을 동그랗게 뜨고 물었다.

"최종 결론은 아직 안 났대."

그러자 긴장으로 팽팽했던 분위기가 어딘가에 보이지 않는 구멍이 뚫린 것처럼 축 가라앉았다. 하지만 "남은 관문은 두 개야"라는 쓰쿠다의 말에 이완된 분위기가 다시 팽팽해졌다.

"일단 우주항공본부에서 밸브 채택 품의서를 다음 임원회의에 제출할 텐데, 거기서 자체 생산 방침을 내세우는 사장에게 결재를 받아내야 해. 그리고 또 하나는 말할 것도 없이 재실시하는 연소 시험을 성공시키는 거야."

"사장의 결재를 받을 수 있을까요?"

그게 가장 어려운 문제임을 민감하게 알아차렸는지 에바라가 물었다.

"일단 자이젠 부장이 설득해보겠다고 했어. 뚜껑을 열어보기 전에는 어떻게 될지 모르겠다는군."

쓰쿠다는 그렇게 대답했다.

"만약 거기서 부결되면 그때는요?"

에바라가 물었다.

"그때는……."

쓰쿠다는 직원들의 얼굴을 둘러보았다. "아쉽지만 우리 도전은 거기서 끝나는 거야."

자이젠은 회의실에 늘어앉은 임원들의 시선을 한 몸에 받으며 회의실 정면에 설치된 프로젝터 앞에 섰다.

"오늘은 스타더스트 프로젝트를 추진함에 있어 대형 수소엔진 개발 단계에서 야기된 문제를 해결하기 위해 임원분들의 승인을 받고자 합니다. 그럼 자세하게 설명드리겠습니다."

자이젠의 신호로 조명이 꺼지자 데이코쿠중공업이 개발한 상업용 대형 로켓 T3에 탑재하기로 예정된 신형 수소엔진 '모노톤'이 스크린에 비쳤다. 프레젠테이션 자료는 특별히 자이젠이 직접 구성했다.

신형 엔진의 사양과 상업용 로켓 시장에서의 경쟁력을 간단히 언급하고, 드디어 가장 중요한 안건을 꺼냈다.

"신형 엔진을 구성하는 주요 부품 가운데 유일하게 우리 우주개발부에서 개발하지 못한 것이 있습니다. 바로 밸브입니다. 최선을 다했습니다만, 아쉽게도 기술을 먼저 개발한 기업이 있어 특허를 취득하지 못했습니다."

어둠 속에서 의문과 꿍꿍이셈이 뒤얽히며 회의실 분위기가 소리 없이 바뀌었다.

"즉, 밸브 시스템의 특허 경쟁에서 타사에 밀렸다는 건가?"

타원형 테이블에 둘러앉은 임원 중 한 명이 가시 돋친 말투로 물었다.

"그렇습니다. 죄송합니다."

사과하는 수밖에 없었다. 하지만 사과하기 위해 여기 온 건 아니었다.

스크린의 사진이 엔진용 밸브로 바뀌고, 바로 성능 비교 분석 그래프로 옮겨갔다.

비교 대상은 미국의 스페이스셔틀, 유럽 우주기구의 아리안, 러시아의 앙가라, 중국의 창정, 우크라이나의 제니트 등 각국 대형 로켓의 엔진에 사용되는 밸브다. 데이코쿠중공업 연구소가 독자적으로 실시한 내구성 테스트 결과를 토대로 자료를 만들었다.

"이 데이터는 극비 자료이므로 메모는 삼가주시기 바랍니다."

자이젠은 한마디 양해를 구하고 그래프에 꺾은선 그래프를 하나 추가했다. "이게 우주항공본부에서 개발한 밸브의 테스트 결과입니다."

교차하는 다른 그래프들을 내려다보듯이 자리매김한 수치를 보고 임원들은 감탄한 듯 숙덕거렸다. 제품화하지 못했으니 기뻐해봤자 소용없지만, 그래도 데이코쿠중공업이 우수한 기술력을 보유했다는 증거이기는 했다.

"유감스럽지만 간발의 차로 특허 취득에 실패해 이 밸브는 무용지물이 됐습니다."

자, 이제 쓰쿠다제작소에게 부품을 공급받자는 이야기를 어떻게 꺼낼 것인가. 자이젠은 임원들의 눈치를 보며 잠시 숨을 골랐다.

"그런데 말이야."

그때 중후한 목소리가 들렸다. 자이젠은 자세를 가다듬었다. 다른 사람도 아니고 사장 도마 히데키가 말을 꺼냈기 때문이다.

"특허 취득과 부품의 완성도는 완전히 다른 문제지. 특허를 먼저 따냈다고 특허권자가 이만큼 내구성이 뛰어난 밸브를 만든다는 보장은 없어. 아닌가?"

"옳으신 말씀입니다."

예상치 못한 전개였지만 자이젠은 당황하지 않고 대답했다. "그러한 견지에서 해당 특허를 취득한 기업에 특허 사용 계약의 형태로 협력을 요청했습니다만 아쉽게도 거절당했습니다."

회의실 여기저기서 한숨이 새어 나왔다. 하지만 실망보다는 분노가 섞인 한숨이었다. 천하의 데이코쿠중공업이 타사에 무시당해 자존심에 상처를 입은 듯한 분위기가 소용돌이쳤다.

"특허를 취득한 곳은 어디지?"

아니나 다를까 임원 한 명이 물었다.

"쓰쿠다제작소라는 회사입니다. 오타구에 있는 자본금 3천만 엔에 매출액은 1백억 엔이 안 되는 중소기업입니다."

"대체 뭐야!"

도마가 기가 막힌다는 투로 물었다. "그 정도 규모의 회사가 우주개발 관련 특허에서 우리를 앞지르다니. 사장은 대체 뭐 하는 사람인가?"

"사장 쓰쿠다 고헤이 씨는 7년 전까지 우주과학개발기구의 연구자였습니다. 당시 세이렌이라는 엔진이 있었는데, 기억나십니까? 그 엔진의 개발 주임이었습니다."

"세이렌의?"

침침한 어둠 속에서 자이젠을 가만히 바라보던 도마가 눈을 가늘게 떴다.

세이렌을 탑재한 대형 로켓은 데이코쿠중공업이 우주과학개발기구의 위탁을 받아 제조한 것이었다. 당시 데이코쿠중공업 쪽 책임자로서 우주항공 사업에 앞장섰던 사람이 도마였다. 최첨단 기술의 집합체로 일컬어진 수소엔진, 세이렌이 어떤 물건이었는지는 도마 본인이 누구보다도 잘 알지 않을까. 도마에게 쓰쿠다제작소의 부품 공급을 허가받으려면 이 방법밖에 없다. 자이젠은 도박에 나섰다.

"그 엔진을 개발한 사람이 이 밸브를 만들었다고?"

"그렇습니다."

자이젠은 대답하고 스크린을 가리켰다. "이게 쓰쿠다제작소가 제조한 밸브를 테스트한 결과입니다."

스크린에 그래프가 하나 더 추가된 순간, 회의실이 쥐 죽은 듯 고요해졌다.

"연구소의 성능 평가에서 쓰쿠다제작소의 밸브 시스템은 우리 제품의 성능을 웃도는 성적을 거뒀습니다. 이 시스템의……."

자이젠은 가까이에 놓아둔 자료를 들고 연구원이 덧붙인 코멘트를 읽었다. "이 시스템의 성능이라면 적어도 향후 3년은 국제 경쟁력을 유지할 수 있다고 봅니다."

임원들은 스크린에 새로이 표시된 그래프에 시선을 고정한 채 할 말을 잃었다.

"그 로켓은……."

이윽고 도마가 침묵을 깨고 입을 열었다. "발사에 실패했어. 개발 주임이 책임을 지고 사직했다는 이야기를 들었는데. 혹시 그게 쓰쿠다였나?"

"그렇습니다."

도마의 질문에 자이젠은 고개를 끄덕였다. "세이렌이 왜 실패했는지 쓰쿠다는 원인을 알고 있었습니다. 그래서 밸브 시스템에 주목해, 밸브 시스템에 특화된 연구개발을 해온 겁니다."

"실패 원인? 분명 연료 공급 계통의 문제였을 텐데."

도마가 물었다.

"그렇습니다. 좀 더 파고들자면 밸브 시스템의 작동 불량 때문이었다는 결론이 내려졌죠. 밸브를 정복하는 자가 로켓엔진을 제패한다……. 아시다시피 밸브 시스템은 그야말로 로켓엔진의 핵심기술입니다."

자이젠은 회의실을 둘러보았다. "쓰쿠다는 거기에 통달한 사람이고요. 이 밸브 시스템은 로켓 부품의 걸작입니다. 현재 이 세상에 이걸 넘어서는 밸브는 존재하지 않습니다. 최고의 밸브 시스템이에요."

회의실에 불이 켜지자 자이젠은 드디어 승부에 나섰다.

"쓰쿠다제작소의 밸브를 스타더스트 프로젝트에 채택하고 싶습니다. 승인을 부탁드립니다."

도마가 백발의 사자를 연상시키는 모습으로 타오르는 눈빛을 자이젠에게 던졌다.

"만약 이 밸브를 사용하지 않으면 어떻게 되지?"

단도직입적인 질문이었다.

"이걸 뛰어넘는 밸브를 개발하려면 몇 년이 걸릴지 모릅니다. 사용하지 않으면 예전의 밸브 시스템을 채택해야겠죠."

"그래서는 국제 경쟁력이 떨어진다, 그건가?" 도마가 물었다.

"지금 저희가 가지고 있는 노하우로 이 이상의 밸브를 개발하기는 불가능합니다. 현재 기술 수준으로 보건대 경쟁사도 마찬가지 상황일 테고요. 이 밸브를 채택하면 로켓 발사 성공률은 현저히 높아질 겁니다."

성공률은 곧 경쟁력이다.

"하나 물어보지."

임원 하나가 말을 꺼냈다. "핵심부품을 자체 생산한다는 방침은 자네도 알 거야. 그 원칙을 어기겠다는 건가?"

당연히 예상한 질문이었지만 대답에는 용기가 필요했다. 예스냐 노냐.

"그렇습니다."

자이젠은 말했다. "예외로 받아들여주실 수 없겠습니까? 회사에 이익이 되는 예외입니다."

잠시 아무도 입을 열지 않았다. 당연하지만 각자 생각하는 바가 있을 테고, 그중에는 자이젠의 제안을 못마땅하게 여기는 임원도 있을 것이다. 하지만 이 안건의 가부는 오직 한 사람, 바로 도마 사장의 의향에 달렸다.

"이 밸브를 채택하지 않는다면, 불이익은 경쟁력 저하뿐인가?"

도마가 저울에 달아보는 투로 물었다.

"아니요, 그걸로 끝나지 않습니다."

자이젠은 입을 악물고 힘줘 대답했다. "저희가 채택하지 않으면 경쟁사가 채택할 가능성이 있습니다."

그러면 압도적인 기술적 우위를 바탕으로 우주항공 전략을 추진한다는 도마의 스타더스트 프로젝트는 쭉정이가 돼버린다.

모두가 마른침을 삼키며 도마에게 시선을 집중했다.

"알았네."

도마가 깊은 한숨을 내쉬고 말했다. "이 밸브를 사용하세. 다들 괜찮겠지?"

도마가 좋다는데 반대 의견이 나올 리 없다.

"감사합니다."

머리를 깊이 숙인 자이젠에게 미즈하라가 안도한 표정으로 희미하게 웃음을 보냈다.

"임원회의, 아직 안 끝났을까요?"

아까부터 손목시계와 벽시계를 자꾸 번갈아 쳐다보던 도노무라가 조바심을 내며 말했다.

"좀 진득하게 기다려봐, 도노."

쓰노의 핀잔에 도노무라가 웬일로 "그게 마음대로 되겠습니까?" 하고 반박했다.

"지금까지 들인 노고가 보답을 받느냐 마느냐의 갈림길에 서 있는걸요."

"그렇게 예민하게 구니 꼭 은행원 같네."

쓰노의 농담에 도노무라는 "어차피 저는" 하고 말하다가 입을 다물었다. 지금 그런 소리를 해봤자 아무 소용없다.

사장실에는 도노무라와 쓰노 외에 야마사키와 가라키다도 긴장된 표정으로 소파에 앉아 있었다.

오전 8시 반에 데이코쿠중공업의 임원회의가 시작됐다. 자이젠이 사전에 준 정보에 따르면 밸브 채택 안건은 오전 10시경에 심의할 예정이다.

지금 시계는 10시 반을 가리키고 있었다.

"자이젠 부장이야 어차피 회의가 끝날 때까지 못 나오겠지. 어쩌면 오전 내내 걸릴지도 모르겠네."

가라키다가 말했다.

"만약 채택되면 '로켓에도 통하는 쓰쿠다의 품질'로 회사 홍보 문구를 바꾸죠, 사장님."

쓰노가 설레발을 쳤다.

"설마 벌써 그런 말로 영업하는 건 아니겠지, 쓰노 씨?"

가라키다가 놀란 표정으로 물었다.

"무슨 문제라도 있어?"

쓰노가 받아쳤다. "지금 게이힌기계공업의 구멍을 메우느라 죽을 지경이라고. 가능한 방법은 다 쓸 거야."

"분명 좋은 소식이 있을 겁니다. 믿고 기다리죠."

도노무라의 말에 쓰쿠다도 고개를 끄덕였다.

나카시마공업이 소송을 거는 바람에 땅에 떨어진 신용도 화해가 성립됐다는 보도가 나간 후로 서서히 회복되는 중이다. 대량 거래는 없지만 소량 거래는 늘고 있다. 매출량을 키우기에는 대량 거래가 좋지만, 안정성을 고려하면 한꺼번에 이탈할 일이 없는 소량 거래가 회사의 토대를 튼튼하게 만든다. 요 1년 사이에 쓰쿠다가 배운 것 중 하나였다.

"이번 일이 성사되면 더더욱……."

도노무라가 힘주어 말하려 했을 때 테이블에 놓아둔 쓰쿠다의 휴대전화가 울렸다.

자이젠이었다.

"왔다!"

쓰노가 일어서서 아까 전부터 밖에서 기다리고 있던 직원들을 불렀다. 에바라가 제일 먼저 들어왔다. 사코타가 그 뒤를 이었고, 노무라와 다치바나 등 기술개발부 젊은 직원들도 우르르 몰려들었다.

"많이 기다리셨죠? 지금 임원회의가 끝났습니다."

자이젠의 목소리가 어쩐지 들뜬 것처럼 들렸다. "쓰쿠다제작소의 밸브를 사용하기로 했습니다. 사장님 결재를 받았어요."

"감사합니다!"

쓰쿠다가 오른손을 들어 주먹을 불끈 쥐자 직원들이 환성을 질렀다.

젊은 직원들은 하이파이브로 기쁨을 표현했다.

도노무라가 환히 웃으며 일어나 쓰노와 가라키다, 그리고 야마사키와 악수를 나누었다. 누군가 박수를 치자 박수의 물결이 점점 퍼져나갔다.

"다음 시험 때는 반드시 성공할 거라 믿습니다."

떠들썩한 소리가 들리는지 자이젠이 힘차게 말했다.

"세계 최고의 밸브니까요."

5

데이코쿠중공업의 임원회의에서 쓰쿠다제작소의 밸브를 채택하기로 한 지 2주일 후, 쓰쿠다는 다시 데이코쿠중공업의 시험장으로 향했다.

모노톤은 이른 아침의 청명한 공기 속에 있었다. 투명한 겨울햇살에 은색 스커트 모양의 노즐을 반짝이며 액체 연료 주입이 끝나기를 기다리는 중이었다.

쓰쿠다는 그 모습을 시험실 모니터로 바라보았다. 지하 12미터, 긴장감이 가득한 시험실에서는 기술자들이 시험 전 최종 점검에 여념이 없었다.

"270초 전. 자동 카운트다운 개시."

도미야마가 마이크를 잡고 말하자 카운트다운을 하는 음성이 울려 퍼졌다.

쓰쿠다는 엔진 내부 데이터를 표시하는 모니터 앞에 자리를 잡고 모니터에 줄지은 수치를 눈여겨보았다.

쓰쿠다 옆에는 야마사키, 뒤에는 노무라를 비롯한 기술자들,

이날을 위해 어제부터 여기 머무른 쓰쿠다제작소 직원 12명이 만반의 태세를 갖춘 채 대기하고 있었다. 다들 이 시험에 모든 걸 걸겠다는 패기가 넘쳤다.

할 수 있는 일은 다 했다. 이제 하늘의 뜻을 믿고 시험을 지켜보는 수밖에 없다.

컨트롤 패널 윗부분에 설치된 모니터에서 방금 전까지 보이던 작업자들이 사라졌다. 바야흐로 시험이 시작되려 하고 있다.

3, 2, 1—.

"엔진 가동!"

평소 감정 표현에 인색한 도미야마의 목소리가 긴장으로 딱딱하게 굳어 있었다. 쓰쿠다는 기도하는 마음으로 모니터 영상을 바라봤다.

모노톤의 은색 스커트가 요란하게 뿜어져 나온 흰색 연기와 화염에 감싸였다.

소리 없는 모니터 영상 속에서 생명을 얻은 엔진이 막대한 에너지를 소비하며 거세게 화염을 분출했다.

사람들이 한 편의 신비한 무성영화를 바라보는 가운데, 자동 카운트다운이 연소 시간을 알렸다.

10초…… 20초…….

400, 410, 420…… 480초.

"엔진 정지."

도미야마가 마이크를 쥐고 지시했다.

갑자기 찾아온 정적이 시험실을 감쌌다.

"시험, 성공!"

누군가 박수를 쳤다. 환성과 함께 시험실 전체로 물결처럼 퍼져나간 박수는 한동안 그칠 줄 몰랐다.

도노무라의 휴대전화가 울리자 쓰쿠다제작소 2층에 있던 사람들 모두 일손을 멈추고 고개를 들었다.

야마사키가 도노무라의 휴대전화에 연락을 주기로 했기 때문이다.

이날 시험 결과를 듣기 위해 모두 열 일을 제쳐두고 사무 업무를 자청했다. 에바라 말로는 이런 날에 영업을 하러 나가봤자 결과가 궁금해 일이 손에 잡히지 않을 것이기 때문이라고 했다.

그리고 지금—.

도노무라는 모두의 시선 속에서 "알겠습니다, 그렇게 전하겠습니다. 감사합니다" 하고 전화를 끊은 후 눈을 꼭 감고 고개를 숙였다.

"도노……."

쓰노가 조심조심 말을 걸었다. "왜 그래? 설마 망한 건 아니겠지?"

이윽고 고개를 든 도노무라의 얼굴에 눈물이 줄줄 흐르는 걸 보고 쓰노와 가라키다, 에바라와 사코타를 비롯해 모두가 할 말을 잃었다.

"지금…… 지금, 야마사키 씨 전화였는데요."

도노무라는 떨리는 목소리로 말했다. "연소 시험이 무사히 끝났다고 합니다. 시험은, 시험은……."

도노무라의 뺨이 떨렸다.

"성공입니다."

직원들 사이에서 환성이 터져 나왔다. 2층은 순식간에 열광의 도가니에 빠졌다. 젊은 직원들은 고함을 지르고 두 손을 번쩍 쳐들며 기쁨을 폭발시켰다.

"간 떨어지게 하지 마, 도노. 실패한 줄 알았잖아."

쓰노가 얼굴에 주름이 잡힐 만큼 활짝 웃으며 도노무라에게 악수를 청했다.

"죄송합니다. 어쩐지 가슴이 메어서……."

뜻밖에도 눈물샘이 약한 모습을 보여준 도노무라가 손수건으로 눈시울을 눌렀다. "이때를 위해 다 함께 얼마나 노력하고 고생했는지 생각하면……."

"그렇다고 우실 건 없잖습니까, 부장님!"

옆에서 핀잔을 준 에바라의 눈도 벌겠다.

"정말, 정말 기쁩니다!"

도노무라는 눈물 어린 목소리를 쥐어짜냈다. "잘됐어. 정말 잘됐어!"

도노무라가 끝내 울음을 터트리자 모두 웃는 얼굴로 도노무라의 어깨를 토닥이거나 흔들며 기쁨을 함께 나누었다.

"자자, 밸브가 정식으로 채택된 걸 축하하는 의미에서 만세 삼창 어때?"

가라키다의 제안으로 모두가 2층 한가운데 모였다.

"그럼 도노무라 부장님이 선창해주십시오."

에바라의 말에 도노무라가 코를 훌쩍거리며 앞으로 나섰다.

"그, 그럼 지명을 받았으니, 쓰쿠다제작소와 여러분의 건승을⋯⋯."

"하여튼 딱딱하기는" 하는 야유가 날아들어 다들 웃음을 터뜨렸다. 도노무라도 아직 눈물이 덜 마른 얼굴에 웃음을 지었다.

"딱딱해서 죄송합니다. 전 원래 그런 놈이라서요. 그럼 다시 가겠습니다."

도노무라는 목소리를 높였다. "이제 쓰쿠다의 품질이 얼마나 굉장한지 데이코쿠중공업도 똑똑히 알았을 겁니다!"

사코타가 "그럼" 하고 맞장구를 쳤다.

"모두 힘을 합쳐 해냈어요! 그럼 선창하겠습니다! 품질 하면 쓰쿠다, 쓰쿠다 프라이드⋯⋯ 만세!"

도노무라가 소리 높여 외쳤다.

만세!

사람들은 저 멀리 있는 쓰쿠다 일행에게도 들리라는 듯 오타구의 조그마한 본사 사옥이 쩌렁쩌렁 울리도록 크게 소리를 질렀다.

만세, 만세!

마치 봄날처럼 포근한 햇살이 비치는 2월 어느 날 아침, 쓰쿠다제작소는 데이코쿠중공업에 밸브 시스템을 공급한다는 도전에 성공했다.

6

―도전의 끝은 새로운 도전의 시작이다.

오타구 가마타의 한 레스토랑을 대절해 열린 조촐한 축하 파티에서 쓰쿠다는 그런 연설을 했다.

이날 정식으로 부품 공급 계약을 체결한 쓰쿠다제작소에 또 하나의 기쁜 소식이 있었다.

쓰노가 거래를 따내려고 물심양면으로 공을 들여온 대형 운송기기 제조사, 아시아운송기기와 대규모 계약을 체결한 것이다. 그 계약으로 예상되는 연간 매출은 7억 엔. 타사에서 들어오는 소액 매출과 합치면 게이힌기계공업의 구멍은 거의 메워진다.

겨우 여기까지 왔다.

하지만 진정한 시험은 오히려 이제부터라고 할 수 있다.

"훌륭한 말씀이셨습니다, 쓰쿠다 씨."

건배가 끝나자 초대 손님 중 한 명인 가미야 변호사가 술잔을 들고 쓰쿠다에게 다가왔다.

"변호사님 덕분에 여기까지 올 수 있었습니다. 감사합니다."

쓰쿠다가 인사하자 가미야는 "아니요, 제가 한 게 뭐 있다고" 하며 겸손을 떨더니 문득 진지한 표정을 지었다.

"그런데 그 밸브 특허, 따로 적용할 만한 분야는 찾으셨습니까? 그런 게 바로 새로운 도전일 텐데요."

로켓엔진에 사용될 만큼 고성능의 밸브 기술을 꼭 수소엔진에만 한정해 사장시키지 말고 쓰쿠다제작소를 짊어질 차세대 품목으로 키워야 하지 않을까.

쓰쿠다는 그렇게 생각했고 가미야는 쓰쿠다의 속뜻을 알아차렸다.

그러기 위해 지금 해야 할 일은 무엇일까. 하지만—.

"아니요."

쓰쿠다는 일단 고개를 저었다. "뭐에 도전해야 할지, 그조차 지금은 모르겠는 상황이라……. 그걸 찾아내는 게 중요한 과제겠죠."

"서두르실 건 없습니다. 아이디어는 억지로 짜낸다고 나오는 게 아니니까요. 어느 순간 번쩍 떠오르기도 해요. 분명 어딘가에 힌트가 있을 겁니다. 뭔가 결정되면 그때는 저도 열심히 돕겠습니다."

가미야는 느긋하게 말했다.

가미야는 이제 쓰쿠다제작소의 고문 변호사다. 쓰쿠다제작소는 기술개발 중심의 회사인 만큼 특허를 포함한 법적 문제에 단단히 대비한다는 의미에서 큰 의의가 있다.

쓰쿠다를 응원하는 사람은 가미야만이 아니다. 내셔널인베스트먼트의 하마자키도 신규 사업에 투자하겠다는 의사를 타진했다. 쓰쿠다제작소를 둘러싼 조류가 크게 바뀌려는 조짐이 보였다.

파티 분위기가 점점 고조됐다.

"어떻게 생각해, 야마?"

축하의 말을 하러 오는 초대 손님들에게 인사를 한차례 마친 후, 쓰쿠다는 옆에 있던 야마사키에게 물었다. "밸브 특허, 어떻게 살릴 수 있을까. 이제 그걸 생각할 때야."

"그러게요⋯⋯."

야마사키는 맥주잔을 든 채 팔짱을 꼈다. "범용성 있는 수소엔진을 개발한다든가⋯⋯. 실제로 일부 자동차 제조사에서도 연구하고 있는 모양이더라고요."

그건 쓰쿠다도 생각해봤다.

지금까지 다양한 분야의 소형 엔진을 공급해온 쓰쿠다제작소 입장에서는 나쁘지 않은 선택이라고도 할 수 있었다. 하지만 쓰쿠다는 범용 수소엔진의 장래성이 의문스러웠다. 수소엔진을 사용하는 자동차가 개발돼 일반 도로를 달리는 모습을 상상할 수 없었기 때문이다. 가령 그런 시대가 오더라도 아주 먼 미래 아닐까.

"현실미가 없는 것 같아."

야마사키 스스로도 그렇게 생각하는지 반론은 없었다.

"좀 더 현실적인 아이디어가 필요해."

하지만 그게 뭔지 쓰쿠다는 상상도 가지 않았다. 그런데─.

그로부터 며칠 후 아침, 회사를 떠난 마노에게 메일이 왔다.

새로운 곳에서 새로운 생활을 시작한 지 한 달이 다 돼갑니다.

그런 문장으로 시작된 메일에는 대학교 연구소 직원의 일상, 지금까지와는 다른 업무를 대하는 마음가짐, 배움에 대한 열정이 자세하게 적혀 있었다.

야마사키 부장님이 소개해주신 줄 알았는데, 실은 사장님이 미카미 교

413

수님께 부탁해 자리를 마련해주셨다는 걸 최근에야 알았습니다. 저 같이 몹쓸 배신자를 위해 그렇게까지 애써주시다니 고마워서 몸 둘 바를 모르겠습니다. 정말, 정말 감사합니다. 그리고 제가 저지른 짓을 진심으로 사과드리고 싶습니다. 죄송합니다.

"이 자식……. 화는 다 풀렸어."

늦겨울 햇살이 비쳐드는 사장실에서 메일을 읽던 쓰쿠다는 어쩐지 그리운 기분으로 불쑥 중얼거렸다. 마노가 테스트를 망칠 생각으로 그런 건 아니었다고 전해준 사람은 에바라였다. 에바라는 마노를 대신해 사과하고 부디 선처를 바란다고 쓰쿠다에게 부탁했다.

상사였던 야마사키가 마노를 대학 연구소에 조수로 넣어주는 게 어떻겠느냐는 아이디어를 냈다. 연구소에 마침 빈자리가 있었던 것도 다행이었다.

건강하게 잘 지내고 있다면 그걸로 됐다.

그런 생각으로 메일을 읽던 쓰쿠다는 그다음 내용을 보고 깜짝 놀랐다.

그런데 이런 메일에 덧붙이기는 송구스럽지만, 쓰쿠다제작소의 밸브 시스템에 대해 제안을 하나 드리고자 합니다. 저는 지금 최신 의료기기 개발팀 소속인데요. 요전에 검토회에서 인공심장을 개발하는 사람에게 심장판막의 작동 원리에 관해 많은 이야기를 들었습니다. 이제 제가 무슨 말씀을 드리려는지 아시겠죠? 쓰쿠다제작소의 신형 밸브 시스템 기술은 인공심장에 응용할 수 있습니다. 지금 세계에는 인공심장을 원하는 환자가 아주 많아요. 수소엔진과는 거리가 멀어지지만 쓰쿠다제작소의 최첨단 기술은 의료 분야에도 적용이 가능할 겁니다. 사장님의 꿈을 이루신 후에는 심장 이식밖에 치료법이 없는 전 세계 2천만 명 이상의 중증 심장병 환자의 꿈을 이루어주시기 바랍니다.

언젠가 또 쓰쿠다제작소 여러분과 함께 일할 날이 오기를 바라겠습니다.

쓰쿠다는 한동안 메일에서 눈을 떼지 못했다.

인공심장이라……

지금까지 한 번도 생각해본 적 없었다.

"재미있겠는데."

즉시 내선전화로 야마사키에게 연락했다.

"야마, 마노가 재미있는 메일을 보냈어."

"마노라니, 그 마노요?"

전화 저편에서 야마사키가 태평하게 물었다.

"잠깐 와봐. 새로운 사업거리를 찾은 것 같아."

에필로그

오전 7시. 모니터에 비치는 잿빛은 하늘인지 바다인지 분명치 않다.

쓰쿠다 옆에서 자이젠이 딱딱한 표정으로 입을 꾹 다문 채 모니터를 뚫어져라 들여다보았다.

이날 새벽 1시경, 로켓을 예정대로 발사하기로 회의에서 결정했다.

어젯밤 겨울형 기압배치의 영향으로 최대순간풍속이 초속 15미터에 다다랐다. 사전에 정해둔 발사 한계 풍속인 초속 16.4미터와 별 차이 없는 수치였다. 발사하기 전에 바람이 더 강해지면 연기할 수밖에 없는 상황에서 내린 결단이었다.

예측을 불허하는 상황에서 발사 허가를 내린 것은 다네가시마 우주센터에서 발사운용책임자를 겸임하는 자이젠이었다. 허가가 떨어지자 조립동에서 조명이 환하게 비치는 발사대로 이동시킨 로켓에서 연료를 주입할 때 발생하는 흰 연기가 피어올랐다.

"극저온 검사 완료."

방송이 들리자 발사통제소에 감도는 긴장이 한층 강해졌다.

발사 예정 시각은 오전 10시 반. 연료를 주입하기 전에 전원 3킬로미터 밖으로 대피하라는 명령이 내려졌다. 물보라처럼 허공에 피어오르는 흰 연기를 제외하면 현재 모니터에 비치는 모든 것이 잠잠하다.

발사통제소에서는 밤새워 일한 기술자들이 묵묵하게 작업을 계속하는 중이었다.

"사장님, 최종 확인 끝냈습니다."

야마사키의 말에 쓰쿠다는 고개를 끄덕이고 일어섰다.

"그럼 우리도 전망대로 갈까."

"여기에 안 계셔도 괜찮을까요? 만에 하나의 사태라도 발생하면……."

야마사키가 걱정스러운 표정을 지었지만 쓰쿠다는 웃으며 고개를 저었다.

"그런 사태는 안 일어나. 그렇지?"

발사통제소에 대기하라는 요청도 없었다.

"뭐, 그렇습니다만……."

"가자. 회사 사람들이 자리 잡아놨을 거야. 다 함께 지켜보자고. ……그럼 가보겠습니다."

말을 걸자 자이젠이 몸을 돌려 말없이 엄지손가락을 세웠다.

"흔해빠진 말이지만, 행운을 빕니다."

쓰쿠다는 그렇게 말하고 최종 작업을 마친 직원들과 함께 발사통제소를 나섰다.

"사장님! 여깁니다, 여기!"

구경꾼으로 북적이는 전망대로 가자 큰 소리로 부르는 소리가 들렸다.

도노무라가 쓰쿠다를 보고 손을 흔들었다. 어머니와 리나도 직원들에게 둘러싸여 있었다. 쓰노와 가라키다, 그리고 에바라를 비롯한 젊은 직원까지 수십 명이 쓰쿠다를 기다리고 있었다.

"오늘 회사는 개점휴업이겠군."

쓰쿠다는 무심코 투덜거렸다. 하지만 로켓 발사를 보러 올 수 있는 사람은 오라고 한 체면상, 화를 낼 수도 없다. 오히려 젊은 직원들이 적극적으로 다네가시마까지 와줘서 기쁘기도 했다. 여비는 회사에서 전액 부담하기로 했다.

이번 로켓 발사는 쓰쿠다제작소에 기념비적인 행사다.

"멀리까지 오느라 고생 많았어."

일주일 전부터 다네가시마에 머무른 쓰쿠다는 리나에게 말을 붙였다.

"할머니가 학교 쉬어도 된다고 해서."

리나의 대답은 쌀쌀맞았다.

"실은 엄청 기대했어."

하지만 어머니가 몰래 귓속말로 알려주었다.

"엄마는?"

리나에게 물었다. 사야에게 혹시 시간 있으면 오지 않겠느냐고 말은 해두었다.

"학회 준비하느라 바쁘대. 내일 영국에 간다나 봐."

변함없이 다망하구나 싶어 쓰쿠다는 쓴웃음을 지었다.

그때였다. 옆에 있던 에바라가 쩡한 목소리로 말했다.

"우리 밸브가 저 로켓을 쏘아 올리는 엔진을 제어하는 거잖아요."

"그래. 우리 밸브야."

쓰쿠다는 대답했다. "우리 밸브가 우주로 여행을 떠나는 모습을 다 함께 지켜보자고."

쓰쿠다는 저 멀리 보이는 발사대에 시선을 집중했다. 지금 저기에는 데이코쿠중공업의 신형 엔진 모노톤을 탑재한 로켓이 서 있다.

지금쯤 자이젠은 어떤 기분으로 중앙제어석에 앉아 있을까.

"큰일이다. 풍속이 좀 빨라졌습니다."

그때 옆에서 풍속계를 들여다보던 노무라가 걱정스럽게 말했다. "아까까지는 잠잠했었는데. 지금은 초속 13미터예요."

"발사까지 10분도 안 남았는데, 괜찮으려나."

에바라가 불안한 눈으로 우주센터를 바라보았다.

어떻게 할 겁니까, 자이젠 부장.

쓰쿠다는 속으로 자이젠에게 물었다.

머리 위 구름이 조용히 움직였다. 하늘이 금방이라도 울음을 터뜨릴 것 같아 보였지만 빗방울은 떨어지지 않았다. 그때였다.

"시작됐다!"

도노무라가 소리쳤다. 귀를 기울이자 바람 소리에 섞여 외부 스피커에서 나오는 음성이 들렸다.

"발사 8분 전입니다. 자동 카운트다운 과정으로 이행합니다."

분명 자이젠의 목소리였다. 감행할 작정이다. 전망대를 가득 메운 구경꾼들이 환성을 질렀다.

카운트다운을 하는 소리를 들으며 모두가 숨을 삼킨 채 발사대의 로켓을 응시했다.

"부탁한다, 제발 성공해라……!"

도노무라가 가슴 앞에서 두 손을 꼭 마주 잡고 목소리를 쥐어짜내 기원했다. 쓰노가 도노무라의 어깨를 감싸 안고 기운을 북돋아주었다.

"걱정 마, 도노! 반드시 성공할 거야."

직원들의 마음이 한 덩어리로 똘똘 뭉쳤다.

카운트다운이 10초 남자, 모두 입을 모아 숫자를 합창했다.

"9! 8! 7! 6! 5!"

"모노톤, 점화!"

야마사키가 소리쳤다.

"4! 3! 2! 1!"

"고체 로켓 부스터, 점화!"

쓰쿠다는 떨리는 목소리로 고함을 질렀다. "가라, 모노톤! 발사! 발사!"

"날아가라!"

도노무라가 소리를 질렀고 에바라도 악을 썼다. 모두가 힘을 보태듯 저마다 함성을 질렀다.

그때 모노톤에서 오렌지색 섬광이 분출되더니 네 개의 보조 로켓엔진에 감싸인 로켓이 붕 떠올랐다.

종이를 북북 찢는 듯한 소리가 공기를 진동시켰고, 굉음과 함께 총 길이 56미터의 로켓이 하늘로 솟아올랐다.

로켓이 발사대를 벗어났다. 휘몰아치는 바람에도 끄떡없는 모습이었다.

"그대로 날아가라, 모노톤."

야마사키가 기도하듯 중얼거렸을 때 로켓이 속도를 높이며 두꺼운 구름을 향해 거대한 화살처럼 날아갔다.

에바라가 홀린 것처럼 로켓의 궤적을 눈으로 좇았다.

오렌지색 불덩어리처럼 변한 로켓은 하얀 궤적을 그리며 순식간에 낮게 드리운 구름을 뚫고 시야에서 사라졌다.

그리고 지금—.

멀리서 엔진이 내뿜는 굉음만 희미하게 들렸다.

마치 모노톤이 쓰쿠다 일행에게 남기는 작별 인사 같았다.

몰아친 강풍이 로켓의 궤적을 지워 없앴다. 우주센터에서 발사 후 카운트 소리가 바람 소리에 섞여 들려왔다.

—고체 보조 로켓 점화.

자이젠의 냉정한 목소리였다.

"좋아! 순조롭다."

야마사키가 주먹을 움켜쥐었다.

쓰쿠다는 눈을 감고 성층권을 향해 전력으로 질주하는 모노톤을 상상했다.

모두의 꿈을 싣고 날아오른다.

"괜찮아, 걱정 마. 우리 기술을 믿자고."

쓰노가 모두를 다독였다.

외부 스피커가 페이로드 페어링*을 분리했음을 알렸다. 발사하고 4분 25초 후였다.

"으라차!"

소리친 에바라의 뺨에 눈물이 흘렀다. "가라, 가라, 가라!" 목이 터져라 부르짖었다.

다시 자이젠의 목소리가 외부 스피커에서 흘러나왔다.

―2단 엔진, 점화.

"이제 다 왔어!"

쓰쿠다는 둥글게 둘러선 직원들 한복판에서 말했다. "반드시 성공할 거야. 반드시."

그리고―.

마침내 외부 스피커에서 보고가 흘러나왔다. 자이젠은 아무 일도 없었다는 듯이 담담하게 말했다.

―위성 분리 신호를 확인했습니다. 위성이 정상적으로 분리됐습니다.

"우와와와!"

에바라가 괴성으로 기쁨을 분출했고, 도노무라는 평소의 그답지 않게 주먹을 불끈 쥐며 승리 포즈를 취했다.

모두 얼싸안고 기쁨을 만끽했다.

쓰쿠다는 참고 있던 눈물을 줄줄 흘리며 "다들 고마워" 하고 몇 번이나 되풀이해 말했다.

* Payload Fairing. 로켓에 탑재된 위성을 보호하기 위한 원뿔 모양의 덮개.

발사에 성공하면 멋진 연설이라도 할 생각이었다. 하지만 가슴 속에 솟구친 환희와 흥분으로 머리가 마비되어 그저 고맙다는 말밖에 나오지 않았다.

"사장님……!"

에바라가 달려와서 끌어안았다. 에바라는 엉엉 우느라 말도 제대로 잇지 못했다.

"우리가 해냈어."

쓰쿠다는 떨리는 목소리를 쥐어짜냈다. "다들 고생 많았어! 정말 잘해줬어! 고마워! 나는, 나는……."

여러분이 자랑스러워.

하지만 그 말은 결국 오열로 바뀌었다. 하늘을 잔뜩 뒤덮은 구름 일부가 갈라지며 햇빛이 텅 빈 로켓 발사대를 비추었다.

어디 숨겨놨었는지 리나가 커다란 꽃다발을 쓰쿠다에게 불쑥 내밀었다.

"아빠, 축하해!"

가슴이 뭉클해 쓰쿠다는 더 이상 아무 생각도 할 수가 없었다.

"고맙다, 리나."

쓰쿠다는 딸의 어깨를 감싸 안았다. 두꺼운 구름 틈새로 새파란 하늘이 보였다.

저 하늘은 우주와 이어져 있다.

커튼콜이 없는 무대에서 담담하게 뒷정리 작업이 시작됐다.

옮긴이 **김은모**

경북대 행정학과를 졸업했다. 출판 번역가로 활동하며 다양한 작가의 작품을 소개하고자 노력하고 있다. 옮긴 책으로 우타노 쇼고의 《밀실살인게임》 시리즈, 고바야시 야스미의 《앨리스 죽이기》, 《클라라 죽이기》, 이사카 고타로의 《화이트 래빗》, 《후가는 유가》, 미야베 미유키의 《비탄의 문 1, 2》, 후지마루의 《너는 기억 못하겠지만》을 비롯해 《열대야》, 《시인장의 살인》, 《지푸라기라도 잡고 싶은 짐승들》, 《사이언스?》 등이 있다.

변두리 로켓

초판 1쇄 2020년 11월 25일
초판 2쇄 2020년 12월 1일

지은이 | 이케이도 준
옮긴이 | 김은모

발행인 | 문태진
본부장 | 서금선
책임편집 | 허문선   편집 4팀 | 박은영 허문선

기획편집팀 | 김혜연 이정아 김예원 정다이 오민정 송현경 박지영 김다혜   저작권팀 | 정선주
마케팅팀 | 김동준 이주형 김혜민 김은지 정지연   디자인팀 | 김현철
경영지원팀 | 노강희 윤현성 정헌준 조샘 최지은 김기현
강연팀 | 장진항 조은빛 강유정 신유리

펴낸곳 | ㈜인플루엔셜
출판신고 | 2012년 5월 18일 제300-2012-1043호
주소 | (06040) 서울특별시 강남구 도산대로 156 제이콘텐트리빌딩 7층
전화 | 02)720-1034(기획편집) 02)720-1024(마케팅) 02)720-1042(강연섭외)
팩스 | 02)720-1043   전자우편 | books@influential.co.kr
홈페이지 | www.influential.co.kr

한국어판 출판권 ⓒ ㈜인플루엔셜, 2020

ISBN 979-11-91056-27-3 (04830)
ISBN 979-11-91056-26-6 (세트)